愛呦文創

你無法預料的分手，我都能給你送上。

two-timing system

2

目錄頁

CONTENT

【第一章】狗咬狗一嘴毛

宋禹丞直到走近家門，才看清楚這位站在門前的男人。

圈子裡的小明星各個長得好看，可眼前的男人只靠氣質就能把那些小明星都比下去，最顯眼的還是他眼角的淚痣，讓人忍不住想要親吻。

此時系統在他腦中大叫：「哇！美人千里送！」

宋禹丞：「……」說好的和諧詞呢？竟然連千里送這種都能通過，對自家系統的黃暴程度再次加深了認知。宋禹丞乾脆遮罩系統，同時快速搜索一遍原身的記憶，發現完全想不起有這號人物。

所以，這個男人是誰？宋禹丞心中陡然生起戒備。

好在這位男人也恰到好處地主動介紹自己的來歷。

「您好，請問是宋禹丞先生嗎？」男人磁性的嗓音意外好聽，而且語調中透著一股子特別的韻味。

「你是？」宋禹丞表面詢問，可心裡大概猜到這個人是誰了。

雖然原身沒有見過他，但是這個年紀、氣度、講話的腔調及做派，只有可能是曹坤背後那位金大腿表哥——陸冕。

宋禹丞當初參加編劇徵文比賽就是打算和陸冕接觸，但是沒想到陸冕來得太快也太突然。果不其然，男人接下來證實了他的確是陸冕，為了宋禹丞之前參加的徵文劇本，特來拜訪。

系統：「好厲害！才寫兩集就讓陸冕淪陷了，絕世文豪啊【使勁兒打call】！」

宋禹丞：「……」這種不走心的追捧，其實並不想要。

忍不住又一次遮罩了系統。

宋禹丞轉頭面向陸冕招呼道：「那就上樓談吧。」說完便帶頭往樓上走。

會不會太草率了？陸冕皺了皺眉，但還是很快地跟上，並俐落地記住門牌號碼，可心緒卻開始不停翻騰。

其實，宋禹丞剛出現的瞬間，陸冕就已確定這個人就是他夢裡經常出現的人。雖然年齡不對，職業也大相徑庭，但只要看一眼就知道一定是他。

宋禹丞的屋子很乾淨，乾淨到就連地板都光可鑑人。唯一還算活潑的就是桌子一腳靠著一個哆啦A夢玩偶，還有幾包起司口味的薯片。

陸冕忍不住多看了宋禹丞一眼，臉上有淡淡的笑意。

宋禹丞看出他的調侃，解釋了一句：「我帶的一個小孩的，他喜歡這些東西。」

「……」所以果然還是喜歡帶孩子嗎？陸冕心情有點微妙，但他面上依舊沒有表現出來。

畢竟涉及工作，不論是宋禹丞還是陸冕都表現得相當專業。

在聽到陸冕想要知道後面劇情走向的要求後，宋禹丞更是大方帶他走進書房，打開電腦現場寫。

陸冕被他這一手不按套路出牌的做法給嚇了一跳。可兩個小時之後，陸冕看著宋禹丞寫出來的新單元，覺得自己真的是撿到寶了。

宋禹丞的文字很有代入感，每一個場景描述，即使沒一句對白，亦能輕易帶來一種身臨其境的感受，讓人很容易就沉溺其中，而劇情才是最讓陸冕驚奇的。

懸疑劇一向考驗編劇能力，但宋禹丞的功底已深厚到了讓人無法想像的地步。那些堪稱奇妙的密室設定、聰明卻背景神祕的偵探，以及雖然是反派，卻格外有魅力的兇手。

每一集都有足夠的高潮點，令人毛骨悚然的懸疑氣氛，只看文字就能想像拍成影像後會是多麼令人驚豔。

陸冕看著宋禹丞，眼裡寫滿驚奇，覺得宋禹丞像是個無窮無盡的寶藏，永遠挖掘不到盡頭。

「我覺得可以開始商議合作事宜了，另外關於下一次見面，約什麼時候你比較方便？」陸冕急於把人定下來。

「可能要等等。」宋禹丞卻推拒了。

「為什麼？」

「因為一點小麻煩。」宋禹丞先是憋不住笑了一會兒，然後對陸冕說：「不是大事，但是收拾尾巴要費點時間。」

「什麼麻煩？」想到宋禹丞回來時一身酒氣，陸冕本能地開始緊張。

「我送了一位二世主一個萬金油小套餐，他現在可能恨不得殺了我。」宋禹丞邊說邊笑，漂亮的眉眼完全舒展開，好看得讓人移不開眼。

陸冕看著看著耳朵就突然紅了，他很想說「我可以幫你解決」，但畢竟是第一次見面，這樣的話未免有點突兀。

而且萬金油又是什麼？陸冕長年在國外，對於這個詞很陌生，但是不妨礙他先記下來。之後，他又仔細和宋禹丞商議劇本相關的其他問題，這才帶著稿子和宋禹丞告辭離開。而宋禹丞則是按照他們商議的內容，把今天剛寫出來的新單元放到編劇徵文的網站上。至於陸冕離開謝家後，終於見到自己心心念念的夢中人，心情很不錯，就連平素身上的凜冽之氣都減少許多。

在回程的車上，他想起宋禹丞說的小麻煩，隨口問了祕書一句：「萬金油是什麼？」

「算是一種驅蚊止癢的居家常備外用藥。」祕書簡單解釋了一下。

陸冕大致明白這是什麼功能的東西，但仍然想不透為什麼蕭倫會為了萬金油想弄死謝千沉？等他回家見到曹坤後，終於從曹坤的幸災樂禍裡弄明白事情原委，頓時心裡越發肯定這位筆名叫宋禹丞的，就是他要找的人。

能幹出這種事的，全世界就只有宋禹丞一個。

時間往回推半個小時，宋禹丞折騰完蕭倫後，心滿意足地走人。可會所裡的蕭倫卻是苦不堪言，他覺得這輩子的臉都在這一晚上丟光了。

他萬萬沒想到，謝千沉竟然這麼狠。一整瓶萬金油啊！瓶口那麼小，就算是甩出來，也得甩一陣子吧，可謝千沉竟然短短幾分鐘的工夫還能在上面搞機關，也不知道他是怎麼辦到的，竟然一下子就把一整瓶的萬金油全招呼在他的小弟弟上。

那位置也相當湊巧，從最脆弱的地方當頭淋下，現在他感覺已經不僅僅是被全世界的美人路過，而是被全世界的草泥馬踩過。

那又腫又疼的滋味不是活人能夠忍受得了，偏偏嚴奇這幫孫子也不知道是不是故意的，竟然就只知道在旁邊圍觀，直到他快暈過去了才曉得打電話叫大夫。

明明旁邊就有醫院，怎麼不直接送他過去啊！距離不到一百步，竟然還叫救護車。

可眼下蕭倫已經連罵街的力氣都沒有，他只害怕自己搞不好這輩子要當太監。

漫長的五分鐘過去，當蕭倫終於躺在救護車上，頓時有種快要解脫的期待感。

然而萬萬沒想到，醫院並不是救贖的開始，而是更大的屈辱降臨。

大夫在聽到他的問題後，臉上頓時浮現出一種似笑非笑的表情。接著，在他被送去處理時，大夫身後竟然還跟著幾名實習的小護士。

「是這樣，您這種情況非常少見，所以我們安排了見習。」

蕭倫很想發脾氣，但是自己的子孫根還在人家手裡握著，他等著人家救命，不得不壓下怒火。

於是，急救室裡發生了十分讓人啼笑皆非的一幕。

蕭倫腫得快要分辨不出來是什麼東西的丁丁和蛋蛋，被一位五十多歲的中年大夫捧在手裡，一邊拿著某種不知名的液體清洗，一邊教導著旁邊幾名年輕的小護士。

「看到沒有，以後遇見這種緊急情況，不要慌，就用這個配比沖洗。」

「患者肯定很疼，但也要勸患者忍耐，要不然廢了就是一輩子的事。」

「對了，之後的護理也要仔細，否則會造成睪丸皮膚發炎潰爛，這些都很嚴重。」

這一句一句的專業描述，全都懟在蕭倫臉上。

蕭倫本來就又疼又屈辱，現在更是已經生無可戀，覺得不如就這麼死了還痛快點。

「臥槽！哈哈哈！這真的要笑死我了！」跟著過來的幾個二世主在外面笑得快要跌地，就連老好人嚴奇也快憋不住了。

「哎呀，這謝千沉太有意思了！蕭倫這樂子大了，估計兩個月都不敢再出來，你們看到那幾個小護士的反應了嗎？還有拿本子做記錄的。」

「你們行了，我去給坤子打個電話。就傻樂吧！非把蕭倫帶出來，現在出事了，你以為蕭家會放過你們？」

「那怎麼了？大不了就被老子罵一頓唄！還怕這個！」

「就是，能看見蕭倫倒楣我就高興。這謝千沉性子太爽了！回頭和坤子說，他要是不要了，把人給我，小爺我喜歡。」

越說越沒邊，嚴奇簡直聽不下去，乾脆轉身離開去知會曹坤。

他多少了解蕭倫的性子，謝千沉的報復一時爽快，可蕭倫卻不會善罷甘休，他得先和曹坤說一聲，但願謝千沉這次沒事。

嚴奇嘆了口氣，有點替他擔憂。

可殊不知，曹坤在接到嚴奇的電話後卻直接笑出來。

「哈哈哈，真的？木頭一樣的謝千沉還有這本事？有意思，太有意思了！」曹坤是個唯恐天下不亂的主，聽完的第一反應就是痛快！

他被蕭倫壓著好多年，倒不是說蕭倫有多大能耐，頂多就是會裝逼。一樣都是玩玩小明星，蕭倫胯下的人也不少，怎麼他曹坤就成了圈裡餓狼了？

這次可痛快了，蕭倫這孫子平時裝得道貌岸然，以後徹底得冰清玉潔了，那地方被淋了一瓶萬金油，想也知道多半要廢一陣子。

「嘖！要是一直廢了就更爽了。」曹坤笑得不行，「行了，我知道了，剩下的事情我來處理。謝千沉那裡你也不用說，知道你什麼意思，面子我給你，這次的麻煩我來幫他解決。」

曹坤說完，轉頭給自家祕書打了電話：「回頭從我帳戶上打一百萬給謝千沉，就說這一手做得漂亮，但是沒有下一次。」

說完，曹坤就興致勃勃地切到微信群，聽那幾個兄弟直播蕭倫洗蛋。

同時，宋禹丞也還沒睡，他剛送走陸冕，就收到曹坤祕書的簡訊。

看著帳戶裡多出來的一百萬，宋禹丞連眼睛都沒眨，轉頭就給當狗仔的學長袁悅打了通電話。

「千沉？」袁悅那頭還在睡覺，接到電話也很詫異。

「我有個新聞給你，你要不要聽？」

「怎麼又有新聞？」袁悅心裡一突，頓時就擔心起來。

他太瞭解這個師弟，無事不登三寶殿，開口了便是大事。

果不其然，在聽完消息後，袁悅嚇得差點把手機摔到地上。

謝千沉未免也太膽大包天，連蕭倫這種身分的人都敢直接動手，就算有曹坤罩著他，那也跟玩火沒有區別。

袁悅第一反應就是要勸，可謝千沉後面的計畫卻讓他啼笑皆非，最後他非但沒能勸服謝千沉，反而被洗腦。

「你……算了，萬一有事，師兄和你一起扛！」袁悅嘆了口氣，最終還是把事情應下。

他心裡也清楚，謝千沉這麼做的原因不外乎是為了當年出事的那兩位小師弟，想到那場悲劇，袁悅心裡也泛起細細密密的疼痛。

他是真心心疼謝千沉，畢竟死了的、瘋了的人很悲劇，但清醒活著的人才是承擔著一切痛苦。袁悅明白，被獨自留下的謝千沉才是最生不如死的那一個。

他躊躇半晌，最終還是說道：「千沉，師兄知道你心裡難受。但那件事不是你的錯，你盡力了，別這麼為難自己。」

「我沒有。」宋禹丞的語氣十分平靜：「我不會為難自己，我只會為難那些罪人！」

說完，他又仔細交代學長兩句，然後把之前曹坤給他的一百萬，全都轉到學長的帳戶裡。

這些髒錢就應該用在適當的地方。當年蕭倫用一百萬把他兩位小師弟的事砸上熱搜、推羅通登頂，順便還宣揚了自己的娛樂公司是多麼公平乾淨。那麼，今天他也用一百萬把蕭倫送上熱搜，並且揭開他偽君子的假面！

乾淨？笑話，都是圈裡潛規則的老手，誰能比誰冰清玉潔到哪裡去？

是夜，就在曹坤他們還在群裡聊天的時候，知名問答網站上突然出現一個問題。

「把萬金油滴在小弟弟上，感覺會怎麼樣？真的會有全世界的美人從這裡路過的舒爽嗎？」

最開始，也只是個常規問題，雖然稍微獵奇些，但算是老梗，大多是開玩笑的回覆比較多。可直到一條真身出鏡的回覆出現，頓時這個問題就變得火爆起來。

關鍵是這個匿名回覆的人也太驃悍了一點，就連打碼都沒有，直接帶圖爆經歷，開頭就是去會所找男公關這麼激動人心的內容。

「臥槽！那麼有錢直接玩不就好了？幹麼弄什麼萬金油。」

「刺激唄！不過還是要感嘆一句，真的太英雄了！一整瓶啊，一滴我都敬他是條漢子，一瓶絕對是鐵屌。」

「我原本不相信，但是那腰帶讓我信了，名牌限量款啊，據說只有十條。」

後面放出來的照片更加深了人們心裡對八卦的渴望，竟然是一張醫院裡的照片，拍的角度非常巧妙，只見老大夫帶著一群小護士以及中間躺著那個萬金油男，雖然臉上都打了馬賽克，但是衣服和動作卻相當清楚。

這下是實錘了，基本可以判定這是真有其事。

於是一時間這條問答在網路上一下就火了起來，有覺得有趣的吃瓜群眾忍不住順手截圖轉發，一開始只是覺得太搞笑了，想要和親友分享，可後來竟然謎之鬧大了。

其實不只是這個網友，就連曹坤和蕭倫他們也全都沒有料到，謝千沉的報復竟然並非他們想的那麼簡單。動手惡整蕭倫就已經鬧很大了，可謝千沉竟然還不嫌事更大。

#某娛樂公司老總深夜和男公關大玩萬金油入院#

這標題一出，網友們頓時就樂了，再點進去一看，哇！竟然是真勁爆不是標題黨。

就看那截圖照片裡，醫院、會所地點、叫救護車時間全都一清二楚。即便一些內行人能夠看出來照片應該是偷拍之後處理過的，可對於吃瓜群眾又有誰在乎。

標題上熱搜後不過短短幾分鐘又前進一位，等到早晨時熱度增長更是堪比火山爆發，完美登上第一，高居不下，絕對是全民大八卦，就連樓下有藝人隱婚這麼重大的新聞都被壓下去，無人問津。

某間狗仔工作室，老闆和手下幾個重要員工正在開會，所有人的表情都難堪到了極點，並且多了被打臉的羞辱感。

原因無他，他們費了九牛二虎之力搞到的新聞，竟然意外地沒有大爆，不僅沒有大爆，就連買上熱搜後，討論聲量都很少。而最恥辱的還是截胡他們新聞的並非什麼更大的娛樂爆料，而是一瓶萬金油。

「就這麼一個富二代玩了萬金油的老梗，哪裡來這麼高的熱度？一晚上了不僅不掉下來，還有變成全民討論的意思，你們給我說說？這有什麼好討論的？」

「這有什麼好看的！」

看著自家剛放出去的當紅藝人隱婚消息連一點水花都沒有，那老闆簡直欲哭無淚。

至於其他工作人員才是最鬱悶的，出了力、吃了苦，挖到了獨家大料，以為能夠聲名鵲起，成為狗仔界的一哥，可萬萬沒想到最後卻敗在一瓶萬金油上。

「這個富二代到底是誰啊？簡直有病！」一群人鬱悶地罵罵咧咧。

突然，有一個罵著罵著沒聲了，因為那人突然發現這照片裡人的腰帶太熟悉，怎麼有點像是蕭倫？

「臥槽！這富二代該不會是雙宇娛樂的老總蕭倫吧！」

「你說什麼？」那狗仔工作室老闆聽到這話也激動起來，再多看出幾個細節後，這一屋子原本鬱悶不已的人，陡然變得興奮起來，每個人臉上都寫著一句話：大新聞來了！

然而此時此刻，和他們有同樣想法的人不在少數。因此，熱搜登頂後不過五分鐘，蕭倫的名字就被爆出來，而後面的深扒，更是把蕭倫昨晚的行程也查了個底兒掉。

根據目擊網友聲稱，蕭倫昨天真的去了鼎瑞，並且鼎瑞門口也的確來了救護車。

「不行了，我要瞎了！不是說蕭倫是娛樂圈裡最正牌的老總嗎？這也太浪了吧！」

「知人知面不知心，原本還覺得他風度翩翩是男神，現在全都幻滅了。」

「為什麼幻滅？我覺得蕭倫現在還是男神啊！作死男神！」

網路上遍地都是對蕭倫這件事的討論，有驚訝的、有感慨的，還有因為人設崩塌而幻滅的。

至於那些由於當天太興奮所以第二天起晚的二世主們，在徹底清醒看到消息時，事情已經鬧到壓不住了。

蕭倫這個原本代表著業界精英的名字，現在儼然已經和「萬金油男」、「鐵屌」、「作死第一人」的標籤掛在一起，撕都撕不開。

至於蕭倫原本的社群網站下面更是一堆觀光團，上來第一句話都是「兄die！你的屌還好嗎？」這下事情真的鬧大了，蕭倫不僅是在圈子裡丟人，甚至丟到全國人民面前啊！

嚴奇幾個人在聊天群裡碰面，全都白了臉。

而蕭倫更是火冒三丈，他直到現在還躺在醫院的病房裡不能動彈，下半身除了劇痛外就再也沒有別的知覺。而在看到網路頭條和自己社群下面的觀光客，更是氣得差點一口血噴出來。

「你們他媽都是死人嗎？這麼大的事鬧開了為什麼沒做公關？你們手下那些小戲子出了事兒，一個比十個都著急。現在你們老闆成了全民樂子就可以當做沒看見是嗎？」

蕭倫狠狠地發了通脾氣，這才勉強冷靜下來，喘勻了氣，又把外面的屬下叫進來，「查出來了嗎？是誰幹的？」

「查出來了，對方沒有刻意隱瞞，但我們……」那祕書躊躇了半天，感覺找不到適合的形容詞。

「你們怎麼搞的？說話痛快點！」

「我們動不了他。最開始曝光的是袁悅，視頻、照片這些也同樣來自於他。但是您也知道，袁悅雖然沒什麼背景，可手裡的大料太多了，要是真的打壓他，讓他發狠把大料全都抖出來，雙宇就是全娛樂圈的罪人了。」

「……」蕭倫被袁悅這個名字懟了一臉，半晌說不出話。

他對袁悅有印象，算是最有名的狗仔。年輕時是個拚命三郎，圈子裡多少人都栽在他手裡。重點是，這個人是謝千沉的師兄，當年小影帝的事也蹚了水，後來全身而退，就是因為手裡的大料太多，所以即便牽扯到那麼多人，大家也不得不放他一馬保持圈子平衡。

再加上戲弄了他的謝千沉，這麼一看，這兩人就是奔著他復仇來的。

「很好，君子報仇十年不晚！」蕭倫這話說得很溫柔，但是熟悉他的下屬卻覺得毛骨悚然，因為冷靜下來的蕭倫才是真的狠。

祕書也看出來蕭倫是真氣瘋了。

等祕書接著報告袁悅運作頭條和網路熱搜的錢，全都來自曹坤的時候，蕭倫竟然沒有暴怒。

「行了，我知道了，你先下去吧！」蕭倫的語氣極其平靜，和方才的憤怒判若兩人。他揮揮手，示意祕書可以離開，然後陷入沉思。

一開始暴怒的時候，他以為是謝千沉伺機報復。可現在冷靜下來一琢磨，罪魁禍首還是曹坤，畢竟最開始的局是曹坤攢的，謝千沉是他叫來的，最後運作推廣的錢也是他給的。

這麼一看，真相是什麼就很明顯了。

「曹坤你可夠毒的！」蕭倫深吸一口氣，勉強自己冷靜下來。緊接著就琢磨起讓曹坤和自己一樣成為全民樂子的方法。

蕭倫要立刻報復回去，曹坤想看他的笑話？那不如就一起成為笑話吧！

蕭倫給自家公關公司打了通電話，讓他們去找一位和袁悅一樣是圈子裡的著名狗仔，並且從那人手裡購買一條獨家新聞。

對於廣大網友來說，今天絕對是最值得紀念的一天。八卦當然每天有，頭條新聞也是天天五花八門，但是今天熱搜上的兩則新聞肯定是三年內最勁爆的，而且提起來就會讓人笑到肚子疼。

其中一條自然是蕭倫的萬金油風波，可另一條就有點太炸了。

#娛樂圈大佬曹坤被綠，十八線小嫩模表示，腎虧還要雙飛，藍色小藥丸都硬不起來。#

「媽啊，今天是娛樂圈大佬集體下水嗎？」

「先點個讚再看內容，如果是標題黨，這輩子吃泡麵沒有料理包。」

這頭條一出直接就全網推送，爆炸的標題加上勁爆的內容，不過五分鐘瀏覽量立刻突破了兩萬，至於內容更引人遐想。

如果說，蕭倫那些照片已經讓人大開眼界，那麼曹坤絕對比蕭倫還要勁爆。

頭條內容已經不僅是照片了，還有遠比照片更露骨的東西——錄音。

同時還曬出一組照片，有小嫩模和曹坤摟摟抱抱的親吻照，還有小嫩模和另外一個外國男人半裸浴室照。其中，最扎眼的是一個對於不少人來說，既陌生又熟悉的藥盒。

這個進口藥物，戲稱藍色小藥丸，可以延長男性房事時間，減緩早洩。然而娛樂圈裡著名的花花大少曹坤，竟然吃了兩片還只有五分鐘，這就很……

「哈哈哈，不行了，有錢人的世界我不懂。」

「一個都駕馭不了，非要來兩個，曹坤怎麼想的？現在好了，被戴了這麼大一頂綠帽，結果私房事還被爆出來。」

這下，曹坤是徹底出名了。

原本是蕭倫一面倒的全民討論，頓時分了不少熱度給曹坤。畢竟對吃瓜群眾來說「萬金油配小弟弟」這個作死話題的確相當有趣，可「陽痿男雙飛被綠帽」也同樣不能割捨。

再加上蕭倫不遺餘力的花錢推送，不到四個小時曹坤就上了熱搜。

這下好了，難兄難弟，一個丟人，另外一個也跑不掉，一起成為今天網路上最熱門的兩大八卦。

嚴奇坐在家裡，看著網路半晌都不知道要說什麼。他原本看蕭倫的事情鬧大，還想給曹坤打個電話問問具體怎麼處理，同時給謝千沉發條簡訊，讓他躲兩天。

可萬萬沒想到，不過短短一會就鬧成這樣，就連曹坤都成了樂子。

這就很尷尬了。

原本還因為蕭倫變成全民笑話而傻樂的髮小群，現在徹底安靜了。現在不安靜也不行，畢竟這種情況下，不管說什麼都是戳曹坤痛處啊！

曹坤長這麼大，一路順風順水的，哪裡經歷過這種屈辱？

圈子裡沒有真正的蠢貨，自然也明白這一切都是謝千沉算計好的。曹坤的事兒，的確是蕭倫的報復，可送蕭倫上熱搜的卻是謝千沉。

如果這裡面沒有謝千沉的手筆，就算是蕭倫再瘋狂，也不可能不管不顧地找上曹坤，肯定是謝千沉做了什麼。

實在是太狠了！所有知道事情始末的髮小，都忍不住咂了咂嘴，感覺脖子發涼。

至於嚴奇在發呆半天後，最終還是給謝千沉發了簡訊：千沉，你這次的事情鬧太大了，今天先別去

公司，待在家裡，坤子那頭，我看看能不能幫你說說。

嚴奇是真的擔心謝千沉，也明白他為什麼這麼做。說白了，還是報復。其實當年小影帝的事被壓下，他就有預感謝千沉不會善罷甘休，果不其然，他藏起爪子在這裡等著呢！

可即便如此，這點小事對於曹坤和蕭倫來說也不過是在全民面前丟臉，時間久了就淡了，傷不到筋骨。可謝千沉不一樣，曹坤不是傻子，他現在正在氣頭上，想要因此弄死謝千沉不過是舉手之勞。

嚴奇怕謝千沉抗不過去。

可沒過半分鐘就收到謝千沉的回覆：嚴哥，謝謝你的照顧。這事兒您甭管，我有法子應付。

「別鬧！」嚴奇下意識就給謝千沉回了電話，卻被一句：「我正開車呢！」給掛斷了。

緊接著，謝千沉又給他發了一條簡訊，和剛才那句話的意思差不多，還是叫他放心，不用摻和。可嚴奇怎麼可能不摻和？曹坤的性格他太瞭解不過，這次是絕對不會放過謝千沉的。

這麼想著，嚴奇在家裡坐不住，乾脆也拿了車鑰匙出門。

兩年前，謝千沉因為師弟的事求到他頭上，他不過猶豫了一下，就鬧出兩條人命。這麼長時間過去，他心裡依舊堵著慌，所以他決定這次必須保住謝千沉！

而此時宋禹丞卻相當有恃無恐，非但完全不擔心曹坤接下來的暴怒，甚至輕鬆地回覆手機上一直沒有停過的簡訊。

其實宋禹丞是有點感慨的。他之前看過原身的記憶，充滿絕望和黑暗，可現在他卻看到另外一面，或者應該說是好的一面。

原身其實交了不少朋友，雖然這兩年他把自己隔離人群，可現在出事，依舊有很多人站出來關心他，尤其是當年一起共事過的人。

例如現在正坐在他車上的袁悅，就是其中之一。

「千沉，你和師兄說實話，這樣鬧真的沒事嗎？」

看著網上越演越烈的新聞，袁悅是真的擔心謝千沉。

他算是圈子裡現在和謝千沉走得最近的人。倒不是說謝千沉的方法不好，但是太危險，但凡有一步出錯，他們都能摘出去，只有謝千沉不行。

然而宋禹丞在結束和嚴奇的短信通話以後，就開始安撫他這位學長：「沒事的師兄，我十八歲入行到現在，跟了曹坤十年，你說還會有誰比我更瞭解他？就這兩年，你看我不動，曹坤也養著我，你真當他是傻子？那是捨不得我給他掙的錢呢。自從小師弟的事情爆出來以後，影寰在螢幕圈的盈利就大大縮水，你說如果我有法子，他怎麼可能捨了我？放心吧，他不會把我怎麼樣。」

宋禹丞說完，車子也開到袁悅的工作室。宋禹丞指了指大門，朝著袁悅笑了笑，表示自己一定很好，袁悅這才稍微放了點心。

但是臨走前，袁悅還是鄭重其事地囑咐一句：「千沉，既然你都想好了，師兄也不勸你，但是這次真的不能再一個人胡來了。師兄幾個還是能行的，給你打打下手，沒問題。」

「我知道，謝謝你。」袁悅的百分百支持讓宋禹丞的心裡也劃過一陣暖流，他和袁悅用力抱了一下，這才分開。

但離開以後，宋禹丞又往袁悅的帳戶上多轉了五十萬。圈裡的規矩宋禹丞門清兒，袁悅爆料能弄到那些照片，肯定花了不少工夫和錢財，他可以記下人情，但是錢上面就不能再讓袁悅虧著了。

這麼想著，宋禹丞十分從容地再次發動車子前往公司，他有預感，現在不僅是蕭倫，恐怕曹坤也氣

瘋了，畢竟他把所有鍋都推到曹坤身上呢。

果不其然，曹坤那裡的確也炸了。曹坤不是傻子，自然明白謝千沉這是在推鍋給他背，不然蕭倫也不會直接報復到他頭上。

「好，好，謝千沉真的翅膀硬了！竟然還學會和我伸爪子了！他哪裡來這麼大的膽子！」曹坤在辦公室裡走來走去，只感覺這輩子的臉都在今天丟乾淨了。

呵呵，網路上爆料的都是什麼事？那分明是小嫩模給他準備的藥片，結果還弄了假藥，才會出現那種問題。本來這尷尬的事情他早就忘了，就連那小嫩模也攆走了，可萬萬沒想到，這事兒竟然會被蕭倫知道。

影寰的公關經理戰戰兢兢地站在曹坤面前，大氣都不敢喘一聲，生怕自己成為曹坤出氣的炮灰。而他這種看似不作為的反應，卻讓曹坤窩在心裡的火氣更盛。

就在曹坤瀕臨爆發邊緣時，祕書小心翼翼地進來傳話：「曹總，謝千沉來了。」

「謝千沉？」曹坤的臉上滿是冷笑，咬牙對祕書命令道：「讓他滾進來，正好我有筆帳，得和他好好算清楚！」

於是，當宋禹丞走進辦公室的時候，一個茶杯貼著他的臉頰飛過去，摔在地上四分五裂。這力道，只要砸中了一定見血。

「你倒是敢來見我，想好要怎麼死了嗎？」

曹坤一句話就讓屋裡原本緊張的氣氛變得更令人窒息，旁邊站著的兩個人都小心翼翼瞄了謝千沉一眼，滿是憐憫。

他們都明白曹坤是動了真火，謝千沉這次完了。

然而宋禹丞卻絲毫不害怕或恐慌，反而大大方方拉開椅子，在曹坤對面坐好，讓人覺得他根本不是來接受責罵，而是來和曹坤談生意的。

「謝千沉，你現在的膽子真的大了。」曹坤被氣得不怒反笑，至於其他人更全都嚇傻，覺得謝千沉是不是瘋了！

他們都是公司的老人，不僅親眼見證過謝千沉如何從封神到跌落谷底，甚至知根知柢到，連謝千沉曾跪下求曹坤放過自家師弟的場面都看過，所以對謝千沉現在的行為感到特別震驚。

畢竟，就算謝千沉當年最叱吒風雲、登頂經紀人排名的時候，也依舊得恭恭敬敬地伺候曹坤。可現在，不但惹了事，還失去往昔的榮耀和資本，卻反而敢跟曹坤叫板起來，可別是破罐子破摔了。

然而他們不知道的是，宋禹丞是真的有備而來。

「曹總，我想和你做筆交易。」宋禹丞的口氣十分平和，可曹坤卻沒有聽人把話說完的好涵養，直接把他下面的話打斷。

「謝千沉，你以為我是三歲小孩嗎？」捏著謝千沉的下頷，曹坤和他對視，眼裡充滿暴虐。

面前的青年和他糾纏了十年，是他親手毀了他、斷了他的前程，把他培養成自己的走狗。可現在，他卻被反噬了。不僅被反噬，謝千沉還光明正大和自己談起生意，可真是把他當傻子戲弄。

曹坤下意識地用力，可宋禹丞卻像是感受不到疼似地和他直視，雖然處於下風，氣勢卻半點不讓，甚至還有隱隱壓過曹坤的意思。

有點不對，曹坤皺起眉。

宋禹丞卻勾唇笑了，漂亮的眉眼一瞬間帶著蠱惑，讓曹坤晃了眼，彷彿當年一眼就看上的少年又出現在眼前。

不，他分明比當年還漂亮，這種被歲月沉澱後的底蘊，越發讓人著迷。曹坤突然覺得或許可以換一種方式來懲罰謝千沉，停留在謝千沉下頷的手指因而變得曖昧起來。

宋禹丞卻開口道：「我可以幫你拿回年底萬花獎的最佳男配角和最佳新人獎。另外，我也會登頂今年的經紀人排名。」

「你說什麼？」曹坤只覺得謝千沉在胡扯。謝千沉現在手裡沒有人，誰來角逐萬花獎的最佳男配角和最佳新人獎？難不成是那個沈藝？

曹坤唇角的嘲諷變得更深，他覺得謝千沉在沉寂兩年後只怕腦子都呆傻了。

當他看不出沈藝這種玩欲擒故縱的偽白花嗎？把他扔給謝千沉教規矩，結果謝千沉告訴他花瓶也能拿獎？可別是花錢買個野雞電影節的獎吧！

可宋禹丞卻絲毫不在意曹坤的嘲諷，仍鄭重說道：「我的本事您是知道的，信與不信都看您。而且影寰現在不景氣，已經在螢幕圈快要撐不下去，影寰整整兩年連一個螢幕圈刷臉的流量小生和小花旦都沒有，曹總就真的不著急嗎？而且您說過，已閱盡千帆什麼都見識過，那就更應該明白，我這話到底作不作數。您可以捨了我，甚至可以弄死我，但是你能找到下一個謝千沉來幫你挽回局面嗎？個人的面子和影寰的未來，我想您應該懂得如何取捨。更何況，報復您的可不是我，是蕭倫。」宋禹丞指了指曹坤辦公室的那一排獎盃。

裡面所有影視圈的榮耀，都是當年謝千沉得回來的。

曹坤頓時鬆開捏著謝千沉下頜的手，方才的精氣神也散了幾分。

「謝千沉，你到底還是個聰明人。」曹坤怒意仍在，但已經找回不少理智。謝千沉的話戳中他心裡最痛的點，他之前留著謝千沉，就是存著這份心思。而且現在新人好簽，可靠譜的經紀人卻太少，謝千沉還真的是影寰在螢幕圈裡唯一吃得開的金牌經紀人。

此時，他的手機接連收到簡訊，點開一看，果然不少來給謝千沉求情的，兩位影帝、三位影后，還有四五位流量小花及小生，甚至還有導演和編劇幫他說話，基本上都是竭盡所能做出各種承諾。

而袁悅也發了簡訊，就一句話，他可以包了環宇下半年的危機公關。

而這些人看似客氣的話語裡都只有一個目的，就是保下謝千沉。能在圈子裡站了這麼多年屹立不倒，都是聰明人。網路上的頭條一出，他們就看出來是謝千沉的手段，知道他這次肯定狠狠得罪曹坤了，所以全都出面求情，想讓曹坤放謝千沉一馬。

半個螢幕圈的流量，竟然全都為了一個謝千沉，他到底有多厲害？曹坤的心，漸漸動搖。

就在這時，又走進來一個人，竟然是他的好兄弟嚴奇，嚴奇倒是沒上來就說謝千沉的事，而是打了個圓場，但是話裡話外的意思都和謝千沉有關。

「嚴奇，你可真是我髮小，要不是知道你是什麼人，我恐怕都要以為你和謝千沉之間有點什麼。」

「坤子你知道我不是這個意思……」嚴奇也急了。

「行了，你讓我想想。」曹坤一擺手，打斷嚴奇的話。

喝了一口桌上已經涼透的咖啡，曹坤看著和他微笑對視的謝千沉，突然有種時空交錯的錯覺。當年，謝千沉不依不饒要報復蕭倫那幾個的時候，也是像現在這樣，半個電影圈的實力派都給他求情。而今天，謝千沉借力打力報復了蕭倫，連帶推鍋給他，依然還是這麼多人站出來替謝千沉求情，甚至比當年還多。

可現在的曹坤，卻已經沒有一意孤行的資本。

謝千沉說得對，自從出事以後他徹底沉寂，影寰在螢幕圈的路子就死了。倒不是說沒有新人，而是沒有一個像謝千沉這麼會帶人的經紀人，即便有能力稍佳的，卻沒有謝千沉的好人緣，畢竟謝千沉當年可是能讓花瓶拿獎的金牌經紀人。

他能登頂，絕不是偶然。

這麼想著，曹坤原本暴怒的情緒也漸漸冷靜下來，示意屬下們離開，只留下嚴奇和謝千沉。

看著自家髮小把謝千沉護在身後，曹坤也有一種被打臉的感覺，但今天丟人的事已經夠多了，這一點倒不是不能接受。

「說出你的條件。」他不得不承認，謝千沉放的餌是他想要的。原本曹坤沒這麼著急，但是陸冕突然回國，讓他急於想做出點成績給陸冕看。

但宋禹丞接下來的話，卻讓曹坤有種不寒而慄的感覺。

「我要替文淵和斐然報仇。一年時間，我至少幫你帶出兩位影帝，但我要求有影寰所有資源的優先選擇權，包括唱片和綜藝。」

路文淵、韓斐然就是當年遭難的兩位謝千沉的小師弟。當年弄死他們的那些人都是圈子裡赫赫有名的太子黨，哪怕是曹坤也不敢說要報復，謝千沉怕不是在做白日夢。

「你會不會想得太多？」

「或許是，但是你別無選擇不是嗎？蕭倫風光了這麼久，難道你不想把他踩在腳底下？至於那幾個雜魚，當年玩死了影寰的人，又讓你背了黑鍋，最後身敗名裂的是我，損失的是影寰。這些年縮水的利潤和名氣，難道還不能說明一切？我第一次知道，曹總竟然是這麼沒脾氣的人。」

「你贏了，我給你資源，但是你明白我的手段，如果一年後我看不到結果……」

「不會，今年的萬花獎，我就讓沈藝親手給你捧回來。」

一來一往，宋禹丞和曹坤互不相讓。當最後宋禹丞逼得曹坤鬆口的時候，嚴奇已經嚇出一身冷汗，直到兩人走出曹坤的辦公室，嚴奇依然還有點愣神。

謝千沉遞給他一根菸，嚴奇接過來，和他一起點燃。看著謝千沉的面容漸漸籠罩在煙霧裡，嚴奇心裡就跟堵著什麼東西一樣。

「千沉，你叫我一聲哥，我也托大勸你一句，保重自己。」

「我知道，謝謝嚴哥。」宋禹丞微微笑著。

嚴奇忍不住摸了摸他的頭髮，突然想起來幾年前初見謝千沉的時候。

那時謝千沉雖然演不了戲，可到底還是活生生的人，累了也會哭、疼了也會鬧，他還和謝千沉喝過幾次酒，見過他卸下偽裝後的鮮活模樣。可現在的謝千沉卻已經死了，他整個人都包裹在硬殼裡，完美無缺、滴水不漏。

抽完一根菸，嚴奇拍了拍他肩膀，然後告辭離去。

而宋禹丞也在和嚴奇分開後，回到自己的辦公室。

簡單的利息收完，接下來就是最大的報復。宋禹丞覺得，當年謝千沉的報復之所以不成功，是因為他太急了。那幾位都是家大業大，怎麼可能被他一個小經紀人擊垮？但如果他們的公司岌岌可危了呢？螢幕圈的蛋糕和流量就這麼大，宋禹丞要做的，就是讓他們沒有飯吃。至於曹坤，他打下江山後，曹坤能不能接住，那就是後話了。

因此，宋禹丞決定就從羅通開始！

羅通是雙宇排行第一的經紀人，雙宇最大的資源和人脈都在羅通手裡，而宋禹丞第一步就打算踩羅通上位。

齊洛還差著火候，但是沈藝那邊卻差不多了。

演技這玩意兒是可以練的，也是有技巧的，宋禹丞要做的就是讓沈藝快速成長起來。

萬花獎的最佳男配角，可不是那麼好拿。

這麼想著，宋禹丞往練習室走去，打算看看沈藝和齊洛的練習情況。

【第二章】

重返金牌經紀人

然而在他離開之後，一道人影出現在走廊轉角，分明是看了他許久的陸冕。

「謝千沉和嚴奇關係很好？」

「算是很熟，嚴少幫了他很多次。」屬下愣了一下，然後趕緊回答。

「嚴奇這人心軟，都是正常。和蕭家那頭說一聲，管不好蕭倫，以後就別放出來。多餘的別做，盯著點，別真的出事。」陸冕皺眉，看著謝千沉的背影心裡有些難受。

他查了謝千沉的過去，知道他背負著什麼。他很想幫謝千沉一口氣解決了，但他相信對謝千沉而言並不需要他插手。

血債血償，那些傷害過謝千沉及他師弟的人，只有謝千沉親手討還才算是真正的復仇。

突然想起謝千沉寫的那個罪案劇本，陸冕有種感覺，或許劇中背負了黑暗過去的偵探，其實就是謝千沉自身的心理寫照。

陸冕這頭在擔憂宋禹丞的事情，宋禹丞那頭卻已經回到自己的辦公室，簡單收拾一些東西以後，就往練習室那頭走。

下午三點，正是練習室最熱鬧的時候，而宋禹丞這次不是來挑人，而是來看齊洛。

他接下來要跟沈藝進劇組，會有兩個月左右的時間看不到齊洛，因此，他要先處理好小孩接下來的安排。

可出乎他的意料，宋禹丞剛到齊洛所在的教室，就看到齊洛低著頭站在那裡，像是在挨罵，一副可憐兮兮的小模樣還挺招人，再看那位負責教形體的老師，也被他哄得數落不下去。

所以這是犯什麼錯誤了？齊洛一向乖巧，宋禹丞還以為他是無意識淘氣，結果等走進教室一聽，也忍不住樂了。

竟然是為了吃飯這點事。

之前宋禹丞就說過，齊洛有點肉，雖然平時看沒有問題，但是想要上鏡好看，就必須再減重十斤左右。可齊洛現在正是發育期，既要減重，又不能耽誤營養攝入，所以老師給他制訂的食譜就非常嚴格。

可齊洛這孩子唯一的愛好就是起司，一天兩天還好，長時間下來就有點扛不住了。畢竟唯有美食不可辜負，再加上齊洛呆萌可愛，委屈巴巴地看著，配餐員也有點不忍心，就偷偷給他加餐，這下被老師發現了，下課後把他拉過來訓了一頓。

宋禹丞在外面聽著，也忍不住跟著笑。溫柔的笑聲顯得格外柔和，輕易就引起注意，於是老師和齊洛雙雙回頭，正好和宋禹丞滿是笑意的眼四目相交。

「千沉哥……」齊洛原本就不好意思，這會兒遇見謝千沉就更羞愧了。他是乖孩子，當然明白這些都是為他好，也不是不能忍，但是沒有起司的日子……

齊洛十分糾結，看著謝千沉的目光也多了幾分求助，這時倒不覺得他是大魔王了。

宋禹丞被齊洛逗得不行，伸手把小孩拉過來，揉了一把頭毛。

「好了您別生氣，回頭我說他。」宋禹丞邊跟老師打圓場，邊用眼角餘光看著身後的齊洛，在看見齊洛恨不得把整個人縮進他身後時，宋禹丞眼裡的笑意變得越發愉悅。

最後，就連形體課的老師都跟著繃不住笑了，這小孩怎麼就能可愛成這樣。

「行了行了，就只有你是好人，趕緊把你家的人領走！看著我就生氣！回頭上鏡太胖了可別說我不盡心。」

「怎麼會，是齊洛不對，他下次不敢了。」宋禹丞又替齊洛保證了兩句，然後把人帶走。

齊洛的新合約已經下來了，宋禹丞要帶他去簽約。

眼下正是練習最熱鬧的時候，走廊裡空蕩蕩的沒有人，齊洛跟在宋禹丞的身後，心裡越發忐忑。

這些天，他跟著許多老師學習，也聽說不少關於謝千沉的事情，明白謝千沉是多麼不容易。在這種情況下帶他，並且給出這種資源，可說是拚盡全力了。

齊洛低著頭，心裡的愧疚感不斷加深，並且開始反思自己這兩天的表現，覺得並沒有達到百分百努力。「千沉哥……」齊洛下意識抓住謝千沉的手腕，想和他道歉。可謝千沉的反應卻出乎他的意料。與此同時，口中突然多出的一抹甜意也讓他眼前一亮。

濃濃的奶味，還有……他最喜歡的起司！

齊洛頓時忘記了方才的鬱悶，驚喜地看著謝千沉。緊接著，他的手裡又多了一顆包裝得格外精美的糖球。

「這幾天辛苦了，再忍耐一段時間。」宋禹丞握著齊洛的手，引導著他把糖藏在褲子的口袋裡，「牛奶起司口味的奶球，晚上自己記得加練，要不就被發現了。」

「嗯！」齊洛用力點頭，忍不住也跟著笑了出來，覺得偷偷給他零食的千沉哥，簡直是全世界最溫柔的大魔王。

「給點吃的就傻樂，簡直呆死了！」宋禹丞捏了捏齊洛的臉，卻換來小孩更可愛的傻笑。最後沒辦法，只能牽著齊洛往辦公室走。

這孩子是沒救了，一顆糖都能把他哄得眉開眼笑，圈子這麼亂，也只能放在自己眼皮子底下看著了。倒是沈藝那頭，還算有點心眼，不用操那麼多心，就是沈藝的演技……

宋禹丞邊走，邊琢磨如何讓沈藝在最短的時間裡演技能有最大的突破。試鏡的確是過了，但是後面進組拍戲才是真正的戰鬥開始。

宋禹丞算計著沈藝進組的時間，給練習室那頭打了通電話，幫沈藝晚上又加了一節課。時間已經來不及了，他必須要用點特別的手段。

此時，宋禹丞這邊忙著布局，可另外一頭的羅通也同樣沒閒著。

上次劇組選角失敗後，羅通丟臉丟大了，心裡一直不甘心，想要弄些么蛾子來報復謝千沉。可越著急就越找不到機會，等看到蕭倫的事上熱搜以後，他才真正感到危機。

羅通看得出來，謝千沉是要為當年的事情復仇，如果真是這樣，那自己也絕對跑不了。

不，不行，他要先下手為強！羅通想著，突然看到總局官網發布的最新一條整改新聞，上面有關於經紀人資格裁定的規定。

羅通突然有法子對付謝千沉了！並且如果操作得當，他還能把謝千沉直接從圈子裡趕出去。

而此時剛剛和宋禹丞達成共識的曹坤，也同樣得到消息。不得不說，這次總局的整改手段，對謝千沉可稱得上是滅頂之災了。

曹坤皺眉，轉手給謝千沉發了則信息：你看著辦。

然後就放下手機，沒有再搭理謝千沉的意思。

他想看看，那麼自信滿滿嚷著復仇的謝千沉，到底要怎麼度過眼前這一劫。

其實簡單來說，還是關於經紀人排名那點事。

這個世界，不論是經紀人還是藝人都有相應的公眾排名。藝人自然不必說，按照人氣分級排行。至於經紀人的排行方式，自然是根據手下藝人的身價總和進行排行。這也是為什麼當年原身創下的登頂記錄，一直沒有人能夠超越的原因，他帶出來的流量藝人太多了。

光是螢幕圈就沒人能猜測出他到底有多大的能量。原身入行的時間並不是最長的，人脈的深度也遠遠不到和每位知名導演都有關係的地步，但是他的人面卻足夠，幾乎半個多螢幕圈的一線流量，都和他有點香火情，這樣的資源在手，他怎麼可能推不起新人？

而且當年，原身手裡有兩個超一線藝人，全國只有六位，可原身手裡就有兩位。至於剩下的四位，一位是他的師兄、一位是他當年帶過偷偷放走的藝人，剩餘兩位和原身的關係也相當不錯。

可說是整個娛樂圈裡最輝煌的存在，有這樣的成績在前，羅通就算是拚盡全力也無法超越。即便在原身落寞淡出後，他最多也只能是個萬年老二。

這也是羅通為什麼恨著原身的最主要原因。

而這一次，按照上面的整改要求，經紀人從業資格再次修正，要求必須手下至少有兩位五線以上的藝人才算是職業經紀人。至於金牌經紀人，必須有一位一線以上的藝人才能保有這樣的稱號。

而謝千沉這兩年幾乎沒有帶過人，現在手裡只有沈藝和齊洛兩人。可齊洛還沒有正式出道，沈藝就是個十八線。羅通就是看中了謝千沉現在手上無人可用這個漏洞，想反整回去。

畢竟謝千沉光是維持住職業經紀人的資格，就已經很困難了。兩位五線藝人，聽著好像十分輕鬆，但實際上想要進入五線以內，不是那麼容易的。

別看沈藝網路劇出道，也有些人氣，可這都沒有用，本身沒有定檔，頂大了個天也只能叫做公眾人物，甚至還沒有謝千沉的排名高。

謝千沉到底是拿過萬花獎的最佳男配角，所以縱使退圈多年，也依然還在五線最末尾的位置徘徊。這種情況下，按照官方下達的考核時間，謝千沉無論如何也不可能達到要求，他連兩位五線藝人都弄不出來，更別提還要一位一線藝人了。

在謝千沉的辦公室裡，總局那頭的文書通告和曹坤的短信幾乎是同時抵達，都是一個意思，就是距離最終審核時間還有一個半月，如果宋禹丞手裡沒有人，那就徹底完蛋。別說什麼報仇，他連繼續當經紀人的資格都沒有。

系統忍不住在腦中哀嚎：「總感覺要涼。【快要嚇尿了】」

宋禹丞頓時無語，並且覺得自家這個不靠譜系統，幸好是遇見自己，要是換成那種需要協助的執法者，就它這個反應，估計早就被投訴一萬次了。

不過現在遠遠不是琢磨這些事情的時候，按這紙公文的意思，他眼下的當務之急是想法子取得經紀人資格，好在原身還有另外一個身分，雖然是個馬甲，但卻是最大的助力。

包括曹坤在內，沒有任何人知道原身還是一名編劇。

這麼想著，宋禹丞心裡有了法子，同時給曹坤發了條短訊：曹總，最近上面是不是有個公益微電影的企劃？我想要這個機會。

「可以。」之前有過約定，即便曹坤對謝千沉翻身沒抱什麼期望，但他還是一口答應下來，然後讓人把報名表送到謝千沉手上。

與此同時，躺在醫院裡的蕭倫正在發飆。他原以為讓曹坤丟了那麼大臉面，曹坤肯定不會放過謝千沉。可萬萬沒想到，曹坤不僅放過了，甚至還傳出謝千沉重新受到重用的消息。

曹坤是智障嗎？還是謝千沉有毒？這十年來曹坤對他一直不理不睬，結果現在出了事，反倒把人當寶貝了！

重點是，曹坤家的公關也很厲害。之前他和曹坤一起丟人，現在他的熱度還在，曹坤反而已經退燒了，甚至曹坤只用一句「假藥害人」就把事兒給翻篇。

不過想想也是，曹坤本來就是浪子形象，至於那小嫩模給他戴綠帽，也不過是澄清一句話，大家樂一樂就過去了。

可他就不一樣了，人設崩塌之後，蕭倫是徹底洗不乾淨，關鍵那照片已經把網友們完全洗腦。會所、男公關、醫院，都是真有其事，就算他是被陷害也百口莫辯。

而且蕭倫到現在仍無法下床，就算想去找謝千沉和曹坤的麻煩都做不到，只能暗自堵心。

因此當他大哥來探病時，蕭倫第一個反應就是讓大哥幫自己出氣，可萬萬沒想到，反而被大哥的命令懟了一臉，差點氣暈過去。

「你說什麼？」蕭倫完全不敢相信自己聽到了什麼。他出了這麼大的事，大哥過來非但沒有安慰他的意思，反而告訴他被禁足了，還要強行把他送去國外。

「憑什麼？是曹坤陷害我的！還有謝千沉那個混蛋搞鬼，為什麼要把我送走？」蕭倫試圖反抗。然而這一次，蕭倫的大哥卻並沒有給他緩和的餘地，反而直接幫蕭倫轉院。

陸冕是什麼人，哪裡是蕭家能夠得罪的。雖然蕭倫的大哥不明白謝千沉一個落魄的經紀人是怎麼和陸家扯上關係的。但現在陸冕想暗中保人，還要不動聲色，他只能用這種方式讓蕭倫避開。

誰不知道謝千沉和蕭倫不死不休。而且他現在也拿不準陸冕到底對謝千沉有多重視，所以他不能拿弟弟的前途當賭注，該狠就得狠。

這麼想著，蕭倫的大哥對於送走蕭倫的念頭，變得更加堅定。

最後蕭倫抵不過兄長，只能同意出國。在臨走之前，他找了個機會想打電話給曹坤，然而曹坤沒有接，最後他氣不過，轉而打給謝千沉。

「你是不是很得意？」蕭倫的聲音咬牙切齒，「現在我被強行送走了，沒人治你了！」

「怎麼會呢？」

「別裝模作樣，我是不會放過你的！」

「那麼蕭先生是哪裡不想放過我？」曖昧的話語、旖旎的字眼，謝千沉的聲音就像是呻吟，輕輕呢喃著便讓人骨頭都酥了。

蕭倫原本就不舒服的下體，頓時越發脹得發疼，忍不住罵了一句。

可宋禹丞卻笑得更加開心，「看來蕭先生雄風仍在，真的是恭喜了。不過不用太感謝我，畢竟你長得不錯，我也玩得挺開心。不過我這裡忙，就不招呼蕭先生了，再見。」宋禹丞說完就掛斷了電話。

可蕭倫那頭卻差點氣背過去，謝千沉好大的膽子，竟然敢掛他電話！忙？謝千沉手裡只有兩個半藝人，竟然和他說忙？甚至說什麼他長得不錯，讓謝千沉覺得玩得愉快，這不就是說他和鼎瑞那些男公關差不多嗎？

蕭倫氣得不行，可他的兄長卻已經不給他任何時間，不顧蕭倫的掙扎，直接把人帶走，送上飛機。蕭倫走了，宋禹丞外部的麻煩暫時少了一點。可羅通還留在國內，並且還信誓旦旦要弄死謝千沉。

說來也巧，羅通不愧是老對手，就連眼光也格外一致。就在宋禹丞和曹坤提了想要那個公益微電影的企劃之後，羅通竟然也報名參加。

這就很微妙了。圈裡不少人都在暗戳戳地關注，猜測最後的結果。可謝千沉畢竟很久沒出來活動，所以支持他的人並不多，大多數人都覺得謝千沉是在浪費時間。

眼看著連經紀人資格都要保不住，這種時候弄什麼公益微電影，難不成就這麼一部微電影，還能把沈藝送上五線？簡直是天方夜譚！

羅通在得到消息之後，第一反應就是嘲笑，覺得謝千沉肯定是瘋了。

與此同時，沈藝和齊洛都面色凝重地在宋禹丞的辦公室裡。

「千沉哥，現在怎麼辦？」齊洛擔心得不行，但是又不敢表現出來，生怕自己給謝千沉添堵。

至於旁邊的沈藝，雖然一直沒說話，但攥緊的拳頭說明心裡也是相當緊張。

沈藝這幾天過得很煎熬，不僅是課業上的壓力，還有來自謝千沉給他的壓力。

沈藝和齊洛一樣都是私教課加練，可宋禹丞對他們的態度卻全然不同。不用看別的，只看齊洛被養得白白淨淨，分明也一樣累成狗，可精神頭卻相當飽滿這一點，就能看出來小孩是被寵著的。

再看沈藝，根本就是典型後媽養的。

和齊洛有一點進步就會被表揚不同，宋禹丞對沈藝的嚴厲幾乎到了苛刻的地步。沈藝做得好是正常的，一旦有問題就會得到一頓責罵。

沈藝出身低微，這樣的壓抑讓他深陷泥潭，可偏偏能救他的只有宋禹丞。但宋禹丞不想救。

不過短短幾天，沈藝就瘦了許多，臉色也十分難看，以前只是清秀文弱，現在看著就像是紙糊的，只要一吹就會跑。

至於沈藝和齊洛會一起出現在宋禹丞的辦公室，也只是碰巧。上面關於經紀人資格評定的新規則一下來，他們倆都擔心謝千沉，所以才會不約而同趕來。

然而對於他們這種擔憂，宋禹丞卻不怎麼擔心，甚至還淡定得彷彿是別人的事，與他無關。

直到他把手上的工作告一段落，才抬起頭對他們說道：「這些事你們不用管，我會處理。另外，既然今天來了，我就把接下來的安排和你們說一說。齊洛一會先跟助理回去，課程不要落下，我回頭要考你的，知道嗎？」

「嗯。我知道。」齊洛一如既往的乖巧，但還是擔憂地多問了一句：「千沉哥真的不要緊嗎？」

「不要緊。」宋禹丞摸了摸他的頭，然後示意他可以先跟助理離開了。小孩晚上還有課，休息時間

不多，宋禹丞不想讓他在這裡浪費時間。

而齊洛也明白他的意思，為了不給他添麻煩，只好答應下來。

然而在離開之前，他轉頭看了一眼門口的助理，突然從口袋裡拿了什麼出來，快速放到宋禹丞手裡，湊到他耳邊說：「千沉哥加油！別、別告訴老師。」然後就跑掉了。

什麼情況？宋禹丞一愣，接著低頭看，發現手裡放著顆晶瑩剔透的糖果，赫然是個許願糖。

不用問，準是齊洛和助理撒嬌得來的，小孩現在真是長能耐了！

宋禹丞有點哭笑不得。齊洛這個吃貨屬性，不管什麼時候都能萌他一臉，可萌歸萌，該制止還是要制止。

「再暗渡陳倉我就換掉你。」宋禹丞揚聲對外面的助理說了一句，態度極其正經，彷彿之前偷偷給小孩塞零食的並不是他。

「知道了。」助理也聽出他沒有生氣，但還是補了一句：「小洛很乖，每天就一顆，吃完了他會自己加練。」

宋禹丞沒說話，但是唇角蓄滿的笑意卻格外溫柔，寵溺的神情輕易能讓人沉溺。

沈藝在旁邊看著，心裡突然難受起來。差距就這麼大嗎？謝千沉對自己可不是這種態度。沈藝低著頭，心底深處的嫉妒不斷生起。

可沈藝到底擅於偽裝，並沒有讓人看出來。可事實上。越是這種不著痕跡的黯然神傷才最讓人心疼。沈藝的隱忍，在外人眼裡反而顯得格外委屈。

系統也忍不住在腦中哭訴：「嚶嚶嚶，怎麼辦大人，我覺得沈藝好可憐啊！你那麼喜歡小孩為什麼不對沈藝好一點？」

宋禹丞：「我對他好，誰來對謝千沉好？別忘了謝千沉的手原本是沈藝找人毀掉的。」

系統：「#￥￥%#%#@……所以這個世界到底是什麼鬼啦！嚶嚶嚶。」

毫無疑問，前面那串亂碼絕對不是什麼值得期待的內容。宋禹丞懶得問，也被系統的一串嚶嚶嚶鬧得頭疼，乾脆把它遮罩了，然後對沈藝說道：「今天回去早點睡，明天和我去拍一個微電影。」

「什麼？」沈藝整個人都怔住了。

謝千沉竟然開口就叫他去拍微電影，那分明是連出道都沒資格的龍套才會去拍的東西。他再不行，也算是個出道藝人了。謝千沉竟然讓他去演這個，就跟給他穿小鞋有什麼區別？

在聯想到被謝千沉寵著、哄著的齊洛，沈藝壓抑了很多天的脾氣徹底爆發出來。他上前一步，走到謝千沉面前，直接質問道：「謝千沉，我承認，是我先對不起你，但你鬧這麼久也夠了吧！不就是曹坤那點事？就算你恨我，也得有個限度！」

「和曹坤沒關係。」

「那是什麼？」沈藝怒極反笑，覺得謝千沉虛偽得可笑。

然而對於沈藝的爆發，宋禹丞根本毫不在意，甚至拿起一份新的文件看了起來。

這副滿不在乎的態度直接把沈藝氣炸。他不理智的伸手，將謝千沉手裡的文件抽走，強迫謝千沉和他攤牌。

「夠了！你就直說吧，你到底想要我怎樣？你畫出道來，我全都接下。」沈藝的眼神陰沉，盯著謝千沉的模樣彷彿是頭困獸。

他是真的快要被謝千沉逼瘋了，原本沒有齊洛，他還可以腦補謝千沉就是這麼冷情的人。可現在，他就算是想騙自己都不行。

沈藝原本對謝千沉就有點說不清、道不明的心思，現在這麼一刺激，忍不住又一次鬧了起來。

可宋禹丞卻冷淡地把他推開，「你既然想翻舊帳，那咱們就好好算一下。沈藝，你一直把鍋推在曹

坤身上，可你想過沒有，問題根源就在你自己。別的都不論，就說私生飯那件事，如果我手段不夠，你說最後會是什麼結局？」

「你什麼意思？」沈藝瞇起眼。

「我的意思很簡單。我給你一個假設。如果那瓶硫酸潑到我身上，你可以往下推想後續的情況會怎麼樣？首先，按照那瓶硫酸的濃度和劑量，我的傷勢肯定嚴重。其次，那個社區的情況你也懂，我獨居，沒有人管，必定要報警和叫救護車，那私生飯就會攤上官司，可她的父親位居高位，在事情沒有鬧大之前，想要保她出來很容易，隨後這位父親為了保證女兒未來沒有污點，自然要斬草除根，那麼問題來了，你猜我最後會怎麼樣？」

……會被弄死。沈藝盯著謝千沉，突然脊背發涼。他不是傻子，自然明白謝千沉這一連串的假設都是合乎情理的。

之前私生飯那件事鬧大以後，圈子裡不少人都說，謝千沉這一手幹得漂亮，就是因為鬧大了，牽涉到作風問題，王榮被徹查才算是徹底消停。要不然，依照事件惡劣程度，王榮權勢在手，想要保住女兒，就要祭奠了謝千沉。

想到這裡，沈藝原本的氣焰陡然消失，手腳也開始變得冰涼。

宋禹丞諷刺地揚起唇角，說出一句讓沈藝幾乎立刻崩潰的話：「所以沈藝，你憑什麼覺得我能輕易原諒你？」

是啊！他憑什麼覺得自己能夠被原諒？

就像是酷暑裡被兜頭澆上一盆冰水，沈藝愣在當場，半晌回不了神，原本就慘白的臉色，徹底失去所有血色，難看得像是鬼。

「對不起。」沈藝語氣乾巴巴的，不是不夠有誠意，而是因為不知道要怎麼懺悔才能得到謝千沉的原諒。

他原本以為謝千沉恨他，只是因為曹坤。可到現在話說開了以後，他才徹底明白，和別人都沒有關係，自始至終問題都在於他自己。

可……可他當時沒有選擇啊！他不想賣身給曹坤所以想要反抗難道有錯嗎？他抵抗不了、走投無路了啊！

盯著謝千沉，沈藝想說的話很多，可這些理由卻全都像是藉口，蒼白且虛偽。因為不管理由為何，都抵消不了他曾經差點害死謝千沉的罪名。

沈藝後退一步，原本就脆弱的身體變得更加搖搖欲墜。

而宋禹丞卻無絲毫同情，「每個人都要為犯下的錯誤買單，不是說事情沒有發生，你就不需要負責。畢竟，如果真的發生了，那你也就不需要負責了，因為需要你負責的人可能已經死了。」

沈藝啞口無言，木然地站在原地，做不出半分回應。

可宋禹丞的話沒停，他俐落地把剛剛列印出來的劇本整理好，放到沈藝手上。

「這是微電影的內容，你回去看看，明天開拍。方才的話都不用多想，工作上，你是我的藝人，作為專業經紀人，我有最基本的職業素養，不用擔心我給你穿小鞋，也不用琢磨我會使絆子，專心做好該做的事情，是你的，我全都會給你，畢竟我手裡只有你和齊洛兩個人。若沒別的事，你出去吧。」

「是。」這一次，沈藝沒有多廢話，直接就走了。但臉上的神情難看到了極點，甚至瀕臨崩潰。

沈藝的助理等在外面，被他這副樣子嚇了一跳。

而沈藝也不理他，上車就睡，到了宿舍就沉默地下車。

一直等到回到自己熟悉的房間，沈藝才算是回過神來，接著，眼圈就紅了。

他是真的難受。在得知謝千沉討厭自己的真正理由時，他的心就跟要碎掉了一樣，疼得無法喘息。

再看著手裡的劇本，上面編劇的名字更像一把利刃，幾乎把他的心臟捅得鮮血淋漓。怪不得謝千沉會讓他去演這部微電影，如果不是親眼所見，沈藝根本不敢相信，這微電影劇本的編劇竟然是文然！

文然在圈子裡可說是家喻戶曉了。

連續三年萬花獎最佳編劇得主，作品不多，但是每一部原創劇本都票房大賣。最擅長黑暗墮落向的劇本，華麗的文字和鋒銳的表現手法，厲害到了讓人只看劇本就已身歷其境。

甚至連最苛刻的影評人都說，文然的缺點就是太完美了。他的劇本完美到再厲害的導演和演員，都無法把裡面的韻味完整呈現出來。

因此，即便只是一部普通的微電影，衝著文然的名字就會有不少人爭搶上位。然而這樣的機會，謝千沉卻輕描淡寫地給了他。

如果是往常，沈藝肯定要欣喜若狂，現在他卻只感到悲哀。就連看劇本的眼神也漸漸變得痛苦。只不過這一次，他不再是因為嫉妒而痛苦，而是真切感到悔恨。

謝千沉說他是專業的經紀人，這句話真的是一點都沒錯。可這對於沈藝來說，卻並不是一件好事，甚至可說是噩耗。

因為這代表著，謝千沉不會虧欠他，而他的錯誤也永遠無法彌補，謝千沉也依然會和現在一樣厭惡著他。

經紀人和藝人，原本應該是一根繩上的利益共同體，然而他和謝千沉卻永遠只能當距離最近的仇人。哪怕他未來榮耀加身，對於謝千沉而言也依舊不過是一個不怎麼喜歡的合作對象罷了。

可他能怎麼辦呢？沈藝機械地看著劇本，他逼迫自己記住上面的臺詞。

時間不能重來，錯過的就是錯過了。沈藝徹底明白，自己和謝千沉的關係已經走到絕境。按照謝千沉的性格，他這輩子都無法得到原諒，也永遠無法像齊洛那樣，被謝千沉寵愛，即便未來他們走得再近、再親密，也永遠只有工作上的合作關係。

可如果他無法成為謝千沉需要的人，那麼他就連這層冰冷的關係也得不到。

但現在的他已經無法把謝千沉視作普通人，因為，他喜歡他，哪怕謝千沉對他恨之入骨，所以，眼下他唯一的出路就是成為最明亮的那顆星，雙手為謝千沉捧上榮耀，這樣才能讓謝千沉的眼神稍微落在自己身上。

沈藝心想，如果是謝千沉的話，哪怕被他視為賺錢工具也甘之如飴。這是他虧欠謝千沉的，也是他一輩子需要背負的。

沈藝躁動的心突然安靜下來，彷彿一瞬間就變了個人，他仔細看著劇本，沉浸其中，思考著如何演繹好劇中角色。

而宋禹丞那頭，把劇本交給沈藝之後也沒閒著，他先給楊導打了通電話。

「無事不登三寶殿，說吧！什麼事？」聽到謝千沉的聲音，楊導就鬆了口氣。但是聰明地沒有詢問熱搜事件的後續發展，畢竟謝千沉能打這通電話來，就說明事情翻篇了。

而宋禹丞也明白他的意思，笑著說出自己的來意：「有部微電影想找你拍，不知道有沒有時間？」

「微電影？」楊導也愣了一下。

「先說好，公益性質的，不掙錢。不過劇本是文然寫的。」

「你說誰的劇本？」楊導那頭好像撞到了什麼東西。

「文然。」宋禹丞極其平靜地吐出這兩個字。

「謝千沉，你真是太神了！這劇我接了！」楊導頓時欣喜若狂。文然在圈子裡可謂十分神祕了，一向獨來獨往，能接觸一次不容易，有合作機會，更是相當難得的事，因此楊導一口答應下來。

甚至還順手把自己的好兄弟、影帝李旭陽也給搭了進去。

後面，他又跟宋禹丞就合作細節說了說，結束通話後，楊導第一時間就給李旭陽打了電話，開口第一句就是：「旭陽！咱們有機會搭上文然那條線了！」

而宋禹丞這頭，在敲定楊導可以參與之後，又去聯繫另外幾個人，等到徹底確定參與人之後，宋禹丞也將公益片的企劃遞交上去。

曹坤那頭正跟幾位髮小在一起吃飯，看見企劃後差點一口啤酒噴出來。

「謝千沉是瘋了吧！」

「怎麼了？」湊巧嚴奇也在，伸頭看了一眼曹坤的手機，還沒看到裡面的具體內容，就看上面幾位參與人的名字，頓時也懵逼了。

公益微電影被謝千沉弄得這陣仗，怕不是什麼國外電影節參賽的文藝大片吧！

可緊接著，曹坤就突然拍著大腿笑了起來，「好一個謝千沉！有意思，太有意思了！」然後他親自給公司各部門經理發了訊息，裡面只有一句話，不管謝千沉想要做什麼，整個影寰都全力支持。

曹坤覺得，之前留著謝千沉是對的，養兵千日用在一時，他有預感，如果謝千沉這次玩得好，那影寰螢幕圈的春天就會立刻到來。至於壓了他這麼久的蕭倫，這次也得徹底跪下叫爸爸。

可嚴奇看著髮小這副志得意滿的模樣卻莫名生出一絲憂慮。嚴奇覺得，謝千沉這次出來，脾氣和性格都變了不少，就連手段也更加狠辣果決。他總擔心，曹坤會被反噬，畢竟按照謝千沉的報仇邏輯，曹坤就是造成悲劇的罪魁禍首之一。他現在和謝千沉合作，不外乎是與虎謀皮。

可曹坤似乎也同樣看出他的顧慮，笑著說了一句：「謝千沉不敢的。他以前那點事，早就破罐子破捽了。他真正在意的是圈裡的朋友，謝千沉乾淨，可他不能保證他帶過的每一個人、幫過的每一個人都乾淨。」

曹坤說這話的時候，眼裡透出些諷刺的意味，配合著他多情浪子的長相，越發凸顯出骨子裡的冷漠和絕情。

嚴奇覺得自己突然明白了什麼，緊接著心底泛起一絲涼意，為曹坤的不擇手段而心寒，也為謝千沉此刻危機的情勢而畏懼。

然而不管曹坤他們如何看，宋禹丞籌備的微電影依然準時開拍。

第二天，拍攝現場。才早晨八點，攝影棚裡就熱鬧非凡，楊導和李旭陽是最早到的，尤其楊導自帶團隊，連自家的御用編劇寧蘭也跟著來了。

「你這跟上趕著倒貼有什麼區別？」李旭陽忍不住調侃。

可楊導卻沒有半分知名導演的架子，反而駁了一句：「文然的劇，若是你，你不想倒貼？」

「是這麼回事。」李旭陽被懟了一句也不生氣，也跟著嘻嘻哈哈，各種期待。

至於後面過來的幾位演員，也和他們抱著相同心情。沒辦法，文然這部微電影的劇本寫得太巧妙了，每一個角色都這麼觸動人心，讓他們恨不得立刻就演出來。

可他們著急沒用，此刻最關鍵的人還沒到，但這並不妨礙他們開始期待，尤其是同為編劇的寧蘭。

對於寧蘭來說，文然絕對算是男神一樣的存在了。畢竟，數遍整個編劇圈子，文然是唯一一個達到二線藝人等級的編劇，人氣火爆到了他就算在網路上開個沒有任何內容的帳號，都有百萬粉絲守著。

因此，大家都很想見識一下文然到底是什麼樣的人。

可此時宋禹丞那頭，卻發生了點小麻煩。沈藝昨天受了刺激，又熬了一宿，身體根本扛不住，精神萎靡。早晨助理去接他的時候，差點被嚇得蹦起來，還以為沈藝已經病入膏肓了。

通紅的眼圈、慘白的臉色，還有毫無血色的嘴唇。

如果不是長相好，估計看起來和冤魂也沒什麼兩樣。

可即便這樣，沈藝也堅持要出門。助理沒辦法，只好臨時給他買了些成藥救急。

「謝哥，沈藝有點發燒，而且好像一夜沒睡，早晨吃了點東西也都吐光了。」沈藝的助理是真的著急，見到謝千沉後，趕緊和他說了一下沈藝的情況。

而宋禹丞卻像是看不見一樣，冷漠地指了指車子的副駕駛，示意沈藝上車。

「謝哥……」謝千沉帶人一向溫和，對自己手下的藝人大多像是對弟弟妹妹般寵愛。這次對待沈藝是真的有點太過了，助理看著都心裡難受，可他無法阻攔謝千沉，只能看著沈藝迷迷瞪瞪地上車，被謝千沉帶走。

車上，沈藝安靜地靠在椅子上，甚至連看謝千沉一眼都不敢。

至於宋禹丞，也沒什麼和他聊天的興趣。

從沈藝的宿舍到片場，距離不近。沈藝昨晚一夜沒睡，現在終於待在謝千沉身邊，即便知道這人還是討厭自己，但也難得安穩，竟然睡著了。

聽著沈藝的呼吸聲變得平穩，宋禹丞轉頭看了一眼，雖然沒有給他蓋上件外套，但還是默默把空調溫度調高。

系統：「沈藝會不會太可憐了一些。」

宋禹丞：「是可憐，但上輩子的謝千沉，都沒有讓人覺得可憐的機會，就結束生命了。沈藝罪不至死，我有分寸。」

宋禹丞說完便結束和系統的腦內對話。

等到到片場的時候，宋禹丞把人叫醒了下車，直接帶進片場。

可以說是萬眾矚目了，宋禹丞這頭剛進去，幾乎所有人的眼神都落在宋禹丞的身上，並且使勁兒往他身後尋找。

「不是，文然大神呢？」楊導先上來找人。

「沒來。」宋禹丞搖頭，「劇本都發給你們了，還要文然過來幹麼？」

「……」也是這麼個道理，但是楊導還是多問了一句：「你和文然很熟？」

「嗯。文然是我家的人。」

宋禹丞這話說得理所當然，這些人雖然震驚，卻無人懷疑，當年文然出道的劇本，就是謝千沉推上去的，後來文然聲名大噪，也是因為那部戲的關係。

現在謝千沉開口要文然給他寫本子，還真不算是什麼大事。不過雖然沒有見到文然有些遺憾，這些人對於這部微電影依舊十分看好，甚至覺得，即便是公益片，這部微電影也絕對可以爆火一把。

都是實力派，拍微電影自然是手到擒來，然而等到沈藝上場的時候，卻出現問題。

一個是因為角色的情感太複雜，一個是因為沈藝的年齡太小、閱歷不夠，所以這樣的角色，就算拚盡全力，也很難完美駕馭，甚至還有一種脫不掉的違和感。

「沈藝！你什麼情況！」

「卡！你這樣不行，你這裡已經快要失去意識，但是你還有信念，想要保護你的孩子，你明白我的意思嗎？」

「不，還是不對，你用力過猛了！」

「休息一下，你去找找感覺。」楊導煩躁地關掉機器，示意其他工作人員休息。

旁邊李旭陽見狀，趕緊寬慰了一句：「別心急，沈藝已經盡力了。這段劇情的感情不好把握，就算換成我也……」

「我知道，但是沈藝是這部微電影的最高潮。如果他不行，就前功盡棄了。」

其他幾位演員也跟著著急，但卻幫不上忙。

沈藝則是迷茫地從地上站起來，走到謝千沉面前，不知道該說些什麼。

他真的已經很努力了，可卻完全達不到角色的要求，在連續十幾次的NG之後，沈藝不僅是體力，就連精神也消耗盡了，他甚至開始懷疑，自己是不是不適合當演員？

可宋禹丞卻用冷到極點的語氣在他耳邊說了一句話：「沈藝，別以為裝可憐，我就會同情你。你欠下的，永遠還不清。」

沈藝腿一軟，整個人都向前撲了一下，直到手扶到桌角，才勉強站穩。

他用一種極為複雜的眼神看著謝千沉，彷彿謝千沉方才說的話，並不是對他說的，而是對別人。

再然後，他歪著頭琢磨了一陣子，就自己轉身去找楊導，表示可以繼續拍了。

出乎眾人的意料，這次的沈藝竟然一遍就過。不少人都用詫異的眼神看著謝千沉，不知道他到底和沈藝說了什麼。

倒是楊導嘆了口氣，難得對謝千沉有點不贊同，「把人逼成這樣，你是真不擔心。」看著鏡頭裡沈藝苦苦掙扎的模樣，配合著劇情，不需要做後期特效，都足以讓人跟著揪心。

然而宋禹丞卻笑了，「沒關係，他扛得住。沈藝演技有限，想要快速提升就只能這樣，沒有別的辦法。更何況，沈藝的五官太文弱，這樣的氣質要是演刷臉的偶像劇還好。上大螢幕，受到的限制太多，他想突破就要付出代價。」

「也是。不過這種法子，也就只有你能用，別人狠不下心，也沒你這演技。」楊導搖頭嘆息一聲，過了半晌，他突然開口詢問謝千沉：「我說千沉啊，以後真的不演戲了嗎？」

「不演了。」宋禹丞笑了笑，「早就廢了，我就當個經紀人養老挺好的。沈藝交給你，一會兒拍完我讓他的助理來接。」

說完，宋禹丞轉身就走，甚至都沒看完沈藝拍的最後一幕。

這個倒不是他故意虐沈藝，而是宋禹丞時間太緊，他接下來還有許多事要做。

雖然按照上面要求，宋禹丞如果想要保持經紀人的資格還是相當容易的。畢竟只是兩位五線藝人，一位沈藝就足夠了，另外一位，文然這個馬甲身分關鍵時刻也能用上，所以根本不足為懼。可如果他想保持金牌經紀人，就必須要有三位以上的二線藝人，和一位一線。

一線藝人宋禹丞心裡已有打算，至於這三位二線嘛，現在開始培養是來不及的，所以他打算去搶人。當年羅通他們說什麼來著？說原身不過是個拉皮條上位的，根本沒有真本事，那麼這次，他就讓那些人云亦云的，也該好好睜大眼睛看清楚，「本事」這兩個字到底要怎麼寫。

回到公司，宋禹丞要求下屬去統計現在圈裡二線藝人裡快要過氣的和正處在麻煩中的人員名單，其中，以羅通和那幾家死對頭的手下藝人優先。

「謝哥，這會不會太……」助理完全不懂謝千沉為什麼要這麼做。只覺得他這是浪費時間。畢竟，就算是污點藝人，選擇跳槽也不是那麼容易。

「甭管，照著做就行。」宋禹丞說完就示意助理可以走了。他這頭可忙，那邊公益片宣傳的事還沒安排好呢。

這次的宣傳，宋禹丞可不打算走常規路子。說白了，他找了那麼多實力派，最終目的是要推沈藝上位，那宣傳就要顯得格外與眾不同，而宋禹丞又是一個利益主義者。

這次公益片給的資金並不多，宋禹丞也不打算自己掏錢宣傳。

畢竟花錢少又容易引起話題的方式實在是太多了。所以，宋禹丞決定要去蹭熱度。可誰能料到，宋禹丞這個簡單的想法，居然又一次在網路上引起狂風巨浪。

對於一般粉絲來說，能搶到自家愛豆社群媒體的沙發，是一件相當幸福的事。畢竟誰也不知道愛豆什麼時候會更新內容，所以真搶到了，那絕對是幸運。

然而今天，對於那些熱衷於搶愛豆沙發的人來說，簡直是災難，他們從來沒有見過比謝千沉手速還要快的人，而且最讓人無語的一點，還是他的時機就跟事先知道哪些愛豆會發貼文一樣，幾乎一刷出來，謝千沉就立刻去留言了。

而他留言的內容，也相當的一言難盡。

影后發自拍，宋禹丞留言：「影寰正在拍攝的微電影實在是太好看啦！歡迎大家關注。」

歌壇唱將宣布新歌開錄的消息，宋禹丞下面留言：「影寰正在拍攝的微電影實在是太好看啦！歡迎大家關注。」

演員曬兒子，宋禹丞下面留言：「影寰正在拍攝的微電影實在是太好看啦！歡迎大家關注。」

一來二去，一條還好，兩條也算了，當出現十條的時候，那些被頻繁刷臉的網友們坐不住了。

「臥槽，這什麼情況？是廣告嗎？」

「這也太明目張膽了點吧！把我們影后當什麼了？」

「我剛才在另外一個女神的貼文下面也看到這個謝千沉了，他是怎麼辦到的？兩位女神幾乎同時發文啊，他竟然都能搶到沙發。」

「不行了，我好想弄死這個智障。」不少粉絲都怒了，覺得謝千沉簡直莫名其妙！

而最最喪心病狂的還在後面，宋禹丞竟然連八卦網紅都不放過，就看袁悅剛放出來的八卦新聞下面，宋禹丞的留言非常醒目。

謝千沉：「影寰正在拍攝的微電影實在是太好看啦！歡迎大家關注。」

【第三章】原來打臉還能蹭免費宣傳

在宋禹丞的操作下，網路徹底炸了。

「不行這個太有毒了，我感覺今天至少看見十次。」

「所以這到底是要幹麼？影寰好歹是大企業，難道窮得連正常行銷的錢都付不起？」

「關鍵這個謝千沉到底是什麼人啊！」

「等等，他不是兩年前拉皮條賣了新晉影帝韓斐然的那個經紀人嗎？他怎麼現在還能在圈子裡混，哪個藝人敢跟著他？」

於是謝千沉的黑歷史又被挖出來一次，可到底是老黃曆，說一說也就算了，真正讓人無法忍耐的還是謝千沉這個不要臉的宣傳方式。

眾人萬萬沒想到，謝千沉竟然連死對頭旗下藝人的官方帳號都去了，他也不刷屏，從頭到尾只這麼一條複製貼上的留言，可已足以掀起風浪。

尤其是有些小鮮肉家的粉絲脾氣躁，又十分護主，看見這種疑似砸場子的留言，肯定蜂擁而至，抱團罵人。

如此一來，原本好好的評論區頓時變得烏煙瘴氣，裡面罵街的、勸架的、看熱鬧的，什麼都有，簡直成了菜市場，甚至有殺紅眼的，就連正主下場都制止不了。

系統忍不住大笑：「咩哈哈哈，全網都是我們的廣告！大人我單身一萬年的手速是不是碉堡了？【喵星人占領世界.jpg】」

宋禹丞：「喔，可是我記得你未成年。」

系統：「不說實話還是兄弟。」

宋禹丞：「好噠。>_>」

面無表情收下系統發過來的一萬個【氣成河豚】表情包，宋禹丞算計著時間，拿起手機打開短信，

同時給楊導他們那些參與微電影拍攝的成員們群發了一條簡訊：由於經費有限，所以宣傳方法較為原始，請大家配合。

然後就轉頭開始忙別的事，他已完成微電影的前期準備，剩下就等著挖人了！

不過宋禹丞的挖人，和一般人想像中的模式可能有些不同。

宋禹丞一邊想著「沒關係，能夠達到目的就夠了」，一邊露出格外戲謔的笑容。

宋禹丞做事一向果斷有條理，計畫好了就按部就班執行。

此時，羅通那邊卻已經氣炸了。

「故意的，這絕對是故意的！他是不是看我們蕭總出國了，就趁機搞小手段。」一個和羅通一樣，手下藝人的官方帳號被謝千沉搶沙發刷爆的經紀人，忍不住爆罵道。

真不是他小心眼，換成平時也就算了，可今天他的藝人打歌，他這頭連商業吹捧的水軍都找好了，結果被謝千沉這神來一筆，把所有節奏打亂。

眼睜睜看著打歌下面的評論區罵成一片的場面，簡直混亂到令人崩潰。而且絕大多數腦殘粉已經罵紅了眼，粉頭不管怎麼說都沒人搭理，幾乎所有人都忙著討伐謝千沉，覺得自己是站在第一線的戰士！

至於愛豆打歌？那是什麼？現在沒空！我們正在捍衛愛豆的榮耀！打歌什麼的有緣再說吧！

然而像這樣的場景，並不只在那一個打歌小鮮肉的官方帳號下發生，而是好幾個。甭管發劇的、推廣告的、推綜藝的，所有人的重點都集中在謝千沉身上。

更有甚者，在自家愛豆官方帳號下罵得不爽，還要順著摸到謝千沉的帳號下面接著罵。

宋禹丞也很坑爹，他設置了不關注不能留言，於是這幫人眼睜睜看著謝千沉的粉絲數暴增，在短短幾個小時內成長好幾十萬。

就連他在五線藝人的人氣值評定，都因此上升好幾十名。雖然這些人氣增長都是虛的，可靠著被罵就能增加排名，也絕對是空前絕後了。

雙字的幾位經紀人全都被氣樂了，才這麼短短幾個小時，他們卻覺得比過了一輩子還費勁，全都被謝千沉搞到身心疲憊。

「我是真的服氣了，到底曾是金牌經紀人，不過耍點小手段，我們就拿他沒辦法。」

而始終沒說話的羅通卻忍不住冷笑道：「什麼小手段，這是赤裸裸在羞辱我們呢，連這都看不出來，你怎麼混的！」

「我是肯定比不上前輩您了，可您家的藝人不是也一樣遭罪嗎？」窩火窩了一下午了，誰都氣不順，平時或許還敬著羅通是前輩，現在話趕話，誰也不讓他。

而羅通被他懟了一臉也無話可說，接著再刷了刷網頁，卻發現又有兩個自家藝人發了貼文後立刻被謝千沉秒搶沙發，越發氣不打一處來。

關鍵搶沙發這事也挺技術的，羅通真弄不明白，謝千沉到底是用了什麼方法辦到的？能做到全部不落。難不成他找了駭客入侵全網，然後植入程式，只要有五線以上的藝人更新貼文，就自動搶占沙發？要不然光憑人力，絕對無法達到這種效果。

「所以羅哥咱們現在怎麼辦？」又過了一會兒，有和羅通關係比較好的經紀人小聲問他。至於其他人，也都用期盼的眼神看向羅通。

他們還真不是剛上來的新人，但遇上謝千沉這樣另類的操作，還真是頭一遭。

謝千沉不是用什麼陰謀或者套路，純屬在耍無賴，光明正大地蹭熱度，完全是連臉都不要。而且嚴

格來說，謝千沉刷得不過分，一則貼文下面就只一句留言，不撕逼、不回覆，就是單純做宣傳，連個合適的攻擊點都沒有，搞得他們很被動。

真要開罵了，顯得沒風度。要是放任不管又太窩火，簡直進退兩難。

「總不能讓手下藝人今天都別更新了吧！」有人繃不住說了個餿主意。

「那怎麼行？日常固粉還好，若真有正事要說，或要做宣傳的，你不讓發消息怎麼行？」

「就算讓你發也沒用，你看看現在哪裡還有熱度可言？」幾個人爭執不下，辦公室裡的氣氛頓時變得更加煩躁。

羅通聽得鬧心，乾脆一拍桌子，全都安靜下來。又沉默了一會兒，羅通決定反擊。不能任由謝千沉這麼鬧騰下去：「那些腦殘粉們不是要戰鬥嗎？那就乾脆挑明著戰鬥吧！就說謝千沉惡意鬧事，讓那些小鮮肉們呼籲腦殘粉舉報。」

「但謝千沉沒罵人。」

「他沒罵人，但是他惡意宣傳了。而且我記得網站有規定，超過多少人舉報就直接封號對不對？不行咱們就拚人數！」

「好，那就聽羅哥的。」其他經紀人也跟著紛紛聯繫自家藝人的粉頭們，打算開戰。

就由打歌的那個小鮮肉開始，哭訴自己好好地打歌，全都被謝千沉給弄黃了，質疑影寰是不是惡性競爭。

與此同時，那些粉頭們也在各經紀人的帶領下，試圖把腦殘粉的注意力引導到舉報封號上面。雙宇的應對速度可說是相當快了。羅通甚至計算好時間，最多兩個小時謝千沉就會被封號。

他想蹭熱度？那就是做白日夢！

可事情如果真的能像他預想的這樣發展，那宋禹丞也就不是宋禹丞了。

就在羅通帶人舉報謝千沉的時候，微電影的劇組終於結束一天的拍攝，準備休息了。

「這個千沉喔，簡直促狹得嘞。」楊導先看到短信，接著再刷了一眼網路頭條，差點沒被笑死，就連家鄉話都跟著迸出來一句。

至於其他一起拍劇的人，看到後也跟著笑得不行，就連沈藝也難得露出幾分笑意。

然而笑過之後，他們還是順勢配合。沒辦法，誰讓他們上了賊船呢？就算是丟人，也只能跟著謝千沉走下去了，要不然怎麼辦？羅通那頭帶著人舉報謝千沉，總不能這邊連微電影都沒播出，自家的企劃就被封號了吧！要真是這樣，實在是太丟人了。

於是楊導幾人也顧不上別的，趕緊先上網，按照謝千沉的交代轉發。

如果說，這一年裡娛樂圈裡最反轉的事情是什麼，謝千沉這個絕對算一個。

就在各家粉絲一起罵街的時候，竟然被自家愛豆打臉了。

最開始，是那發自拍被謝千沉留言的影后，她竟然轉了謝千沉的回覆：「確實特別好看，其中第一段的女主角是我。」

歌壇唱將也跟著一起轉：「確實特別好看，我唱了插曲。」

李旭陽：「確實特別好看，我演了第二段的男主角。」

楊導：「確實特別好看，我是導演。」

那些罵街的人頓時就消停了，甚至有種被毀三觀的感覺。

「臥槽！我高冷的女神怎麼了，這麼low的宣傳竟然配合了？」

「不是不是，他們是真的在做官宣，你沒看到嗎？導演、主演、配樂、後期，都有回應了，我的媽！竟然真的是微電影官宣。」

「可這不是野雞微電影嗎？為什麼我堂堂旭陽影帝會去？什麼鬼啦！我不相信！」

不少網友都迷茫了，完全分不清到底之前吵架是為了什麼。

而當袁悅做出回應的時候，更是震驚了網路上在關注八卦的線民。

袁悅：「確實特別好看，謝千沉是我小師弟。」

你又沒演，和你有什麼關係？這麼生硬的套模式簡直讓人哭笑不得。

可接著宋禹丞登入他的編劇馬甲「文然」的帳號，並更新了狀態以後，就連那些專業影評人也被驚動了。

文然：「影寰新拍的微電影真的特別好看，我是編劇。」

竟、竟然連文然大神都跟著下水了。

這下，所有網友都徹底沉默了，甚至開始懷疑謝千沉組織策劃的這部微電影，到底是什麼？

三屆萬花獎最佳編劇和影帝、影后聯手，還有實力派導演的整個劇組班子。不管怎麼看都不像是一部微電影的規格，哪怕是賀歲大片，這樣的陣容也實在是太少見了。

可偏偏謝千沉的宣傳卻跟開玩笑一樣，看著就很謎，根本在嘩眾取寵，簡直讓人想罵智障。

一時間，那些原本爆罵的人也不知道該說些什麼好。

而這時候就真的可看出來謝千沉在圈內的好人緣了，在微電影劇組班子紛紛真身回覆之後，那些原本觀望的人也終於看懂謝千沉的意思。

原來蹭熱度，還真的就是字面上的蹭熱度。更何況，不少消息靈通的人都知道謝千沉他們這次拍的微電影是公益性質的，還有上面保駕護航，而且主題十分溫暖，跟著轉發一下，絕對不會吃虧。

重點是，這微電影是謝千沉親手策劃的，製作團隊也是他親手選人，所以肯定能紅。他現在看似蹭熱度，實際上是給他們機會呢。

於是，不少人都紛紛私信給謝千沉說了一句謝謝，同時，乾脆在自己官方帳號以真身轉發了謝千沉的那條碰瓷回覆。

這下，網路就真的熱鬧了，一句「影寰正在拍攝的微電影實在太好看啦！歡迎大家關注」幾乎瞬間刷屏了大半個娛樂圈藝人的官方帳號，還有幾個促狹的，故意把這條轉發給置頂了。

到了晚上，就連網路頭條都忍不住報導了這件事。至於熱搜，更是從下午起就牢牢霸占了第一名。如果說，網路最讓人哭笑不得的三次熱搜來個排行，前兩天曹坤的綠帽還有蕭倫的萬金油都能夠算上，接下來就是謝千沉這個花式碰瓷了。

不少知道底細的人看到後都覺得哭笑不得，因為這三條熱搜，分明都跟謝千沉有關係。

於是劇組的群組裡出現以下對話：

楊導：千沉你真的是……

李旭陽：我也要笑死了。

寧蘭：我不知道你們，反正我轉發的時候很羞恥。

謝千沉：為什麼？沒花一分錢的熱搜，這是好事。

這可是好事了，現在整個網路都在討論謝千沉搶沙發的事情。甚至有聰明的小藝人還會反過來蹭熱度，發貼文之前喊著希望千沉大大來搶沙發，不然就感覺自己不紅啊！

而對於這樣的人，系統那個人來瘋，自然當仁不讓，完美把沙發搶走，滿足這些人的願望。

至於那些網友，也從一開始的憤怒，到中間的蛋疼，轉變成後來的無可奈何，乾脆放飛自我，追隨著謝千沉的腳步看他秒搶沙發。

還有人下注，賭謝千沉下一次會去哪個藝人下面安利。就這麼一條廣告，幾乎搞得全網的網友們都跟著放飛。甚至最後謝千沉這條洗腦蹭熱度廣告，竟然還變成網路自吹流行語。

這種神奇的走向，完全顛覆眾人的認知。可不管如何，微電影的初步推廣還是成功了。並且帶來一

波全民娛樂。

如果非要說誰有損失的話，那就是雙宇的藝人。他們這邊剛準備好和謝千沉開戰，架式都拉開了，那頭謝千沉變成全民熱潮。

這一下，雙宇這些藝人直接就被夾在中間，非常尷尬。甚至還有人嘲諷他們，連影后、歌王都跟著一起轉發了，你們這幫二線、三線的藝人，是不是架子太大了點！

反而這些人變成被諷刺的對象。

羅通的辦公室裡，羅通和雙宇公關部的負責人坐在一起，琢磨著這次的事件，越想越覺得憋氣。

「你們必須想辦法！我們現在完全被牽著鼻子走，你看看網上的情況，再看看影寰的熱度，難道還用我來剖析事情的嚴重性嗎？」羅通是真的著急了。

他一開始以為謝千沉是故意來噁心他們，可後來楊導他們全都站出來配合轉發的時候，羅通才明白自己被套路了。再加謝千沉的好人緣，幾乎大半個螢幕圈的人，都跟著配合玩隊形，更別提那些想要蹭熱度的人，肯定是前仆後繼，就越發顯得他們之前的吐槽和抨擊很蠢。

甚至還有種被排擠在圈外，人家全民玩耍，就不帶他們雙宇的彆扭感。

「實在不行，就只能等他們微電影拍出來之後。」公關部經理想了半天，覺得只有這麼一個辦法。

可羅通卻滿臉苦笑，越發感到心累。

等微電影出再整謝千沉？就憑謝千沉的這個班底，去參加國外電影節都夠了，他們雙宇要花多少精力、多少錢，才能跟上？

然而就在這時，一個特殊的消息引起羅通的注意。

他下意識點進去後，接著就笑了出來，「還真是天助我也，謝千沉這是自己在作死啊！」

「什麼意思？」公關部經理湊過來看了一眼，緊接著也眼前一亮。

他還真預料不到，謝千沉繞了這麼大的圈子、搭了這麼大的人情，弄了一手好牌，竟然是為了夾帶私貨，而且這個夾帶的方式還特別明顯。

沈藝。誰能想到，微電影有三段，氣氛最高潮的第三段，主角竟然是沈藝。

謝千沉真的是好大手筆，讓一票螢幕圈大咖推一個連五線藝人都算不上的沈藝出道，這種事也只有他才幹得出來。當然，很可能謝千沉本身並不是這麼打算的，只是想讓沈藝跟著沾點光。

但那又如何？並不妨礙他們扭曲真相。

羅通想著，和公關部經理互相交換一個了然的眼神，他們全都知道該怎麼做了。

是夜，一則新的網路頭條博得眾人的關注。

#論娛樂圈裡的真友情，半個螢幕圈大咖送十八線小藝人C位出道#

可以說是很毒了，雖然表面上沒有嘲諷沈藝的意思，只是單純在感嘆螢幕圈大佬們和謝千沉之間的親密關係。

可堂堂影帝、影后、實力導演、鬼才編劇，竟心甘情願湊在一起幫謝千沉捧沈藝出道，本身就是一件常人難以理解的事情。

之前羅通他們沒有點出來，沈藝的轉發並沒有引起眾人的注意，畢竟昨天轉發謝千沉自吹式留言的人太多了，沈藝真不算什麼。然而現在，沈藝卻被單獨拿出來分析，他一個新人，竟然能混跡在一眾大佬裡當主角，可見是萬千寵愛了。

可到底人家大佬們願意，所以不論怎麼看，都只能感嘆這幾位的關係真是太好了。至於那些後來幫著一起轉發的，更是彰顯出他們和謝千沉之間的堅固友情。

畢竟，這是有可能砸招牌的事情，萬一沈藝的演技不好呢？

「所以說，還是我女神為人厚道，突然更愛女神！」

「旭陽哥也是啊，微電影都不賺錢，有時間去一次商演，賺得比這個多。」

「楊導和文然才是真愛。你知道這兩位在圈裡咖位有多大？我聽說楊導是放下賀歲片的拍攝進度過來的。至於文然更是不得了，劇本是他現寫的。」

「臥槽！謝千沉在圈子裡關係這麼硬的嗎？沈藝這命簡直太好了吧！」

一時間所有人都在感嘆，沈藝有謝千沉這樣的經紀人，實在是命太好了。可很快，留言區的風向就開始變了。似乎是因為頭條的傳播範圍太廣，所以陸續有認識沈藝的人站出來說話，但這些人並非是替沈藝高興，而是故意抹黑。

「我的媽，這個收視毒藥竟然還在嗎？之前流量小花千萬大製作的網路劇，直接被他拖垮了，現在居然還出來禍害影帝和影后？」

「沈藝是我見過演技最爛的小鮮肉。口說無憑，有圖為證。【動圖】【動圖】」

「媽呀，就憑他在網劇裡的水準，竟然能演文然的劇本。雖然是微電影，但也是我文然大神的作品啊！突然心疼我男神。」

就像是雨後冒頭的春筍，一片一片的水軍帶頭黑沈藝演技，甚至還有人扒出來當初那個私生飯的新聞，就是沈藝家的私生飯，至於攻擊的對象便是沈藝現在的經紀人謝千沉。

這真相一爆出來，網友們頓時感覺三觀又被顛覆了。

「我的媽！連自己經紀人也算計了？我有看當時的報導，謝千沉家的大門都被消防斧砍了好幾道印子，那可是防盜鋼門。」

「門算什麼？你知道那幫私生飯手裡拿的是什麼嗎？是硫酸，還是高濃度的……」

「所以這謝千沉也是聖母了，沈藝這種人也能捧。可他自己傻逼就算了，為什麼拉我一眾男神、女神下水？」

「我真忍不了了！這個沈藝滾出娛樂圈好嗎？我們不想看到這種白蓮婊！」

隨著羅通他們的操作，越來越多人投入謾罵沈藝的隊伍中，不過短短一夜，幾乎所有關心娛樂圈的人都知道有一個心思狠毒、演技爆爛的新人，叫沈藝。

「這可怎麼辦？」影寰公關那頭已經完全慌了。不是他們不專業，而是實在沒有辦法，因為羅通他們的動作太快，黑料雖然大多似是而非，敘述也存在主觀引導，可所有素材都來自於現實。

沈藝本身又是新人，粉絲不夠死忠，作品水準不夠硬，根本站不住腳。他們就是想洗白做危機公關，也找不到合適的切入點，只能慌忙給謝千沉打電話。

「我知道了，你們不用管，這邊的事情我來負責。」

「千沉，你要是忙不過來要和我們說，畢竟都是同一家公司。」

「我懂，放心吧！我心裡有數。」宋禹丞放下電話，然後給袁悅打了通電話。

「那頭條是羅通他們搞的。」就像是一直在等謝千沉的電話，不過響了一聲，袁悅就接了起來，第一句就把前因後果點出來。

「我猜也是。」宋禹丞神色了然，然後對袁悅說：「師兄幫我個忙。」

「你說！」袁悅等著聽，可接著直接笑了出來，忍不住對著電話嚷嚷道：「謝千沉你夠了！」接著趕緊掛斷電話去幹活。

不過雖然嘴上吐槽，可袁悅心裡還是很服氣的，他明白謝千沉這法子絕對是送沈藝上位最快的方式。如果操作得當，這次不花錢的熱搜估計就又要來了。

這麼想著，袁悅突然有點憐惜羅通，花錢送別人家藝人C位熱搜出道，也是很心塞了。

然而袁悅和宋禹丞這頭忙著準備後續事宜，網友則隨著羅通買通的水軍指引，已經鬧得相當離譜，幾乎是開口「沈藝滾」、閉口「沈藝傻逼」的。

就連那些之前幫著轉發的螢幕圈大佬們，也有點不知所措。

劇組的群組裡，楊導幾個人的討論也是十分著急。

楊導：現在可怎麼辦？咱們馬上就開機發布會，小沈可是關鍵角色，這麼鬧下去，就很危險了。

李旭陽：那也沒辦法，沈藝之前的網劇實在是演太爛了。我本來還想看一段幫著解釋，結果看完差點眼瞎。

寧蘭：現在不是眼瞎的問題好嗎？

影后：主要是沈藝怎麼辦！我這頭資訊都接爆了，大家都在問。

這時，一直沒說話的謝千沉終於發言了。

謝千沉：放心我有法子，羅通大寶貝兒就是過來給我送人頭的！愛死他了，又一個免費熱搜。>_>

眾人頓時啞口無言。什麼羅通大寶貝兒，還愛死他了！現在都火燒眉毛了，也就謝千沉這裡不著急。可到底他才是沈藝的經紀人，眾人再著急也沒有用，只能旁邊看著，看他要怎麼回應這件事。

然而，等了好半天，他們沒看到謝千沉的解釋，而是兩個幾乎能把所有人都氣死的表情包。

謝千沉：「@八卦小能手，對啊！我們家藝寶就是這麼人見人愛、花見花開，半個娛樂圈大佬心目中的小甜甜，哪怕沒有演技，推了就是砸招牌，也仍想送他出道，怎麼樣？是不是嫉妒死你了呢！【表情包】【表情包】」

「……」原本在罵街的那些人，頓時啞口無言，心裡不約而同出現一個想法：這個謝千沉簡直不要臉到了極點啊！

可緊接著，宋禹丞發出來的九宮格照片，更是把這些人氣到差點升天，根本無話可說。

九張動圖都是沈藝，配上的旁白全都是一句話「命太好了怎麼辦」，嘚瑟模樣九連發，立刻懟了那幫罵街的人一臉。更打臉的事還在後面，之前那些他們誤以為是被沈藝蒙蔽欺騙的螢幕圈大佬們，竟然紛紛點了讚！

最過分的還是文然。文然竟然直接轉發了，並且評價：哎呀！「藝寶怎麼能這麼可愛呢！」

「臥槽，男神！你在幹什麼？」文然官方帳號下面的粉絲徹底炸了。說好的高冷大神，瞬間秒變癡漢是什麼鬼？還有這個寵溺的語氣、這個配合的回應，他到底是多喜歡沈藝啊！這該不是在逗他們吧！

赤裸裸的打臉，全世界都說沈藝是個白蓮婊，偏偏他被萬千寵愛，又能夠如可奈何？

這種感覺，頓時讓人不爽到了極點。而被宋禹丞@的那個八卦網紅也趁機反駁，並且再黑沈藝一把：「那又怎麼樣？演技垃圾，命再好也不會被認可。」

可宋禹丞這次的回應更快。

謝千沉：「可人緣好也是一種資本，回去告訴你家主子羅通，嫉妒也沒用，有種過來打我啊！【鹹魚拔刀式挑釁.jpg】」

這下，那些原本罵街的網友們有一種吞了蒼蠅的噁心感，甚至覺得自己是不是誤入了什麼幼稚園撕逼現場，就連智商都受到侮辱。

「我是不是看錯了？這是一個職業經紀人該有的回應？」

「這也太隨便了吧！拿出點被黑的自覺啊！」

「我感覺我看八卦的姿勢不對，稍等我把手機切成橫屏。」

可等到後面，就有人指出，謝千沉的話看似白目，可實際上似乎暗藏玄機。分明最開始扒了沈藝的是網路的八卦論壇，為什麼謝千沉會點名羅通？而且羅通不是雙宇的金牌經紀人嗎？為什麼說羅通嫉妒？這和開玩笑有什麼區別！羅通手裡的藝人比謝千沉多，他有什麼可嫉妒的。

但緊接著，袁悅那頭給出的證據足以讓眾人原本就不怎麼堅挺的三觀，徹底碎了一地。

還真是羅通搞的鬼。袁悅不愧是圈裡第一狗仔，調查得非常仔細。不僅把羅通找到的水軍公司列出

來，就連寫通稿的那個記者都扒了出來。結論是，羅通還真的是嫉妒我家千沉！

而袁悅的這次扒皮，只不過是謝千沉反手打臉的開始。緊接著，楊導賀歲片電影的定裝照和片花曝光，才是真正把羅通一幫人臉打腫的開始。

沈藝沒演技？呵呵，這句話本身就是最大的笑話！

就像是為了故意打臉那些說沈藝沒有演技的人，楊導這次的宣傳影片，難得不像以前喜歡賣關子、搞神祕，而是大大方方把所有定裝照和片花一次曝光。

於是新片官網上放出一張一張的定裝照，只看演員們的扮相就足以引起網友們的遐想，讓大家對劇情期待萬分。等翻到沈藝的劇照時，所有人都大感意外。

那是一種說不出什麼滋味的心情，大部分的人看定裝照，會憑第一眼的直覺評價好看或者不好看，但沈藝這張劇照給人的第一印象卻是可憐。

繁複華麗的皇子服飾，層層包裹著瘦弱的身軀，至於裸露在外的蒼白臉頰和細瘦腕骨，讓人忍不住替他擔心是否支撐得住如此繁重的衣物，不過真正讓人心尖揪疼的，並不是他的身體而是眼神。

雖然只有一張照片，可沈藝眼神流露出的情感卻遠遠比其他人的定裝照更有戲劇張力。

那種對救贖的渴望、對現世的厭惡，還有按捺不住想要毀滅一切的躁動，如此複雜的情緒，都透過他的眼神完整傳達出來。

「這、這是錯覺吧！沈藝不是花瓶嗎？」有人看完後就懵逼了。

就連那些之前被宋禹丞幼稚園式的挑釁回應，憋著勁兒要黑沈藝一把的人，也全都沉默下來。

一位演員有沒有演技，從定裝照就能顯示出一二。按照他們之前對沈藝的理解，像他這樣現代裝扮過於清秀的演員，很難體現古代皇子應有的大氣端莊之感，尤其沈藝沒有演技支撐。

可現在，定裝照卻將他們的臉都打腫了。

駕馭不了？不夠大氣？沈藝就像是有種魔力，外貌上的先天不足，竟然能化作優勢。尤其是那張比其他男演員都要小很多的臉，在層層宮裝的交領襯托下，越發顯得瘦弱、稚嫩、引人憐惜。

「一定是攝影和後期的神來之筆！這哪裡是沈藝？可別是找了個雙胞胎兄弟吧！」有人忍不住留言評論，並很快就引起眾人的贊同，並且還舉例上次楊導的御用班底，也一樣把花瓶修得好像是有演技，可正片一出仍是一無是處。

可這種言論，在看過片花後也很快就銷聲匿跡。

他們萬萬沒想到，戲中的沈藝竟然比定裝照更牽動人心。

尤其是李旭陽捏住他的下頷，要強迫他喝酒那一段，沈藝受盡屈辱卻不得不隱忍下來與虎謀皮的絕望姿態，看著就讓人為他心酸。

而沈藝最後被逼宮自盡前說的那句臺詞，更是充分展現了沈藝的實力。

「我是大雍的皇帝，可我也是攝政王的金絲雀。但是我不甘心。這天下是我戚家的，就算毀，也只能毀在我戚家人手裡！」

鮮血淋漓之下，是身為皇室龍裔最後的尊嚴。他可以死、他可以亡國，但這天下只要在他手裡一天，就不能改姓一天！這是他最後的底線，也是最後的尊嚴。

所以他甘願當個暴君，弒父殺兄，踩著累累白骨稱王。將亡國之君的恥辱一力承擔；所以他甘願成為攝政王的棋子，親手一點一點讓王朝走向覆滅。既然反抗不了，也不能毀在別人手裡。

可悲，卻又執著病態得讓人覺得可憐。

震撼。除了這兩個字，似乎再也沒有別的能夠形容沈藝帶給他們的感覺。

沈藝的聲線不是完美的男低音，甚至還帶著一些清越的稚嫩，可正是這種天真在染上滄桑後，才格外動人，就連字裡行間的絕望也不再做作，反變得恰到好處。

甚至只聽這臺詞功底，就已能感受到沈藝的演技。更別提沈藝和影帝、影后搭戲時的對峙，每一個細節都在述說著一個事實：他沈藝，絕對不是一個花瓶。

真的是相當乾脆俐落地打臉。在楊導片花放出來不到三個小時，沈藝又一次上了熱搜。

#打臉式演技#

而點進去熱搜話題，裡面的內容大多是一種感嘆：「太打臉了！到底是誰先說沈藝沒有演技的！」

「寧蘭這劇本也太厲害了。一個配角的小皇子，竟然是整部劇的靈魂，一般人還真的演不出這個要求。我懷疑之前那些引導輿論的帖子是不是有什麼陰謀，要不然沈藝這樣的演技，為什麼會被截圖變成表情包？」

「這不是很正常嘛！他之前演的是網路劇，全劇男女主角一起用合成特效，沈藝一個人對著空氣演，還能演成那樣已經很不容易了。而且那些無腦黑真的是以偏概全，沈藝在劇裡的人設就是個有點二的小傻子，演成傻白甜才是正常的啊！」

事態驟然轉變，當初他們怎麼黑沈藝，現在網友們對沈藝的演技就有多認同。

最重要的是這個熱搜並不是宋禹丞花錢買的，而是實打實的流量。

楊導在看到網路上的反應後就跟著笑了，覺得羅通對上謝千沉真是倒楣。

畢竟，如果沒有羅通之前的全網黑沈藝，那麼現在片花放出來以後，給人的反差感也不會這麼大，甚至變成全民話題。畢竟沈藝演技再好也是個新人，而李旭陽他們和劇組本身的流量雖然不俗，但也絕對達不到上熱搜的程度。

這下好了，羅通花大價錢送沈藝上熱搜，連劇組也跟著受益，省了一大筆宣傳費用啊！

不得不說，謝千沉那句話說得還真對。羅通的確是個大寶貝兒了，還是個免費千里送熱搜的大寶貝兒。楊導忍不住也生出幾分促狹的心思，轉頭就在群組裡給謝千沉發了一個大紅包，感謝他為劇組省下一大筆宣傳費。

而宋禹丞也絕，轉手竟然打賞給羅通，打賞原因是：「楊導對你免費熱搜的感謝。」

「臥槽！這謝千沉太皮了吧！我不是羅通都能感受到那種憋氣了。」

「神他媽的免費熱搜，我要笑哭了好嗎？好好的金牌經紀人撕逼，變成幼稚園吐口水表情包大戰現場，現在連這種路邊攤打賞嘲諷模式都出來了。我就想知道，謝千沉還能不要臉到什麼程度！」

「我只覺得這個謝千沉有毒，這麼能折騰，我竟然還覺得他挺可愛的！」

一時間，網友們再次被宋禹丞這個騷操作給逗笑。

可羅通卻被氣得七竅生煙，偏偏之前袁悅的錘子太硬，他沒法反手洗白。謝千沉嘲諷他，也只能硬生生扛著。

「你們公關部就一點辦法也沒有嗎？」羅通已經被氣到失去理智，不知道要如何做才能解決危機，只好把希望放在公關部經理身上。

可公關部經理比羅通還要崩潰，羅通是雙宇的金牌經紀人，手下藝人最多也是流量最好的。可現在，謝千沉這一手等於釜底抽薪，羅通出事，他手下的藝人也紛紛被扒。

畢竟仇家和對手是不會因為你落魄或身處麻煩，就放棄踩一腳的機會。因此，他們整個公關部今天都忙翻了，藝人的公關危機還沒解決完，哪裡顧得上羅通？

與此同時，宋禹丞那頭為了趁機給沈藝固粉，也難得正經了一次，適時放出沈藝的相關情況。而這條長文的重點則是放在沈藝簽約影寰後，接受的訓練課程。

光是聽課程名稱就繁重得令人咂舌，再看看沈藝的課程安排，每天七點起床、七點半開始上課訓練，中午幾乎沒有午休，晚飯後還有加課，可以說一天二十四小時，有十四個小時都在學習，這麼勤奮怎麼可能沒有成績？

而謝千沉最後的總結，也讓人感覺心裡酸酸的。

謝千沉：「沒有什麼成功是一蹴而成的，沈藝很好，我為他驕傲。」

接著搭配一張沈藝在車上睡著的照片，過於稚嫩的臉上滿是疲憊，消瘦的下頜和過瘦的頸部線條，也讓人忍不住為他擔憂。

「突然覺得，之前罵他有點不對，一直以為藝人的工作很輕鬆，現在看著沈藝，感覺比當年高考還要辛苦。」

「怎麼可能輕鬆啊！咱們看電影就兩個小時，但是他們拍完整部劇卻需要好幾個月。而且大夏天穿著那麼厚的劇服，一遍一遍地演，想想就覺得很遭罪了。」

「所以說，每一行都不容易，怪不得之前那些圈裡的大咖都寵愛沈藝，換成我也喜歡這個勤奮的小孩，給我們辛苦的沈藝弟弟點讚！」

一時間，沈藝的路人緣又上升了一個高度，雖然離巨星還有很遠的差距，但是這場鬧劇後，他在眾人眼裡，也算是青年演員中的演技派代表，這本身就是一件難得的好事了。

宋禹丞的辦公室，沈藝敲門進來，說的第一句話就是謝謝。

「沒必要！」宋禹丞搖頭，「我是你的經紀人，幫你處理危機公關是最基本的。沒什麼事就去看書，你的演技還差遠了。」

「我知道，但仍要說謝謝。」經歷過這次的事情，沈藝的精神狀態已經好了很多，最起碼不再像以前那樣死氣沉沉。

在離開辦公室之前，他突然沒頭沒腦地說了一句話：「謝千沉，你永遠都別原諒我好嗎？即便我捧了獎盃回來給你。」

沈藝這句話說得忐忑，可宋禹丞卻明白他話語裡的含義和希冀是什麼。一直不原諒，就代表心裡一直裝著他。沈藝這人也有點意思，他竟然不怕自己恨他，只怕自己忘了他。

宋禹丞大感意外地抬頭，和沈藝四目相對，卻看到沈藝眼裡的依戀和期待，忍不住勾了勾唇角，「我看你表現。」

「嗯，不會讓你失望。」沒有被全然否定，這讓沈藝的眼裡瞬間迸出巨大的驚喜，他恭敬地朝謝千沉行個禮，然後轉身離開了。

因為他突然覺得，或許未來並沒有那麼黑暗。

而留在辦公室裡的宋禹丞，看著他的背影忍不住搖了搖頭，然後收拾東西，準備下班回家。

可不知道是不是趕巧，宋禹丞把車開到家門口，剛下車就碰見陸冕。看那樣子，他似乎也剛到。明明號稱B市最安全的社區，可陸冕卻每次都能被放進來，真讓人不知是否該感嘆這個世界對資本家的待遇真優渥。

這麼想著，宋禹丞不禁開口調侃：「好像每次見到你，都是被堵在我家門口。」

「是你太忙了。」陸冕晃了晃手機，暗示宋禹丞，分明說好要合作，卻過了這麼久都沒聯繫他。這就很尷尬了。宋禹丞也難得理虧，溫聲解釋了一下：「我是真的有事情忙。最近忙著經紀人資格的事情，要是不成，飯碗就砸了。」

「嗯，我知道，所以一直沒有催你。我這裡不著急，可以等。」陸冕的語氣很平和，甚至充滿誠懇，一點總裁的架子都沒有。

系統：「欸，陸冕大美人真的是好棒啊！人長得好看就算了，就連性格都這麼溫暖。」

而一向和系統唱反調的宋禹丞，這次卻也忍不住贊同地跟著「嗯」了一聲。

接著，就下意識帶著陸冕上樓，並一邊和系統八卦了幾句陸冕的好脾氣。而這段期間，陸冕一直安靜隨行，所以宋禹丞的腦內對話沒有被打斷。

等兩人進了家門，陸冕說要煮夜宵跑去廚房後，宋禹丞才突然反應過來，這劇情發展究竟是怎樣的鬼畜。

所以說，堂堂渣攻的金大腿、這個世界最大的boss，為什麼會出現在他家的廚房做飯？就算宋禹丞的腦子被工作填得再滿，也看出來陸冕對他的一絲絲不同。

系統：「哇哇哇哇哇哇！有姦情！」

宋禹丞：「閉嘴！」

同時陸冕端著餐盤出來，米色格子的圍裙穿在他身上，除了居家以外又多了一點誘惑感。

宋禹丞眼前一亮，忍不住打量了一圈。眼神像是看見獵物的野獸，帶了點掠奪的強悍。

有、有點太專注了……

陸冕把筷子遞給宋禹丞，手卻有點抖，耳朵也跟著紅透了，意外顯得相當純情。

宋禹丞忍不住低聲笑了，溫柔的嗓音讓陸冕的心也跟著猛烈地跳動了兩下，他下意識舔了舔乾澀的嘴唇，舌尖帶出一絲水氣，讓他原本偏豔麗的五官變得更加靡麗。

宋禹丞瞇起眼，下意識湊近了看。

「對不起，你……」陸冕想說話，卻被宋禹丞的手指按住了唇。

緊接著，他鼻梁上的眼鏡也被拿下。

「平光的。」依然還是那種帶著笑意的語調，可不知道是不是因為姿勢和氣氛太過曖昧，因此顯得格外誘惑，有一瞬間，陸冕腦中變得一片空白，但宋禹丞落在耳邊的話語卻格外清晰。

「陸總，你比我帶過的任何一位藝人都好看。」

可以說是相當不客氣了，然而陸冕沒有覺得被冒犯，甚至感到一絲莫名的欣喜。

謝千沉自己就是圈裡數一數二的美人，帶過的都是娛樂圈裡高顏值的藝人，而這樣的謝千沉似乎因為自己的長相而失態了。

陸冕突然對自己的外貌感到十分滿意，甚至決定回去後要找一位品味不錯的時尚造型師，替自己好好打理一番。下次見面，他想從謝千沉眼裡看到更驚豔的神情。

於是，他下意識地推開謝千沉，打算起身告辭了。

「時間有點晚，我不打擾你休息。」陸冕的臉上依舊還帶著被宋禹丞調侃後的紅暈，可聲音維持著一貫的平靜，這種反差最容易引人好奇，想將他佯裝的表面打破，逼迫他露出更羞恥的一面。

宋禹丞覺得自己似乎被陸冕不著痕跡的誘惑了？可他不得不承認，這樣性格的陸冕，的確是他會喜歡逗弄的那一種。可即便如此，宋禹丞沒有挽留陸冕離開。

不是他不想，而是陸冕始終讓他覺得很危險。畢竟這樣的強者怎麼可能如此無害？除非他對自己有什麼目的。宋禹丞決定要再觀察一下。

陸冕是他未來計畫中最重要的一環，他跟陸冕合作的那個劇本，是他日後最大的憑藉，也是他和曹坤分道揚鑣的最好切入點。

因此，他必須確定陸冕的心意究竟如何，同時也必須加快腳步，在徵文截止前解決經紀人資格的問題。尤其是他想挖走的那幾個二線藝人，在沈藝這裡的戰鬥勝利後，也終於可以開始進行了！

【第四章】

挖角是個技術活

打開屬下傳過來的資料，宋禹丞簡單看了兩眼，接著忍不住笑了出來。

宋禹丞萬萬沒想到，羅通愛他愛得竟然如此之深。千里送人頭就不說了，甚至不動聲色地把機會送上門。

在符合挖角條件的二線藝人名單裡，排在最前面的兩個人都是熟人。一個是和沈藝爭奪角色的小鮮肉，另外一個是之前羅通讓人潑沈藝髒水，說沈藝沒演技，是「收視毒藥」那部被爆罵的網路劇女主角——白思薇。

那小鮮肉現在倒還好，白思薇卻可說是聲名狼藉了。

用網友們的話說，拿著高價演出費，卻一天都沒去過片場，全天在家裡對著空氣瞪眼睛，這麼合成出來的網路劇，就算是群演都比白思薇演得真實。

原本這事兒早就過去了，可現在沈藝聲名鵲起，這部算是沈藝出道的網路劇，就又被人提起。

按照現在網路流量的火熱程度，一部男女主角都是二線藝人，並且原著是IP熱度極佳的劇，播出後成績再不好，也總該有幾千萬點擊量，可偏偏這部合成神劇的點擊是五年內網劇墊底。更有甚者，就連那些網紅剪輯合成穿幫劇情的吐槽視頻，都比網劇單集的點擊量好。

白思薇看著網上又湧現對自己的吐槽，十分無語，對羅通也生出不少怨恨。其實最開始，白思薇是想去劇組演戲的，可偏偏當時羅通給她安排了另外一部電影，檔期排不開，就要求她這種網劇隨便糊弄一下就算了。

可現在真出事了。誰能想到一部網路劇竟然能引來這麼多技術帝，三下五除二就把那些合成的真相找出來，白思薇也被貼上合成女王這樣堪稱侮辱的標籤。

原本這事都已經壓下來了。可偏偏羅通要算計沈藝，又一次強行帶她出鏡，舊帳甚至翻得比之前還要厲害。看著網路上越來越多的罵聲，白思薇煩躁地捂住臉。她的助理也跟著著急：「思薇姐妳別放

棄，我再去聯繫羅哥。」

可助理打了半天電話都沒有得到半分回應，她不甘心地又打了好幾次，毫無疑問都是石沉大海。拉住小助理，白思薇摸了摸她的頭，然後嘆了口氣，「做錯了就要付出代價，讓他們罵吧，都是我該得的。」

白思薇語氣平靜，好像並不在乎，可小助理卻已經哭了出來，因為白思薇實在是太冤枉了啊！當初網路劇用合成的方式演戲是羅通的提議，發生事情後，男主角躲起來，所有的鍋就全扣在白思薇頭上。

而羅通的洗白方式也很絕了，他竟然故意曝光白思薇演戲期間懷孕這種八卦，來轉移公眾注意力，而並非強調參與的電影拍攝檔期排不開，這個更直接也更讓人信服的理由來道歉解釋。

這下，公眾視線被轉移了，可白思薇作為演員的名聲也徹底毀了。甚至現在被罵爆，羅明更是連個屁都沒放一個。

「那個謝千沉說得太對了！羅通就是個廢物，還什麼金牌經紀人呢！沈藝出事，謝千沉第一個就站出來了，半個螢幕圈的人都跟著幫沈藝洗白。再看沈藝的資源，他明明連五線藝人都不算，卻演了楊導的電影。要不思薇姐妳也跳槽吧！」

「哪裡有這麼好跳，以前還行，以我現在的名聲，怎麼可能還有人樂意花高價違約金把我挖走？那都是做夢。」

「唉！」助理也明白這個厲害關係，深深嘆了口氣，沉默下來。

這一夜，對於白思薇絕對是最難熬的晚上。但是到了凌晨的時候，竟然意外出現轉機。白思薇萬萬沒想到，謝千沉發了一則貼文，讓已經被全民嘲諷的她，有了扭轉形象的機會。

宋禹丞之前因為沈藝的事情，在網路上鬧騰了一大圈，懟了不少人。現在好不容易消停下來，竟然又一次開始發力了。

就像是和羅通對上了一樣，宋禹丞那個欠扁的語氣，真的是讓人看著就忍不住要笑出來。

謝千沉：「@雙宇羅通，羅通大寶貝兒，你現在是不是正在為不知道如何洗白而感到鬱悶？來找我啊！我有辦法！你放心，為了感謝你千里送的不花錢熱搜，我這次提供的服務也是免費的呢！【象拔蚌式自信.jpg】」

臉被打得啪啪作響，雖然隔著網路，可謝千沉那個說話的語氣，和那個令人髮指的表情包，全都代入感極強。羅通甚至覺得彷彿謝千沉正和他面對面說話，抬起手，一巴掌、一巴掌抽在他臉上。

羅通氣得當下摔了滑鼠。謝千沉真的太損也太流氓，通常經紀人危機公關之間的戰爭，都是無硝煙的博弈，私底下再髒，面上也依舊保持著基本風度。可謝千沉不是，他把所有事情都擺在明面上，明目張膽地打破各家之間的潛在平衡。他到底想要幹什麼？

羅通煩躁地在屋子裡走來走去，滿腦子都被謝千沉的話給洗腦，甚至開始迷茫，產生自己現在是不是應該什麼都不做才對的錯覺，否則就是給謝千沉送把柄？

畢竟謝千沉的手段太奇葩了，完全仗著他的好人緣恣意揮霍。加上他不是藝人，手下也沒什麼藝人，在網路上這麼鬧一鬧，公眾就算膩歪他三天兩頭出鏡，他也沒什麼損失，甚至那些愛看熱鬧、唯恐天下不亂的人，就喜歡看他這麼裝瘋賣傻地折騰。

反倒和謝千沉斤斤計較的自己變成大家眼中的傻子，人家開玩笑呢，就你腦殘、你當真。這種上不上、下不下的感覺，好比跟吞了隻蒼蠅一樣，讓人噁心得不行。

羅通又喝了一大杯咖啡，苦澀的味道終於讓他被謝千沉挑撥到極為敏感的神經冷靜下來。

羅通在心裡告誡自己，這是謝千沉的策略，不能被他牽著鼻子走，就算他原本是經紀人裡的第一人，但是現在自己才是站在榜首的那一個。

更何況，娛樂圈就是這點事，想要轉移公眾視線的法子太多了。有能耐的狗仔不是只有袁悅一個。謝千沉憑藉的不過是以前留下來的人脈，但是人情債還一次，少一次，就算當年他和半個娛樂圈的人都有點香火情，這次鬧了這麼一大圈，也該還得差不多了。他就不信，謝千沉能掐著那麼點人脈活一輩子，早晚有他不行的時候。

這麼想著，羅通也乾脆不再搭理，決定把謝千沉當傻子，轉頭去做自己應該做的事，羅通打算再買一條新聞結束現在不利的局面。

他聯絡了之前蕭倫報復曹坤時找的那個狗仔，這次收了羅通的大價錢後，那人給出一個相當爆炸的消息，就連羅通也沒想到能得到這麼大的新聞。

娛樂圈著名單身天王，孩子竟然已經三歲多了，還附上正臉照。

照片拍得相當清楚，雖然暫時分辨不出來具體是誰的孩子，可是精緻的五官已經初現端倪，能夠判斷未來會是個美人坯子，父母肯定也相當出色，否則孩子很難長得這麼漂亮。

如此爆炸的八卦頭條，一下子就把眾人的目光給吸引過去。而那個狗仔也相當有套路，八卦不是一次性報完，放著這個引子讓大家猜測，最後留下一條明天見，還有更大的爆料作為伏筆，戛然而止地恰到好處。

公眾視線立刻被轉移，評論區的猜測也早就爆棚。

畢竟輝煌期的藝人、單身、天王，還長得好看，這些條件篩選下來，其實只剩那麼幾個人。照片上的女孩穿著小裙子，看起來只有三、四歲。再篩選一下，目標就更加明確了。

「我猜是喬銘宇。大前年他拍《尋夢緣》大火，人氣最旺的時候，突然去國外留學，一直過了大半年才回來，現在算算不正好是結婚？」

「不對不對，喬銘宇在國外深造時也沒有脫離公眾視線啊！而且喬銘宇的學校也有粉絲在，說他每天都去上課，一天不落，還拿了獎學金。」

「那就是夏熙？夏熙這兩年一直說身體不好，工作接得都少了，沒準就是回歸家庭啊！」

「我覺得不像。夏熙之前演唱會都病倒了，在片場還送去急診過，被醫生下了通牒必須休息，這總不是虛假新聞吧！」

「是誰我覺得都無所謂，不過就這樣把人家孩子曝光出來真的好嗎？」

「藝人都有合約，當了公眾人物就有被消費的準備。他要是立的普通人設，我覺得倒是無所謂。可如果走的是圈女友粉，說自己不結婚，一輩子只屬於粉絲，就等於是在欺騙了吧！」

「不是樓上聖母，是你有病！現在還不知道是誰就這麼罵。就算真的立男友人設，那也是找藝人的麻煩，和人家小閨女沒有關係。」

一時間，眾人議論紛紛。

至於羅通和謝千沉之間的那點小恩怨也徹底變成了毛毛雨，除了之前覺得謝千沉這種不要臉的直白蹭熱度有點意思的人，還留下關注之外，其餘全都投入到更有趣的八卦討論中。

羅通看著網上風向的轉變，終於鬆了口氣。至於那個背了黑鍋的藝人是誰，他並不關注，他需要做的就是拿出比藝人給狗仔的封口費更多的錢。這樣，等到真相曝光後，網路上再炸一波，他就能徹底把自己摘清了。

羅通這邊如此愜意，另外那頭背鍋的天王徐子恒則是氣死了。

說來都是無妄之災，徐子恒之所以隱瞞婚姻完全是出於保護家人的目的，他雖然有很多女友粉，但徐子恒從來沒承諾過會為了粉絲單身，都是外界以訛傳訛。

現在他已三十多歲，到了可以公布真實婚姻狀況的時候，原本打算要找個合適的契機宣布，可萬萬沒想到竟被狗仔提前曝光了。

甚至連他努力保護的女兒，直接被曝光正臉照，這讓徐子恒十分氣憤。

的確，對於圈裡的一些藝人來說，孩子是他們圈粉維持人氣的一種手段。徐子恒也無法鐵齒地說自己的孩子永遠不會走到公眾鏡頭下，可現在，他閨女才三歲，還正是天真爛漫享受童年的時候，他不希望孩子在這種時候背負太多。

更何況，看網路上的一些激進言論，若真的完全曝光，只怕閨女身上要承擔更多的謾罵，這是他最不想看到，也最不願意看到的。

可現在又能怎麼辦呢？聽著手機裡傳來的忙碌音，這已經不知是徐子恒第幾次試圖和狗仔溝通，可屢屢被拒，最後連人都聯絡不上了。

徐子恒第一次覺得如此絕望。然而就在這時，一個關係不錯的好友突然聯繫他。

「子恒，實在不行，還有一個辦法。」

「什麼辦法？」徐子恒生出一絲希望。

「去找謝千沉。」

「謝千沉？」徐子恒就愣住了，甚至懷疑自己的老朋友是不是在坑他。

圈子裡誰不知道謝千沉是什麼人？雖然他在螢幕圈的人緣的確很好，但那也改變不了他當年拉皮條的事實。而且當年路文淵和韓斐然的事情曝光後，幾乎所有跟過謝千沉的人都被扒了出來，要不是最後韓斐然自殺將事情鬧得太大，讓幾位幕後大佬全部站出來下達封口令，否則就連謝千沉都得吃上官司。

可現在居然告訴他，想要擺平就去找謝千沉？真的不是要趁機賣掉他嗎？

更何況，謝千沉這兩年等於被雪藏了，一個兩年沒帶過藝人的經紀人，就算以前再有本事，要立刻把人脈撿回來也不是那麼容易。

然而他的朋友卻笑了，「你不去就別後悔。我只說一件事，他前兩天能不花一毛錢，就讓羅通送沈藝上熱搜，這些事情表面看著很扯淡，可若換一個人，你覺得可能辦到嗎？謝千沉這次出來，行事章法比之前還讓人捉摸不透，但以你現在的情況，若說娛樂圈裡有誰能幫你扭轉乾坤並且不掉人氣，恐怕也只有謝千沉辦得到了！」

「我知道了。」徐子恒也是走投無路，最後應承下來，掛了電話就去找謝千沉。

「謝哥，是小洲叫我來找你。」徐子恒想了半天，找了一個聽起來還算合適的稱呼。謝千沉當年比他早出道，圈子裡算是前輩，叫一聲哥也算是尊重。

宋禹丞在一接到電話時就已猜到他的來意，沒等徐子恒說完就告訴他：「放心，這事兒我幫你擺平，回頭把你閨女藏好就行了。」

「啊？啊！那太感謝您了。」謝千沉的爽快反而讓徐子恒愣住了，過了好半天才反應過來，等到謝千沉掛斷電話，他仍感覺自己好像在做夢般。

這種棘手的麻煩竟然被謝千沉說得跟吃飯喝水一樣簡單，不得不說，正是謝千沉這種格外從容的態度，讓徐子恒原本提起的心也莫名放下不少。

既然左右都是等死，不如期待一下，看看是不是真有奇跡發生。

徐子恒把最後的希望寄託在謝千沉身上，而宋禹丞那頭卻一點都不著急。

其實宋禹丞早就看透了羅通的這個技倆，也已準備好後手等著。只不過羅通遠比他想得還要卑鄙，好端端地，竟然拿三歲小孩開刀，那個狗仔也真不是什麼好東西。

袁悅同為狗仔，曝光的都是娛樂圈裡的真正內幕，例如雙面合同、偷稅漏稅，例如藝人之間的惡性

競爭。雖然他曝光的消息不會太深，但到底有警醒的作用，傳播的方式也算是正派新聞者該有的樣子。可羅通和他們找的狗仔卻不一樣，說他是狗仔都污衊了狗仔兩個字！每天不是聽牆角，琢磨人家兩口子屋裡的那點事，找個藉口把人家孩子的正臉爆出來。再不然就是今天弄緋聞、明天拉郎配。總結一下，全都是讓人一言難盡的內容。

可偏偏對許多網友而言，這樣的內容才是最感興趣的八卦。因此這個人在狗仔圈裡的名聲相當大，某種程度上，和袁悅有得一拚。

想到當年韓斐然的事情曝光後，就有這個人在裡面煽風點火，宋禹丞就越發覺得不能放過他。重點是，他不過是個狗仔，靠著挖新聞過活，離不開網路和電腦。因此身具系統的宋禹丞還真的是完全不懼，並且有一萬種方式把他玩死。

宋禹丞想著，便在心裡詢問系統：「你準備好了嗎？」

「必須噠！已經準備就緒，大人請放心！我辦事肯定是棒棒噠！」系統歡快的聲音在宋禹丞的腦內響起，並且還配合發了一個【厲害壞了，扠腰站一會兒.jpg】的表情包。

而宋禹丞在得到系統的回答後，也立刻給那個準備第二天曝光徐子恒閨女的狗仔發了條信息。

謝千沉：「我掐指一算，你若不趕緊停止這種喪盡天良的買賣，多半要遭天譴。」

搞什麼掐指一算，這謝千沉只怕是個大傻子！

那狗仔看完直接就笑出來了，還轉發給羅通，並打電話給他。

「這廢物現在很跩啊，當年隨便被人拿捏一下就只會跪著求情的傢伙，現在也曉得威脅人了。」那狗仔完全不在乎。

兩年前，第一個爆出路文淵和曹坤關係不乾淨的人，其實就是他。

一開始，他只是拍到一張曹坤帶著人進酒店套房的照片，看背影像是明星的樣子，但曹坤玩過的小

明星太多了，未必能夠引起流量。

可他萬萬沒想到，謝千沉竟然隨後匆忙趕到，他順手就拍了下來。

原本這兩張照片沒什麼關聯性，但後來羅通運作了韓斐然，掛謝千沉拉皮條，他就做了一條假新聞，說路文淵被謝千沉賣給曹坤。

就這麼湊巧，曹坤那天帶進酒店的人的確是路文淵，因此這個狗仔就靠著這麼一條八卦爆火，踩著路文淵上了位，就連袁悅都拿他沒辦法。

至於現在，他更是靠著對八卦的敏銳度和無中生有的本事，在狗仔圈裡和袁悅分庭抗禮。當年謝千沉當紅時都動不了他分毫，現在他羽翼漸豐，謝千沉竟然妄想威脅他，簡直搞笑。

倒是羅通謹慎一些，「謝千沉現在有點邪性，你還是小心一點。」

「小心？就憑他那樣的人只能說是活該，竟然敢說我沒良心要倒楣，就看看我會怎麼倒楣！」說完，他就直接掛斷掉電話，接著和自己的手下聯繫，命令他們把徐子恒隱婚這件事寫得更嚴重一些，並且將話題往藝人的責任上引導。

徐子恒不是女友粉很多嗎？那就讓他的女友粉幻滅一下。至於其他似真似假的添油加醋，那都是眾人自己腦補出來的，和他又有什麼關係呢？

這麼想著，狗仔的心裡又更暢快了幾分。

其實他有個別人不知道的隱祕愛好，就是喜歡看這些萬眾矚目的藝人被他踩在腳下、被他一手操控，對他感到畏懼、感到恐慌，這會讓他感到格外愉悅，甚至有種能掌控一切的舒爽感。

至於謝千沉最開始的那個警告，已完全被他拋在腦後。

俗諺說「聽人勸，吃飽飯」，很明顯這個狗仔並沒有這樣的認知，所以他很快就嘗到苦果想哭了。

就在宋禹丞發短信警告他的三個小時後，這狗仔的社交平臺突然被黑了，而且與尋常的盜號不同，更像是一種挑釁。

晚上十一點，那狗仔之前放話說「明天見」，所以現在他和工作室裡的另外一名屬下，正在準備長文和相關證據，準備公布徐子恒隱婚有閨女的世紀大爆料。

「老闆，已經編輯完了，你看一眼對不對？」那狗仔的屬下在打好最後一個字後揚聲喊他過來，想讓他看看寫到這個程度是否可以。

那狗仔剛走來還沒檢查兩遍，就陡然發現工作室的官方帳號，不，應該說是電腦好像被人黑了。他們親眼看見，自己方才打好的字被一個字、一個字地刪掉，而且他們沒有任何一個人的手放在鍵盤上。

「這……這是什麼情況？」屬下完全懵逼了，驚恐地抬頭看著老闆。

那狗仔也愣住了，連忙低頭看了看鍵盤，並沒有誤碰，不管是他還是屬下的手都是放在桌面上的，甚至連滑鼠都沒有碰到，所以這些字到底是怎麼刪掉的？

發生幻覺了？兩人對視一眼，全都感到莫名其妙，可又找不到原因，只好歸結為操作失誤，決定重新再來一遍。可畢竟有了方才詭異的畫面，所以狗仔和他的屬下心裡也存著個坎兒，變得謹慎許多。

幸好重新再來後，並沒有發生方才的事情，並且電腦運作也十分正常。

所以剛才一定是操作失誤了，狗仔和屬下頓時都鬆了口氣。

畢竟是有底稿的，複製貼上十分容易。可就在這時，意外再次發生，才剛打上去的字，竟然又被一一刪除了。

「是鍵盤壞掉了？」這下兩個人都有點慌了，手忙腳亂地弄著鍵盤，卻沒有任何效果，螢幕上的字依然以一種不緊不慢的速度消失。

冷汗瞬間冒了出來，屬下膽子要小一點，嚇得面色發白。

倒是那狗仔是見過世面的，故作冷靜地說道：「換臺電腦！」

「好，好的。」他們手忙腳亂地離開座位，找到另一臺筆電。可筆電不過剛開機，就陡然當機了！就像是被人下了咒語一樣，一直不停閃爍開機畫面，不管他們按什麼鍵都無法成功進入作業系統。

「去，再換一臺！」那狗仔也開始有點害怕，連忙指揮屬下換新的電腦，可不管換了幾臺都是一樣的結果。

現在是晚上十一點半，距離白天約定二次爆料的時間越來越近，那些渴望聽八卦和真相的網友們，也漸漸聚集到狗仔工作室的官方帳號。

「琢磨一天了，不知道到底是哪個藝人隱婚。」

「我也好奇死了。還有不到半個小時，期待期待！」

「都是有病，人家藝人家裡的事情，你們也要跟著摻和，自己沒家庭嗎？」

「你沒有病，你為什麼也跟著等？好奇之心人皆有之，就顯得你高尚，簡直智障！」

期待的、不贊同的、罵街的，懷著不同心情的網友，都在這一刻等待同一個答案，他們都想知道那位隱婚、有孩子卻自稱單身的天王到底是誰？

而此時，徐子恒也已經緊張到極點。

「子恒，真的沒事吧！」徐子恒的妻子也沒有睡，陪在他身邊。

「別擔心，謝千沉說會解決，就相信他吧！」徐子恒嘴上這麼說著，可心裡也在打鼓。他盯著電腦不敢移開眼，手中的滑鼠也總是下意識地點擊瀏覽器的刷新鍵，生怕下一秒刷出來的最新消息出現自己的名字。

可徐子恒不知道，此時此刻有人比他更緊張，甚至比他更害怕，就是那個即將爆料的狗仔。

二十分鐘了，整整二十分鐘了！他們工作室裡的所有電腦都處在無法開機的狀態，而那臺唯一能夠運作的電腦卻根本無法操控。

一開始還能用複製貼上的功能，但現在別說複製貼上，就連在鍵盤上按個刪除鍵都沒有辦法。

「老……老闆，這是中了病毒對吧！」如此詭異的狀況，已經把屬下給嚇尿了。

十一點五十幾分，眼看著就要十二點了，卻發生這麼多不可控制的情況，與其說是中了電腦病毒，更像是什麼靈異事件。

那狗仔也開始臉色發白，可就在此時，他的手機上出現一條簡訊，在看到來電顯示的瞬間，他整個人都嚇傻了。

韓斐然：造謠生事，把別人最重要的家人放到公眾面前，任由他人言語中傷，這種感覺很爽嗎？

「……」狗仔手裡的手機頓時掉落在地，整個人開始不停顫抖。

韓斐然、韓斐然，這不是當年跳樓自殺的那位小影帝嗎？可他的死和自己無關啊！他只是跟著喝了口湯罷了。

更何況，那時候謝千沉一脈已經聲名狼藉，他的確造了一條假新聞，可並不是原罪吧！路文淵發瘋是他自己承擔不住壓力，韓斐然跳樓也不是他挑唆的，為什麼來找他？這不公平！

「謝千沉，一定是謝千沉搞的鬼！」狗仔呢喃著，突然想起謝千沉白天給他發的那條短信，立刻想要打電話去和謝千沉理論。

可電話撥通以後，那邊沒人說話，反而傳來咔噠咔噠的聲響，彷彿是老式磁帶在放錄音的聲音，接著響起來的音樂讓狗仔背後汗毛直立，他聽出來了，這是當年路文淵成名電視劇的主題曲。

「不要故弄玄虛！你他媽有種出來！別以為找一個駭客嚇唬人，我就怕了你！你想保住徐子恒？呵呵，我非要讓徐子恒身敗名裂！你攔得住午夜，攔不住明天白天；攔得住明天白天，攔不住後天午夜！老子夜路走多了，從不怕遇見鬼！」那狗仔嚷嚷著，一副要和謝千沉拚命的樣子。

可就在這時，那個被他暫時遺忘的屬下，卻顫顫巍巍地開口了：「老、老闆……」

那屬下已被嚇得面無人色，而狗仔順著他手指的方向，看著眼前的電腦，頓時也跟著腿一軟，直接癱在地上。

只見螢幕上，出現一排血淋淋的字，乍一看寫得龍飛鳳舞，看不懂在寫什麼。

但在那行字後面接著出現被血抹了一把的動態表情包，就越發顯得詭異。這麼盯著看，表情包彷彿要衝出螢幕，直接糊在臉上。

「報警，快報警！這是人身威脅！一定是謝千沉幹的！絕對是他！」狗仔徹底被嚇破膽，而那個屬下早就兩眼一翻暈過去了。

至於十二點要更新的八卦？魂都要被嚇沒了，哪裡還有時間更新這些東西？

此時此刻，狗仔兩人快要被嚇掛了，另外一邊的宋禹丞卻也沒閒著。

他正在編輯一則長文，甚至顧不上還在通話中的手機。他在十二點前也有東西要袁悅爆料，並且還要和影寰的公關部連動，所以有點忙不開，乾脆把狗仔交給系統來處理，畢竟電腦是系統的強項。

但即便如此，他還是在心中不放心地問了系統一句：「你真的可以，對吧？」

「絕對可以！不僅可以，而且我還完成得特別好！」系統的語氣格外自豪，甚至還連續發了好幾個【驕傲挺起小胸脯.jpg】的表情包。

它是真的覺得自己厲害壞了，並且認為像它這麼友好且萌萌噠的系統，翻遍全快穿總局都找不到第二個。

「所以你和那個狗仔說了什麼？」宋禹丞看它這麼嘚瑟，難得有點好奇。

而系統的回覆也十分快速，它歡快道：「我說，氣死你、氣死你，就是不讓你上網發文！【皮皮蝦式轉圈圈.jpg】」

「噗，你就折騰吧！不過記得把尾巴都收拾好，萬一有網警參與進來，可別查到咱們頭上。」宋禹丞聽完頓時忍不住笑出聲來，第一次覺得自家這個二缺系統，在關鍵時刻放出去的殺傷力也挺大的。

完全不知道系統用了什麼樣可怕字體、字效和排版模式的宋禹丞，還以為它只是普通的皮了一下，因此小小地想像了一下狗仔此時被氣得跳腳的情景，順便又囑咐系統幾句話之後，便重新投入手中的事情。黑電腦什麼的，不過都是小意思，真正的後手留在這裡。

在現實世界當律師的時候，宋禹丞最厭煩的就是兩種人：一種是人云亦云，吃瓜不帶腦，還非要站在道德制高點指責別人的鍵盤俠。另外一種就是靠著挖人傷口隱私，甚至無中生有製造假新聞，來牟取暴利的八卦狗仔。

尤其是像這個狗仔，專門靠曝光人家的家庭隱私、拿孩子做威脅的人，是他最深惡痛絕的。

將手裡的資料最後檢查了一遍，宋禹丞直接把長文的內容發給袁悅和影寰的公關部。

而現在也恰好來到十一點五十九分。

眼下網路上那些沉迷八卦並不著急睡覺的網友們，依然還在狗仔工作室的官方帳號下徘徊。

至於那些打算靠著這則八卦，繼續深扒的小狗仔和八卦論壇們，更是不錯眼地盯著，生怕錯過最佳時機。

而徐子恒更是緊張得心臟撲通亂跳，生怕下一秒看到噩耗。

然而，不管這些人心情如何，當十二點來臨時，他們全都一無所獲。

「什麼情況？怎麼爆料還不出來？不是說好了零點見嗎？」

「這是被放鴿子了？好歹是狗仔，連點專業素養都沒有。」

「煩死了！感覺是被公關了吧！弄不好人家天王交了贖金，所以高高抬起、輕輕放下。」

罵聲四起，尤其那種唯恐天下不亂的鍵盤俠們，更是焦急到不能自已。吃了一半的八卦，就跟拉到一半強行憋回去的屎有什麼區別？這種彆扭和不爽感，足以讓他們破口大罵了。

可不管他們怎麼著急、怎麼謾罵，現在被系統嚇破膽的狗仔已經失去發消息的能力，而且以後還敢不敢繼續放消息也有點不大好說，畢竟在面對一屋子電腦螢幕上蹦躂的血淋淋轉圈皮皮蝦，這個畫面不管多麼大膽的人都承受不了。

也守在電腦前等著看結果的羅通，見狀立刻明白多半是出事了，他打電話給那個狗仔，可接通後卻始終沒有聲響。

「喂？喂？」羅通一下子就慌了。

緊接著，袁悅他們在網路上發出來的消息，更讓羅通大為傻眼。

羅通萬萬沒想到，謝千沉的手段竟然會如此狠辣果決。他一字一句地瀏覽著袁悅的最新貼文，羅通臉色漸漸慘白，手忙腳亂地聯繫認識的人，想趕快把後路找好。

羅通覺得謝千沉已經瘋了，已不僅僅是想報仇那麼簡單，顯然還想把當年所有涉及路文淵和韓斐然事件的人，都送進監獄！而他就是第一個！

因此，已經徹底被嚇破膽子的羅通，再也沒有時間管那個狗仔，拚命忙活著自己的事。

他得自救，要不然，等明天事情一鬧大就徹底無法挽回了。

眼下，網路上的吃瓜群眾們受到的衝擊，卻遠比羅通更大。

可以說，他們第一次終於清楚認知到，自己的好奇心，給別人或者別人的家庭帶來的危害，到底有多大。

宋禹丞要袁悅曝光的其實是一份資料，一份這些年來，狗仔曝光和明星家庭有關的大大小小八卦的數量統計。

其中那些早就公布自己有娃的明星們，孩子的正臉被拍都已算是習以為常，更多還是那些不願意孩子太早進入公眾視線，而仔細藏好的明星家庭。

這些事件統計起來，短短五年內竟然不下兩百件。而這些還是公眾熱度較高的人，那些沒有引起水花的其實更多。

可這又能怎麼樣？明星本身就是一種服務業，領著高薪，娛樂大眾，被消費、沒有隱私，這不是很正常的嗎？

不少人都覺得袁悅的這個爆料有點奇葩，甚至有人懷疑是不是要幫那位不知名的天王洗白，才弄出這種操作。

可緊接著，下面的資料就讓這些不以為然瞬間消失，甚至有種細思恐極的心悸。

這是一份私下的刑事案件立案統計，統計的案件類型只有一個，就是綁架勒索。

五年內有一百餘件。報警人就是這些孩子被狗仔曝光的明星家庭，雖然大多被員警完美解決，可採訪那些綁架犯後得到的資訊，卻令人懷疑這些罪犯是不是有統一組織的？要不然為什麼每個人的犯罪動機都有一句「我在電視、網上看過這個小孩，知道父母是明星，很有錢，所以……」

「所以這些孩子會發生意外，竟然是公眾曝光引起的？」有人感覺啼笑皆非，「可孩子會走丟，難道不是那些大明星自己看管不力？」

「樓上的留點口德吧！的確丟了孩子或者被綁架是有家長看管不力的因素，但是這些孩子可不是在家裡丟的，大多數是在學校放學，還有幼稚園放學的路上。這種校方也有相應責任吧！還有那些監視孩子發照片威脅的，這難道也是家長監管不力嗎？」

這種敏感話題最容易引起公眾討論，果不其然，袁悅不過剛發消息出來，就引起眾人爭執。可緊接著，他下一個統計數目的曝光，就讓這些爭執瞬間戛然而止。

因為那些內容，已經觸目驚心到讓人畏懼的地步。

那些所謂明星家庭的孩子，竟然和他們想像中錦衣玉食的生活完全不同，他們其中竟然還有校園冷暴力的受害者，或是被跟蹤狂跟蹤這種可怕經歷。

至於連帶扒出的一個網站才是最讓人三觀受到觸動的，這是一個需要翻牆才能進入的國外網站，但是網站內容全都和童星或明星家庭的孩子們有關。

尤其那些精緻漂亮的小孩，不但被放在網站上被人觀賞，照片下面的留言更是猥瑣到令人髮指。

X年X月X日，我等著你。

這是什麼意思？一開始有人不能理解，可查了一下這孩子的生日，頓時就什麼都明白了。

如果袁悅不曝光，估計沒有哪個正常人能夠想像得到，世界上竟有如此骯髒猥瑣的人！

那些被標注出來的日期，正巧是這些明星子女成年的日子。那些留下這種令人細思恐極言論的人，他們心心念念計算著別人家的小孩成年，到底是想要做什麼？

重點是，這樣的言論不只在一張照片上有，而是每張照片上都有！無獨有偶，根據上傳日期和相關照片上的浮水印來看，照片有十之八九來自於狗仔偷拍，包括那些童星，也是以私服偷拍為主，真正的

宣傳照反而鮮少看見。

畢竟人都有一種獵奇心理，越藏起來不讓看，就越好奇，越想偷窺到裡面的真相。

「這種網站到底是什麼人架設的？都是媽生爹養的，就不能做個好人嗎？」

「作為兩個孩子的母親，我真的看不下去這種事。或許明星應該被大眾消費，可他們的孩子呢？他們的孩子也應該這樣被消費嗎？」

「以前覺得只是順口吃瓜罷了，現在才明白自己無意識的舉動，竟然給這些孩子帶來如此大的影響，真是太可怕了！到底是我們把輿論看得太簡單，還是因為人心太複雜？」

而此時影寰那頭，作為和袁悅的連動方，也適時放出自家藝人的具體情況。

一位歌壇唱將的孩子，在被偷拍後的一個月內被跟蹤兩次，其中有一次是私生飯跟蹤，並且還試圖傷害小孩，如果不是母親警惕，又帶了保姆，肯定就要出事了。

一位是童星，她的照片也被放在那個網站上，經紀人強行要求網站刪除後，反而被質疑作秀，並遭吐槽，在劇裡穿得那麼裸露，就跟賣肉沒有區別，現在反過來裝清純是不是太假？可當眾人看到影寰放出來的視頻截圖後，卻差點沒被氣樂出來，裸露？這年頭十歲不到的孩子，夏天穿件牛仔裙褲就叫裸露了？清朝都亡了，這些人是不是也管得太多！

至於後面那些更小的插曲，仔細算下來有數百件。而這些不過只是影寰部分藝人曝光出來的，至於那些沒有站出來說話的，具體還有多少，根本不為人知。

此時影寰亦發了一篇發人深省的貼文作為總結：關於藝人是否被消費這個問題，影寰曾經做過調查問卷，包括練習生在內，幾乎每一位藝人都覺得自己是應該被消費的，畢竟，選擇了當公眾人物，掙了這份錢，就應該有這樣的覺悟，這是作為藝人最基本的職業素養。

可就算如此，成為商品的只是他們個人，憑什麼在他們帶來歡笑、帶來有趣的作品之後，還要把自己的家庭、子女也雙手奉上，成為公眾娛樂的對象？這對藝人公平嗎？

一字一句，都像是帶著血的利刃，可以說是毫不留情的質問，狠狠地捅在人們的心窩裡。那些看到影寰這條長文的網友們都因此沉默，半晌沒有人回覆。

「千沉，真的沒事吧？」影寰公關部在發出這篇文以後，手都在顫抖，生怕引起反擊。

可宋禹丞卻安撫他說：「沒關係，等著吧！不會有事的。」

果不其然，在沉默一陣子後，最先行動的竟然是藝人。另外一家娛樂公司的公關部，帶頭轉發了影寰的這篇文章，並且簡單有力地評價道：「我認為他們沒有！我認為這對藝人不公平！」

而後續，各大藝人的個人工作室也跟著動了起來，而他們轉發時，帶著的評論都是「沒有」和「不公平」，冰凍三尺非一日之寒，這些藝人實在隱忍太多太久了，尤其對於那些只靠作品說話的藝人們來說，這些事情就真的很過分了。

一位剛當了媽媽的女藝人，聲淚俱下地寫了長文，控訴狗仔為了偷拍自己女兒的照片，竟然混進醫院。當時，孩子因為新生兒黃疸正在治療，被拍到公布到網上，卻被炒作說孩子長得醜，懷疑父親是誰，引起了家庭糾紛。

而一位當了父親的男藝人，也不由自主說起自己的兒子，孩子性格靦腆，沒有曝光之前，和學校同學的關係還算融洽，可當有人發現他父親是明星後，過度的關注反而給孩子造成太大的心裡壓力，最後不得不轉學，並且看了很久的心裡醫生。

接著是一對姊弟戀的明星夫婦，他們能走到一起已經很不容易，可公眾的壓力卻讓他們面臨越來越多困難，就拿出入機場來說好了，走得近了是故意作秀，走得遠了是疑似婚變。

「我們是藝人，但也是普通夫妻，請給我們一點寬容，可以嗎？」

越來越多藝人站出來，或是為自己的家庭辯白，或是為自己的孩子訴苦，這每一樁看似不足為奇的

事件，聚集在一起之後，給人帶來的震撼卻是巨大的！

在過去，幾乎沒人這麼清楚地意識到，作為一位明星也是應該有隱私權的，他的家庭也是應該被重視的，甚至有人覺得曝光了也不錯啊！

你老婆、丈夫原來只是個素人，曝光出來就成了名人了啊！而夫妻都是藝人的，有一方可能不行，但只要伴侶紅就能帶著一起出鏡多爽？傳一次婚變，就帶一波流量，多完美？

至於孩子，萌娃嘛，爸媽就是明星，未來搞不好也要當童星，提前放出正臉照也沒什麼。甚至當一些藝人因為孩子被偷拍，所以和粉絲或者記者狗仔發生衝突的時候，還會有人嘲諷這是在作秀。

可當這麼多真實案例擺在眼前時，那些輕描淡寫吐槽過的人全都沉默了。他們不僅沉默，甚至還感到羞恥，為自己對那些明星家庭帶來的傷害感到慚愧。

「真的沒有想太多，只是單純覺得好奇而已，從來沒有想過這樣的好奇心會給別人帶來傷害。」

「以後不敢輕易吃瓜了。看到女神的敘述突然想哭，剛出生的小嬰兒就遭了這麼大的罪，新生兒黃疸大家都懂，因為這個說人家孩子醜，甚至質疑父親，也太過分了。」

「可影寰和袁悅為什麼會連動？一家娛樂公司和一個狗仔，這是在逗我嗎？懷疑是陰謀。」有所謂的理智黨提出質疑。

可很快，他還沒來得及被網友噴，就立刻被影寰的公告打臉。

原來，事情的起因是袁悅挖到一則極其惡劣的新聞，說娛樂圈內，竟然有帶童星的藝人，過度消費童星，故意勾引變態私生飯，自導自演，捏造新聞，來獲取公眾同情。

可眾所周知，影寰是有練習生制度的，童星數量在圈子裡也是最多的，所以袁悅一開始就盯上了影寰，可最後卻意外發現，影寰竟然也是潛在受害者，真正出問題的是雙宇，至於那個自導自演的經紀人就是羅通。

袁悅的錘子很硬，他幾乎把那個國外網站完全破解了，並且連那些照片具體的發布人IP在哪裡、背後代表的水軍公司或者個人是誰都查出來，並且把破解過程和最後結論，個別打碼地公布出來。

而其中，最近一兩年裡發布照片最多的一個IP，指向一家名叫薪莫的水軍公司，別看這水軍公司的名字詭異且不好記，可這家公司背後的老東家就是雙宇！

袁悅雖然是狗仔，卻算是狗仔裡少數具有新聞職業素養的，他爆出來的新聞一向都是百分百真實，並且有證據，不怕被告。

而影寰這頭，也同樣公布了對羅通和雙宇的律師函，直接控告羅通侵犯公司藝人隱私，和惡意引導變態垂涎，傷害未成年童星。

「我的媽！這不是真的吧！雙宇自己也有不少童星，自家孩子都不心疼嗎？竟然親手往這種網站上曝光，就為了炒作？」

「想起來了，去年有一次熱搜，是雙宇有位入圍電影節最佳新人獎的那個小女孩，不是被變態私生飯跟蹤了嗎？說那人是個戀童癖，網路上都被罵爆了，結果竟然是自導自演？」

「太可怕了！我查了一下，這個羅通還是金牌經紀人，他就這麼對自己手下的藝人？」

這些證據來得太快，涉及的內容也太多。眾人一時間覺得不好消化，他們不少人原本只是為了等著看那個影帝的八卦，可現在，卻被乾脆俐落地餵了一口半天都吃不下去的大瓜。

【第五章】揭開復仇序幕

與此同時，白思薇那裡也收到一條來自謝千沉的私信。

「該說話的時候，就要說話。」

「您是什麼意思？」白思薇依舊謹慎，網上的情況已經相當明瞭，羅通肯定是完了，毫無疑問是謝千沉出的手，那麼謝千沉現在給她發這條私訊到底是在暗示什麼？還是另有圈套？

在經過之前合成劇的坑騙之後，白思薇已經不敢輕易相信任何人，可謝千沉卻沒有再回覆她，所以，他到底是什麼意思？是挑撥失敗，所以乾脆不再說話？還是另有打算，現在只是晾著她，等自己主動送上門去？

白思薇有點拿不準謝千沉的想法。同時，她也有點害怕，畢竟羅通那麼厲害的人，在謝千沉手裡就跟送上門的經驗寶寶一樣，連劍都沒拔，隨便拍拍手就給弄死了。而她不過是個小小的二線藝人，只怕都不夠謝千沉多看一眼。

越想越混亂，白思薇在這樣的心情下度過了難熬的一晚。

第二天，當快遞敲門的時候，白思薇幾乎第一時間就反應過來了。她叫助理去開門，接過來一看，竟然是一份文件，是一份影寰的合約，裡面對違約金還有後續資源都有明確標注。

看著合約下面謝千沉的簽名和影寰的公司章，白思薇明白，只要她簽上自己的名字，那以後就是影寰的人了。

同時也明白謝千沉的意思，他要自己幫著對付羅通，代價就是未來的星途。

可自己這種污點藝人根本無法洗白，謝千沉哪裡來的自信能夠讓她的事業回暖？

白思薇很清楚，自己有一點演技，但絕對算不上頂尖；模樣還可以，但是年紀也已經三十了，不再是少女；至於人氣……恐怕早就髒水滿身，所以謝千沉畫的餅實在是太大也太誘人，以至於讓人感覺不真實。

「思薇，妳簽了吧！」可白思薇的助理卻比白思薇更加激動。她覺得，白思薇在雙宇再待下去也不過是維持現狀，既然謝千沉要挖她去影寰，為什麼不去？謝千沉可是能讓文然出手寫劇本的大咖啊！而且和螢幕圈的實力派關係都相當好，處處吃得開，白思薇能跟著蹭到一個配角，未來就有希望了。留在雙宇才是真正的把路走死，能夠賭的時候為什麼不豪賭一把？

而白思薇也明白助理的意思，思索半晌，最終還是在合約上簽了自己的名字，同時給謝千沉打了通電話：「謝哥，希望咱們後面合作愉快。」

「叫我千沉就好。後面的應對方式我發郵件給妳，妳收一下，照著做就好。」

「嗯，明白。」白思薇沒有詢問謝千沉是怎麼知道她私人郵箱這種問題，直接接收了郵件。在看完謝千沉發來的計畫後，心情終於徹底放下，並感嘆了一句：「不愧是經紀人圈子裡的第一人，謝千沉果然名不虛傳。」

白思薇按照謝千沉給她的通稿，將需要出示實錘證明的地方完整放上去，接著就發布消息，同時讓她的助理去買推廣。

不用上熱搜，只要確保大家能夠看到就可以了。

可以說，白思薇這條聲明是擊垮羅通的最後一根稻草。

按照宋禹丞的通告格式，白思薇上來就向公眾道歉，大大方方認下合成的鍋，語氣極其誠懇。可接下來，她以聊天截圖的方式，解釋當初為什麼這齣劇會用合成來拍攝。

一切，竟然都是羅通的要求。

三張聊天截圖，包括兩段電話錄音，有頭有尾，沒有任何斷章取義，將事情的前因後果說得清清楚楚。包括最開始白思薇明確拒絕，接下來的無奈答應，到後來事情爆發白思薇想公開道歉，卻被羅通拒絕，最後改成拿肚子裡的孩子說事。

「作為一名演員，對於這部戲我沒有達到自己該盡的責任，而公眾的吐槽和謾罵也都是我應該承擔和接受的，並且需要好好反省。但我萬萬沒想到，羅通會拿我的孩子說事，說我是懷孕才不敬業，可事實真相卻是我在參演網路劇之前，就已經簽下另外一部電影的合約，相關日期如下。撞了檔期，根本沒有辦法參與網劇拍攝，只能單人攝像棚。最後關於網路劇片酬，我也始終沒有收到，涉及到隱私，我無法出示銀行帳號，但這是有關部門給出的相應證明，我已經就這件事對羅通和雙宇進行起訴。」

白思薇最後更是表明態度：「最後，我想說，作為一名藝人，我一直對我的經紀人羅通抱有極大的信任，可我根本預料不到，為了名利和人氣，羅通竟然連我肚子裡的孩子也不放過。作為一名母親，隱忍至今，我必須站出來了。是我的錯，我會背負一生，並且努力彌補過錯。但是不是我的黑鍋，是不是也該給我一個說法？」

白思薇的聲明有理有據，直接把羅通打了個措手不及。

而這不過是個開始，緊接著，那個被炒作新聞的童星父母也跟著起訴羅通，身為經紀人私下卻如此對待藝人，捏造新聞，惡意引導他人侵犯未成年。

最後，甚至有一位被喊成渣男的男藝人站出來，控告羅通惡意引導公眾輿論，對他進行網路暴力。

「我的確和他家的女藝人談過戀愛，但是當時分手是羅通逼著女孩提的。我們分明很相愛，卻被羅通拆散了，只因為我的人氣不夠高。最可笑的是什麼？悲劇都已經造成，你就放過我們不行嗎？每次我這邊有點起色，你就要蹭熱度，並且帶我渣男人設出鏡。要不是捨不得她，我早就鬧開了！」

這些真相接二連三地被藝人親自說出來，那些吃瓜群眾簡直要被瓜給噎死。

以前娛樂圈裡的八卦要靠狗仔們去挖才能看到，可今天影寰出手對付羅通，竟像是開了一個口子，把羅通這些年幹過的缺德事，全都爆發出來。

「我的媽，這是經紀人？簡直黑暗到可怕。」

「可如果他們說的都是真的，白思薇他們也太可憐了啊！」

「我就說，思薇小姐姐不會這樣的，之前那麼拚命，怎麼可能突然變成合成女王？果然有內幕。」

「只有我同情那位小童星嗎？這麼小，就經歷這麼多可怕的事情，想想就覺得心疼啊！」

公眾罵聲四起，但凡有點良心的人，都因為眼前這些曝光出來的真相而感到氣憤。

至於羅通已經徹底崩潰了。

不僅手裡的藝人，還有雙宇的高層，已把他的手機打爆。而最後，蕭倫發來的一條簡訊更將他推入絕望深淵。

蕭倫：好自為之，救不了你了。

所以說，自己這是被放棄了？羅通心裡頓時一片冰冷。

可當他給蕭倫回電時，只聽到對方已關機這種單調的語音。

羅通明白，這件事鬧得這麼大，幾乎每一個指責都指向雙宇，而且那些錘子太硬，根本無法洗白，所以蕭倫想要保住雙宇，就必須扔掉他。

真的再也沒有其他方法了嗎？羅通整個人都懵了，完全無法思考。

而這時，手機上傳來一條簡訊，讓他原本呆滯的神情變得更加扭曲，甚至充滿恐慌和害怕。

韓斐然：報應來了，我在下面等著你。

「韓……韓斐然……不可能！絕對不可能！我根本沒有他的手機號碼。」羅通已經完全被嚇傻了，他拿著手機的手不停顫抖，就連腿也跟著發軟，直接癱倒在地上。

而緊接著，他屋子裡的電腦突然自動開啟，雖然現在是白天，可這樣詭異的事情依舊能讓人嚇到靈魂發顫。

羅通感覺自己渾身的血液冰涼，就連手腳都不屬於自己。

那種彷彿被怨靈纏上的恐懼感，直接把羅通嚇破膽。

羅通眼看著自己的電腦彷彿像是有生命般，自動打開一個文件檔，一個字、一個字將他這些年做過的齷齪事打了出來。

與此同時，那些藏在電腦裡的證據也被一點一點挖掘出來，貼在相關的事件下面。

剋扣藝人商演演出費、無良合約、虛假報價，甚至還有逃漏稅的證據。一樁樁、一件件，全部被巨細靡遺地翻找出來。

而最後，被單獨拿出來的是他當年陷害韓斐然時買通水軍的所有聊天記錄，還有他截圖視頻的重點標注。

羅通在聊天記錄裡的狠毒語氣，鮮明到幾乎撲面而來，第一句話就是「我要讓韓斐然連死都不知道怎麼死的」，將他惡毒陰險的心思展露無遺。

電腦突然發出刺耳的聲響，接著螢幕上鮮血淋漓的字幾乎把羅通嚇瘋。

韓斐然：「羅通，我知道我是怎麼死的了，但你相信惡有惡報嗎？」

「胡說八道！這不是我的錯！圈子裡誰不耍手段？誰不勾心鬥角？謝千沉不也是搶了別人的資源才能上位？是，他是會調教人，他有本事，但是圈子不是他一個人的！他憑什麼不給別人飯吃？韓斐然，你根本不用來找我！你的死都是牆倒眾人推，你去找那些二世主啊！你去找網上那些罵你的人啊！你找我一個經紀人有什麼用？」

羅通發瘋似地對著空氣吼叫：「不，不對！你不是韓斐然！人都死了怎麼可能打字，你是謝千沉對不對？謝千沉是你搞的鬼對不對？你以為弄死我就可以給韓斐然報仇嗎？哈哈哈，你做夢吧！你動得了我，動不了蕭倫！動得了蕭倫，上面還有曹坤！還有另外四個二世主！你要報仇？你他媽就是在做夢！

韓斐然這輩子就是白死，路文淵就是白瘋，你謝千沉不也是被玩廢了？」

羅通喘著粗氣，不停詛咒著：「做夢，都是在癡人說夢！」

然而，螢幕上再次出現了讓他頓時失去所有罵人力氣的文字。

相當簡單，普通的黑體字，沒有任何花樣或者恐嚇的意味，但僅一句話，卻傳達出足以讓人心悸的冷靜和瘋狂。

「別著急，一個都跑不掉。」

羅通腿一軟，頓時跪在地上。方才發洩怒罵時聚集的一點力氣也瞬間消失，而劇烈的敲門聲將他從渾渾噩噩中驚醒。

是員警，至於罪名也相當清楚，就是電腦上打出來的那些罪證。

羅通頹然地閉上眼，明白自己這次要徹底為以前做過的錯事，付出應有的代價。

天道有輪迴，欠下的，早晚要贖罪。

羅通的落敗可說是理所當然，而雙宇受到的衝擊也相當巨大。

羅通的案子絕對是娛樂圈今年最大的新聞之一，媒體幾乎全程跟隨，曝光羅通案的所有細節。雙宇被查封，所有簽約雙宇旗下的藝人停職待審。

至於雙宇的高層，以公關部為首，都被叫到警局進行嚴密盤查。

蕭倫因為在國外僥倖逃過一劫，可公司變成這樣，他的損失空前巨大。可偏偏社會輿論壓著，他也只能自認倒楣，就算對謝千沉恨到極點，也不敢輕易動手，畢竟他哥哥還盯著他呢！

在雙宇全面接受調查的同時，網路言論自由也得到應有的重視。上面因為羅通案的涉及層面太廣，終於正視網路暴力的巨大危害，並決定針對網路暴力進行嚴格規定，試圖避免未來再有相同的悲劇發生。

而其中最引人矚目的一條法案是要求網路實名制，並建議如果有人恣意利用輿論，對他人造成無法彌補的心理傷害，應該依照刑事犯罪處理量刑；逼人至死者，該按照蓄意殺人定罪。這條法案一經提出，就得到大眾的認可。

並且就連每次有什麼政策變動，就喜歡討論一下的網友也都消聲匿跡了。畢竟，那些鮮血淋漓的例子、曾受到傷害的孩子、因網路暴力承擔著巨大痛苦的家庭都還擺在眼前。

酒吧裡，宋禹丞靠在吧檯上，一手端著酒杯，球狀的冰塊在琥珀色的酒液裡沉浮，映襯得他修長的手指格外誘人，讓人想知道有這樣漂亮雙手的男人，他的臉又會是如何地蠱惑人心，可偏偏另外一隻手指間燃著的菸，帶起的煙霧卻將他的五官模糊，只留下一種頹廢的靡麗。

幾乎所有路過的人都會忍不住多看他一眼，只有剛剛進來的陸冕下意識皺起眉。

「少喝一點。」陸冕攔住他手裡的酒杯。

然而宋禹丞卻主動把酒杯湊到陸冕唇邊，「陪我喝一口？我今天高興。」

「別鬧。」陸冕想要躲開，卻被宋禹丞反手推到吧檯上。

「主動送上門來的。」宋禹丞的身高不如陸冕高，可即便如此，他依舊伸手將陸冕限制在吧檯和自己的身體之間，過於親密的距離，讓宋禹丞清楚感受到陸冕幾乎瞬間僵硬的身體，及陡然變紅的耳朵。

脣角忍不住勾起一抹調侃的笑意，宋禹丞看著陸冕的眼神，彷彿是在看一道美味的小甜點。

「千沉，你是不是喝醉了？」陸冕此刻的心臟跳得很快，謝千沉如此靠近，讓他一方面感到不適應，另一方面卻極為興奮。可即便如此，他也注意到謝千沉今天很不對勁，他的情緒似乎低落到谷底，就像是身受重傷，還要佯裝無事的困獸。

「你怎麼了？」見謝千沉半晌不說話，只是歪著頭看著他笑。陸冕的擔憂更深，他抬了抬手，幾經猶豫，最終還是落在謝千沉的肩膀上，稍稍用力把他抱在懷裡。

接著，他聽到耳邊傳來謝千沉用哽咽的嗓音，呢喃說出一句讓人心疼到極點的話。

「還有六個。」

六個？什麼六個？陸冕先是疑惑，接著便驟然明白，他說的是當初害死韓斐然、逼瘋路文淵的人，還有六個。

當初那個狗仔和羅通，已經被謝千沉親手送進監獄，剩下的六個人就是他接下來的報復對象。

「別難過。」陸冕不知道要怎麼安慰他，傷害已經造成，遺憾也永遠無法挽回。包括現在關於網路暴力的修正案，對謝千沉來說也不過是馬後炮，他心裡的傷痕根本無法彌補。

而此時的宋禹丞卻遠比陸冕想像的還要難受。

原身留下的遺憾和怨念實在太重了。偏偏原身的性格習慣了隱忍，將這些負面情緒深深壓抑下來，所以宋禹丞最開始接管身體時並沒有察覺。直到今天，那條關於網路暴力的法案上交審核後，過往潛伏在深處的情緒，竟然在這一瞬間全部翻騰了起來。

宋禹丞明白，那是屬於原身的不甘心和怨恨，也是對現世的不滿和控訴。

原身這一生過得太苦，一直被壓迫，即便懷抱善心努力幫助別人，也沒能得到善終，甚至連最重視的人都一併失去了。

宋禹丞也是人，面對原身這樣的遭遇，即便以他遠高於原身的靈魂強度，能夠輕易將這些負面情緒壓下，可宋禹丞卻依然想放縱一回，就由著這些情緒去發洩一通。

畢竟，死去的靈魂，總要有人來祭奠，傷痕累累的軀體，也需要有人來撫平。

至於約了陸冕，只能說他沒有更好的人選。

沈藝本身就不乾淨，齊洛年紀太小，袁悅有工作，楊導他們雖然是朋友，但人家也有自己的生活。唯一能夠選擇的竟然只有陸冕。

而且以陸冕的手段，原身過去的那點事估計早就瞞不住了，即便放肆一些，也不會有問題。

宋禹丞不得不承認，雖然他提防陸冕，但是在這世界上，如果有人能夠搏得他完全的信任，可能也只有陸冕。

低頭靠在陸冕的肩膀上，宋禹丞的意識漸漸變得模糊。

直到良久，手裡的菸落地，他閉上眼，睡著了。

感受到脖子邊傳來均勻的呼吸聲，陸冕偏過頭仔細看了謝千沉一會兒，然後伸手叫服務生來結帳，便抱起謝千沉往外走。

第二天，宋禹丞醒來時，陸冕已經不在。

身上的外套和鞋襪被脫掉，臉和手腳也有被人擦拭過的清爽感，可襯衫和褲子卻沒有被動過。只能說，陸冕這個人也未免太規矩了點。

系統卻在他腦海中問道：「這是好規矩，大人你覺不覺得他有點像上個世界的路德維希？」

宋禹丞頓時無語，直接表示拒絕：「請不要提起這個名字。」

主要還是有點惱羞成怒的意味，畢竟一想到上個世界被自己強迫喪偶的路德維希，宋禹丞頓時有種黑歷史被翻出來的微妙感。

可即便如此，系統的話也給他一種警醒。

因為就規矩二字而言，陸冕和路德維希還真的是一模一樣，典型的不趁人之危。

這麼想著，宋禹丞的心情也變得複雜起來。好在接下來的工作讓他沒有時間再繼續胡思亂想，而且距離經紀人資格審核的時間也越來越近。

按照上面的要求，宋禹丞想要保住金牌經紀人的位置，手裡就必須有三位二線藝人和至少一位一線藝人。然而宋禹丞現在手裡的二線藝人只有白思薇，一線更是從缺，距離合格還差著很遠。

不過幸好之前拍的微電影即將上映，等上映後，沈藝成為五線藝人肯定沒有問題。至於一線藝人估計多半能成。所以他現在要做的，就是趕緊把剩下兩個二線藝人找到。

宋禹丞算了算，距離最終審核還有兩個禮拜，他剩下的時間不多了。

系統：「所以大人，咱們現在該怎麼辦？【焦急.jpg】」

「這還用問。」可宋禹丞慢條斯理地笑了，「當然是去挖人啊！」

接著，他上網發了一條等於廣告的消息，內容如下：

你想擺脫二線，成為一線藝人，走上人生巔峰嗎？你想擺脫花瓶，捨掉票房毒藥的罵名，成為真正的演技帝嗎？你想得到優秀資源，獲得人氣，成為萬眾矚目的巨星嗎？跳槽選擇影寰，謝千沉為你圓夢。

PS.此次招收藝人，僅限二線以上。【可愛】【可愛】

這下，所有看見宋禹丞發文的網友，但凡正在喝水的全都忍不住噴了一螢幕，笑著吐槽了一句：

「這個謝千沉，也太不要臉了吧！」

至於圈子裡的經紀人們更全都震驚了，倒不是因為謝千沉想要挖人這個舉動，純粹是被他的厚臉皮給驚到了。畢竟有點腦子的人都能明白，謝千沉想要保住金牌經紀人的資格，一個月內連續捧起幾個二線、一線是絕對不可能的，所以最後肯定還是要去挖人。

並且之前也早有人預測，羅通倒臺後，雙宇受到巨大衝擊，趁虛而入的人絕對不少，謝千沉肯定也會把握這種機會。但他們萬萬沒想到，謝千沉竟然會在網路上公開弄出這麼一則廣告，他真的不是在搞笑嗎？

「謝千沉兩年不說話，難道是去修煉臉皮了？現在也太不靠譜了吧！」

「這哪裡像個經紀人，只怕是在嘩眾取寵、打廣告的電商。」

「估計也是沒辦法了吧！他現在手裡沒人、資源不明，就算圈子裡都傳言羅通是他弄垮的，但我若是藝人，我也不敢去。」

幾乎所有人都認為，謝千沉這種做法就跟小孩扮家家酒一樣搞笑。

可後續發展就越發讓人摸不清頭腦了，並且最讓人詫異的是，謝千沉這種電商式不靠譜招人，竟然真的成功了！只是招到的人有點詭異，是一群在他們眼中絕對不會火的奇葩。

自從蕭倫出國、羅通出事後，整個雙宇的氣氛變得十分低迷。

以前公司裡到處都是忙碌的景象，偶爾見到回公司的藝人也都是光鮮亮麗，而現在卻莫名變得頹敗起來。

百分之五十的高層還在接受調查，公關部幾乎全軍覆沒，至於那些帶藝人的經紀人也沒好到哪裡去。新來的人還能勉強逃過一劫，若是像羅通那種年頭久的，全都被歸類為重點審理對象。

他們手裡的藝人，近期的安排也自然全都耽擱了，不少人趕來公司想要瞭解情況，發現狀況不妙後，全都怨聲載道起來。

這也都是人之常情。

羅通畢竟曾是金牌經紀人，甭管他手段如何，單靠這個名頭就吸引很多新晉藝人想要投奔他。而且羅通雖然經常玩弄流言，喜歡用輿論造星，手裡的流量藝人遠高於實力藝人，但他還真的帶出一些一線和不少二線，至於手下四五線的小藝人更是數量驚人，根本數不過來。

因此羅通一倒，他們就變成沒人要的了。哪怕本身沒有什麼問題，現在沾上羅通這個經紀人，名聲也變得微妙起來。再加上員警的反覆問話，一個公眾人物，不管什麼原因，頻繁出入警察局都並非是一件好事。

「我覺得咱們多半凶多吉少了。」一間公共練習室裡，幾個同期的藝人坐在一起唉聲嘆氣。他們級別倒也不低，大多數都是二線藝人，其中有兩位還是正經剛過評定的一線，正好是事業的上升期，雙宇一出事反倒把他們給耽誤了。

「別這麼說，能保住自己就已經算是萬幸了。」

「真正的萬幸還得是先找到好的下家。話說你們有人接觸了嗎？我助理說，最近有幾家對我有意思，但是還沒想好。」其中一位特別帥氣的青年懶洋洋地開口說道，臉上的表情帶著糾結和遺憾，可語氣怎麼聽都像是在炫耀。

他還真的有炫耀的資本，新歌排行榜大火，熱門IP劇也眼看就要上映，本人也是時下流行的流量小生，他還真的不怕。

因此，他這話一出，很快就有其他人隨聲附和。

「那是于睿你火，我們可不是。有一家不錯的願意接手，就已經謝天謝地了。」

于睿聽完也跟著笑，接著用下頷暗示地指了指角落，「有人願意接手就是好事了，你們看咱們這裡還有人連下家都沒有呢！」

「也是。」其他幾個也跟著頻頻點頭，眼神和于睿暗指的方向都落在一處。

唯一沒有言語的，就是他們說的這個沒有下家的人，旁邊角落裡一直沒說話的青年，名叫郝億。

這名字乍一聽有點土，可郝億卻也同樣是二線藝人，並且和于睿有點關係。

當初羅通安排出道，是把郝億和于睿，還有另外一位一線藝人安排成三人團體。那時羅通覺得，郝億這個名字比較吉利，放到組合裡也顯得很特別，所以就沒有改，可偏偏最後其他兩人都紅了，只有郝億涼到了底。

只能說是命不好。

郝億這人長得不錯，性格也好，演技不算多突出，但好歹也是科班出來，絕對不丟人。至於他被定檔二線，原因也相當尷尬。

郝億不是憑藉真本事定檔的二線，而是跟著順風車，占了便宜。

那時羅通把他們三人湊到一起，出道之後，就送去拍了齣偶像劇。

裡面于睿和另外一個人分別飾演男一、男二，一個霸總、一個深情男配，就顯得郝億那種男閨蜜的男三，地位變得尷尬起來。可後來那齣偶像劇一炮而紅，于睿兩個直接爆火，接下來兩張專輯把這個組合定位為二線，郝億就這麼跟著蹭了一把。即便現在組合單飛，郝億的定檔也依然在二線，可實際上，郝億本身的人氣不過是三、四線這樣的狀態。

因此，像于睿他們一向就很瞧不起郝億，覺得郝億是蹭他們熱度才會紅，現在他們都找好退路，自

然有心情嘲諷他。

「我說郝億，到底都是兄弟，要不然回頭我讓助理看看，我沒去的那兩家對你有沒有意願？雖然人家沒主動找你，但是我可以幫著引薦引薦。」于睿這話說的客氣，可眼裡的嘲諷並不少。

「那就謝謝睿哥了。」郝億臉上陪著笑，心裡難受得想哭。他明白于睿為什麼這麼針對自己，無外乎就是記恨著剛進公司的時候，自己綜合評分壓過他的那點事。可都是以前的事了，出道之後，自己沒有于睿紅，就理當被嘲諷。

可郝億並不甘心。

他不是真的不行，只是差一點運氣。當初那偶像劇拍出來，他們兩男一女在戲裡戲外炒CP，後來出唱片，又說他的唱功不行。可這不是他的鍋，術業有專攻，他是演員啊！

因此到了後來，羅通看他人氣不夠，資源也剋扣得一乾二淨，全分給于睿他們兩個。如此一來，資源不好，人氣就越沒有辦法增加，人氣增加不夠，也就越發拚不到好資源。惡性循環下來，于睿兩人越來越紅，甚至定檔一線。而郝億卻只能徘徊在二線藝人末尾，如果不是還沾著前組合的光，現在恐怕要掉到三線去。

現在羅通完蛋，別說外面公司，就連自家公司裡，都沒有願意接手他的經紀人。

未來的路，到底要怎麼走？

聽著于睿他們的冷嘲熱諷，郝億默默地看著窗外，感覺自己的星途可能已經走到盡頭，縱使心有不甘、縱使他還不想放棄，可等不到機會又能如何？

然而就在這個時候，網路上的一則消息引起他的注意，順手點進去，就被謝千沉那條堪比傳銷的有毒貼文懟了一臉。

「噗，經紀人圈裡怎麼還有謝千沉這樣的人？這話說的也太不要臉了點。」可緊接著他就沉默了。

人生巔峰、演技帝，多麼誘惑的話啊！只這麼看著就讓人心生嚮往，他當初進圈子的時候，也懷揣著這種夢想。然而現在……

之前那種濃重的悲哀又再次將郝億籠罩，心底的不甘和憤懣也彷彿化成逃出牢籠的猛獸，將他整個人吞沒，而一個瘋狂的念頭也迅速在他腦海裡滋生。

他也是二線，要不去試試？

與其就這麼廢放棄了，不如再拚一把！

謝千沉把話說得那麼滿，反正已經無路可走，不如去找謝千沉。

可他真的能嗎？謝千沉又真的願意要他嗎？

各種紛雜思緒讓郝億十分混亂，可他的身體卻遠比腦子的反應更快，他的手竟然下意識發了一條私信給謝千沉：謝哥，您看我行嗎？

臥槽！郝億反應過來自己幹了什麼後，第一個念頭就是要把私信撤回。

然而謝千沉幾乎秒回的速度，沒有給他反悔的機會。

郝億看到謝千沉回覆：沒問題，只要你聽話。

所以，自己這是被接手了？謝千沉竟然連詢問都沒有，就一口答應了？這麼草率的決定，他真的不是在開玩笑嗎？

可不知道為什麼，即便郝億無法理解，但在看到謝千沉的回覆後，他的心裡突然變得踏實起來。甚至覺得或許沒過多久，他真的能夠在謝千沉手裡完成自己的夢想。

轉頭看著休息室裡依舊洋洋得意的于睿，之前的那種壓抑感終於不再糾纏。

畢竟就算謝千沉看著不靠譜，但影寰本身的能力很強。

剩下的，只要自己夠努力，也一定不會太差的。

這麼想著，郝億按照謝千沉的吩咐，收拾東西，悄然離開雙宇。

從這一刻起，他終於要展開新生活了。

郝億這邊下定了決心，而宋禹丞那頭，系統在看到郝億的資料後，卻有點不大理解。

「大人，雖然現在是特別時期，可這個郝億也太……」系統琢磨了半天，也找不出來一個合適的詞。之前的白思薇，好歹還是紅過的，也算是有點演技。可這個郝億也太謎了吧！一個抱大腿上位的，靠著組合上的二線，難怪別人瞧不起他，就連他自己的粉都說，郝億就是幸運兒，靠著好朋友的人氣也能出名。

然而宋禹丞卻笑著搖頭，解釋道：「就是要這樣才有趣。而且我不覺得郝億沒有能力。你聽說過一種人嗎？」

「什麼人？」系統好奇。

「就是那種我沒有天賦、沒有特長、沒有人脈，注定得不到關注，但是偏偏就能一直苟延殘喘，跟上大部隊的腳步，混在中上游的人。所有人都說他是幸運，但很可能並不是。」

「我聽不大懂。」系統仍感困惑。

「那我換句通俗點的解釋。」宋禹丞已經習慣自家系統的單細胞，「從大眾的角度來看，郝億平庸到了沒有任何作為藝人的優勢，但是他在組合解散的一年後，最新一次藝人定檔，依然維持在二線，這就說明了什麼？」

「說明了啥？【疑惑臉.jpg】」系統依舊聽不懂，並且覺得自家大人的解釋真是太複雜。

「……」宋禹丞也無奈了，只好再進一步解釋：「你說，如果郝億是那種真正沒有任何優點的人，他是怎麼在一整年都接不到什麼通告的情況下，把之前的人氣穩固住的？畢竟這一年裡，他可是連個顯眼一點的龍套角色都沒有。」

「還、還有這種說法？」系統完全懵住了。

「當然有。」宋禹丞的笑意越發莫測高深，「娛樂圈裡，哪有真正的弱者？這個郝億有點意思，我要了。」

這麼說著，他給法務部打了通電話，叫他們送一份新的合約，他要把郝億簽下來。

現在宋禹丞手裡已有兩位二線藝人，還剩下最後一位。然而這一位，宋禹丞心裡已經有想法，並且打算親自會會。

是一位到現在都一直背負著「叛徒」和「白眼狼」罵名的前偶像團體主唱。而這位主唱的老東家，就是他準備要報復的第三個人——曾經帶頭策劃毀掉韓斐然的二世主丁明成。

第二輪復仇之戰，現在開打！

如果說，最近圈子裡有什麼讓人震驚的消息，那麼謝千沉新簽約的兩位二線藝人，絕對是最讓人詫異的存在。

一位白思薇，可說是全網嘲諷的過氣「合成女王」了。雖然羅通倒臺後，白思薇站出來稍微洗白了一波，但是演技不好這個標籤是絕對摘不掉的。

而且更諷刺的是，白思薇入行五六年了，一直走女神人設，羅通之前給過一些資源，可她卻連三流

電影節的最佳女配角獎都沒有拿過，已經是圈子裡最大的笑話。

而另外一位郝億更是二線藝人之恥，幾乎沒有人不知道，郝億的藝人定檔是靠著抱大腿來的！

所以，宋禹丞簽了這麼兩個人，還揚言要帶人走上人生巔峰，就和扯淡沒有任何區別。

「要我說，白思薇和郝億也是被騙過去的吧！」

「不，我覺得不是被騙，是沒有人要，正好撞到謝千沉手裡了。」

「怎麼感覺謝千沉就跟撿破爛的一樣，羅通手裡那麼多二線，他就挑了兩個最糟的。」

「他自己現在就是金牌經紀人排名最墊底的，其實也挺搭配，你看他現在連臉都不要了。」

「哈哈哈，說得有理。」

對於宋禹丞精挑細選的兩位二線藝人，經紀人圈裡可以說是有一個算一個，全都抱著看笑話的心情，覺得謝千沉是破罐子破摔，為了保住資格，連品質都不顧了，並且紛紛猜測謝千沉最後一位二線藝人會找誰。

可當影寰公關將簽約情況曝光後，所有人都震驚了，大家萬萬沒想到，謝千沉的膽子竟然大到這種地步，竟然連圈禁也敢弄到自己身邊，真是不要命了。

宋禹丞簽下的人，名叫唐持，是圈子裡所有經紀人都談之色變的人。對於關注娛樂圈的網友們來說，更是最佳「白眼狼」和「卑鄙無恥」的存在。

唐持是男團主唱出身，原本發展也算是順風順水，可當有人爆出黑料，說唐持惡意煽動隊友對所屬唱片公司不滿，蠱惑他們偽造證據控告公司，卻在最後一步反水，賣掉隊友，試圖獲得公司重視，得到全部資源。

唐持立刻變成全網嘲諷的對象，就連路人對他印象也不好，可以說是音樂圈唯一一個有才華，卻被全民厭惡的音樂人。

可圈裡知道真相的人全都明白，唐持是冤枉的。

說起來，唐持走到這一步都是性格使然。說到音樂圈裡的有名才子，唐持絕對算一個，可偏偏他得罪了丁明成。

丁明成是個二世主，名下只有飛躍唱片，但架不住丁明成的舅舅厲害，上面有人，丁明成的行事章法因此相當囂張。

剋扣手下藝人、霸王條款都是最基本的。除非那些藝人自己闖出名聲，有實力談判，脫離苦海，或者找到合適的伯樂，能夠有希望跳槽，剩下就只能接受丁明成的剝削。

而唐持他們的組合就是這樣，新人的時候他們還不覺得，可等到闖出名氣後，就漸漸發現端倪。且不說那些跑不完的通告和永遠拿不到錢的商演，就連出一張唱片，和飛躍的分成竟然只有百分之一，這就跟做白工沒有任何區別。

因此唐持忍不住想反抗，也真的差一點成功，可惜最後他的隊友為了錢，背叛了他。

唐持永遠忘不了那一天，他帶著所有的證據，約好和丁明成談判，可當他走進辦公室後，卻看到反水的隊友，和揭開面具後露出貪婪嘴臉的律師。

一杯水，就去掉了唐持的所有力氣，接著丁明成更讓他嘗遍了什麼叫做屈辱、什麼叫生死不能。到噩夢結束的時候，唐持根本不知道自己是怎麼回到家裡的，至於最後丁明成對他下的全網封殺令，和潑在身上那些髒水，他也無力反抗。

畢竟他這一輩子的夢想，從這一天起就徹底破滅了。

而宋禹丞，是在一個老舊社區的出租屋裡找到唐持的。誰能想到，半年前還是圈子裡有名的音樂才子，現在卻落魄到要住在老街區裡不到十坪的地下室。

看著屋子裡一片狼藉，和桌上的啤酒瓶及菸蒂，宋禹丞皺起眉，沒有立刻說話。而唐持見狀不在乎地笑了笑，然後先開口打破了沉默。

「謝大經紀人找我有事？」不愧是歌手，唐持容貌只能算是中等偏上，可卻有一雙好嗓子，即便被菸酒腐蝕過，也難以掩藏那種驚豔。

「是有事，我想帶你去影寰。」宋禹丞也直接，開門見山地說出來意。

可唐持卻用看傻子的眼光看向謝千沉，「你在開玩笑？我一個被全網禁的人，就算簽到影寰，也發不了唱片。」

「能不能發是我的事。只要你願意，就可以跟我走。」

「不可能的。我走不了，丁明成不會善罷甘休。」

「所以你就這麼放棄了？」宋禹丞的語氣多了幾分挑釁：「就因為鬥不過，所以自甘墮落，徹底當個廢物？」

「你不知道那天都發生了什麼！」被他的挑釁刺激，唐持像瘋了一樣掐住謝千沉的衣領，「你不是我，你沒有資格評價。」

他的手不停顫抖，過往的恐懼和絕望將他席捲，束縛得他無法喘息，而那些恨不能立刻忘掉的畫面和片段，也依舊在腦海裡不停播放。

唐持覺得，他到現在還沒發瘋已經是意志堅定了，可意志卻是最沒用的東西。

畢竟，他現在名聲沒了、前途沒了，被隊友背叛、被粉絲拋棄，聲名狼藉，已經一無所有。

然而宋禹丞卻盯著他的眼睛，平靜地開口說道：「我不是你，但是我懂你。」

「呵，大經紀人，你以為我是傻子嗎？」

可接下來，宋禹丞遞給他的影像片段卻讓唐持震驚住了，不敢相信自己看見了什麼。

明顯是老舊的攝像機拍下來的畫面，然而畫面裡的青年，承受的事情卻遠比他那天經歷過的還要更恐怖、更屈辱。

重點是，影片裡面的人是謝千沉。

唐持抬頭，呆滯地看向謝千沉，似乎想問這是什麼？

而宋禹丞卻平靜地回答：「十年前，只要圈子裡消息靈通點的人，都看過這個視頻，所以我退圈當了經紀人。」

「那你自己都演不了戲，你憑什麼承諾我？」唐持依然尖銳，但是語氣已經動搖。

「因為我和你有共同的仇人。」宋禹丞依舊在笑，但笑意變得越發森冷，「兩年前，丁明成帶人玩了一個小影帝，後來，那個小影帝跳樓自殺了。」

「韓斐然？」唐持反射性地報出這個名字。

宋禹丞點頭，「對，就是他，他是我師弟。所以我要報仇，你來嗎？」

「……」唐持徹底沉默，盯著謝千沉的眼神也格外複雜。

報仇，這兩個字對他來說，實在是太誘惑了。在這受盡屈辱的半年裡，唐持幾乎每一天都想著要報仇，奈何沒有實力。而現在，謝千沉的話卻給了他另外一種可能。

雖然在唐持的認知裡，謝千沉想要和丁明成一較高下等於是以卵擊石，可即便如此，他也願意相信，就衝著謝千沉和丁明成之間的血海深仇。

人總得有點念想，萬一有奇跡發生呢？

「我跟你簽約！我一個被全網封殺的污點藝人你都不怕，我還怕什麼！」唐持終於鬆了口，就連情

緒也不再頹廢。

「好。」宋禹丞也跟著笑了，「明天來影寰，第一錄音室，我等你。」

說完，他轉身就走。而他身後的唐持，卻看著他的背影，久久無法言語。

宋禹丞的動作很快，在得到唐持的答覆後，很快就聯繫影寰做好簽下唐持的準備。

然而曹坤在聽到這個消息後，不由自主地皺起眉，覺得謝千沉是不是托大了。

曹坤不是蠢貨，自然看得出來謝千沉簽唐持不過是表面，內裡多半是要開始報復丁明成，準備給他下套。

畢竟丁明成不是羅通或者之前那個狗仔，是可以隨便拿捏的蠢貨。

果不其然，謝千沉的消息放出去不到五分鐘，曹坤就接到丁明成的電話。

「曹坤，不是我不給你面子，是你手下人太打我臉。我之前就說過，誰敢用唐持，就是和我丁明成過不去。」丁明成的態度一如既往的囂張。

「我別的也不說，咱們兄弟感情不能因為幾個小戲子而耽誤了。你放心，你家的人我不動，但他若是非要給唐持資源，就別怪我翻臉不認人了。」說完，丁明成就掛斷電話，態度極為不客氣。

有點意思。曹坤看著掛斷的電話，慢條斯理地給謝千沉發了個短信。可謝千沉的回覆卻讓曹坤差點笑出聲來。

謝千沉：曹總放心，他很快就沒有精力來管唐持了。

所以這是有法子了？曹坤還是很瞭解謝千沉的，知道這人從來不說辦不到的事。所以曹坤很想追問謝千沉一句，他要怎麼辦？然而還沒等他打電話過去，就接到陸冕的來電。

「你去趟機場，現在。」陸冕的語氣有點急。

曹坤無法拒絕，趕緊答應：「是，我馬上就過去。」

然後就拿著車鑰匙離開辦公室，至於要追問謝千沉的事情也拋到了腦後。

可對於曹坤這樣的殷勤，電話那頭的陸冕依舊面無表情。

倒是陸冕的祕書臉色格外古怪，因為他知道，陸冕要曹坤去機場接的並不是什麼重要人物，而是陸冕前幾天從網上訂購的一隻羊駝。

所以陸總可能只是單純不喜歡曹坤和謝千沉聯繫，才把人支開？

想到自家老闆最近和謝千沉幾次的曖昧接觸，祕書突然覺得，自己是不是無意中發現了什麼重大的祕密。

【第六章】娛樂圈大騷動

當曹坤被陸冕折騰得團團轉時，宋禹丞那頭也沒閒著。

宋禹丞找來白思薇他們幾人，可不是為了湊數，而是認真要做出成績的。

因此，當合約簽好、三人到公司報到後，宋禹丞就徹底忙碌起來。

之前曹坤有言在先，影寰所有資源全部優先給謝千沉支配。所以宋禹丞也不客氣，直接要了最大的練習室和錄音室。

「沒有時間了。」宋禹丞對三人說道：「我有言在先，我和你們的前經紀人不一樣，我手裡不出沒有本事的人，如果不能吃苦，現在就可以走了。」

「不會！我們可以。」三人異口同聲，哪怕像白思薇這種溫婉的姑娘也都語氣堅定，畢竟他們被打壓太久了，過去幾年裡，他們或者被過度消費，或者被不公平對待，或者被搶走資源，每一個人的心裡都存著許多不甘。

而謝千沉現在正給他們一個證明自己的機會，怎麼可能會覺得苦？畢竟已經歷過最灰暗的時期，現在對他們來說才是真正的天堂。

可緊接著，宋禹丞就用實力證明他們這種想法有多天真，他們也終於明白，沈藝為什麼能夠在短短兩週讓演技提升到那種地步。

謝千沉……是個可怕的大魔王。

影寰的老師雖然嚴厲，仍在可接受的範圍內，但謝千沉是可怕到讓人畏懼的地步。他的教導方式和一般老師不同，尤其對白思薇和郝億這種有點底子的演員，更是嚴苛。

謝千沉會先全盤打翻他們所有對表演技巧的理解，然後一點一點注入新的內容，並要求他們當天就必須理解貫通。

白思薇還好一些，可郝億是真正吃盡了苦頭，謝千沉直接把他扔進群演堆裡。

謝千沉在圈子裡認識的人太多了，想要臨時找個戲份多一點的配角可能困難，但是想要找個只有一兩句話的群演卻太簡單了。

因此郝億每天在各大劇組間扮演這種角色，從年過古稀的老者，到十六、七歲的乞丐，只有他想不到的，沒有謝千沉要不到的角色。

而白天跑完龍套，晚上也別想休息。謝千沉會帶著錄下的影片，給他抽絲剝繭分析，甚至隨時隨地會架上攝影機，讓郝億反覆排練。

而白思薇那頭，則是訓練臺詞功底。用宋禹丞的話來評價，白思薇的臺詞功底簡直爛到家，還不如她的合成演技，因此還把她和齊洛安排在同一節課裡。

齊洛可是宋禹丞手把手帶起來的，雖然還沒出道，但是基本功卻相當扎實。而齊洛本身性格單純，做事情也足夠專一，很有幾分戲瘋子的味道。不過十分鐘，就把白思薇的信心打擊得連渣都不剩。當了這麼多年的演員，竟然比不過一個還沒出道的小孩子？在齊洛的碾壓下，白思薇瘋了一般地學習，只求不能差齊洛太多。

不過集訓了一週，對於郝億三個人來說，比在原來公司一年學到的東西還要多。然而他們本身的專業技巧和底蘊也在快速增加累積。

就在這段期間，圈裡又發生了另外一件大事。

之前宋禹丞讓曹坤幫著攬下的公益微電影終於發布了。令人震驚的是，上面給出的播放檔期好到令人咋舌的地步。

竟然要求所有電視頻道的八點黃金檔，一個月內要將部分廣告換成宋禹丞企劃的這支公益廣告。與此同時，網路播放平臺也同樣接到命令，要求他們替換原本的廣告。

這下引起不少人不滿，覺得太過霸道。就算崇尚公益也不至於占用這麼大的資源播出吧！而且，即便是公益廣告，過於密集的宣傳未必是好事，反而容易引起觀眾反感。

一時間，那些被強行取消廣告檔期的人都表示了不滿和抗議，但無法改變上面的決定。

「呵呵，我就等著看謝千沉仆街！」

「什麼公益廣告能驚為天人到這種地步？就算是文然操刀又能怎樣？」

「我真的受夠了。最近這謝千沉也蹦躂得太厲害了吧！到處都有他，我看他不是想當經紀人，而是想自己C位出道吧！」

幾乎大半個圈裡利益被損害的人，都在等著看謝千沉笑話，卻沒料到，等廣告播放後他們全被狠狠地打臉了。

這次上面要求宣傳的公益主題是父親。而謝千沉的腳本完全不像是公益片，反而像是三段風格迥異的劇情片，和文然以往詭譎華麗的暗黑風格不同，第一段廣告溫暖到令人忍不住微笑。

鏡頭裡是位穿著婚紗的女人在懷念過去。

「有一個男人，在我小時候，就很愛我。」隨著女人溫柔的聲線，回憶緩緩展開。

隨著小女孩上幼稚園一路成長到披上婚紗的瞬間，總有個身影模糊的男人陪在她身邊，沒有拍到正臉，可溫馨氣氛讓所有人忍不住跟著露出微笑。

當結婚進行曲響起的時候，男人終於露面。

那是一位雙手發顫、雙鬢發白的老人，可他握著新娘，雖然不捨卻充滿祝福的眼神，讓人輕易分辨出他的身分是父親。

「世界上，只有一個男人會不顧一切傾盡所有地愛妳，是爸爸。」影后的嗓音帶著哽咽，可更多的是懷念和幸福。

然而下一秒，畫面一轉，卻出現李旭陽。

「不是每個父親都是慈愛的，也有暴躁的。」這是李旭陽的一段。

從小和脾氣不好的父親不斷爭吵，長大後聚少離多變得日益冷漠，最後父親有點老年癡呆，李旭陽回去探望。

許久的沉默安靜讓他覺得不適應，和父親一起站在廚房煮餃子，更讓他覺得無所適從。

直到餃子熟了，他想從鍋裡將餃子盛出來時，父親突然拉住他的手腕說：「留、留一半。我家娃子喜歡吃這個餡的。」

瞬間淚流滿面，三十多歲的大男人，在父親面前哭得依舊像是個孩子。

「有一個男人，可能忘記了一切，但是他不會忘記愛你。這也是父親。」

緊接著出現第三段的劇情，又超乎了觀眾的想像。

「不是每個父親都是好的，也有我這種不負責任的。我不是一個好父親，也不是一個好男人。」不同於前面兩段的溫馨，第三段一剛開場就是一片黑畫面，只傳出沈藝年輕卻疲憊的嗓音。

和前兩段明顯貼近現實生活的畫風不同，第三段的開場顯得格外陰鬱躁動。

酒吧、美女、香菸、啤酒，年輕的生命在這樣的夜晚裡，恣意宣洩著他們的熱情。

身在其中的沈藝和其他單身男女不同，他是個二十一歲的小父親，一年前，他一夜貪歡，多了個兒子。

不想結婚，卻不得不結婚；不想負責任，卻一定要背負責任。他還沒有玩夠，就要走入家庭，這讓他十分不滿，對自己的孩子也非常厭惡，認為是個累贅。

甚至於孩子都快要滿月了，他都沒有抱過他。

可突然一夜發生變故。

小爸爸發現妻子身亡，自己亦受重傷，剩下出生還不到一個月的孩子怎麼辦？

他進退兩難，分明不想負責任、分明連孩子都沒有抱過、分明把家庭當做累贅的小爸爸，在最關鍵的時候，依然費盡心力，想給自己的孩子尋找一條活路。

最後終於完成使命、倒地不起的小爸爸已雙眼無神，但神情彷彿依舊在懇求——救救我的孩子。

「有一個男人，或許他在你眼裡不夠負責、不夠成熟，也不夠愛你，但是在關鍵時刻，他依然會想盡辦法，把最好的機會留給你，這，也同樣是父親。」

這個極度沉重的結局，意外給人留下巨大的反思和感觸。

「不行了，突然想給老爸打個電話。快大半年沒有回家了，不知道為什麼，真的很想他。」

「我一直很討厭我爸，我覺得他管太多，又老古板，可不知道為什麼，看完這個廣告，突然想回家好好看看他。」

不少人都因此受到觸動，有懷念的、有覺得自己幸運的、有想要緩和關係的，也有追悔莫及的。

各大論壇的娛樂版也同樣給出很高的評價，連專業影評人也被感動，同時讚嘆編劇、導演、後期剪輯，以及演員的演技，尤其是沈藝。

之前羅通引導輿論，說謝千沉利用關係請影帝、影后、知名編劇及導演送沈藝C位出道，雖然在楊導的賀歲片片花曝光後，讓眾人的懷疑降低不少，可依舊有人質疑沈藝。直到現在這部公益廣告替沈藝正名了。誰說沈藝是花瓶？說沈藝沒有演技？那就是最大的笑話！

「不得不說，影寰這支公益微電影，第三段是最出彩的，也是最令人震撼的。但是更加讓我驚訝的是沈藝的演技，他把那種絕望演繹得真實且恰到好處，少一分是空洞，多一分是做作。」

「沒錯，尤其前面兩段的演出者是影帝和影后，可沈藝與他們相比完全毫不遜色。而且他今年只有十九歲就有這樣的演技，未來可以說是前途無量了。」

「可這也得歸功於他的經紀人，謝千沉雖然名聲不好，看著也有點不靠譜，可到底當年是名列第一

的經紀人，果然是有本事的。」

一夜之間，這支廣告瞬間火紅，引發巨大的討論。而沈藝也再一次登上熱搜，但是這次不是靠著什麼手段，而是真正被人認可的實力。

與此同時，作為微電影出道，沈藝也終於有資格進行藝人定檔。出乎眾人意料，竟然是三線。

「怎麼可能？沈藝怎麼可能是三線？他的人氣不過在四五線徘徊，這是不是算錯了？」不少人都心生詫異。可隨後，官方給出的相關資料，說明沈藝的人氣的確不夠，但他的「演技實力」和「未來潛力」這兩項，分數高得離譜，硬生生將整體分數提高，跳過四線，直接定檔在三線。

可說是這幾年娛樂圈裡的第一人了。可即便如此，這樣的資料依舊不能服眾，仍然有人表示質疑。

「就算沈藝的演技再好，也不過拍了一部微電影罷了，他之前演的網路劇不是一塌糊塗？只能說是團隊包裝得好吧！」

「而且沈藝的資歷也不夠三線，他參與了一部只放出定裝照和片花的賀歲片，在裡面充其量只是個重要一點的配角，加上這部微電影，也只參與其中一段。憑這樣的資歷就能跳級到三線，這讓一步步爬上來的三線藝人心裡怎麼想？」

不少人都提出質疑，圈子裡因為沈藝的事情鬧成一片。

不過終究有之前的規定在，所以這次大部分是心平氣和地討論沈藝的資格問題。也有人細緻分析沈藝的演技，覺得官方對他的評價有點太過誇張。

沈藝是新人，死忠粉不多，雖然路人緣還不錯，可現在成為眾矢之的，也同樣有點站不住腳。

影寰這頭是真的坐不住了。按照往常，這種情況下早就該做公關了，偏偏謝千沉不准。不准就算了，他自己也不動彈，就由著他們討論，那副無所謂的模樣，彷彿沈藝不是他的藝人。

「千沉，我知道你心裡有數，但是好歹也該說出來你想幹什麼是不是？」

「甭管，別瞎添亂，也別主動解釋。再等等。」

「所以你到底在等什麼？」公關部是真的很著急，然而他們再急也沒用，別說謝千沉了，就連沈藝也穩得不像是一個十八歲的新人。

被公眾如此質疑，他仍每天該上課就去上課、該拍戲就去拍戲，連吃飯喝水都不耽誤。

因此到最後，影寰的公關部也懶得搭理，就等著看謝千沉怎麼處理。

此時，丁明成也跟著下水了。

說起來，丁明成和謝千沉也是老仇人了。當初謝千沉出道，前途無量，就算再誘人，曹坤衝著他的未來，也未必真的會把他逼上絕路，但是架不住有丁明成挑撥。

丁明成看上原身，想在曹坤拉原身下水後也跟著嘗嘗味道，就這麼一己之私，害了原身一輩子。而後面韓斐然的事，更是讓他和謝千沉不死不休。

曹坤能看出謝千沉非要簽下唐持的打算，丁明成自然也看得出來，但是礙著謝千沉現在還是曹坤的人，所以他不敢直接動手，可這並不妨礙他給謝千沉一點小教訓。

沈藝不是要定檔三線？他非把這件事攪和黃了不可。這是丁明成給謝千沉的一點警告，警告他不要把手伸得太長，否則，他就直接剁了他的爪子！

這麼想著，丁明成給舅舅打了通電話，只說晚上去看看他，打算到時把沈藝的事情跟舅舅說一下。

丁明成是真的覺得謝千沉很蠢，這麼多年過去了，依舊看不明白一力降十會這麼簡單的道理。

可他萬萬沒想到，權勢的確重要，但是民意卻永遠站在第一位。並且他更沒料到，謝千沉的打臉永遠比他預想的更快也更直接。

短短一個下午，他還沒來得及去搞沈藝，謝千沉就帶著唐持，把飛躍唱片百分之九十歌手的臉全都抽腫了。

只能說，宋禹丞這個人太過促狹，他的不按常理出牌，永遠讓人想像不到。

眼下，由於影寰始終沒有做出回應，因此公眾對沈藝的疑問也越來越多，到最後，不僅是沈藝自己的官方帳號，就連謝千沉和影寰的也同樣被想要得到解釋的記者和網友踩爛。

而謝千沉就是在這樣的情況下做出回覆的。

謝千沉：「眼見為憑。」

接著放出一段視頻。之前，所有對沈藝演技抱有懷疑的三線藝人，宋禹丞將他們各自演過的戲，全找了一段經典橋段出來，並叫沈藝再演一遍。按照常理，這樣突然演戲，又沒有戲服，肯定不會有什麼太好的效果。

可偏偏沈藝不僅做到了，還比他們每個人演得都好。

之前吐槽說沈藝演技浮誇，全靠團隊製作好的三線演員，宋禹丞直接將沈藝飾演的片段發到他的官方帳號評論區。

一段土味情話，那男演員在有後期配音和女主角的加持下，依舊尬得讓人想要撓牆。當說到「唐僧取經，我娶妳」的時候，更是幾乎把尬點低的人給逼瘋了。

可換成沈藝卻完全相反。當沈藝眼神溫柔下來的時候，清秀的長相會顯得格外文雅，而原本如少年般清越的嗓音，在稍微壓低一個八度後，就甜蜜得讓人脊椎酥了半截。沈藝唇角的笑意帶著些撒嬌的味道，一聲「姐姐」更是將這個年齡的優勢發揮得淋漓盡致，活脫脫成為討人喜歡的小奶狗，完全不是那位三線男演員的尬萌。

至於同樣的臺詞更是說得恰到好處，讓人心癢難耐。

宋禹丞不過剛把視頻發出來，就有人忍不住喊出「娶娶娶，給你娶！快讓姐姐抱抱，簡直萌死了」這樣的話，至於那位男藝人的片段……唉，不提也罷。

而另外一位質疑沈藝未來潛力的三線歌手的官方帳號下，宋禹丞則是直接放了兩份簡歷，上面清楚寫著沈藝和他歷年成績的對比，以及最終潛力評定分數的來源。

只能說，沈藝的在校成績真是太漂亮了。

沈藝現在大學二年級，但是從大一入學開始，每一門專業課全在九十分以上，並連續三個學期拿到獎學金。另外十分值得一提的是，沈藝是他那屆學生裡，入學總分的榜首、專業課分數第二。

而那位三線歌手和沈藝同校，卻是出了名的混，畢業有人替考，專業知識一塌糊塗。身為音樂人卻連基本的曲譜都認不全。比起沈藝來說，甭說未來的潛力，就是現在的實力都差著一大截。

謝千沉：「兄弟，就你們這樣的都能是三線，我家沈藝為什麼不能是三線？」

赤裸裸的打臉。

宋禹丞這一句質問簡直太給力了，懟得那個人一句話都說不出來，網友更是全都笑了出來。

「哈哈哈，不行了，這個謝千沉雖然是個經紀人，但是怎麼比藝人還有戲！只要跟著他的腳步走，不是吃好瓜，就是看樂子。」

「我也要笑死了。我就說官方不會瞎定檔，這些人還吵著不公平，怎麼樣，被打臉了吧！」

「這已經不是打臉了，而是羞辱好嗎？關鍵是，之前我也都看過這些片段，沒有沈藝作比較，我真的覺得他們演技還可以。但是有了沈藝……哈哈哈，他們就完全都是笑話啊！」

網友們紛紛被謝千沉的直白回應而逗笑，那些diss過沈藝的藝人卻被氣得七竅生煙。

可偏偏，這僅僅是個開始。接下來，宋禹丞竟然敢帶著沈藝拍的視訊短片，光顧每一位對沈藝提出質疑的藝人官方帳號。

最後匯總下來，又在自己的帳號上放了一個總結。

謝千沉：「真不是我說什麼，你們這屆的三線藝人不行。」

直白的嘲諷，可說是一點面子都不給了。可誰能理直氣壯地站出來打臉回去？一個悲催的現實就這麼明晃晃地擺在眾人面前，他們就是演技不如沈藝啊！

「我已經笑到肚子疼了，我是第一次看到這麼清純不做作的經紀人。你們這屆的三線藝人不行！哈哈哈，也只有謝千沉才說得出這樣的話了。」

「可不知道為什麼，我覺得他說得好對啊！沈藝那些視頻真的是……對比那些三線藝人的演技，宛若車禍現場啊！」

「我忍不住把視頻又從頭到尾看了一遍。只想說一句，牆都不服，就服你！到底是從哪裡搞來這麼多片段喔。」

謝千沉的帳號下瞬間鬧騰一片。不少跟著謝千沉逛了一圈的遊客，都紛紛表示笑到肚子疼。倒也不是他們太誇張，實在是宋禹丞選的那些經典片段太洗腦。

分明沈藝連衣服都沒換過一件，可嬉笑怒罵卻能切換自如。上一秒霸總，下一秒溫柔初戀；佝僂了身軀是古稀老人，天真一笑又是少年。

哪怕那些劇情雷人、充滿土味情話的偶像劇，從沈藝的口裡說出來，亦顯得格外甜蜜。那種蘇，是真正從骨子裡透出來的，無關年齡、無關外貌，只關靈魂。

在對比那些演技僵硬的三線……不少人只能真心同情他們。真的不是他們太爛，而是沈藝的演技太逆天。

最終，這麼鬧騰一圈下來，那些原本叫囂著沈藝不行的人，頓時全都閉上了嘴。有些罵得厲害的，還不得不在各自經紀人的要求下，公開和沈藝道歉。至於網友對沈藝的演技認可，也更進了一步。

宋禹丞這一手幹得漂亮，不但證明了沈藝的實力，同時也狠狠打了那些三線藝人們的臉。

可到底也不是所有人都服氣，其中最早被打臉的那個歌手邱爽，實在氣不過，直接回應懟了謝千沉一句：「沈藝是可以了，但是你手裡其他的二線藝人只怕都是廢物！」這一句話，可捅了馬蜂窩了。

邱爽這邊剛艾特完，宋禹丞的回覆就到了。

謝千沉：「老哥，消消氣，我讓你見識見識，什麼才是真正的廢物。」

接著宋禹丞就掏出準備許久的唐持，狠狠懟了邱爽一臉。

說來也巧，這邱爽的東家正是坑死唐持的飛躍唱片，而邱爽的這句挑釁，也恰到好處地給宋禹丞一個砸場子的機會。

當初飛躍污衊唐持的時候，都說了什麼來著？

宋禹丞依稀記得，除了「白眼狼」和「叛徒」以外，還有「假唱」和「找槍手」這兩條。那今天天時地利人和，他就好好讓他們見識見識，什麼才叫真唱的威力。

宋禹丞立刻又切換到戰鬥模式，隨時準備搞事情。

誰能想到，不過短短一週時間，唐持竟然錄了一張網路翻唱專輯，裡面三十二首歌，全都是飛躍唱片旗下藝人最近剛剛發布的新歌。

當邱爽懟了宋禹丞之後，宋禹丞就乾脆把唐持的歌發到這三十二位藝人的官方帳號下，並且動用公關，大肆宣傳起來。

這下，整個音樂圈也跟著亂了。

其實按理說，唐持現在已經聲名掃地，就算錄了歌，要麼沒有人注意，要麼就是被黑粉和路人爆罵。可誰叫他的經紀人是謝千沉呢？用圈裡人的話說，謝千沉的臉皮已經厚到登峰造極。

他才不管什麼臉面不臉面、名聲不名聲，唐持只要錄了，他就要發出來。

今天晚上之前，宋禹丞要讓所有網友都重新聽到唐持的歌聲。

公關部真的是快被謝千沉的膽大包天給嚇尿了，「會不會太突兀了？而且丁總那頭……」

「不會，他沒時間。」宋禹丞眯起眼，溫和的嗓音莫名給人一種危險的感覺。

公關部的負責人下意識打了個寒顫，然後趕緊照辦，不再做多餘的掙扎。

於是半個小時後，飛躍唱片旗下的歌手們全都陷入一種無法言喻的崩潰。

唐持真的太可怕了！他竟然每一首都唱得比原唱好，也更有味道。那種聲音天賦和後天技巧上的碾壓，讓他們根本無力反駁。

最打臉的其實還是唐持的原組合。當初他們反水踩死唐持，恨不得把所有的髒水潑到他身上。分明唐持才是這個組合的靈魂，離開唐持的詞曲和高超的唱歌技巧，他們就什麼都不是，可依然死命詆毀唐持，天真的以為只要唐持一走，他們就能上位。

然而現在，事實告訴他們，絕對不可能！你爸爸，永遠都是你爸爸！

宋禹丞真的是一點退路都不留給他們，直接找出他們最近公演時沒修過音的原音，拿來和唐持的原音最對比。

當那些刺耳的破音及跑得南轅北轍的調子放出來時，粉絲們的耳朵都快被震聾了。

「我的媽！這不是真的！這是什麼玩意？」

「所以說，平時我們聽到都是修過音的？現在調音師的實力都牛逼到這種程度？就連這種車禍現場也能修成完美無瑕？」

謝千沉：「對，就是這樣。但可惜的是，一幫音癡把唯一的歌王攆走之後，就算是再厲害的調音師，也沒辦法拯救他們的靈魂演唱了。不多說，送上我家唐持男神的無修音原音，快去洗耳朵吧！」

打臉來得太快，就像龍捲風，飛躍唱片的歌手們，頓時都恨不得立刻殺了唐持。而那些歌手的經紀人，也全都因為謝千沉這突如其來的一手，被打了個措手不及。

「誰能告訴我，這個謝千沉是瘋狗嗎？怎麼見誰都咬？」其中一個無辜受累的經紀人十分煩躁，可他的其他同事也一樣頭大如斗。

「跟是不是瘋狗有什麼關係，現在重點是趕緊把危機公關做好。媽的，唐持當初不是已經玩完了嗎？為什麼又突然出來了？」

「甭管他為什麼了！還是趕緊把輿論帶好，要不然，以後飛躍的歌手都會被公眾質疑實力。真是倒楣催的，怎麼就招惹上謝千沉了！」

一群經紀人忙忙碌碌地處理危機公關，並且快速將這次的踢館事件扭曲成惡意報復。

飛躍召開臨時記者會，唐持的前隊友和律師又一次站出來，聲淚俱下地控訴當初唐持的背叛。

「我們是真把他當兄弟，想要一起走一輩子，可唐持他……」

「唐持離開的時候，我們全都心情低落，而且團隊本身的名氣也受到影響。這大半年裡，我們都在修補傷口，幾乎沒有上任何通告和節目。但誰能想到，唐持竟然還不願意放過我們。」

這些似是而非的賣慘，讓不少人都回憶起當初唐持背叛的黑料，忍不住也開始同情起這幾個人來。

然而面對飛躍這頭的聲討，宋禹丞第一次展現出他隱藏在無害面具下的殺伐決斷。

這一次，影寰的公關部動作迅速到讓人意想不到。謝千沉直接站出來，當天晚上召開了記者會，並且全網直播。

「關於大家在網上的討論和質疑，我們都已經看到了。今天我也在這裡，代表唐持對半年前所謂背叛團隊事件進行回覆。在我說完之前，希望任何記者朋友都不要說話，那些正在看直播的網友也別急著義憤填膺。我相信，到最後你們會得到你們想要的真相。」

宋禹丞說完，直接把直播螢幕轉向大螢幕，開始陳述：「對於你們而言，唐持是個背叛隊友的白眼狼，但實際上，唐持才是真正被騙的那個人！」

隨著宋禹丞的講述，半年前的真相就此揭開。

什麼唐持欺騙隊友和飛躍打官司，然後故意反水，賣掉隊友求榮。

什麼唐持不顧飛躍的多年培養，惡人先告狀，捏造飛躍惡意剋扣藝人的罪證，污衊老東家，全都是騙人。事實是，唐持先被飛躍唱片的霸王條款欺壓，接著又被視作手足的隊友出賣。

宋禹丞提出的證據詳細到令人目瞪口呆，他不僅把唐持最早簽的合約曝光出來，同時還把唐持所有金融帳戶的帳目明細一併曝光。

誰能想到，分明已經是二線藝人的唐持，每個月的工資只有五千元，每張唱片得到的分紅也少得可憐。至於商演和綜藝的演出費，更是一毛都沒領到。

最過分的是在唐持出道的第一年，他反而要給飛躍不少錢，理由是當練習生時的教學費用。

這可以說是相當誇張了，他一位二線藝人的月薪，竟然不如一線城市的普通上班族。

接著，宋禹丞給出的隊友反水的證據，更是讓人細思恐極。

誰能想到，那些表面上和唐持兄弟相稱的隊友，早在很久之前就動了排擠唐持的心思。並且從一開始就是假意配合，賣掉了唐持。

他們甚至在事情還沒成功之前，就已經開始商議，把唐持搞死後，要如何分配唐持剩下的資源。

這些來自網路社群的對話，也被宋禹丞完完整整公布出來。

這下，所有人都懵了。而唐持的隊友得知消息後，更趕緊做出反駁。

「不對！我們沒有那麼說過，那些記錄是偽造的！」

「沒錯！那不是我們說過的話，就算是，任意調用我們的通訊資料也是犯法的。」

會場裡的記者也同樣提出這個問題。

宋禹丞卻笑了，「不用擔心，我們所有的資料來源都是合法的。」說完，宋禹丞出示了他公布的所有證據來源，是得到法院同意的。原來早在唐持剛剛簽約影寰的時候，宋禹丞就以唐持經紀人的身分，替唐持將飛躍、原隊友和律師一起告上法庭。

他手裡的這些資料，也都是在等到法院許可後，通過官方進行的取證。

這麼多實錘面前，那些曾經爆罵過唐持的人全都懵住了，他們甚至不敢相信自己看見了什麼。

「不，不會的！唐持那麼多黑料竟然都是被捏造的，這怎麼可能？」

「我也不相信，當初飛躍給出的錘子也一樣很硬，要不然唐持怎麼會被全網黑？」

可宋禹丞接下來的幾張照片，卻觸目驚心到讓人說不出話來。

宋禹丞列了一個表格，把那些自稱在唐持離開後，就難過到沒有參加通告和節目的隊友們的行程，仔細整理了一遍，發現他們根本連一天都沒有停止過地跑商演，甚至有不少人參演綜藝和偶像劇，只是全都仆街了而已。

「不是仆街了就叫沒有參加，我給你們看看，什麼才是真正的遍體鱗傷！」宋禹丞的語氣多了哀傷和不忍，同時，他將唐持這半年住家的照片放到網上。

昏暗的地下室，除了牆角的吉他還算乾淨，剩餘皆遍地狼藉，充分說明唐持過得並不好。

而宋禹丞卻生怕那些人不夠害怕一樣，他調出了唐持的體檢報告，順便拉起唐持的袖子。

當初唐持最火的時候，曾經有人評價過他，說他是音樂圈裡有雙最漂亮雙手的男藝人，彈起吉他就是初戀。

可現在，這雙曾經被他們讚美過的手卻已經瘦成一把骨頭，原本健康的身體，在短短半年內迅速垮掉。唐持將近一百八十五公分，可現在的體重還不到六十六公斤，如果不是透過螢幕顯得稍微胖一些，否則真人看著就跟一具骨架沒什麼區別。

很明顯，那些背叛他的隊友們，摧垮的不僅僅是唐持的夢想，還有他的生命。

臺下的所有記者皆啞口無言，而那些正在觀看網路直播的網友們也同樣大受衝擊，一時間都反應不

過來。

「怎麼辦？這要怎麼辦？」飛躍唱片那頭，唐持的幾個前隊友全嚇傻了，守著經紀人瑟瑟發抖。

可偏偏這個危機時刻卻連繫不到丁明成，照道理他應該早就站出來主持大局，卻出乎意料地失去蹤影。原因無他，丁明成現在正被他的姥姥扣在家裡，手機更早就被沒收了，因此對於飛躍發生的事情都不知道，也沒人能找到門路告訴他。

說來都是巧合。丁明成本來打算回家抱下舅舅的大腿，給謝千沉一點教訓，結果剛一進老宅，就被女傭請到他姥姥的房間。

「老太太這是想我了？」完全沒有意識到事情不對勁的丁明成，還嘻皮笑臉地和女傭打趣，可等姥姥一發話，他就傻眼了。

丁明成萬萬沒想到，姥姥竟然讓他在家裡陪著吃齋念佛一週，並且特意說明，這一週都不能離開佛堂、不能攜帶手機及電腦等可以聯繫外面的3C產品，他要對佛祖心懷敬意，抄三十遍佛經。

「不是啊姥姥，您一天還湊合，一週就別鬧了，我還有事要處理呢。」丁明成一聽就崩潰了，甚至懷疑他姥姥是不是被什麼人騙了，要不然好端端的，怎麼非讓他齋戒一週抄起佛經來了，他又不是和尚。然而這次他反對無效，老太太鐵了心要把他留下，見丁明成要跑，就直接讓家裡的保鏢把他抓起來，關到佛堂裡了。

「嘿！出來一個喘氣的，給少爺講講這到底是怎麼回事。」

「是這樣，一週前，老太太遇見一位特別厲害的大師。」

「大師？」丁明成有點傻眼。他知道他姥姥信這些，但並不迷信，怎麼這次就跟中了邪一樣。

然而聽那保鏢的描述，這位大師也太玄乎了點。

不僅把他家那點事算得巨細無遺，甚至連他姥姥年輕時死過一個閨女這種連他都不知道的祕密，竟也說得頭頭是道。

「這也太扯了吧！你們確定那什麼大師不是個職業騙子？」

可保鏢立刻反駁道：「大少，真不是。那大師告訴老太太兩組彩券號碼，你猜怎麼著？」

「怎麼的？還能都中了一等獎啊！」

「對！就是都中了一等獎。」這保鏢也是說激動了，忍不住手舞足蹈的。

他是真的覺得那大師太神了，要說老太太那點私密事情，可能是僥倖知道，但是彩券就很神了，連這種事都能算出來，不是大師是什麼！

至於丁明成的姥姥要關著丁明成，也是因為這位大師說，丁明成將有大災，必須在佛祖面前好好侍奉一週，才能消災解難，要不然肯定死於非命。

所以老太太害怕了，丁明成一回來就趕緊叫人把他關起來。

「……」話都說到這份上了，丁明成就算再不相信，也擰不過老太太。他姥姥鐵了心要關著他，他只能配合，要是跑掉了，回頭他舅舅估計也得和他急。

算了，反正公司最近也沒什麼事，一週不進公司沒關係。至於謝千沉和沈藝定檔的事，早一天晚一天都不打緊，等過了這週再說。

因此，尚且不知道飛躍唱片已經亂成一團的丁明成，還在佛堂裡抄經呢。並且他估計到死都想不到，他姥姥口中那個上知天文、下知地理的玄學大師，就是謝千沉。

另外，他更加想不到，宋禹丞決心要把他困在老宅，並沒有表面那麼簡單，後面的么蛾子還更多。

【第七章】以牙還牙

時間往前推一週半，正巧是宋禹丞簽下唐持的日子，同時也是宋禹丞算好時間，要去忽悠丁明成姥姥的時候。

在宋禹丞眼裡，對付丁明成這種二世主就要從根本上把他掐死了，只要他的金大腿失靈，他等於死了一半，剩下的就十分好處理了。

而現在，丁明成靠著的就是他的舅舅，宋禹丞的手明顯伸不了那麼長，丁明成的舅舅也不是傻子，可丁明成的姥姥卻是相信玄學的，並且根據系統給出的資訊，丁明成的姥姥不僅相信，還有找大師批命的習慣。

因此，宋禹丞一開始就打算，要給丁家送去一位最符合他們家現狀的玄學大師。

到底是繼承了原身的「戲精」天賦，宋禹丞雖然從來沒有演過戲，但角色扮演這種對他是小意思。再加上這個世界的情況早就被系統掃描建檔，預言彩券那可是輕鬆愉快，馬上就把老太太忽悠住了。

再接著說一句丁明成近日必有大災，老太太可不就是直接把人給關起來了？

當然，現在把人困住了還不行，他要徹底打草驚蛇，這樣才算是達到目的。

因此丁明成的姥姥剛把丁明成關起來，宋禹丞的電話就到了。

「老夫人現在是不是把人關起來了？為什麼我還能感受到您心裡不安？」

「欸，我是擔心他舅舅一回來，這孩子就留不住了。」老太太是真的愁，丁明成不樂意配合，他舅舅又不信這些，若非要把丁明成放出來，萬一出了事，那豈不是追悔莫及？

於是宋禹丞又給她支了一招：「我有辦法啊，您把這三個地名記下來，一會您兒子回來後就拿給他看，他就明白了。」

「多謝大師、多謝大師。」老太太一番感謝，然後就等著兒子回來。

不到半個小時，丁明成的舅舅就趕了回來，第一句話就是：「媽，妳別鬧，好好的把明成關起來幹麼？快點放出來。」

老太太見狀，直接把宋禹丞跟她說的三個地名念了出來，丁明成的舅舅瞬間變臉。

「誰和您說的這些？」不怪他害怕，這三個地名對丁明成的舅舅來說，是最大的祕密。一個是金屋藏嬌的，兩個是藏錢的，這件事，連他關係最親近的心腹都不知道，老太太是怎麼知道的？

於是聽她說是玄學大師告知的之後，就更加覺得奇怪，忍不住給宋禹丞打了通電話。

只能說，宋禹丞這神棍演得太好了，丁明成的舅舅這通電話非但沒有揭穿騙子，反而把自己給嚇得半死。

「您想問的我都知道，但是我也告訴您一句話，人在做天在看，沒有什麼瞞不住的。」宋禹丞巧妙處理了聲線，給人一種格外空靈的感覺，而這種縹緲的聲音，卻在細數丁明成的舅舅這些年的祕密時，反而令人毛骨悚然。

「你到底想要做什麼？」丁明成的舅舅語氣不善。

可宋禹丞卻笑了，「您別緊張，那些都是我算出來的，沒有任何證據。更何況，您不是都處理得很好，就算想抓，也抓不到啊！我只是想證明我不是江湖騙子。另外，你外甥丁明成最近有血光之災，不好好供奉佛祖，性命定然不保。話盡於此，生死都在您的一念之間。」說完，宋禹丞就掛斷了電話。

丁明成的舅舅在放下手機之後，心裡也有了最終的打算。

丁明成沒想到舅舅竟然和姥姥達成共識。

他原本以為，只要做做樣子等舅舅回家就能被放出來。可萬萬沒想到，舅舅竟然要他照做。

「舅舅，姥姥歲數大了信這個，難道您也信？」

「寧可信其有，不可信其無。那大師也不要錢，只是讓你齋戒抄佛經，有什麼不好的？總比真的丟了命要好。」丁明成的舅舅苦口婆心，一副為他著想的模樣，可實際上，他心裡顧忌的分明是宋禹丞提到的那些黑料。

對於他這種掌權久了的人來說，越是不能掌控的事情就越可怕。即便他自認那些骯髒事全都做得天衣無縫，但還是心裡不安。另外，他不管用什麼樣的手段，都查不出這位大師的身分，也讓他心裡的疑慮更深。

因此，他只能暫時照著宋禹丞的說法做。自家外甥也算是受他恩惠許久，這麼點犧牲也是應該的。這麼想著，他再次給手下打電話，叫人去查這位大師的底，同時讓家裡的保鏢把老宅裡外檢查一遍。

丁明成的舅舅覺得，再怎麼樣這位大師總會有活動的蛛絲馬跡，挖地三尺，怎麼樣也能找到。至於他能對丁家老宅發生的事情瞭若指掌，就要查查家裡有沒有被偷偷安裝攝像頭了。

然而最後得出的結果，是全都沒有。

「你說，這個世界上，還真有玄學大師能厲害成這樣？掐指一算，連晚上吃什麼都能算得出來？」

「應該不會吧！」那下屬也愣住了。

「我也不信，但現在事實就擺在眼前，也真的是邪門了。」丁明成的舅舅放下電話，心裡的疑慮越來越深。

他從政這麼多年，看得最清的一個道理就是事出反常必有妖。他敢肯定，這位玄學大師絕對另有目的，只是現在還沒露出馬腳罷了。

只要是狐狸，就一定會露出尾巴。

「接著查！尤其是和我不對盤的那幾個老東西，確定他們最近到底都在琢磨些什麼！再叫底下人注

意，這段日子的行事都低調一些，危急時刻，不能給人抓到把柄的機會。」

丁明成的舅舅對手下再囑咐了一遍，然後讓司機開車送他回家。現在可不是休息的時候，他有點不安，不待在自己的地盤上就無法安心。

由於丁明成的舅舅顧不上他，丁明成在老宅真的吃盡了苦頭。

丁明成的姥姥現在對於宋禹丞這位玄學大師十分信服，就差沒給弄個仙牌供上，自然會將宋禹丞的囑咐一一照辦。

於是這一週裡，丁明成是真的吃得很糙，糙到了什麼程度？那粗麵饅頭咬一口都沒有麵香，嚥下去都刮嗓子，至於那些青菜……清水煮熟後加了一把鹽，要不是廚子手藝過關，火候也算合適，估計在丁明成眼裡就跟豬食也差不多了。

而更可怕的還是抄經的進度，姥姥竟然每個小時都來檢查一次，恨不得一天二十四個小時，除了吃飯睡覺手就別停下。連中午休息都沒有，一睜眼就是要寫，閉上眼滿腦子都是阿彌陀佛。

「不是啊姥姥，您這也太誇張了吧！您把電話給我，我去問問那位大師，這樣能幹什麼啊？」丁明成已經快被逼瘋，短短兩天他就像過了一輩子那麼漫長。

可他這邊一要反抗，他姥姥就擺出要哭的模樣，說丁明成不聽話，要把他舅舅叫回來。

得！這下後路全堵死了。

等到了第五天，他整個人都瘦了好幾圈，精神頭也開始不好。

沒辦法，被這麼折騰一圈，不管是誰都受不了，更何況丁明成從小錦衣玉食慣了，這樣的經歷，簡直比坐牢還要難捱。

到最後一天時，丁明成幾乎是數秒熬過，並且決定，等出去後一定要好好查一下這個什麼玄學大師，不弄死他，誓不為人！

這麼想著，丁明成終於落下最後一筆，出關了。而這一次，因為丁明成達成大師的要求，因此姥姥也沒有再攔著他，痛快放他走了。

一出老宅大門，丁明成立刻打開手機，想做的第一件事，就是讓人查一下那位玄學大師的底。可萬萬沒想到，他還沒去找別人麻煩，自己就先被麻煩淹沒了。

一週前，宋禹丞鬧騰得太狠，在給唐持平反的同時，直接將飛躍唱片告上法庭，並且立案成功。

雖然現在距離正式開庭還有一段時間，但消息已經放出去了。而且宋禹丞現在手裡的實錘太硬，與論已經一面倒，根本不給飛躍喘息的機會。

牆倒眾人推，在謝千沉公布了當初唐持被欺騙簽下來的霸王條款後，音樂圈裡其他被飛躍壓榨過的藝人也紛紛發聲，雖然大多是匿名，但是現在已開始實施網路實名制，那些匿名背後的人也要為自己說出的話負責。

所以這些爆料，對於吃瓜網友們來說，真實性也變高許多。

整個飛躍唱片一片混亂，偏偏這一週裡，他們沒有任何人能聯繫上丁明成，公關部門已經疲於奔命，可收效甚微。

「丁總，可算是聯繫上您了，咱們現在怎麼辦？」飛躍唱片的副總已經快哭出來了，整整七天啊！整整七天他才終於聯繫上大老闆，之前的簡訊都要發爆了啊。

而丁明成也被這一串爆炸性的消息給弄暈了。

他先是暴怒，緊接著冷靜下來後，突然回過味來。這事兒蹊蹺，怎麼就這麼湊巧？他這邊被老太太

給困在老宅，公司那頭就出事了，除非那位玄學大師是故意的，或者說，和謝千沉是一夥的？

「媽的，八成是被謝千沉這個小戲子給耍了！」雖然還沒有證據，但是丁明成已經確定這些事和謝千沉絕對脫不了干係。

不過即便他生氣，也依舊要保持冷靜。畢竟，不管他後續想要做什麼，都必須要把眼前的危機度過，要不然公司一完，他的錢路可就徹底堵死了。

最好的辦法就是讓唐持撤訴道歉，就像當年的韓斐然。

這麼想著，丁明成靈光一閃，突然想起一個之前忘記的細節。

他叫人去辦公室打開他的電腦，找出裡面一個隱藏資料夾，並且讓他們把資料夾裡的四個視頻全都拷貝進去，處理好之後，弄到影寰的內部網路上。

毫無疑問，那視頻記錄的就是唐持出事那天的畫面。

這是丁明成的警告。

如果唐持不撤訴，他下一步就會把這個視頻傳遍網路，讓唐持徹底身敗名裂。

謝千沉和唐持想要找他報仇，他也想看看這兩人丟不丟得起這個臉。對於藝人來說，這種堪比「豔照門」的污點，絕對是對星途傷害最大的污點，只要他把這些視頻處理一下放出去，到時候唐持的未來就徹底完了。

兩年前，韓斐然就是這麼完蛋的，兩年後，他要讓唐持也走上跟韓斐然一樣的下場。

想和他鬥？真的是太天真了！

丁明成下手的速度一向很快，不過短短半個小時，影寰的內部網路上就突然出現一段視頻。

「這是什麼？」有人好奇打開，接著就完全震驚了！

裡面的主角竟然是傳說中才華橫溢的唐持，重點是，視頻裡的唐持好似壓抑著痛苦的喘息，還有被淚水暈染的眼，每一個細節都十分誘人。

「我的媽，真的是瞬間就懵逼了，唐持竟然是這樣的人嗎？」不少影寰的員工看過之後，都忍不住發出驚嘆。

而公關部在發現之後，立刻做了處理，並且找到謝千沉。

「應該是丁明成做的，現在發在公司內網，目的應該是逼著咱們這頭撤訴，如果不撤，恐怕接下來唐持……」

「我知道，你甭管。」宋禹丞打斷公關部經理的話。他語氣冷淡，眼神也顯得格外危險，他要走那段視頻後就離開了。

宋禹丞要去找唐持，雖然現在事情還沒鬧大，但是這件事對於唐持來說，就和噩夢沒有什麼區別。當初原身沒有把韓斐然看好，所以抱憾終身，因此宋禹丞決心，一定不會讓唐持也步上後塵。欠下的債，必須要還！

宋禹丞最後是在影寰的一間廢棄錄音室裡找到唐持。果不其然，香菸和啤酒又再度陪伴唐持。

「怎麼？害怕了？」宋禹丞笑著逗了唐持一句，換來的卻是唐持難看到了極點的笑容。

「給你，公關部送來的。」宋禹丞把手裡的隨身碟遞給唐持。

「……」唐持下意識地偏過頭，不想看見。

唐持明白，謝千沉給他的到底是什麼，不外乎就是那天在丁明成辦公室裡的錄影。這不僅僅是噩夢，同時也是屈辱，並且還代表著刻骨的仇恨，可他偏偏連反抗的能力都沒有。

唐持狠狠地吸了一口菸，然後才把謝千沉手裡的隨身碟接了過來。

「謝哥，如果是你，你怎麼辦？」又過了好一會兒，唐持低落的情緒終於冷靜了一些，他捏緊手裡的隨身碟，身體都在不停顫抖，抬頭看向謝千沉，這些天剛剛養好一些的臉色再次變得慘白。

也是個可憐人。

宋禹丞心裡不忍，伸手抱住唐持。而原身記憶深處，和韓斐然有關的片段也再次浮現在腦海中。當年的韓斐然，在事發的時候就和現在的唐持一模一樣，他們都是真正有才華的人，在最好的年紀，原本應該在築夢的路上走得更遠、應該站在真正的舞臺上，讓眾人看到他們的光芒，可卻全都被那些二世主們硬生生毀了。

目的，不過是為了滿足他們令人作嘔的慾望。

「別怕，哥在這裡呢！」宋禹丞安撫地拍著唐持的後背，聲音極為溫柔。

然而這種溫柔，對現在的唐持來說已經等於救贖。分明是比宋禹丞還高一些的青年，現在卻像是個無助的孩子，恨不得將整個身體蜷縮在宋禹丞懷裡，尋找片刻溫暖。

不知道過了多久，唐持的心情終於穩定下來。再次抬起頭，情緒已經緩和很多。他深深吸了幾口氣，把之前的問題又問了一遍：「謝哥，如果你是我，你會怎麼辦？」

「我會直接把影片公開，並且報警。」

「什麼？」唐持不敢相信，可謝千沉接下來的話卻讓他更加難以置信，「十年前，圈子裡人都看到的那段錄影，不是曹坤不小心流傳出去的，而是我親手一份一份寄出去的。」

「為什麼？」唐持不懂。

「因為當一個把柄變得盡人皆知的時候，那也就不再是把柄。曹坤想要用那段錄影威脅我，那我就先他一步把原版曝光出去。全螢幕圈的老人，都知道那天到底是怎麼回事，曹坤再想用這件事黑我，不過是自打臉面。另外，光腳的不怕穿鞋的，我和曹坤之間的事也太多了，這些不過是冰山一角。」

「那……那你為什麼不再演戲？是因為這件事嗎？」

「是也不是。」像是想起什麼令人懷念的片段，宋禹丞突然笑了，接著，關於唐持方才的問題，他只回答了一個字，「髒。」

這讓唐持像是被扔到冰窖裡全身發抖，是說誰髒？曹坤？鏡頭？娛樂圈？他自己？或者都是？

唐持定定地看著謝千沉，半晌找不到答案。

因為不管是哪一個原因，對他來說都太過壓抑和沉重了。

然而宋禹丞卻沒有繼續解釋的意思，只是再次主動抱住他，低聲在他耳邊承諾：「唐持別怕，哥會親手送丁明成下地獄。」

「嗯，我相信你。」唐持點頭，然後按照謝千沉的吩咐，先回宿舍休息。之後才要面對真正的硬仗，他要養足精神，變得更加無懈可擊。

公司距離宿舍並不遠，可唐持一路上依舊遇見不少用怪異眼神看他的員工。如果在之前，唐持會覺得崩潰和羞恥，但是現在……他只覺得無所謂，甚至把這種眼神當做支撐他往前走的動力。

當年，謝千沉孤身一人都能支持下來，還能在曹坤手下自保這麼多年，甚至在經紀人圈子裡創下神話，那他為什麼不能？丁明成還沒有為他犯下的罪行贖罪，真相和公理還沒有揭開，他怎麼能就這麼輕而易舉地倒下？

至於流言蜚語，過去的半年裡他已經聽得夠多了，見慣了世態炎涼，眼下這些有色眼鏡不過都是小意思。

他唐持，絕對不會認輸！

唐持的堅強，出乎宋禹丞的意料。可也正因為如此，宋禹丞對他也更為心疼和讚許。

將計畫仔細想了一遍，宋禹丞確定不會有問題之後，才去找公關部經理。

「你瘋了？」公關部經理驚詫地看著謝千沉。

這種事一般經紀人都會想闢謠，怎麼謝千沉反而要鋪張開？而且謝千沉的想法也太天真了點，公司內闢謠這種做法，是對唐持二次傷害，而且就算是闢謠了又能怎樣？

丁明成若真的把影片公布到網路上，唐持就完了，所以這種時候應該是隱瞞。

這麼想著，公關部經理就反駁了謝千沉：「你想過沒有，到時候唐持的壓力會有多大？」

「我和唐持談過，他扛得住。」

「這可不是扛不扛得住的問題，若真的全網傳開，唐持這輩子就洗脫不掉了。」

「他已經有心理準備，沒有問題。」

「怎麼可能沒有問題？這不是你隨便說說就能夠確定的。」公關部經理也被謝千沉的堅持搞得十分暴躁，最後竟然口不擇言地質問他：「難道當年韓斐然的死你忘了嗎？」

「就是沒忘，所以才要說出來。」一句韓斐然，瞬間將宋禹丞心裡壓著的那點怒意給撩了起來，他冷笑著看著公關部經理，說出來的每一個字，都跟刀子一樣，狠狠地捅進他的心。

「藏著有什麼用？藏得住嗎？當年是你沒有藏還是我沒有藏？丁明成想鬧，最後還不是盡人皆知？斐然怎麼跳樓的，你也一樣清楚不是嗎？而且不僅韓斐然，從我當經紀人開始，第一年帶的曲靈，第二年帶的清淺、兮兮，第三年退圈的江原、蕭懸，第四年被全網黑的米維……還有瘋了的路文淵，就對著這些名字，你告訴我，藏著有用嗎？」

「……」公關經理退後了一步，半晌沒有說話。

沒用，的確是沒用。

當年娛樂圈還是憑本事就能起家的時候，那些二世主就已經可以一手遮天，最後玩膩了，隨便扔了，才不管你結局如何。可這些身敗名裂的藝人，甭管他們是什麼原因上的船，最後沒有善終也絕對不是他們該有的結局。

而這些人裡，只有一個人逃過一劫，就是謝千沉。當年謝千沉的狠，幾乎超過他們所有人的預料。曹坤逼他就範，他就直接把那份視頻發給圈子裡所有有點熱度的人。

可事實證明，謝千沉贏了。曹坤聲名掃地，即便大家得罪不起，私下裡提起都是厭惡。而曹坤失去了威脅謝千沉的手段，謝千沉也成功地在圈子裡繼續存活。

而十年後的現在，謝千沉依舊不避諱這個，但是所有知道底細的人，卻只能嘆一句造化弄人。至於嘲諷和鄙夷？但凡知道真相的反而都不會。

所以，說不定謝千沉的做法才是對的？公關經理動搖了，他覺得自己已經被謝千沉說服。

「你贏了。要瘋就瘋吧！」這麼說著，他轉頭吩咐自己的屬下：「配合謝千沉，他要做什麼，就跟著做。」

然後和謝千沉直視，認真地對他說：「千沉，我希望你不要再後悔。」

而宋禹丞卻拍了拍他的肩膀笑著說：「謝了，兄弟！」

公關經理沒有回答，徑直離開辦公室，但紅了的眼眶卻代表他的心情並不平靜。

人心都是肉長的，謝千沉剛剛說的那些名字，每一個他都記憶猶新，而那些悲劇也一樣歷歷在目。他覺得謝千沉說的沒錯，十年了，娛樂圈的經營模式都已經改變了，那這個藏在角落裡的陰暗也理應消失。

是巨星，就有資格得到所有的光明；丁明成那種人，就應該下地獄！

今天，對於影寰的員工來說絕對是震撼的一天，他們剛剛看到唐持那段堪比GV的激情視頻，接下來就收到那段視頻的全部內容。

人都有獵奇心理，更何況丁明成早上發的那一小段影片，就足以讓人浮想聯翩。因此當有完整影片時，大家忍不住想去點開，可看完後幾乎所有人的心都涼了半截。

這不是作秀、不是演戲，也不是為了迎合金主的惡趣味，而是真真正正的暴行。

從唐持杯子落地的瞬間，幾乎所有人的心都跟著提起來，等看到丁明成真的向唐持伸手的時候，心軟的人更是直接就關上視頻。

「看不下去了！丁明成就他媽是個畜生！」

「知道圈子裡不乾淨，可丁明成是唱片公司的小老闆，他怎麼有膽子直接做出這樣的事情？」

「我在公關部有熟人，上午打聽過，聽說視頻是飛躍唱片傳出來的，目的是為了逼唐持撤訴。」

「臥槽！這怎麼可能撤訴，不是應該報警控告丁明成性侵嗎？」

但凡看到這樣的視頻後，幾乎整個影寰上下都對飛躍唱片十分厭惡。

而謝千沉隨後發下的一份通告，也讓他們的憤怒達到頂點。

丁明成實在是令人作嘔到了沒有詞語可以形容。當初唐持在飛躍的那些不公平待遇就不說什麼了，後來辦公室的惡行也都是計畫好的，而目的也並非是什麼留下罪證以免唐持告發這些，就只是單純的滿足慾望。

說白了，就是有恃無恐。

謝千沉公告公司內部闢謠只是個開始，唐持已經報警，一定會追究到底，更是讓所有人都忍不住替唐持捏了把冷汗。

唐持是公眾人物啊！如果只是像之前霸王合約的那些事兒還無所謂，可這種事……若真的傳出去，唐持以後在圈子裡還怎麼做人？

唐持才二十幾歲，又這麼有才華……丁明成就他媽是個王八蛋！之前曾經下載丁明成發的片段影片的人，都不由自主把那些視頻刪掉，哪怕是影寰員工的私人群組，說的都是這件事不要往外說，能幫唐持隱瞞一天，就是一天。

而員工們的反應，也很快就傳到曹坤的耳裡。

畢竟唐持的事情在公司裡鬧得這麼大，曹坤自然也收到了消息，巧的是，嚴奇也在場，在看到謝千沉的手筆後，也跟著嘆了口氣。

「到底是謝千沉，過了多少年，出手依然還是這麼狠。」

「可丁明成不是我，未必真的會投鼠忌器。」曹坤搖頭，語氣好像有質疑，但是眼裡卻沒有半分不看好謝千沉的意思。

他之前聽到一些小道消息，據說丁明成的舅舅那邊好像有些變故，雖然不能確定是不是和謝千沉有關係，但是曹坤知道，謝千沉不會放過這個千載難逢的機會，肯定會趁他病，要他命！

「所以你當初為什麼放過他？」嚴奇有點好奇。曹坤雖然號稱不碰不情願的瓜，但卻有兩次意外，偏偏兩次都和謝千沉有關。但最後，曹坤就連路文淵都動了，卻始終沒有碰過謝千沉一根手指頭。

「嘖，你知道什麼叫真影帝嗎？」提起這件往事，曹坤心裡也泛起不少滋味，「謝千沉雖然不反抗，但是他卻能在床上讓你瞬間陽痿，一般人真沒有這種本事。」

「……」嚴奇頓時明白了曹坤為什麼這麼多年都沒有碰過謝千沉的緣故。

不是不想碰，而是碰不了。接著，他又想到之前在鼎瑞的時候，謝千沉幾句話就讓蕭倫秒射的事兒，那時候還覺得蹊蹺，現在被曹坤側面驗證，心裡突然覺得五味雜陳。

一個隨時隨地都能演戲的人，現在卻根本沒有辦法站到螢幕前，嚴奇很想問曹坤一句，你後悔過嗎？可話到了嘴邊，卻換成：「千沉玩這麼大，不怕視頻被人先放到網路上嗎？」

「怎麼會？」提到這個，曹坤忍不住又笑了，「你下載一下試試看？」

嚴奇順勢用自己的手機下載，頓時……手機黑屏了。

「臥槽！病毒？」

「嗯，我估計謝千沉這次身邊有電腦高手幫忙。我也找人試了試，別說我們，包括丁明成那裡也一樣洩露不出去。」

「他不是膽子大，而是有備而來。」曹坤說著，語氣裡對謝千沉的欣賞也越來越明顯。

可嚴奇在旁邊看著，之前那種危險的感覺又一次浮現上心頭，但不知是因為曹坤，還是因為現在不按常理出牌的謝千沉。

此時丁明成那頭，卻和他們倆看戲的悠然心態截然相反。

丁明成本來信誓旦旦想要弄死謝千沉，可萬萬沒想到，他這頭還沒來得及找人，多年以來仰仗的快速通道就全都堵死了。

他舅舅突然斷了給他的一切便利，不僅如此，還頗有幾分想要劃清界限的意思。

「舅舅？」聽著舅舅在電話裡讓他立刻回老宅的命令，丁明成十分不解。

飛躍唱片正是需要他壓陣的時候，謝千沉那邊也一直想要扳倒他，他現在離開公司，就跟把飛躍拱手相讓、主動認輸有什麼區別？

可緊接著，他舅舅的話就讓他瞬間驚詫地睜大眼。

「唐持已經報警，並且那段視頻還直接交到楊家人的手裡。」

「楊家人？」丁明成整個人都懵了，「他們怎麼可能和楊家人扯上關係？」楊家人和他舅舅算是政敵，互相看不順眼已經很久，奈何丁明成的舅舅小心謹慎，一直都沒有抓到把柄。因此這次有了唐持的事情，楊家一定會大做文章，絕對不會輕描淡寫放過。

可謝千沉是瘋子，唐持也瘋了嗎？事情一旦鬧大，那他被強迫過的經歷就全民皆知了。扯上這種事情，就永遠洗不乾淨，唐持難道以後都不想混了？

丁明成愣了好半晌後，才澀澀地回覆道：「我這就回去。」然後趕回了老宅。

公司到老宅有段距離，等丁明成抵達時幾乎丁家所有人都到齊了，包括他的父母。

他姥姥在看見他第一眼，就狠狠打了一巴掌，「畜生！你在外面都幹了些什麼？」姥姥歲數大了，這一巴掌打得並不重，但讓丁明成覺得很羞辱，忍不住反駁了一句：「我怎麼了？圈子裡每個人都這麼玩，我做得也並不過分。別的不說，就連曹坤和嚴奇也沒少幹這些事。」

「但是人家沒出事，你現在已經被嚴查了知道嗎？」

「那又怎麼樣？唐持不是沒事嘛。」

「唐持是沒事，但是那個叫韓斐然的，不是已經死了嗎？」

「你說誰？」熟悉的名字讓丁明成的心陡然一沉。接著他舅舅遞給他的一張照片，讓丁明成的魂立刻嚇丟了一半。

那是一份電腦打出來的血字上訴信。

控訴人：韓斐然。起訴人：丁明成。起訴罪名：謀殺。

「我沒有，韓斐然是自己跳樓死的！」

「他是自己跳樓的，但是按照這封信的控訴內容，你是導致他跳樓自殺的主因！而且這裡面還提到你在飛躍這些年做下的所有違法勾當，光是逃漏稅這一項，你就根本洗不乾淨。」

「不可能，這都是有人搗鬼。舅舅，這張照片是哪裡來的？」

「哪裡來的？」見丁明成還要狡辯，丁明成的舅舅也不耐煩了起來，「我告訴你哪裡來的！凡是能夠登錄公司內網的人都收到了這份血書。技術部門查了一天也查不出所以然，就是憑空出現的，你知道最後大家在說什麼嗎？」

「說什麼？」公司內部網路威脅這個似曾相識的手段，讓丁明成的額頭上瞬間冒出冷汗，而他舅舅接下來說的話，讓他的恐懼又更加深了一層。

「他們都說，是怨魂喊冤來了。明成，事情鬧大了，現在誰也救不了你。」

「舅舅？」

「如果我猜的沒錯，這次唐持報警，一定會併案調查。如果上面的內容成立，按照新法，你就算不死，這輩子也出不來了。」

丁明成的臉色驟然難看到了極點。

「叫你回來是讓你想辦法解決這個問題。上面已經開始查了，最多兩天就會找你問話。你要是真的關進去了，就是一輩子的事兒，明成你想清楚。」

丁明成的心裡也開始打鼓，「舅舅我現在應該怎麼做？」

「去找唐持。韓斐然的事情已過去兩年，找不到太多證據，而且他死時已身敗名裂，但唐持不是，只要唐持願意撤訴，你其他的罪狀即便判刑了也好撈你。趁著現在還沒鬧到公眾面前，你去想辦法和唐持私下和解，如果唐持不同意，你就算跪下求他也要得到他的同意。」

丁明成的舅舅說完就把他攆走了。

事到如今，丁明成的舅舅已經差不多弄清楚前因後果，甚至確定之前那位玄學大師就是謝千沉搞的鬼。可即便如此，他沒有證據，拿謝千沉沒有辦法，反而是自己的尾巴全被人拽在手裡。

而丁明成沒想到的是，他這頭滿頭包，飛躍那裡也一樣朝不保夕。

對大眾來說這件事還沒有曝光，但已在整個圈子裡傳開了。但凡有頭有臉的人，都知道唐持是為什麼告上丁明成，也知道飛躍這次多半是徹底垮了。

之前一位從飛躍跳槽的實力歌手，現在已經自己成立工作室，就接到飛躍副總打來的電話：「說句打感情牌的話，飛躍好歹是你的跳板，就算當年有點小摩擦，這麼多年過去了，也應該有點香火情。您就幫著說句話，飛躍會好好補償你。」

丁明成對唐持施暴的事情雖然還沒對外公布，但丁明成之前的行事鮮少給人留餘地，所以一旦出事都沒人願意幫忙，甚至連公司裡一些剛簽約的小藝人，都開始私下裡討論跳槽的事情。至於網路上更是天天都有大爆料，都是黑到不行的黑料。

到了這種地步，尋常的公關手段已是杯水車薪，找以前的舊人幫忙，也不過是想最後掙扎一下。

然而得到的卻是一句帶著恨意的回答：「做夢！」

圈子裡，大多數人都講究做人留一線，包括之前羅通倒臺時雙宇也只是傷了元氣，短期內很難振作。但是飛躍這次卻是恰好相反，整個音樂圈都恨不得丁明成趕快垮臺，也不知道丁明成這些年到底是得罪了多少人。

飛躍副總聽著被掛斷的電話，靠在椅子上，覺得自己瞬間蒼老了幾十歲。

飛躍的敗局早在唐持復出的時候就已註定，現在連丁明成這個老闆都不見了，他一個打工的又有什麼法子力挽狂瀾？

他這麼想著，乾脆放棄掙扎了，打算聽天由命，就連總機打來的緊急電話，說有市局重案組的警員來公司取證這麼大的事情，他也完全不緊張了。

破罐子破摔，現在就是神仙也救不了飛躍。這一次，副總連電話都懶得打給丁明成，直接發了條短信給他，就乾脆關機了。

至於收到短信的丁明成，也明白了他的意思，也越發感到不甘和憤怒，可偏偏舅舅的命令又無法違抗，只能耐著性子打電話給唐持。

然而卻是謝千沉接的電話。

「謝千沉？我要和唐持講話！」仇人見面分外眼紅，一想到自己今天淪為過街老鼠的慘相全拜謝千沉所賜，丁明成也有點壓不住火氣。

「我以為你是來求人的。」

「……」千沉的回答讓丁明成瞬間冷靜下來，沒錯，就算他再怨恨謝千沉，最後還是得說服唐持撤訴才能有一線希望，眼下不管多屈辱他都必須忍著。

丁明成想著，勉強緩和了口氣說道：「你說得對，這次我認了。我有事要和唐持商議，不知道謝大經紀人願不願意通融？」

丁明成做好要被謝千沉羞辱的準備，可萬萬沒想到，謝千沉竟然爽快答應了。

「可以，下午三點，月華樓見。」說完，宋禹丞就掛斷電話。

謝千沉這樣出乎意料的痛快，反而讓丁明成莫名感到不安起來。因為他對月華樓這名字有點印象，可不管怎麼回憶都想不起來。

不得不說，謝千沉約的這個地方相當偏僻，丁明成跟著導航，還問了兩個路人才總算找到。這是家有年頭的茶館，名字古色古香，可裡面的陳設卻很老舊，就連服務生也不多，除了一進門有人告訴他訂下的包廂在哪裡以外，就再也沒有多餘的人了。

「謝千沉這約的到底是個什麼鬼地方！」往包廂走著，丁明成就覺得不大對勁，心裡總是有種莫名的違和感。

可等他終於推門進去的時候，才真正被嚇傻了。

四面牆上掛滿照片，每一張臉都那麼熟悉，熟悉到了只要看到照片，丁明成就能回憶起當初他把人壓在身下恣意品嘗時的滋味。

所以，這到底是幹什麼？

丁明成的神色變得狼狽起來，他下意識退了一步，想要離開，卻發現包廂的門竟然被鎖上了。

「謝千沉！」丁明成的膽子還算大，他嚷嚷著，想要叫謝千沉出來，可沒有得到半分回應。

反而對面牆壁上的電視螢幕突然打開了。

那是老式攝像機錄製出來的效果，裡面清純漂亮的女孩，一身女員警的裝扮，英姿颯爽，可下一幕，就是她身敗名裂，不得不退出娛樂圈的剪報。

「熟悉嗎？這個女孩，是你玩弄過的第一個人。」宋禹丞的聲音響起，可只聞其音，不見其人。

「你想做什麼？我以為是過來和唐持談談的。」

「談談？」宋禹丞的聲音充滿嘲諷：「當初那女孩被爆出包養醜聞的時候，也想和你談談，你跟她談了嗎？」

「所以你現在是想和我翻舊帳？」

「沒錯！咱們來算算，你這些年到底毀了多少人。別著急，視頻慢慢看，這是第二個、第三個、第四個……哎呀，有點太多了，好像數不過來。」看似調侃的語氣，實則每一個字都充滿惡意。而在這樣封閉的環境裡，即便那些人都還活著，但被這樣清算也依然讓人心驚膽寒。

而當最後一段影像播放出來的時候，即使丁明成再冷靜也有點站不住了。

是當年他們折磨韓斐然時的錄影。與此同時，丁明成也終於回想起自己為什麼會覺得這個月華樓熟悉。因為他們當年侮辱韓斐然的地點就是月華樓，而韓斐然拿了影帝的那部戲，也是在月華樓拍的。

看著電視裡，韓斐然無聲掙扎直到絕望的模樣，不知道為什麼，往常只覺得爽爆的畫面，這一次卻給丁明成帶來恐懼。

「你別他媽裝神弄鬼，謝千沉你出來！」丁明成狼狽地大聲喊道。可接著，電視上陡然出現的畫面，讓他差點被嚇得尿褲子。

「別急，我這就出來。」血色的大字，就像是冤魂用尖銳的指甲在電視螢幕上摳出來的那麼淒厲。宋禹丞低低的笑聲，也充滿詭異，和螢幕上的畫面十分吻合。

而當他慢條斯理地從後面走出來的時候，更讓丁明成恐懼到了頂點。

這一瞬間，丁明成幾乎以為已經死掉的韓斐然又活了過來。

今天的宋禹丞穿衣風格和平時完全不同，普通的白色襯衫和米色的休閒褲，顯得整個人格外青澀，眉眼間的溫柔和寡言的氣質，也削弱了他過於漂亮的五官，給人帶來強烈的視覺衝擊。

活脫脫就是當年的韓斐然，甚至就連走路細節都相似到令人震驚的地步。

似乎並不詫異丁明成的畏懼，他每走一步，都像是踩在丁明成的心裡，等真正走近的時候，丁明成已經開始不由自主顫抖。

「你別以為弄成這樣，我就會怕你。」

「怎麼可能會這麼以為？畢竟當年我都那麼求你了，你也沒有放過我不是嗎？」

用的是「我」，而不是「他」……這種詭異的字眼，在這種氣氛下格外令人在意。丁明成下意識瞪大眼，盯住謝千沉，下一秒，放在桌上的手卻不知道按到什麼機關，整個房間的牆壁都變了。

不再是那些代表著罪證的照片，而是全部都換成鏡子，除了地板還有些真實感，剩下包括天花板都成了清晰可鑑的鏡子。

「是不是開始害怕了？是不是覺得有點像冤魂索命？丁明成，你抬頭看看，鏡子裡的每一個你，臉上都寫滿了驚恐。你做了太多傷天害理的事、毀過太多人的前途，甚至手裡還有過人命。」

「你胡說！韓斐然的死和我無關！」

「和你無關？視頻是不是你放出去的？水軍是不是你找的？蕭倫和曹坤的恩怨是不是你挑撥的？你那些一起犯下罪行的兄弟，是不是也是你親手一通電話、一通電話約的？」

宋禹丞此時的嗓音已經陰冷到了極點，堪比從地獄爬出的索命厲鬼：「丁明成……你低頭看看你手上的鮮血，咱們該算算總帳了。」

丁明成突然感覺脖子後有冷風吹過，他下意識抬起頭，看到鏡子裡的自己，腦袋突然從脖子上掉了下去，至於他的肩膀上，也赫然坐著一個想要索命的厲鬼。

「啊！」丁明成尖叫出聲，腦子頓時一片空白。

【第八章】

一波未平，一波又起

接下來的十分鐘，對丁明成來說絕對是這一輩子最可怕的十分鐘。

明明知道那些看似可怕的靈異事件，都是謝千沉在裝神弄鬼，也明白謝千沉是故意在學韓斐然的語氣想要嚇唬他。可腦袋越清楚，心理就越畏懼。

「放過我，求求你放過我……」丁明成已經完全被嚇破膽，他試圖往牆角躲，可卻像是有無數腐爛惡臭的手從身後的鏡子裡鑽出，要握住他的腳腕，把他拖進地獄。

他努力逃開，想要破門而出，可虛軟的手腳連爬都爬不起來。

對面電視裡一直不停輪播的錄影畫面，裡面那些承受過他施暴的人，也像是要從電視裡爬出來，向他報仇。

「不要、不要，求求你們！我錯了，我真的錯了！」

丁明成感覺自己是真的快要被嚇瘋了，哭也好、哀求也好，甚至跪地求饒也好，全都沒有用，那些被他害過的人根本不想放過他，只想讓他償命。

「啊！」感覺自己腳腕上似乎被什麼冰涼的手抓了一把，丁明成忍不住發出嘶啞的慘叫，終於被嚇得失禁了。

最後，當唐持帶著員警找到丁明成的時候，丁明成幾乎是第一時間就滾過來，跪在唐持面前，痛哭流涕地認錯：「唐持，我錯了、我錯了！」依然分不清到底是幻覺還是真實，眼下的丁明成哪裡還有平時二世主的不可一世。

他被徹底嚇破了膽，看見員警就跟看見親人一樣，爬到員警面前，喊著要自首。

「我錯了，都是我的錯！我是畜生，我害死了韓斐然！我害過很多人，求求你們，帶我走吧！」丁明成一刻不停地哀求著，只要能離開這間屋子，哪怕要一輩子坐牢都願意。

可被他當成救命稻草的唐持和員警們，卻完全懵住了，根本搞不懂這裡到底發生了什麼事？這丁明

成認罪也認得太快了，他們還沒審問，他就全都招了。關鍵是他看著精神狀態有點不好，可別是瘋了。

「我看這屋子裡之前還來過其他人，要不然丁明成這種大少爺幹麼約人來這裡？」一個小員警忍不住和帶頭的主管小聲商量。

這個月華樓是真的偏遠，要不然他們也不會耽誤這麼長時間才到。

而帶頭的老員警卻冷笑了一聲，「沒準是冤魂來過呢！之前沒聽說嗎？血書都發到網路系統裡了，現在B市高層全都知道這事兒。而且就憑這孫子幹的那些事，死十次都不夠他贖罪的！」

「也是，這種畜生直接嚇死了才是省事。」小員警也忍不住跟著點頭。他之前聽說現在上面要求嚴查，連楊家也跟著摻和，看今天這架式，說不定是哪方神仙出的手呢！這麼想著，員警也不問話了，直接就把丁明成帶走，唐持則是有點擔心地回頭又看了一眼。

唐持總覺得，謝千沉方才是不是就在這間屋子裡，他甚至覺得丁明成會被嚇成這樣，應該跟謝千沉脫離不了關係。

畢竟那些員警們不知道內情，他可是知道的，當初韓斐然就是在這裡出的事。

人來得快，走得也快，當警車的聲音漸行漸遠後，月華樓又恢復了原本的平靜。

而就在距離丁明成被抓走的包廂不遠的屋子裡，宋禹丞正坐在茶桌前，面無表情地泡著一壺茶。沸騰的水，翠色的茶葉在杯子裡沉浮，而那裊裊茶香還沒升起，宋禹丞就站起身，把茶杯裡的茶都倒在地上。

「還有五個。別著急，我會讓他們付出該有的代價……」宋禹丞輕聲呢喃著，格外溫柔的聲音像是在撫慰著誰，又像是怕嚇著誰。

系統被他這種語氣弄得毛骨悚然，想要說什麼，最後還是沉默了。

而宋禹丞在低聲念叨完了以後，就直接站起身，朝著灑落茶水的位置深深鞠個躬，然後便頭也不回地離去。

直到走出月華樓以後，系統才突然出聲問道：「大人，你剛才為什麼不直接把丁明成嚇瘋？」

「因為他不配。只有神志清楚活著的人，才能真正體會什麼叫生死不能的折磨。按照這個世界的律法，如果丁明成瘋了，就算所有罪名都成立，他也可以保外就醫。到時候即便判了罪，他家人也會給他安排舒服的療養院，根本無需承受牢獄之災。這還怎麼算是懲罰？至於死，他早晚都要死，但是這麼輕鬆就死了，又怎麼對得起韓斐然和原身吃過的苦？監獄那種地方，可不是那麼好混。丁明成就算是死，也要把韓斐然吃過的苦全都吃一遍，然後才配閉上眼睛。」

說完，宋禹丞便不再言語，但是周身上下的戾氣卻比過往銳利。

其實他今天用到的東西，全都是現成的。當初韓斐然死後，原身用文然那個馬甲寫出來的第一個劇本收益，把這裡買了下來。而牆上的照片、老式錄影帶、新聞簡報，還有房間機關，能夠斷頭看見厲鬼的鏡子，都是原身準備下來，要向丁明成報復的。

當初丁明成就是在這裡毀了韓斐然，所以他要丁明成跪在這裡向他的小師弟贖罪。

可惜造化弄人，他還沒來得及布局完，就結束生命了。

而宋禹丞會約丁明成來這裡，也是為了圓原身的一個心願。

坐在駕駛座上，宋禹丞點燃一根香菸，尼古丁的味道從鼻腔進入身體，再吐出來的時候莫名變得沉重許多，就像是負擔了太多壓抑的情緒。

他突然詢問系統：「你們這裡有沒有因為承擔原身太多仇恨情緒，所以最終崩潰的執法者？」

「有。」系統猶豫了一會兒，最終還是說了實話。

「那你們是怎麼解決的？」

「遺忘。」似乎想到什麼難受的場景，系統的嗓音有點顫抖：「如果執法者崩潰，管理局就會按照

當初的契約，清除掉宿主關於系統和任務的記憶，讓其回歸原本的生活。大人你……」系統似乎想解釋什麼，又似乎想勸什麼，可憋了半天，最後卻只憋出一句：「下個世界，下個世界我一定找個輕鬆的任務給你。」

帶著懇求和擔憂的小語氣，竟莫名有點可愛，完全不像是平時發表情包時那種賤賤的模樣。

「噗。」看著自家差點被嚇尿的系統，宋禹丞也被它逗得忍不住低聲笑出來。而這一刻，他輕輕淺淺的笑意也顯得格外溫柔。

笑得好好聽。方才還擔心到不行的系統，突然忍不住發了一個【捧臉】的表情。這種被迅速轉移注意力的單純模樣，不管怎麼看都顯得格外呆萌。

宋禹丞忍不住笑得更厲害，直到良久，他才把菸掐滅，吐了口氣在心中安撫系統，「不用害怕，謝千沉這點小情緒都在掌控當中。」

說完，他就一踩油門把車開走了。

宋禹丞是真的沒有撒謊，對於他來說，這裡經歷的事已經是最好的。最起碼，他還能夠為這些受盡苦頭的原身伸冤。

宋禹丞有預感，他在這個世界停留的時間，不會像上個世界那麼長，所以他必須加快腳步把剩下的人處理完。尤其是曹坤，他會給他一個畢生難忘的教訓！

另外，丁明成的舅舅那頭，也還有很多收尾的工作沒做。

最近網路上爆出好幾件大事。

其中最大的一件就是飛躍唱片破產，然後另外一件大事也和丁明成有關。

丁明成的舅舅被人舉報貪污受賄，據說在兩棟別墅裡發現整整四、五十箱的金條。

三年清知府，十萬雪花銀，這不過都是古時候的俗語。可誰能想到，丁明成的舅舅哪裡是十萬，是十個十萬！

可以說是十年來發生的最大惡性貪污案件，因此，丁明成的舅舅直接就被判了死緩，就算緩刑期間有希望減刑，那也肯定是要在牢裡待一輩子。而他的好外甥，這次也同樣陪他一起。

只能說，宋禹丞的時機把握得太好。雖然丁明成被嚇成那樣，可最終還是緩過來了，經過專家鑑定不存在精神方面的問題，所以根本沒有保外就醫的機會。

而飛躍唱片也一併完了。

這對藝人們來說絕對是最值得慶祝的一件事。畢竟丁明成相當於二世主們的領頭羊，他一倒，這些人以後再想做些什麼就要慎重。

因此，一時間圈子裡的所有人都在討論丁明成的事，連羅通的事都很快被遺忘了。至於曾經備受矚目的經紀人資格審核，更理所當然地被忽略。

以至於通過審核名單都發布了好幾天，才有人突然注意到上面的排名好像有點不大對勁，不少人都被這個突如其來的排名給震住了。

因為金牌經紀人的最後一位名額，赫然寫著：影寰娛樂，謝千沉。

「怎麼可能？謝千沉手裡並沒有一線藝人啊！」

「而且影寰最近也沒有一線藝人轉組，或者新的一線改簽，他是怎麼辦到的？難道還有什麼我們沒注意到的人？」

「怎麼可能沒有注意到！一線藝人就那麼一百來個，難不成謝千沉還能硬生生把二線拉到一線？他

手裡人氣勉強夠的也就只有一個唐持。可唐持現在可沒有作品！」

而就在這時，官方給出的藝人名單中，謝千沉手裡的一線藝人再次讓人瞠目結舌。

竟然是文然！一個編劇，居然變成了一線！

不少人感到懷疑，可偏偏一查，發現在重新定檔以後，文然的人氣還真的是直接衝到一線，甚至連沈藝的人氣都直逼二線。

只能說，謝千沉這東風選得太好。三段公益片全網全電視頻道播放，就連不上網的爺爺奶奶也都知道文然的名字，因此，文然的人氣就直接上來了。再加上文然一向低調神祕，而對於公眾來說，越神祕的對象就越值得挖掘，更何況，文然是真的有深度，又有作品。一來二去，竟然真的隨這波公益廣告的熱播，把人氣推了上去，摸上一線藝人的邊緣。

「不知道該說是狗屎運，還是……」

「可我怎麼有種一切都在謝千沉的算計中的感覺。」

「不會吧？難道他一早就知道文然要進一線？這也太嚇人了吧！」

說好的憑本事帶藝人，結果他悄不作聲地弄個編劇回來也是夠了！

圈子裡的人再次因為宋禹丞的不按牌理出牌被懟得說不出話。

緊接著，網路頭條也沒放過這個百年難得一見的機會，乾脆寫了篇專題。

#史上最奇葩金牌經紀人，靠著一線編劇保留資格#

這下，那些原本不關注經紀人圈裡的網友也跟著注意到了。

「噗哈哈，這個謝千沉真的太笑死我了！之前那些不要臉行徑我就不說了，現在靠著編劇保存名頭才是最六的！」

「難道關鍵不在於咱們文然男神成為一線了嗎？一個連臉都沒露過，就成為一線明星的編劇。」

「我已經不想評價了。只想說，謝千沉先生，娛樂圈一定會記住你！我猜下次評定他沒準還要弄出什麼更奇葩的事情。」

可不管大眾怎麼討論，謝千沉這個金牌經紀人的身分到底還是保住了。

「恭喜。」

宋禹丞看著手機上曹坤發過來的信息，似笑非笑地勾起唇，沒有回覆就把手機收到口袋裡。

他大致猜得出曹坤是為什麼給他發這條短信，多半是存著看戲的心情，但是宋禹丞相信，很快他就沒這些心情了。就是不知道蕭倫什麼時候回來，這樣正好湊一對。

這麼想著，宋禹丞將接下來的計畫又重新梳理了一遍，確定後續沒有任何問題。

然而宋禹丞不知道的是，此時的曹坤並沒有他想像的那麼從容。因為陸冕最近不知道怎麼了，竟愛上了養動物，繼上次讓曹坤去機場接了一隻羊駝之後，這次居然弄了一隻鴕鳥。

沒錯，就是那種來自非洲的動物朋友，大、高、擁有黑色的亮麗羽毛。眼下正臥在曹坤的汽車後座，腦袋就搭在他的肩膀上。

嗅著車裡的美妙味道，曹坤現在簡直連哭的心都有了。

曹坤這頭被陸冕折騰得團團轉，宋禹丞那頭也是忙得不行。

估計是網路的調侃太多，謝千沉通過審核保留金牌經紀人資格的事情，最後還是引起上面的注意。

而文然雖然名氣到了一線，可編劇到底算不算藝人這一點也同樣引起激烈討論。最終給出的結果是，編劇是編劇、藝人是藝人，這是審核上的一個漏洞。並且決定在下次審核之前，謝千沉手裡必須有

一位真正到達一線的藝人才能保留資格。至於這一次，名單已公布就暫時不再改動。

這下，不少人都忍不住笑了。可接下來，謝千沉更新的消息，就讓這些笑出來的人直接一口水噴到螢幕上，因為實在是太不要臉了！

謝千沉：「作為第一個讓官方修改評定辦法的經紀人，我感到特別榮幸。因此，我決定在下次年底審核之前，再次登頂！愛你們，麼麼噠。」

「臥槽！再次登頂？這謝千沉只怕是瘋了吧！」

有人忍不住查了一下，現在金牌經紀人排行最高的那位，別的不說，光是手裡兩位流量大花，就絕對不是謝千沉能夠與之匹敵的。

可眼下，圈子裡的人卻意外地沒有任何嘲笑的意味。反而感受到危機。

謝千沉當年在圈子裡是絕對的傳奇，尤其是螢幕圈，曾經有人說過，沒有謝千沉捧不紅的人。而現在，隨著羅通和丁明成的倒臺，幾乎所有人都看出來，謝千沉來者不善。

他說要登頂，就沒人能攔得住。就是不知道，他打算用什麼辦法？

可即便如此，也依舊有不少人不看好。他們覺得，謝千沉的動作太大了，目的性也太明確。而且現在丁明成已經倒了，當初同樣參與韓斐然事件剩下的那幾個怎麼可能沉得住氣？

果不其然，這邊眾人的猜測還沒撂下，那頭謝千沉的朋友就出事了。

楊導那部賀歲片竟然被上面嚴查了，一句篡改歷史就直接被砍掉，至於之前拍的片子更是乾脆就廢了。殺雞儆猴，這是在警告謝千沉呢！或許他無懈可擊，但是他的朋友可還在圈子裡呢！

楊導直接就上火了。而宋禹丞這裡，系統也一樣著急。

「大人，咱們現在該怎麼辦？」

「不怎麼辦。」宋禹丞卻一點也不著急，反而慢條斯理地回覆一句：「當初那套神棍的行頭不是還沒扔嗎？」

楊導這一天真是過得水深火熱。

從業這麼多年來，他跌倒過也出事過，可從未這麼窩火過。

當年剛入行的時候在影寰連臺攝影機都摸不到，成天做端茶送水的活。做了一年多，後來謝千沉幫了他一把，讓他跟了位好師父，他的才華終於有人賞識，但也不是從此一路順風順水，陸陸續續碰過一些麻煩，可今天這個就太具針對性了。

說什麼篡改歷史影響不好，這不是扯犢子是什麼？那麼多胡謅歷史的神劇都在熱播了，現在卻來找他一部沒拍完的賀歲片的毛病。

如果今天送審被打回來的理由是「尺度不過」，他還無話可說，偏偏現在上面連劇本都沒看到就說不行，這明擺著欺負人呢！

「楊導，咱們現在怎麼辦？我又重新改了一下劇本，盡量不脫離史書，但劇情實在太無趣了，就算拍出來也……」編劇寧蘭也跟著發愁。

「估計不是劇情的問題。」李旭陽的消息比他們倆靈通一些，「可能和千沉有關係。」

「千沉？」楊導一下子就懂了。

寧蘭脾氣直，立刻就爆了：「這是什麼意思？幾個二世主還要當螢幕圈的土皇帝了？這幾年他們都幹了多少見不得人的事，毀了多少漂亮孩子！現在還想壓著千沉？是覺得這頭頂上沒王法了，沒人制得住他們了是嗎？」

「別急。」楊導抽了口菸，「我晚上去我師父那裡探探口風，若真的是衝著千沉來的，就是想利用咱們壓他呢，那就更要加倍小心了。」

寧蘭依然在生氣，不過還是聽話地沒有多言。而楊導和李旭陽對視一眼，心裡同時決定，不管這件事和謝千沉有沒有關係，都不能告訴他。

他苦了這麼些年，就想討一個公道，他們當兄弟的怎麼可以給他拖後腿？即便他們這麼想，事情卻不一定能順利地按他們預想的發展。

曹坤今兒也收到幾位朋友的邀約，說來也巧，就約在上次蕭倫出事的那間包廂。曹坤一進去就看到三張熟悉的面孔——柯林、孔淮和薛城，這三人正是當年和丁明成一起毀了韓斐然的人。

「曹哥現在是大忙人了，請你一回可不容易。」柯林先起身打招呼，那語氣聽著親熱，實際上卻帶著疏離。

曹坤一看這架式就明白這三人找他的目的，肯定還是為了謝千沉。

之前是羅通和狗仔，現在是丁明成，謝千沉復出的這一個月，雙宇元氣大傷、飛躍唱片直接倒了，就算是傻子也看得出來，這後面是誰在一手操縱。

而且全網出現血書的事情也鬧得不小，即便暫時結案，丁明成也算有義氣，沒有把他們三人供出來，但他們依然害怕。

楊導的賀歲片被砍，就是柯林找人弄的。柯林的父親，是B市廣電分局的最高主管，再加上總局要求影視作品整改已不是一天兩天了，現在不過是借著東風，順理成章罷了。

曹坤不動聲色地陪著喝酒，四人從頭到尾都沒有提過一句和謝千沉有關的事兒。

一直臨到散場，曹坤才說了一句：「不是我不給面子，謝千沉的事兒我管不了。你們有本事就去折騰，我已經認輸了。」

「曹哥這話說得可不像你一貫的風格，他才不過是一個小戲子。」

「一個小戲子也把丁明成一大家子弄進去了。我就是個小小的娛樂公司老闆，我可不敢把他惹急了。」曹坤說完，揮揮手，上車走了。

留下的柯林三人臉色難看。曹坤這是打算落井下石了，謝千沉是他養的狗，他要是想出手管，怎麼可能管不住？

怕的就是曹坤也恨不得他們倒臺了，圈子裡的資源就這些，雙宇已經元氣大傷，他們再一完蛋，剩下的肥肉就都是曹坤的。

「他就不怕吞不下去嗎？」柯林的視線格外陰鷙。

「生氣什麼？」孔淮毫不在意：「他不願意把謝千沉交出來，那就連他一起拖下水不就得了嗎？」

薛城也跟著笑，「就是這個道理。羅通是廢物，丁明成太囂張，而且謝千沉有心算無意，肯定很容易了。咱們哥們可不是。」

「說得對，還想替韓斐然報仇？血書那玩意也有人相信，又不是什麼靈異事件，真有冤魂索命我上去就是一發子彈。」柯林也跟著嘲諷了兩句。接著，三人又討論幾句就散了。

接下來幾天，圈子裡意外十分平靜，除了楊導的賀歲片依舊沒有轉圜的跡象。

可大家都知道，這不過是暴風雨之前的平靜。

果不其然，總局突然頒布的一個命令，立刻激起水花。

整改的命令下來了。原本就很嚴格，篡改歷史、調侃宗教，以及穿越重生的題材都不能在電視上播出，但是網路上還是可以的。

可這次竟然連玄學都被冠上不科學的帽子。可玄學……並不是封建迷信，那不是老祖宗傳承下來的一種思想嗎？破除封建迷信可以，但怎麼連祖宗留下的文化都給一刀切了，這不是在搞笑嗎？

「感覺矯枉過正了！現在還有玄學協會呢，憑什麼人家當科學，卻把影視的玄學變成迷信？」

雖然在網友之間引起巨大討論，可圈子裡卻意外沒有人說話。

其實大家心裡都清楚有問題的不外乎是和謝千沉有關的那些人。近兩年各種題材百花齊放，尤其是新導演和演員們膽子大、創意多，敢演的也多。

因此這次題材被提案禁止，受到衝擊最大的就是他們這批人，尤其編劇文然是第一個被審核的，所有文然寫的劇都被命令立刻下架，包括前一陣子的公益廣告。

而楊導就更別提了，李旭陽和寧蘭也沒逃掉，甚至連徐子恒也被嚴查。說徐子恒新專輯裡的歌不夠陽光，曲解童話，容易引起不良三觀。

對不少人來說，這簡直是文字獄！讓人無法接受也無法理解。

然而總局的解釋也非常清楚，「只是暫時提案，後續還會修改。」

這麼一句官方的應對，讓人毫無辦法，而損失一直在累積。

那些原本說好要上映卻中途腰斬的劇，還有已籌備一半，卻必須停止拍攝的劇組，現在全都想哭了，這每天都在燒錢啊！

至於音樂圈也同樣怨聲載道，歌詞太過淒涼的也同樣被禁，說是容易影響青少年身心健康，那你乾脆分級啊！

這下，不少娛樂公司都跟著亂了起來，各大經紀人也都忙得不可開交。可偏偏宋禹丞卻一點都不著急，甚至還有閒工夫和陸冕見面。

「你好像一點都不著急。」陸冕撥弄著手裡的咖啡，語氣格外平靜。

「是不著急，我有法子。」宋禹丞微微笑著，眼裡的戲謔格外明顯。與此同時，他落在陸冕身上的視線也多了幾分欣賞，「來之前弄了髮型？」

他伸手捏了捏陸冕的髮尾，不得不感嘆有些人就是這麼得天獨厚。

陸冕沒吭聲，卻順勢把頭低了下來，方便謝千沉觸碰，算是默認了他的話。

「偶爾時尚點也不錯，不過不要染髮，免得糟蹋了。」

「嗯。」陸冕點頭，莫名給人一種猛獸收起爪子的乖順感，顯得有點可愛。

宋禹丞心裡一動，覺得他這幅神情好像格外熟悉，但想不起來在哪裡見過。可還沒等他仔細回憶，陸冕接下來的話就打斷他的思緒。

「這次是柯林、薛城那三個人搞的鬼，你朋友的戲被擋也跟他們脫不了關係。」

「我知道。」

「那……需要幫忙嗎？」陸冕這句話問得小心翼翼，他沒有別的意思，只是覺得謝千沉太累。

「不用了，我自己可以處理。」宋禹丞搖頭，想了一會兒又補充了一句：「最近這段時間也不用故意牽制曹坤，我這裡真的沒關係。」

宋禹丞不是傻子，曹坤這麼久不出來搞么蛾子，肯定是被陸冕控制住了。

然而陸冕在聽到曹坤這個名字之後，莫名有點不高興。沉默了一會兒才解釋：「不是我牽制他，是曹坤最近很忙。」

「忙？」宋禹丞不解，「影寰沒有什麼大事，曹坤有什麼可忙的？」

「養鴕鳥！」陸冕說完便不再言語。

宋禹丞在懵了一會兒以後，頓時弄懂陸冕的想法。他看出來陸冕對自己有意思，這麼折騰曹坤，說不定就是吃醋了，不，說不定是真的吃醋了。

宋禹丞忍不住笑出來，指著陸冕半天才調侃一句：「你能不能再幼稚一點？」

「不能。」陸冕抿了抿唇，直接了當地給出否定的答案，可藏在頭髮下的耳朵卻已經紅透了。

兩天後，總局依舊沒正式公布對影視圈整改的具體標準，可圈子裡卻已風聲鶴唳。就在大家猜想可能以後的標準就會這樣定案時，事情竟然出現巨大的轉機。

沒想到玄學協會竟然和總局鬧起來了！甚至還頗有幾分不依不饒的意味，據說連玄學協會會長的師祖都出山了，那可是真正國寶級的人物啊！

說起來都是柯林幾個人把事情想得太過簡單，認為不過是普通的影視整頓，和那些玄學大師們沒關係。然而他們忘了，現在就算是玄學大師也是會上電視的！

兩天前，就是剛放出消息的時候，這些玄學大師的確沒人關注到這件事，畢竟大師們平常不怎麼關注網路。總局矯枉過正的事，他們雖然聽說過，但並不覺得如何。

可後來收到一封匿名信竟把他們惹急了。

誰能想到，這舉報信竟然遞到國營電視臺。理由是總局全網禁玄學，認為這是封建迷信，為什麼國營電視臺還播出相關節目？難道是關係戶就可以逃過一劫？

原本倒也不算什麼，可他舉的例子正好是文然被要求下架的電影，而電影主角的原型就是現在玄學協會會長的祖師爺。

用舉報信裡的原話說，電影演的是你們玄學祖師爺的生平，都被要求下架了，你們這些徒子徒孫怎麼還能在電視臺上節目？按照總局的說法，這不也是公然傳播封建迷信？

這一下，那幫玄學大師們就炸了！他們是封建迷信？這根本就是扯淡！

玄學，現代有一個延伸的分支是研究不可知本體的學說。有人可能覺得是在胡扯，但實際上，世界的確有那種無法被科學解釋的現象存在。

而且按照現在的說法來定義，玄學也並非是違背科學思維，而是正經哲學，只能說和科學是兩種不同的思想罷了。

結果現在直接把祖師爺打成封建迷信，那就跟否認玄學有什麼區別？關鍵是，那匿名信雖然有點舉報加上挑事的意味，可也沒說錯，文然的劇本可沒有加油添醋，提到的幾件事都是史書上有正經記載的，敢情兒按照這意思，是連史書和歷史學家也是封建迷信了？

這一下，鬧得那些研究歷史的老學究們也不樂意起來。

「不行！咱們一定得要個說法。」

「就是！而且這些並非是謠傳，從各方面的記載都能找到端倪。文然寫的那齣劇我有看過，當時還感嘆這編劇嚴謹，是真正研究過歷史的人！」

「而且自古以來，有很多非科學能夠論證的觀點。可以不相信，也可以質疑，但不能否認歷史。」

於是不僅這幾個歷史學者鬧騰，玄學協會鬧騰得更厲害。

之前按照上面的定義，玄學是正經學科，是國學的一部分。而且現在各大學院也都有玄學這門選修課，更有甚者，像是風水這種玄學演變出來的學科，在建築專業裡也作為選修科目，廣受歡迎。

都是一個系統下來的，上面的政策得配合，可那些老學者們也一樣惹不起啊！

然而學者們鬧事都是講究流程的，畢竟都是有身分的人，也是走官方管道，聯名信弄起來比較慢，工程巨大。

因此分明準備了兩三天，依然沒有弄出一個具體章程，反而維持住了一個微妙的平衡。

可這種平衡卻注定不可能一直維持下去。此時，柯林家也出現了一個大麻煩。

這天晚上，柯林的父親柯力，在回家的路上意外遇見一件奇怪的事情。

一個說不上來多大歲數的男人，站在他家門口往裡面看。

「去問問他什麼事？」柯力是B市廣電分局的主管，所以平時上門找他的人不少，但這麼奇怪的還是第一次見到。

司機也覺得彆扭，這個人穿得一身白，還站在人家門口往裡看，可別是什麼精神病。這麼想著，司機也加倍小心謹慎，可沒想到，他還沒走到近前，就聽到一聲嘆息。

「家門不幸，多半要有血光之災。」男人聲音縹緲，在這種氣氛襯托下顯得十分詭異，再加上他說的話亦讓人不寒而慄。

臥槽！這什麼鬼？司機心裡一突，腿肚子就軟了。

可緊接又聽到男人說：「你叫劉大全，給柯力開車三十多年，每次他有事兒都是你接送的。換句話說，要是柯力進去了，你作為同謀就是知情不報。」

「你、你說什麼？」那司機震驚了。

「柯力是個心狠的，踩著人頭往上爬。三十年前，柯力想和前妻離婚，娶現在的媳婦，其實就是看上老丈人家的助力。而他的前妻不想離婚，後來被逼瘋了，最後在療養院意外身亡。當時最後一個見到他原配的人，就是你對吧！」

「你在說什麼，我根本不知道。」

「不知道？你不是最清楚的嗎？」男那人低聲笑了，「他的前妻當時已經懷了孩子，但是柯力想要的不是孩子，而是權勢，所以你就狠心讓護士加重藥物的劑量，最後一屍兩命，我說的沒錯吧。」

「你到底是誰？想要做什麼？」劉大全完全慌了，可落在那男人眼中卻彷彿變成有趣至極的畫面。

「哈哈，我就是個普通的玄學大師，柯力不是說玄學是封建迷信？我就過來看看他到底是個怎樣的人。讓你帶句話給他，他做過的一些事並不是人不知鬼不覺，一幅孩子的塗鴉能買出百萬天價，不覺得這錢來得有點太快了嗎？」

說完，那男人轉身離去。和劉大全擦身而過的時候突然說了一句話：「今天晚上別開車回去，要不然，報應就會應在你身上。」

劉大全頓時全身發冷，從他的角度看去，只能看到一張雖然漂亮卻極為怪異的臉，尤其挑起的眼尾太過狹長，甚至散發著幽藍色的眼瞳。

這哪裡像是個活人……分、分明是個狐狸精！

「妖、妖怪！」劉大全幾乎被嚇尿了，一屁股坐在地上半晌沒回過勁兒來。

等到車裡的柯力察覺不對勁而下車查看時，劉大全已經被嚇暈了。

這是什麼情況？他下意識轉頭去尋找方才在他家門口的白衣男人，卻不由自主睜大眼，因為柯力看到那男人周身上下縈繞著霧氣。

接著，他也看到那張讓劉大全嚇暈的臉。精緻的眉眼，每一處都透著一股說不出的妖異，分明好看到不行，卻偏偏讓人感到毛骨悚然，活脫脫一隻狐狸精！

柯力也不由自主地抖了一下，但他到底膽子大些。可緊接著，那男人笑了，他整個人都白得幾乎要發光，對柯力無聲說道：「殺妻屠子證道，罪孽早晚要還。」

「你站住！」柯力想要追，可那男人卻走得飛快，幾秒鐘就從他的視線裡消失。

柯力的冷汗一下子就滑了下來，第一個反應就是給保安打電話，叫人把別墅區的大門看住，不要讓任何人進出。同時，柯力要求調閱監視器，並且叫救護車。

「柯先生，請問發生了什麼事？」柯力身分不俗，安保部門也比較重視。

但柯力沒有說得太仔細，只說自己的司機出了問題，並且家門口出現一位身分不明的人。

不愧是高檔別墅區，安保立刻調取這段時間的錄影，然而監控畫面卻讓整個保安組的人都懵了。

他們只看到柯力的司機撲通跌坐在地，還有對著空氣大喊著什麼，就再也沒有別的景象出現。至於

柯力說的那位穿白衣服的人，更是沒有任何蹤影。

「那可能是我看錯了。先這樣，剩下的回頭再說吧。」柯力也很彆扭，叫人把劉大全送去醫院後，就一個人回家。

回到家之後，柯力做的第一件事就是把自家的監控錄影調出來。

他才不相信世上有什麼鬼神，覺得一定是人為，就算社區監控沒有拍上，他家的應該有，畢竟就發生在家門口，不管怎麼樣都能完整錄到吧！

結果再次出乎他的意料，仍舊沒有。

不僅沒有，由於距離很近，不僅清楚看到劉大全的驚恐表情，甚至都能清楚聽到聲音中的慌亂。

不對勁，這太不對勁了。

柯力皺起眉，總覺得這段錄影是不是有被動過手腳。

可隨後，他聯繫上的行家朋友跟他說，影像並沒有被處理過的痕跡。

「老柯，要麼這是個高手，就是傳說中的駭客，但這樣的人實在太少了，目前世界第一的駭客也很難做到這樣。要麼就真的是……你要不要去找位大師看看？」那朋友知道柯力最近說要反封建。

「別胡說，那些都是騙人的！」柯力冷笑一聲，然後就掛斷電話。可不知道是不是心理作用，柯力也覺得毛骨悚然。

其實柯力有件事一直藏著沒說，到現在知情人也只有劉大全。他原配不是真的發瘋病死的，而是……他害的。柯力一直不相信這些所謂的玄學，就是因為，他當年就是靠著一個狐狸精的梗，把他原配活生生嚇瘋的。

可現在，似乎事情又重演了。

想到那個白衣男人的臉，柯力的手也開始不停發抖，但他還是極力讓自己冷靜下來，並且在心裡不停勸自己，這一切一定是有人在搗鬼，或許當年的事情被人知道了，所以才……

可即便如此也沒有關係，因為他手腳很乾淨，當年涉及這件事的證人全都消失了。至於劉大全更是不可能說出來的，除非他也想坐牢。

柯力一邊勸說著自己，極力鎮定。但心裡到底多了道陰影，就像是在心尖上懸著一根針，彷彿一不小心就會被捅進心臟。

這一夜，可說是柯力有生之年過得最不安穩的一夜。

然而他被折騰得疑神疑鬼時，宋禹丞卻是一派輕鬆。

毫無疑問，那白衣服的狐狸精就是宋禹丞扮演的，至於為什麼沒拍到畫面，當然是因為系統。用系統的話來說，電腦就是它的強項，以這個世界的科技水準，全世界的駭客加起來也比不上它的一根手指頭。

「怎麼樣？大人，我是不是特別厲害？【鹹魚式驕傲.jpg】」系統一個勁兒地嘚瑟，一副求表揚的小模樣，看著就……很值得被打擊。

於是宋禹丞也這麼做了，「你都是鹹魚了，還有什麼可驕傲的。」一句話懟得系統半晌回答不出來，最後乾脆扔給宋禹丞幾十個【氣成河豚】表情包了事。

宋禹丞再次被系統的幼稚行為逗笑，接著便不再搭理它，繼續進行手上的工作。

回家換了一身衣服後，宋禹丞再次上網，去幾個玄學的官方帳號上逛了一圈，果然幾乎所有的帳號都被要求審查。至於他們下面的粉絲也大多感到不滿，唯一逃過一劫的就是玄學協會認證過的，民間人士基本全軍覆沒。

更有甚者，就連談論星座運勢的帳號也被查封了，理由當然也是一樣的。

這就很有意思了……宋禹丞這麼想著，乾脆叫系統弄一個新的帳號。

雖然現在要求實名制，但是系統就是最大的bug，想要跳過這一步簡直輕鬆愉快。

宋禹丞給這個帳號取的名字也相當有意思，就叫「正統玄學傳人」。然後，他發了一條關於命理的貼文，同時艾特了所有網路上沒有被查封的玄學帳號。

正統玄學傳人：「柯力，男，XX年XX月XX日X時生。按照紫微斗數推算，此人無惡不作，貪婪成性，殺妻屠子證道，年少成名，不得善終。」

到底是個新帳號，因此發布後，除了他艾特到的那些人以外，並沒有其他人看到。

重點是，宋禹丞艾特的那些玄學帳號，大部分歲數都不小，不會經常上網，因此乍一看，並沒有什麼作用。

然而宋禹丞並不是做白工的人，他艾特的那些人，其中一位是現在玄學協會會長的親兒子。原本也不會上網，但第二天他們要找總局上訴，因此他臨時想到，似乎可以上網截取一些民眾的意見。

就這麼湊巧看到宋禹丞的艾特，緊接著他皺起眉頭。

這算得……會不會太仔細了？可緊接著收到一則引起他注意的私訊。

「秦州，XX年XX月XX日X時生。」

這是他正確的生辰八字！秦州的冷汗瞬間落下，一般研究這種學科的人，都很忌諱把正確的生辰八字說出來，包括他的出生證明上寫的都是假的。

真正知道的只有他的父母和他自己，就連他的妻子都不知情。所以這個什麼玄學正統傳人，是怎麼知道的？越想越覺得不對勁，他回了一句：「你有什麼目的？」然而卻沒有得到任何回覆。

秦州等了半晌，最後只能匆忙拍張照片，然後去找他的父親討論此事。

秦老爺子也是第一次聽說這樣的事，看過以後就不由自主皺起眉，半晌沒言語，像是在推算著什麼。又過了好長一段時間，他突然開口叫秦州把他書房裡的羅盤拿過來，琢磨了半天，秦老爺子腦門上的汗也跟著流下。

「這是遇見高人了！」秦老爺子一疊聲地叫秦州去請那個玄學正統傳人。在聽說聯繫不上以後，秦老爺子不禁感嘆道：「人家這是在幫我們啊！」

「怎麼說？」

「數術。這是老祖宗留下的東西。他們不是不信？咱們就算給他看！」

秦州聽完，也跟著恍然大悟，覺得是這麼回事。

他們一幫搞玄學的竟然去和總局理論，有什麼可理論的，都是老祖宗傳下來的東西，你們不信是吧！那就算到你信不就得了嗎？

很快，不少玄學協會的大師們全都行動起來。只能說，這個世界的玄學大師都是有真本事的那種。要說鐵口直斷可能差了點，但要是批命、看風水，那絕對是行家。

這下，總局以柯力為首，所有提議整改的發起人算是捅到馬蜂窩了。

不過短短一週，他們成為眾多玄學大師光顧的對象。今天這個掐指一算，明天那個依我所見，反正說出來的都沒有一件好事。

可偏就也跟倒楣催的一樣，這些人說的基本上都靈驗了。

別的不說，就說秦老給柯力算的那句，父子共妾，家宅不寧，這就靈驗了。

柯力在外面包養的小情人，不知道怎麼的鬧了起來，關鍵是還鬧得極不光彩，甚至變成大笑話。原因無他，就是因為柯力發現，自己的情人竟然和兒子有過一腿。

【第九章】

借力打力，一鍋端

像柯力這種有家世背景的人，外面有幾個小情人很正常，包括柯力的妻子也都知情，但只要不弄出私生子、不影響柯林的利益，不管是柯力的妻子還是娘家人，都是睜一眼閉一眼。

可這次爆出來的事情實在是太丟人了。做父親的當了王八，戴綠帽的是親兒，哪怕是最狗血的八點檔家庭倫理劇，都沒有這麼傳奇的。

可更丟人的是，現在全網都知道了！

只能說宋禹丞這招太損人了。原本這幫玄學大師們很少上網，大部分都在悉心研究學術，修身養性，可宋禹丞這邊給了提示後，這些大師們也學會上網了！不僅會上網，還會使用社交軟體了，甚至體會到刷手機的樂趣呢！

以秦老爺子為例，他原本是樂於傳道授業解惑的老學者，如果真有人對玄學感興趣，他也樂意給後輩講講課，並且說說一些和玄學有關的趣味小故事。

用老爺子的話說，老祖宗留下的傳承都是有大智慧的，別看現在科技發達了，可這些思想和學說也依舊沒有過時，也能隨著時代的發展給人警醒。

所以，老爺子開始上網後還真有不少人來網路上看老爺子上課，以及不少求批字、算卦、看風水的。因此，這幾天秦老爺子忙得很，沒事就在網路上幫著批字、隔空看風水。

這可是真正的玄學世家傳人，一開口就知道是有真材實料的，尤其當老爺子攔下原本打算旅遊的一家子，讓他們因此逃過一劫的事爆出來之後，民眾的關注度就更高了。沒幾天，秦老爺子的粉絲數刷刷地漲，眼看著就比那些小網紅的人氣還高。可老爺子不是那種守舊派，腦子活，人也促狹，竟然學著別人開轉發，轉發的就是柯力父子共妾的這件事。

本來這種倫理大戲就已經相當勁爆了，再加上還是算出來的，自然沒過多久就變成熱門話題。

系統：「嘻嘻嘻。」

宋禹丞聽系統在腦中發出笑聲，忍不住問了一句：「你有什麼最新線索？」

系統見他好奇，趕緊嘚瑟，一副「你求我啊！求我就告訴你」的模樣。

宋禹丞：「不說也沒關係的，我大概能猜到，就是柯力包養的小情人和柯林以前有一腿吧！」

系統：「……【目瞪口呆.jpg】」

「噗。」宋禹丞忍不住笑了一聲，然後繼續手上的工作。還真不是他愛欺負系統，而是圈子裡不藏事。之前柯林追到那個小嫩模在圈子裡嘚瑟過一陣子，後來柯林膩歪把小嫩模甩了，可那女人是個手腕高的，一句非要上你家戶口，算是把柯林得罪狠了。

可就在柯林要出手時，人卻意外不見了。柯林找了一陣子，找不到人也就丟在旁邊不管，這件事在圈子裡不算是祕密。

因此當秦老爺子這卦一批出來，宋禹丞就猜到多半是這麼回事。

然而過了半晌，系統鬱悶過後爆出來的新料，卻還真的把宋禹丞嚇了一跳。

宋禹丞都沒想到那小嫩模竟然懷孕了，重點是，沒人知道這孩子到底是誰的！

這就很……尷尬了。

宋禹丞原本在鍵盤上敲敲打打的手頓時停下，他想了半天，又上網看了一眼，接著不得不感嘆，這年頭不管惹了誰，都別招惹女人，妹子們發起飆來才是最厲害的！

那小嫩模估計是誠心要噁心柯力這父子倆，一堆證據直接拿到網上曝光。

從柯力疑似誘姦，到柯林意圖強姦，那一齣齣的故事寫得比言情小說還跌宕起伏。

最終有人站出來總結一下，就是柯林當了王八蛋，辜負了人家姑娘，結果柯力這個做爹的成了接盤俠。可最反轉的事情來了，柯力這個接盤俠剛坐穩，柯林就又和小嫩模舊情復燃，非要嘗一嘗綠了他爹的滋味。小嫩模不敢，只能忍耐。

那麼現在問題來了，小嫩模懷孕了，孩子到底是誰的？

這麼一篇聲淚俱下的長文，連帶著許多真實且香豔的證據，不管柯力父子願不願意，這帽子都得扣上。至於網友更是直接就笑瘋了。

「臥槽！哈哈哈，笑死我了，現在的倫理大戲都這麼優秀的嗎？」

「我已經笑瘋了。媽啊，不愧是親父子，看人的眼光都一模一樣。」

網上的評論一波接著一波，而柯力那裡也同樣出了問題。原本在秦老爺子批卦的時候，柯力還想告秦老爺子誹謗，可結果他這頭義正辭嚴地做完公關，那邊小嫩模就開始搞事情。

臉皮直接被打得啪啪響，幾乎連反手的餘地都沒有，臉就被打腫了。

至於其他幾個和他一起聯名提案更改影視尺度的人，也一樣沒逃過這幫玄學大師們的關愛。只能說，玄學真的是博大精深，你看著不要緊，可真正算出來卻都是案子。一句「財路不正」，就直接把這些人扣上貪污的嫌疑。至於家宅不寧，後院起火，更是暗示這些人背後都有不同的小情人。

還有最可氣的就是孔淮他們家。孔淮的父親雖然不是總局的人，但卻負責審理提案通過的那一環。原本總局招惹了玄學協會和他沒啥關係，可也不知道是誰爆出來的，說他們家和柯力是世交，一條藤上的，柯力敢肆無忌憚地挑釁玄學，發出提案，就跟孔淮父親有關。因此，這幫大師們也同樣把目光放到他身上，這次掐指一算，竟然說孔淮爹的墳裡，埋的不是孔淮的親爹。他親爹死於非命，還被扔在公共墳地，有骨骸，無墳墓——其後人亦必居無定所，漂泊不安，事業不順，中途挫敗。

這就跟詛咒孔淮一家子最後要家道中落有什麼區別？一時間，孔淮一家子都被氣得吐血，卻只能跟其他人一樣忍氣吞聲，畢竟現在是法治社會，想要起訴必須靠證據說話，所以看似有理有據的批命並不能影響他們什麼。

如果不鬧，就是大家看個樂子，可一旦鬧起來就是心虛，根本就是個進退兩難的局面。

因此，以柯力為首的幾家人全都被整得夠嗆。可話說回來，人還是真的別做壞事，不管做得多天衣無縫，最後肯定還是會留下尾巴。

柯力就是這樣。這頭小嫩模一鬧，柯力因為作風問題被嚴查，偏偏不知道是流年不利還是真的跟玄學撞上了。

柯力的司機，就是之前在家門口被宋禹丞嚇昏的那個，竟然真的瘋了。

整天拿著一個狐狸面具，說有狐狸精害人，還說病房裡有抱著嬰兒的女人在哭。

原本這都是小事，可偏偏現在玄學風盛行，社區安保不少人都知道柯力之前調取監視畫面的事情，他們也都看到柯力的司機那天一個人站在原地自言自語，最後暈過去的事。

這麼一聯繫起來，就有人覺得沒準柯力的司機真的是遇見狐狸精或者怨鬼，所以才會這樣，要不然好端端的人，怎麼說瘋就瘋了？

因此，出於獵奇心理，有一個新來的小保安偷偷把事情在朋友圈曝光了，還悄悄錄了一段那天監控裡看到的畫面。

一開始，還真的是小範圍內傳播，可一傳十、十傳百，再加上柯力包養小嫩模的事情鬧大後，就有膽子大的直接投稿給一個叫「神祕事件解析」的網紅。

那位網紅看完也覺得太厲害了！絕對的神祕事件，再加上柯力現在涉及作風問題，停職調查，以後估計也沒希望復職了，就沒太多顧慮，把這件事直接爆出來。

這下，對柯家的討論聲浪就更大了。而宋禹丞最早弄的那個「玄學正統傳人」發出來的那則貼文，也被有心人給扒出來。

頓時不少人的三觀都碎了一地。

「殺妻屠子證道，這是什麼意思？可別是我瞭解的那種吧！」

「說不定啊！那個瘋了的司機，好像給柯力開了好幾年的車。他不是說什麼狐狸精，還有抱著小孩的女鬼嗎？要是當初他是幫兇，可不就是這樣的嗎？」

「心裡有鬼啊！」

一時間，不僅是網上議論紛紛，就連柯力家裡也因為這件事引起巨大爭執。

其實當初柯力的前妻突然去世，柯力現任妻子的娘家也多少懷疑過，可後來不論怎麼查都沒有發現端倪。但最近不一樣了，一個玄學協會就把柯力幾人折磨得生不如死，只能說真是應了那句人在做天在看，他們自認做得天衣無縫的事情，在這些玄學大師們的眼裡，根本無法隱藏半分。

而最可怕的事情還在後面，不僅是柯力，就連柯林也親眼看見真正的冤魂索命。

這一天，父子倆在書房商議要如何解決這些問題，可突然整間別墅都黑了。

「什麼情況？」柯林嚇了一跳。

可接下來發生的事情卻差點沒把他們倆給嚇死，怨鬼……真的上門了！

一開始不知道是從哪裡傳來的哭聲，如泣如訴，沒有撕心裂肺的淒涼，即使在這樣詭異的環境裡也依舊能夠感受到幾分溫婉，可越是這樣就越詭異。

接著，傳來嬰兒的笑聲，清清甜甜的，就像是春日裡的清風，讓人聽著也忍不住跟著微笑，可現在卻只讓人覺得驚悚，畢竟在只有父子兩人的書房裡，根本沒有嬰兒，這是從哪裡傳來的聲音？

柯力柯林父子倆面面相覷，接下來傳真機突然運作，才是將這場夢魘推向高鋒的導火線。

從窗戶透進來的月光下，雪白的紙張顯得格外刺眼，上面那個彷彿能夠流動的殷紅的「恨」字，才是最讓人毛骨悚然的。

「什麼情況？是誰在惡作劇？」柯林的冷汗直冒。

可這句話剛落，就看到旁邊的電腦螢幕跟著亮了，光碟機突然彈出，塑膠摩擦主機殼的聲響，越發讓人的寒意沁入骨髓。

接著，光碟機自動關閉，新買的電腦卻莫名發出幾十年前那種老舊電腦才會發出的光碟轉動的聲響，那分明沒有光碟可讀的電腦上漸漸出現駭人的畫面。

老舊的公寓，雖然是寬敞的三房兩廳，但偏僻的地理位置，依舊顯得荒涼。畫面裡一位溫柔的年輕女人坐在床邊梳頭髮，邊梳邊哼著柔軟的江南小調，看著像是名大家閨秀，然而，當那個女人轉過身的瞬間就把柯力和柯林都嚇尿了。

那女人竟然露出了一張狐臉。

狹長而上挑的眼尾，屬於野獸的幽藍色豎瞳，在漆黑的夜裡冰冷而恐怖。而最讓人無法忽視的還是她的鮮紅嘴唇，那種紅色，不像口紅的顏色，倒像是剛剛吃過人……

「這、這都是什麼？」柯林完全被嚇住了。如果在別的地方他可能還不會這麼失態，畢竟他不相信這些鬼神，可偏偏這是他家的書房，他認為最安全的地方，誰能在這裡做手腳？

但後續發展就像是生怕不能把他嚇死般誇張。傳真機再次發出紙張列印的聲音，比什麼恐怖電影裡的音效還誇張，隨之一張一張A4紙上的字，徹底將柯林的膽子嚇破，而柯力也快要被嚇到昏倒。

因為紙上正寫著：還我和我孩子的命來！

下面一張彷彿是用血畫上去的狐狸臉，正和當年柯力嚇瘋原配時用的那個面具一模一樣。

「報應，報應來了……」柯力喃喃自語，捂著心臟，半晌不能喘息。

而柯林在旁邊聽著，也漸漸拼湊出當年的真相。

很狗血的故事。柯力是山溝裡飛出來的鳳凰男，娶了城市裡的大學生，走了第一任老丈杆子的關係，柯力進了公務體系，可進去後才發現，根本不可能快速往上爬。於是，他想要靠裙帶關係上位，勾引了現在的妻子、柯林的母親。

後來的故事就變得順理成章，原配不願意離婚，柯力就乾脆把她嚇瘋送進瘋人院，悄悄害死。至於紙上寫的孩子，就是當時原配肚子裡已經三個月成型的男孩。

所以，他的父親，其實是個殺人兇手！

柯林驚恐地看著自己身旁的父親，想不到柯力為了權勢竟然能狠心親手做出一屍兩命這種喪心病狂的事。都說虎毒不食子，那連親子都能動手的柯力，他哪裡還配為人？

「不，不是我害妳的，妳的死和我沒有關係，妳不要來找我，去找柯力！」連父親都不叫了，柯林下意識地往牆角爬去，努力想離柯力遠一點。

這一刻，他甚至連房間裡可能有鬼都不害怕，他更害怕的是自己沒有被鬼弄死，最後卻被柯力給拿來祭天了。

然而柯林這麼忌憚著父親，卻忘了自己也並不乾淨，他的確沒有親手害死過誰，但是他手上卻有一條間接人命，並毀了無數人的未來

一道青年溫柔清越的說話聲音就這麼在他耳邊響起，帶著點江南口音的柔軟和呢噥，但是說出來的話卻寒氣森然：「柯林，你叫我去找誰？就是你害死我的啊！」

如果是放在往常，這樣的軟語呢噥，氣氛不錯，估計柯林就要跟著硬了，可現在這種情況下，這個陌生又耳熟的聲音卻只能把他嚇尿。

太熟悉了，這個嗓音太熟悉了！

兩年前那個站在領獎臺上帶著哭腔致謝的小影帝，月華樓裡絕望的哭喊和咒怨，只嘗過一次就能記住一輩子。

可現在，他卻再也感受不到半分旖旎，能夠感受到的只有極致的恐懼。

「怎麼了？柯少為什麼發抖？當年您很喜歡我的啊，說就喜歡我這樣的嗓音不是嗎？」

「我不是、我沒有，你誤會了。」

「誤會？可我記得很清楚啊，你還對薛城說，別堵著他的嘴，讓他哭，哭得多帶勁兒！」

「不，求你放過我，我錯了，求求你，放過我吧！」柯林已經被嚇得失禁，雙腿像麵條般癱軟在地，可那聲音卻絲毫沒有停下的意思，反而越發肆無忌憚。

「哈哈哈，放過你，當年你們可曾放過我？下面好冷啊，你來陪我，好不好？」

「不，不要！」

柯林拚命往牆角擠，可屋子裡的所有東西都像是失控了一樣。

方才熄滅的燈突然瘋狂閃動，電腦螢幕也忽明忽暗，印表機和傳真機更像是瘋了一般，拚命往外吐著紙張，每一張紙都寫滿血紅的「恨」，可如果仔細看，就會發現那些「恨」全都是由鮮紅色的小字組成，這些字連在一起後，就是這些年柯力和柯林父子兩人犯下的全部罪行。

假的，這一切都是假的！這都是幻覺！柯林嚇得渾身就像是從水裡撈出來的一樣，鼻涕眼淚糊滿了臉，半晌無法動彈。至於柯力，更是整個人都崩潰了，除了跪在電腦前不停磕頭，求著前妻原諒以外，再也沒有別的反應。

「報警了。」透過系統傳來的畫面，宋禹丞冷靜地說。

系統回道：「沒問題，大人放心，全都搞定了。一會兒員警進屋就能看到電腦上他們兩人的悔過書，柯家完了。」

「做得不錯。」宋禹丞叫系統收手，同時清除所有入侵痕跡，接著鬆了口氣。他今天有點賭一把的成分，幸好這些天柯力和柯林父子的心理防線已經很脆弱，這才一舉得手。

剩下的，就是等另外那兩家完蛋。

孔淮家現在忙著祖墳那件事，而且那些玄學大師們不會放過他，所以宋禹丞要做的，就是找到三人組當中的最後一個——薛城。

如果說孔淮、柯林、丁明成這幾個人是家裡有權，那薛城家就是典型的有錢。這四個二世主湊在一起，平時出了事兒，有權的打通關，有錢的拿錢砸，自然事事擺平。但現在有權的那三個已經完蛋了，剩下的就是薛城這個出錢的人。

他們四個感情這麼好，享受美人的時候是一起，進了警局也得湊一桌麻將。

系統：「可是大人，薛城現在可不在那些人當中，你有什麼法子讓他認罪？」

宋禹丞笑了，「狗咬狗，一嘴毛。」

他們一起造的孽，接連三家倒臺，薛城估計早就驚了，現在八成想著怎麼把自己摘出去，而宋禹丞要做的就是拖薛城下水。

宋禹丞沒猜錯，眼下的薛城的確就是這麼想的，但是孔淮卻不會放過他。

南城一家私密的小飯館，孔淮和薛城就約在這裡見面。

家裡出了這麼大的事，現在的孔淮情況也不好。重點是，孔淮上午剛收到的小道消息，說柯林被抓，把這幾年做的事全都招了。而柯力的父親，也因為涉嫌謀殺前妻和貪污受賄被捕。

但這些都不讓他擔心，他真正擔心的是把柯林幾乎嚇瘋了的厲鬼。

給他傳話的人說，那天是柯林自己報警的，說是要自首。當員警到場之後只見一屋子的血字，柯林和柯力父子倆全都被嚇尿了。柯力到現在，還在醫院搶救呢。

再加上最近這些玄學大師出山，越發讓孔淮害怕，所以他不得不找薛城商量。

然而孔淮萬萬沒想到，薛城竟然想一個人跑。

「做夢！」孔淮惡狠狠地拽住薛城的衣領，「我和柯林已經出事了，你覺得你跑得掉嗎？」

「柯林出事，是他父親作風問題，你家出事是那些玄學大師不放過你，又和我有什麼關係？」薛城冷笑，一副事不關己的模樣。

可他這句話剛說完，孔淮的手機就響了，在接通電話後，卻看著薛城笑了，「看來我們真的是命中注定的好兄弟，誰也逃不掉。」

說完，孔淮轉身就走，留下的薛城也趕緊打了通電話，接著冷汗瞬間淌下。

反腐部門竟然又鬧起一個大案，而這個大案和他還有柯林、孔淮家都脫離不了干係。

起因也有趣，是因為一些價值不菲的世界名畫。

藝術這兩字可以大雅也可以大俗，但是總有一些特立獨行的藝術是一般人所不能理解的。

例如那幅賣了一億六千五百美金的《一九四八年第五號》就有不少人根本看不懂畫家究竟要表達什麼，因為乍看之下根本就是一團疑似大理石紋的畫面，可這樣的畫卻賣到一個令人望而生畏的天價。

所以說，藝術帶來的瘋狂魅力是巨大的，人們永遠猜測不到它的上限到底在哪裡。

可一般涉及到金錢總能引起一些人的注意和討論，因此，有八卦論壇在發出感嘆後，下面就有不少人跟著回應。

有的科普這幅畫的來歷，有的感嘆俗人見識短淺，有人表示現在從事藝術的只要能起來，基本上都很富有。

可緊接著，似乎是為了證明學藝術的都很富有這句話，有人竟然舉了一個聽起來就像是胡說八道的例子。

「我朋友圈之前有人曬畫，說是一位十二歲的天才少女畫的。不過才十幾歲，一幅畫就已經賣出十幾萬，甚至上百萬，天才和凡人果然不是一個世界。」

然而他這條評論一發出，很快就引起網友們的質疑。

「得了吧兄弟！你要是說二十一歲的天才畫家，國外得過獎的作品，一幅畫賣十幾萬我還相信。一個十二歲的無名氏天才少女，我都不叫你拿實錘，因為肯定是假的。」

「可看出現在吹牛不交稅，就算是國外獲獎的青年畫家，也未必有那麼高的身價。除非是含金量很高的獎項，要不然根本沒有用。」

不少網友第一時間給出回覆，都覺得那人是胡扯的，可偏偏那個網友也是個絕的，居然直接就把朋友圈截圖出來。

乍一看，和那幅叫《一九四八年第五號》的名畫相同感覺，都是一堆凌亂的大理石紋，而朋友圈裡打上馬賽克的轉帳證明，還真顯示是十七萬六千元。

這下不少人都懵了，更大的質疑聲隨之而來。

到底是炒作還是在搞笑？或者是新的詐騙手段？

有好奇的人追根究柢地查下去，很快，這爆料人的朋友也被扒出來，是圈子裡一個有名的紈絝，那幅畫也不是他買的，而是薛城拍到的。

至於所謂的天才少女竟然是柯力的小女兒，而最大的實錘也跟著坐實了。

柯力的小女兒竟然在朋友圈弄了一個類似微商的帳號，每賣出去一幅畫就會顯示價格，林林總總算下來，竟然有幾千萬之多。而且，多半小女孩的虛榮心作祟，柯力的小女兒竟然也把自己一幅畫賣了十幾萬的事情在學校說了。

甚至當有人偽裝記者採訪她的時候，她還洋洋得意地把轉帳記錄給記者看，天真地以為自己真的是

天才少女畫家。

這下，事情就明朗了。

原本柯力貪污受賄的事情只是疑影，可現在這買畫的事情一出來，情勢就變得難辨起來。這種來源不明的大額錢財也是可以提審調查的，柯力一家很快被拘留。薛城雖然暫時只是協助調查，但是涉嫌賄賂早晚也要進去。

這種事，都是一抓抓一串的，這兩家出事，孔淮他們家早晚也要一起完蛋。但孔淮和薛城不是等死的性格，這幾天開始拚命走關係，想要把自己摘出來。

可越忙碌，越出問題。

這一天，孔淮和薛城不約而同收到對方的約見信件，內容都是寫著「我有脫罪的好辦法，需要你來配合」。然而等他們見面時才發現竟然一起被關在一間封閉空曠的房間裡，裡面只有一臺筆電。

「要做什麼？」薛城還算冷靜，可孔淮一下子就崩潰了。關於之前柯林家發生的事，他知道的細節更多，所以現在看到電腦就害怕。

可接下來的事情，卻不給他任何喘息的餘地。

「這裡有兩份資料，寫的是你們各自的罪名。只要交給員警，你們這輩子就只能待在牢裡，那麼問題來了，你們倆誰願意為了兄弟坐牢一輩子？或者說，誰願意為了兄弟去死！」

陰惻惻的聲音在封閉的屋子裡顯得格外詭譎，而薛城和孔淮的臉色也在看到電腦顯示的資料後，漸漸變得難看。

「你到底有什麼目的？要錢我能給你！」薛城率先開口。

可那聲音卻笑得越發暢快，「要錢？不！我要你們的命！」

「你們右手邊有一個手機，第一個拿起來報警舉報對方的就是勝利者，我會把他的資料銷毀。另外，不用擔心不好選。我以為，對於你們這種人來說，不擇手段和喪盡天良都是最基本的行事手段。」

「你到底是誰？」孔淮已經要瘋了。

可屋內不斷升騰起的霧氣，卻莫名化成一個青年的身影，雖然不夠清晰，可依然能讓孔淮和薛城認出來，就是當年跳樓的韓斐然。

「謝千沉！是不是你！是不是你在搞鬼？」薛城一下子就反應過來。

可那聲音卻絲毫沒有搭理他們的意思，反而充滿笑意，「薛城，你再不反抗，孔淮的報警電話就打出去了！」

「什麼？」薛城下意識轉身，正好看到孔淮想要撥通電話報警的樣子。

「你瘋了！這都是謝千沉設計好的！」

「你才瘋了！我他媽不要坐牢！」

孔淮的性格原本就比較懦弱，現在更是發瘋般地想要逃避牢獄之災。

人也好，鬼也罷，他不管，他一定要逃過一劫。

這麼想著，他狠狠地拽住薛城的頭髮，把他的頭往牆上撞去。直到薛城的頭鮮血淋漓，失去意識，他才呆滯地癱軟在地，半晌沒有反應。

而距離他不遠的地上，那個撥通報警電話的手機卻一直在通話中。

至於員警，距離他們也越來越近。

毫無疑問，這兩人也同樣跑不掉了。

這就是所謂的好兄弟！宋禹丞冷眼看著，再次叫系統把過往記錄清除。

可即便如此，這一次員警們卻很快找上門來。

原因很簡單，就是薛城在掙扎的時候曾喊過「這都是謝千沉做的」。而孔淮在被捕後也同樣說出他

的名字，所以員警必須找他採證。

還是上次的那位老員警，他們好不容易才在療養院找到謝千沉。

「找我有事？」宋禹丞的微笑無懈可擊。

員警一時間也不知道要說什麼，因為眼前的畫面讓他們心酸。被謝千沉抱在懷裡的青年處於半昏迷的狀態，可即便如此，也依舊難掩帥氣輪廓，他們認出這是兩年前最火的流量男神路文淵。

可現在，哪怕是路文淵當年最狂熱的腦殘粉，都很難立刻認出他的模樣來。

幾位員警不由自主把聲音放輕。宋禹丞感激地朝著他們笑了笑，輕聲提議道：「我師弟身體不好，有什麼話咱們出去說。」

「可以。」老員警帶著人出來。等到宋禹丞關上門，那個小員警就立刻逼問：「薛城和孔淮出事了，是你幹的嗎？」

「什麼？」宋禹丞先是一愣，接著就笑了，「這不是活該嗎？」

「你怎麼這樣說呢！」那小員警一下子就有點不樂意了。

可旁邊歲數大點的護士卻把謝千沉攔在身後，「你們才怎麼這樣說話呢！這裡是醫院，你們這些員警是要打人嗎？」

「我們是依法要求配合，他現在是重大嫌疑人！」那小員警年輕氣盛，直接把事情說了一通。

接著那護士氣笑了，「不可能，你都說是遙控了，那肯定和千沉沒有關係。我覺得你們該和我們院長談談。」護士說完就帶著兩人走了。

院長辦公室裡，兩位員警覺得整個世界都顛覆了。

謝千沉一個螢幕圈的金牌經紀人，竟然有鏡頭恐懼症。

按照院長的說法，謝千沉不能獨自一人面對鏡頭。

老員警讓人調來謝千沉參與的所有記者招待會，發現幾場謝千沉在場的記者招待會上，所有記者都被勒令禁止攜帶照相機。

並且那些螢幕圈的導演們也都證實了，謝千沉送人去試鏡時，向來是在外面等的。

「另外，你們不用懷疑他。」院長調出當時孔淮和薛城出事時，謝千沉所在的房間監控。這三個小時裡，謝千沉一直在給路文淵念書。

雖然聽不見他在念什麼，但是從路文淵乖巧認真的模樣來看，明顯是很溫柔的故事內容。

從頭到尾，他都沒有任何能夠聯繫外界的方式。

「我能問問謝千沉的病是怎麼來的嗎？」

那院長冷笑道：「你回去查查警察局的記錄，十年前和謝千沉還有曹坤有關的那一件，就什麼都明白了。身為執法者，不要每次都先懷疑受害者，你們不能給他公理，就不要再恣意傷害！」

這兩位員警幾乎是被院長趕出去的，可即便如此，他們也沒有什麼脾氣，因為在看了當年的案子以後，他們對謝千沉只剩下同情和憐惜。

真正的沉冤不得昭雪，可按照現在的律法恐怕也很難重新翻案。

這對他們而言就跟打臉有什麼區別？當員警的人大多正義感爆棚，於是這次更是使勁審問這四個剛剛落網的二世主。

丁明成再次被提審，這次他沒有再死扛，直接招了，把當年他們四個怎麼對韓斐然施暴，以及後來知道韓斐然想要報警，乾脆聯手把他逼死的事情完完整整交代出來。

而後，薛城的家裡也搜出當年韓斐然那份被銷毀的傷檢報告，看著上面法醫留下的判定，但凡長了心的人都要罵一句畜生！

這分明就是不把人當人看，怪不得韓斐然要自殺。

之前還懷疑謝千沉的那個小員警，瞬間就覺得薛城被孔淮打得真是太好了。

「是謝千沉，一定是謝千沉搞的鬼！你們去查，你們去查啊！」到了這一步，孔淮還不鬆口的想要咬死謝千沉。

可是這一次卻只換來執法者們帶著個人情緒的一句：「你們真的是活該！」然後就被帶走了。

只能說樹倒猢猻散。柯林幾人進去之後，整個娛樂圈都變了天。

聽說警方在收集這三人的犯罪證據，就連他們自家的藝人們都紛紛開始反水。

舉報信堆得三尺高，每一封裡面都裝著實錘。總的算起來，恨不得槍斃他們十次！

而他們家的長輩也同樣沒能逃開法律的責罰，光是貪污一項就足夠了！

最後，還真應驗了之前那些玄學大師的批命內容，因此不少人都開玩笑說，玄學大師們是真的厲害，現在都能幫著反腐倡廉了。

而秦老爺子他們也都是識趣的，乾脆把高帽給上面戴上，並且又解釋了一遍玄學存在的含義。同時表示「人在做，天在看」是有道理的，與人為善，做事留一線，才是為人之道。

可即便如此，這種帶著點玄妙意味的事件，也依舊在公眾群體裡引起巨大討論，而那些其他有過灰色收入的人也漸漸收斂起來。

倒是肅清了風氣，也是意外之喜，算是雙贏。

路文淵的病房裡，宋禹丞將手裡的花插到花瓶裡，床上的青年依然昏睡著，柔和的眉眼就像是在做

什麼美夢。可誰能想到，一旦等他醒來，就會瘋到兩個大男人也攔不住的地步。

「再等等。」宋禹丞伸手摸了摸他消瘦蒼白的側臉，低下頭在上面落下一吻，「還有兩個，等他們都認罪了，你就醒過來好嗎？就算不為了自己，也想想謝千沉。」

床上的路文淵始終沒有動過，也根本不可能給出回應。

宋禹丞嘆了口氣，然後轉身走了。

系統：「大人，路文淵他……」

「我知道。」宋禹丞截住它的後半句話，「你有法子讓他清醒並且恢復正常，對嗎？」

「對，但是需要付出代價。」

宋禹丞點頭，「我懂，等收拾了曹坤再說！」

說完，宋禹丞上了車，往影寰開去。

這是他穿越過來代替原身的第六個月，剩下的時間不多，他必須加快腳步。而且，在處理那六個罪魁禍首之後，他終於能夠喘口氣，和陸冕的合作也可以開始了。

另外，宋禹丞也想讓曹坤體驗一把什麼叫失去一切的痛苦，只有這樣才能祭奠原身的冤魂。

這麼想著，宋禹丞給陸冕打了通電話，開口第一句就是：「晚上有時間見一面嗎？」

陸冕和謝千沉約的地方，竟然還是謝千沉的家，主要是陸冕有事要忙到晚上，怕影響謝千沉休息，就直接約到他家。

然而即便是在家裡，宋禹丞並沒有盡什麼地主之誼，甚至當他看到陸冕拎著菜下車時，更主動把招待客人的權力全都交給陸冕。

陸冕的手藝一如既往地好，幾道普通的家常小菜就堪比大廚，宋禹丞也不吝惜讚賞，倒是陸冕有點緊張，在被誇獎了之後還不由自主地紅了耳朵。

美人和美食永遠最難以拒絕，因此吃飽喝足後，宋禹丞也難得對陸冕卸下些許防備，簡單地聊聊最近發生的事情。然而在說到圈裡的變故時，陸冕突然問了宋禹丞一句：「你接下來打算怎麼辦？」

陸冕知道謝千沉的過去，所以明白曹坤肯定也是他要報復的對象之一。可現在謝千沉是曹坤手下的經紀人，他想徹底報復，就必須找新的出路。

果然，宋禹丞的回答也相當乾脆：「我想自己開工作室。」

「需要幫忙嗎？」

「不。」宋禹丞依然拒絕，同時進書房拿說好的劇本，將剩下的劇情遞給他，「說點正事，之前答應你的劇本。」

「嗯。」陸冕沒有打開就直接放進公事包裡。

「不怕我亂寫嗎？」宋禹丞逗他一句。

「你不會。」陸冕的模樣格外認真，那種全然的信任卻讓宋禹丞莫名覺得熟悉，甚至有種想要摸摸他的頭的衝動。不過最後他還是克制住了，乾脆俐落地轉移話題：「聽說最近曹坤去開農場了？」

「沒有。」沒有被摸頭，陸冕的情緒有點低落。但轉頭看了看時間，也知道比較晚了，所以乾脆起身和謝千沉告辭。

但是這一次不知道是不是因為接下來話比較難以啟齒，所以陸冕少見地主動湊近謝千沉，在他耳邊說道：「不是農場，我讓他幫我訓練一隻狗，能牧羊的那種，可惜曹坤連這點小事都做不好。」

撲在耳邊的氣息，讓宋禹丞覺得心尖都被吹得有點酥麻，下意識追問了一句：「什麼狗？」

可緊接著，陸冕的回答就讓他瞬間忍不住大笑出聲。

陸冕說：「哈士奇。」

「噗。」竟然讓雪橇三傻去牧羊，陸冕這惡趣味恐怕是越來越重了！

可陸冕那頭，也像是怕被謝千沉嘲笑一樣，趕緊拎著東西離開。即便謝千沉的笑聲一直源源不斷從身後傳來。他也依舊置若罔聞。

被嘲笑什麼的，他才不在乎呢！

陸冕這麼想著，甚至覺得，回去後可以再給曹坤送去一隻阿拉斯加。

和陸冕的相處時間總是格外愉快，直到陸冕已看不見身影，宋禹丞才總算停止笑聲。

系統：「其實曹坤也挺可憐的，金大腿總是讓他當飼養員。」

「怎麼會？曹坤現在巴不得被陸冕折騰。」

「為什麼？」系統不解。

「因為只有這樣，他才能消停地看戲。不過從現在開始，他就不會再這麼輕鬆了。」

曹坤不是傻子，影寰能成為娛樂圈三大造星公司肯定絕非偶然。而自己之前目的性那麼明顯的一連串作為，曹坤肯定早就有警覺，只是事不關己，又有利可圖，所以才會隔岸觀火，想要坐收漁翁之利。可現在那些小雜魚都已經陣亡，曹坤就一定會有所動作。

果然沒過多久，宋禹丞就收到法務部的消息，說曹坤想調用宋禹丞手下所有藝人的檔案和合約。

看來這是要查自己呢！宋禹丞大致明白曹坤想幹什麼。但是曹坤想的太多，眼下他羽翼未豐，自然還得與虎謀皮一陣子。

而且他既然是曹坤的狗，肯定會把這個角色扮演得淋漓盡致。這麼想著，宋禹丞回了條短信：他們本來就是影寰的人，曹總想看是正常的，以後這種事不用告訴我。

接著，他就繼續忙著自己手頭的事情。

之前丁明成伏法後，唐持被宋禹丞送去國外學習，倒不是雪藏他，而是給他一個從頭再來的契機，同時也讓唐持放鬆下來。之前半年，唐持的精神和身體都受到太多折磨，現在又是風口浪尖，停下腳步

休養生息，才能保證日後的榮耀歸來。

至於郝億和白思薇的初步教學都已結束，剩下的就是為他們找個好劇本。現在宋禹丞手裡還真的有一個不錯的劇本，可以說，就是為了白思薇和郝億準備的。他仔細算了算時間，倒是可以提前掏出來，作為年底賀歲片上映。

而且，宋禹丞心裡還有別的算計，剩下的時間裡他必須把一切都安排妥當。

然而曹坤那頭，在看到謝千沉回覆的短信以及唐持他們的合約後，也忍不住笑了。

「是好還是不好？」嚴奇不解。

「沒有什麼好不好。只是謝千沉想要咬人了。」

「咬人？」嚴奇先是一愣，立刻就明白曹坤言中的意思，謝千沉想要著手對曹坤展開報復了。要是換成別人，嚴奇絕對要吐槽一句做白日夢，可換成謝千沉就反而要替自家髮小擔心。別的不說，且看謝千沉收拾丁明成那幾個人的手段，光是借力打力就用得太過嫻熟，至於他想的那些法子相當新鮮跳脫，可以說是前所未聞。

更何況比起丁明成他們幾個來說，曹坤才是真正的罪魁禍首。嚴奇不認為謝千沉會有什麼斯德哥爾摩症候群，並且明白他心裡對曹坤早已恨之入骨，現在收拾了丁明成那幾個人以後，接下來要收拾的必定是曹坤！

嚴奇終於明白自己之前一直覺得危險的原因是什麼了，不是因為曹坤，而是謝千沉。現在的謝千沉就像是一把雙刃劍，能替曹坤開疆破土，也能反手狠狠捅曹坤一刀。

「你是怎麼打算的？」嚴奇覺得曹坤情況有些危險了。

「不怎麼打算，除非謝千沉想要半個螢幕圈都給他陪葬。否則，他只能一直忍耐下去。」曹坤說完又露出幾分憐惜，表情變態到了極點，「其實我挺喜歡他這副忍辱負重的小模樣。」

他邊說著，邊點開電腦上一張照片，照片裡的背景應該是在公司，謝千沉靠在牆上一邊抽菸，一邊看著訓練室裡齊洛等人上課的情景，那種頹廢的俊美很像是圈在籠子裡的百靈鳥，美麗又淒涼。

「整個娛樂圈裡，再也找不到任何一個人，比謝千沉更完美。」曹坤的手摸上照片裡謝千沉的臉，眼裡明顯多了幾分情慾的癡迷，「他原來還差了點味道，可這兩年變成熟了。」

「你想做什麼？」嚴奇心下一慌。

「不做什麼，去看看。全世界都說謝千沉是我曹坤的人，我覺得把這事兒坐實了也不錯。」說完，曹坤直接起身就往外走。

嚴奇想攔，可這一次，卻被曹坤給甩掉了。

【第十章】惡夢般的舊事重演

曹坤走到謝千沉的辦公室門口時，宋禹丞正在聽幾個助理彙報齊洛他們最近的訓練進度，完全沒有注意到曹坤的存在。

他聽得很認真，眼神都沒有移開，可曹坤卻依然覺得謝千沉是故意的。

在曹坤的印象裡，像謝千沉這種連睡著了都十分警覺的人，怎麼可能會察覺不到身邊有其他人靠近？所以現在不說話，八成是在鬧脾氣。

可曹坤就喜歡謝千沉這種小脾氣，只有這樣的風骨，被強行折斷碾碎的時候，那種快感才真的讓人目眩神迷。

然而一切是曹坤想太多，宋禹丞沒有搭理他，還真不是因為什麼使小性子，只是單純的沒工夫。

楊導那頭的戲解禁以後，沈藝就又回到劇組。中間耽誤了兩個禮拜，所以現在重新恢復拍攝後，基本上就是快馬加鞭趕進度，趕得沒日沒夜。

助理說，沈藝這幾天又瘦了三斤。

「這可不行，他是累得吃不下，還是有別的緣故？」宋禹丞皺眉，眼裡閃過一絲憂色。沈藝不是那種消瘦的身材，原本瘦是因為一直在控制體重。可現在每天長達十三個小時的拍攝已經十分勞累，再加上前一陣子，宋禹丞為了速成，給他很大壓力，體重就狠狠掉了一波，要是再往下掉就容易發生危險，因此宋禹丞也有點擔心，仔細詢問了沈藝的助理。

「楊導說可能是入戲太深的緣故，沈藝在開機之後就完全沉浸在角色裡出不來。再加上雖然是配角，但是戲份也很重，幾場重要的轉折戲都是要他來支撐，我擔心……」

「知道了，我等一下聯繫楊導，讓他把沈藝的戲份調開。明天把沈藝叫回來，讓他休息兩天。」

「那要不要聯繫心理醫生……」

「不用，明天直接送去我家就可以。」

「好啦。」助理聽完頓時放心不少，他跟了謝千沉很久，知道對於沈藝這種情況，謝千沉的法子比那些心理醫生還有效。

之前他看謝千沉對沈藝冷淡，還擔心謝千沉不會管，這麼一聽就放心了。到底是謝哥，怎麼可能為難手下的藝人。

沈藝的助理解決完了，齊洛的助理也有話說。小孩最近一直被圈在練習室裡沒有出來，齊洛性子單純，是那種能琢磨的，但是助理也擔心小孩會不會悶壞，給累著。

宋禹丞也失笑，「累不累是小事，忙成這樣卻沒瘦下來，到底是怎麼回事？」

「這……」助理也無奈了。

齊洛這孩子最會的就是撒嬌，黑白分明的大眼睛，無聲地盯著人看一會兒就讓人心軟，現在別說是他，就連最嚴厲的形體老師也是要星星不給月亮，偶爾偷著投餵。

宋禹丞一看這表情就猜出具體情況，也無奈地搖搖頭，還是下個了指示：「我不管你們用什麼辦法，過年前齊洛的體格必須練出來。年後就要出道了，畢竟是個美少年，一塊腹肌是可以的，但是胖絕對不行知道嗎！」

「明白。」助理趕緊點頭，眼裡也多出不少笑意。出道是好事，而且依照謝千沉現在的資源和他對齊洛的寵愛，等齊洛出道的時候，只會比沈藝還要亮眼。

至於剩下的兩個人，宋禹丞只吩咐他們的助理這兩天多準備，白思薇的臺詞不要放下，過兩天他帶他們去試鏡。

這些事說來簡單，但是都加在一起時就會很麻煩。因此，等到宋禹丞把所有人都交代好了以後，曹坤已經在門外等了大半個小時。

「我能進來嗎？」等辦公室又恢復安靜，曹坤靠在門口敲了敲門。

「抱歉，方才沒注意。」宋禹丞下意識瞇起眼，上下打量了曹坤一會兒，最後落在曹坤那雙寫滿征服欲的眼睛上，這是想吃回頭草？有點意思。

宋禹丞瞭然地笑了。然而他這種笑意落在曹坤眼裡，卻是一種挑釁，也像是一種嘲諷。但不管是哪種，都十分符合他現在的胃口。

曹坤主動進門，走到謝千沉的椅子後面，用手把謝千沉的身體圈在自己和桌子之間，低頭靠近他的耳邊輕聲說道：「千沉，告訴我，你在想什麼？和我說句實話，是不是特別想要幹掉我？就像是對丁明成他們那樣，讓我一無所有，最後邊哭邊跪在你腳下，向你贖罪請求原諒？」

曹坤越說，語氣越惡劣，到最後幾乎整個胸口都貼在謝千沉的椅背上。遠遠看上去，謝千沉彷彿正被他寵溺地抱在懷裡。

而謝千沉辦公室的門始終是開著的，也就是說，不論是誰路過，都能輕而易舉看到辦公室裡發生的場景。

系統：「這個大渣男！快放開我家大人！【氣到冒火.jpg】」

宋禹丞也同樣危險地瞇起眼，這曹坤，根本是在作死！

曹坤和宋禹丞之間的距離真的靠很近，可那種貼在耳邊低聲呢喃的感覺卻沒有半分旖旎，反而令人作嘔，這並不僅是宋禹丞的反感，還有來自原身這具身體本身的排斥。

原身對曹坤的恨意早已沁入骨血，如果正常說話還好，可只要曹坤帶些挑逗的意味，身體會比大腦先一步做出預警。

可對於宋禹丞的厭惡神情，曹坤卻十分享受，甚至還饒有興致地調侃：「怎麼不說話？上次在辦公室的時候分明能言善辯。」

「曹總是想秋後算帳嗎？」宋禹丞偏過頭和他對視。

「嘖，我怎麼敢，你可是多少人的寶貝，知道那天多少人來為你求情嗎？」曹坤說的是宋禹丞陷害蕭倫順帶把他一起送上熱搜的那天。

「所以你想說什麼？」宋禹丞直接伸手推開曹坤並站起身。

「我想說的很簡單，你以為送那狗仔進大牢就完了？他挖到的那些新聞不過是我透露給他的。我知道袁悅是你師兄，但是你也別太小看我，不是嗎？」

宋禹丞明白曹坤這句話的意思。

當初謝千沉之所以一直隱忍就是因為這個，曹坤手裡掌握著不少人的底細，都是圈裡人，怎麼可能那麼乾淨，最後能夠立於不敗之地的多少都有些手段。

「想不想聽聽最近的事情？沈藝挑撥私生飯那件事，我有全部的聊天記錄。郝億之前為了保證在團隊裡一直有存在感，曾經蓄意賣慘，我手裡也有他買通水軍的轉帳記錄。唐持在成名前曾經在酒吧和人打架，我有那段錄影。至於白思薇……」曹坤邊說邊盯著謝千沉那雙漂亮的眼睛，在看到眼底泛起怒意時，曹坤都興奮起來。

就是這個，他想看的就是這種神情！

這一刻，曹坤的心跳加快，這種幾乎可以稱之為病態的征服欲，讓他不僅身體，就連靈魂都跟著散發出興奮的戰慄。以至於他想更激怒謝千沉，以便看到更美的姿態。

「謝千沉，你說你自己都髒得洗不乾淨，怎麼就這麼聖母呢？看誰都想拉一把，看誰都想救，可你怎麼不先救救你自己？你說，十年前那一幕多美？咱們在這裡重現一次如何？現在開著門，你的一切反應連鏡頭都不需要，就能讓全公司的人看到！」曹坤一面呢喃著，一面在心裡不停期待，期待謝千沉能夠再屈辱一點、再不甘一點、再憤怒一點，這樣才能讓他真正享受到那種凌駕一切的快感。

而宋禹丞眼底壓抑的怒意也越來越陰沉，他看得透曹坤的打算，所以才越發壓不住火氣。這是兩個世界以來，宋禹丞第一次被激怒。

他抬起頭和曹坤對視，緊接著突然勾起唇，微微笑了。

那是曹坤從來沒有見過的一種笑，不是以前原身讓他瞬間陽痿時那種扮演出來的鬼氣森森，而是真正閱盡千帆久居上位的強者才有的凜冽。

「你……」曹坤敏感地察覺到不對，可緊接著就被謝千沉壓在牆上，謝千沉的手也準確地捏住曹坤的下頷，強迫他轉頭過來和自己對視。

「曹總。」和方才一言不發的隱忍不同，現在的謝千沉明顯更具有攻擊性，即便他的語氣很溫柔，但是那種骨子裡透出的強勢，卻讓曹坤這個掌權已久的人都覺得被震懾住。

而讓曹坤不寒而慄的還是謝千沉看他的眼神。那種冰冷的眼神，就像狩獵者在看手裡被嚇傻不敢逃跑的獵物。

「怎麼？換戲碼了？」曹坤心裡一突，但面上卻佯裝鎮定地想要掙脫。可謝千沉的力氣遠比他想像的還要大，他越掙扎，捏在他下頷的手就收得越緊，最後，那種力道似乎已要把他的骨頭捏碎。

曹坤吃痛，陡然鬆了勁兒。

而宋禹丞也順勢把他再次壓在牆上，低聲問道：「這麼多年了，總是拿著這點事來牽制我，你不覺得可笑嗎？」

「你要做什麼？」曹坤有點慌了。他算計了一切，卻沒有算到謝千沉會是這種反應。

「不做什麼。就是有個問題一直沒想明白，曹坤，你說我敢不敢殺了你？」

曹坤的眼睛瞬間驚恐地睜大，這一刻，他是真的覺得謝千沉瘋了，自己會被他殺掉。

然而宋禹丞卻肆無忌憚地笑開了，「別慫啊，你不是很想得到我嗎？我殺了你，再自殺，也算是同年同月同日死了，反正我髒，你也早就爛透了，正好天生一對！不過可惜啊……」宋禹丞嘆息了一聲，

同時鬆開手，掏出打火機點燃手裡的菸，慢條斯理地吐在曹坤的耳旁，「可惜我不敢，畢竟你可是掌控一切的曹總，我就是你養的小狗，怎麼敢對著主人汪汪叫？」

看似諂媚的話卻處處充滿嘲諷，而宋禹丞方才那股子要跟曹坤拚命的氣勢也瞬間收得雲淡風輕。

「曹總，這場戲我演得可好？您是不是已經爽到了？」宋禹丞似笑非笑地挑眼看了一眼曹坤方才起了反應，卻又因為恐懼而萎靡的下半身，那股子氣定神閒，就連曹坤自認瞭解他，也不敢說到底是不是真的在做戲。

不過有一點可以肯定，謝千沉是在耍他！果然還是和當年一樣的脾氣！

曹坤不怒反笑，知道今天不可能再談出什麼結果，撂下一句：「明天開始你在我身邊跟著。」然後就離開謝千沉的辦公室。

他原本只是想試探，可謝千沉的反抗卻勾起曹坤的征服欲，他倒要看看，謝千沉還有什麼本事！揉了揉依然泛著疼痛的下頷，曹坤慢條斯理地往自己的辦公室走，決定等謝千沉徹底落敗時，一定要變本加厲地還給他。

然而宋禹丞卻在曹坤離開後，失控地把桌上的菸灰缸狠狠摔在地上。

他方才不是在演戲，而是真的本性暴露。如果不是原身的殼子裡還有些許的情緒殘留，宋禹丞一定會狠狠讓曹坤體會一把什麼叫新世紀最後一位太監！

系統：「大人，你還好嗎？」

似乎感受到宋禹丞的情緒被原身影響過重，系統連忙出聲提醒，生怕他出問題。

然而宋禹丞冷靜下來的速度卻遠遠出乎系統的意料，幾乎下一秒他就從煩亂的情緒中剝離出來，「放心，我沒事。下次再碰見曹坤的時候，記得在他臉上打上馬賽克。」

「可、可那樣不會出戲嗎？」系統想像了一下畫面，頓時覺得無比鬼畜。

宋禹丞的聲音卻冷到極點：「如果我每次都忍不住吐在他身上，或者控制不住把他踹成太監，那畫面會更加鬼畜！」說完，宋禹丞就把系統遮罩了。

要冷靜，宋禹丞不停告誡自己，同時小心翼翼地安撫著原身殘存在這個殼子裡的怨恨。現在計畫已經走到最關鍵的一步，宋禹丞基本已布局好，只差最後一步，一定不能在這個時候功虧一簣。

深吸一口氣，宋禹丞終於把紛亂的思緒整理好。他明白還差一個時機，一個能讓曹坤和蕭倫一起完蛋的重要契機。

然而出乎意料的是，這個引子竟然會來得這麼快，又這麼恰到好處。

事情的起因，還要從宋禹丞和曹坤的不歡而散開始說起。

曹坤既然捅破了和謝千沉之間的窗戶紙後，自然就要拿出真本事讓謝千沉明白，他可不是能輕易擺弄的人。

可偏偏曹坤手裡握著的一些證據又是宋禹丞所忌憚的。就像曹坤說的，如果宋禹丞敢打輿論戰，那曹坤根本無所畏懼。宋禹丞朋友再多，可現在影寰才是圈子裡的老大，除非宋禹丞有法子直接把曹坤拉下水，讓他沒有能力辯白，否則，一旦曹坤反抗，把手裡的東西全都抖出來，那就真的是要把大半個螢幕圈的人都拉來祭天了。

因此，宋禹丞只能繼續忍耐。然而他最不缺的就是耐心，即便時間不多，但是等曹坤露出馬腳，他還等得起。

於是，在接下來的半個月裡，曹坤和宋禹丞竟然謎之達成一種平衡。甚至宋禹丞偶爾還會跟曹坤一起出去應酬，不少人看到兩人的互動，都說謝千沉只怕又入了曹坤的眼，要不然，曹坤這種浪子，怎麼可能走到哪裡都把人帶在身邊？

可這種親暱，到底是愛情，還是不放心的提防，就只有宋禹丞和曹坤他們自己知道。至於公眾的眼中，他們倆到頗有幾分破鏡重圓的感覺。

宋禹丞和曹坤的鳴金收兵，難得讓圈子裡消停幾分，變得風平浪靜。然而誰也沒有想到，一件悄無聲息的小事突然爆發，最後越鬧越大，竟然成了轟動整個娛樂圈的炸彈，幾乎所有身在娛樂圈內的人全被捲了進來。

一切的開端，全都因為一場抄襲風波。

楊謙，三十多歲，圈子裡小有名氣的編劇。雖然出道不過十幾年，編劇圈子裡也算是一名新人，但實打實地有一群真愛粉，只是人數較少，大多圈地自萌，可即便如此，楊謙在圈子裡的評價依舊很高，作品也很有幾分水準。

唯一比較弱勢的是楊謙性格安靜靦腆，不愛說話，也很少出風頭，從不接受採訪，關上門一心琢磨劇本，所以連圈內的朋友都不多。

但楊謙與世無爭，卻有人想要來找他的毛病。而這事剛發生的時候，就連楊謙自己都不知道。

一開始是圈內另外一家娛樂公司——偉鴻娛樂老總的妹妹，筆名叫天晴的新晉網路劇編劇。

按理說，這不算是什麼大事。即便天晴來頭不小，可到底是原創網路劇，本身IP熱度沒有，幾名演員也沒什麼名氣。

可偏偏偉鴻的老總為了支持妹妹，大手一揮說要全網宣傳。這一下，天晴的原創網路劇熱度立刻就火了起來。

到底是大佬的妹妹，別看這部都是沒有名氣的新演員，可做片花的後期和導演卻是有點實力的，再加上捨得砸錢，一齣網路劇竟然做得很有幾分大片的味道。

不少網友評價，雖然是新人，但是編劇功力意外很深，臺詞雖然稚嫩，但是節奏掌握很好，再加上主演們都盡心盡力，真的相當好看。

可這播著播著，一些似曾相識的片段就引起一些人的注意。其中有一個人正好是楊謙的死忠粉，越看越覺得不對勁，直接發了一則貼文表示疑惑。

標題是：新晉編劇天晴的原創網路劇，和楊謙老師的舊作劇情謎之相似。

他還舉出已播放的五集劇集裡，和楊謙以前寫的一個沒有被拍出來的劇本，放在一起作對比。

意外發現，一樣的劇情只是換了一種表述方式，主角換了個名字。最明顯的是楊謙當年曾有一句方言寫錯了，讓主角念了一句「東直門兒」，可實際上，當地人是不會在「東直門」的後面加兒化音，當年這個錯誤有被粉絲指出來，但當時楊謙忙著別的劇本就忘了修改。

可笑的是，天晴竟然也原封不動地複製了，像這種細微的方言錯誤還有兩處，無獨有偶，天晴全部錯得和楊謙的劇本一模一樣。

第一個發出調色盤對比的楊謙粉絲，算是論壇影評的熱門評論員，因此也有幾萬粉絲，消息一出頓時引起譁然。

「真的假的？這劇本是抄楊謙的？」

「我看完了對比。那個筆力和手法的確是楊謙的風格，這個叫天晴的小編劇確實有點可疑。」

「但口說無憑，誰能證實這劇本是楊謙先寫出來的？」

很快，有楊謙的老粉翻遍了楊謙的社群網站，把他當年創作這個劇本時所有發表過的相關文章給找了出來。

其中有一條算是板上釘釘的實錘，楊謙在寫這部劇的時候曾經參考一本名為《胡同》的回憶錄。然而這本回憶錄在三十年前就絕版了，楊謙還是從他老師那裡借來的，已成為非常稀少的孤本。

而楊謙文裡的一個場景就是採用這本絕版書裡的內容，天晴卻巧合地也有寫出這個情節，但以天晴

的年紀是絕對不可能接觸到這本回憶錄的。

事情查到此已很明顯是天晴抄襲楊謙了。

這下即便是不認識楊謙的網友，都跟著憤怒起來。

對於百分之八十的網友們來說，一個編劇可以沒有天賦，也可以沒有好作品，但絕不能抄襲。這種竊取他人勞動成果的做法，就跟無恥的小偷有什麼區別？所以一時間，不少人都開始吐槽天晴，替楊謙打抱不平。

「真是受不了，想當編劇就好好努力不行嗎？怎麼就這麼大膽，靠著抄襲搏熱度。」

「天晴不是號稱是偉鴻娛樂老總的親妹妹？實在不行就找個槍手代筆都比用抄的好。」

「我只想替楊謙老師打抱不平，真的是太過分了！當初楊謙老師為了這個劇本花了多少工夫、查了多少資料？現在天晴輕鬆一抄襲，竟然還火了！」

與此同時，一些編劇圈的老編劇也忍不住站出來說了幾句公道話。可誰也沒想到，原本只是保護原創、打擊抄襲的一件事，竟然牽扯出一件震動整個圈子的大事。

有人突然提出疑問，天晴這齣戲看樣子是全部抄襲楊謙的作品，可楊謙當初只在網路上公布過劇本前六章的內容，後面的部分，天晴是怎麼得到的？

「楊謙的老婆啊！他老婆給他戴綠帽，出軌對象就是偉鴻老總的親外甥——新晉流量小生水陽。」

臥槽！竟然還有這種事！這下所有網友全都被這個意外的爆料震驚了，因為水陽和偉鴻娛樂這兩個名字實在是太有爆點了。

偉鴻娛樂是圈子裡有名的大公司，別的不說，光一線藝人就已經囊括小半數之多。造星能力同樣是圈內數一數二。

如果不是影寰的後臺更硬，並且資源也更豐富，只怕也很難與偉鴻互別苗頭。

因此，水陽作為偉鴻娛樂老總的外甥，光是這身分就很嚇人了，出道之後抱著舅舅大腿，資源更是好到爆。

別看他演技垃圾、歌唱走調，但就是有好資源，老婆更是前任流量小花，拿過電視圈影后大獎的真女神，一直是圈子裡出了名的「命太好了怎麼辦」的典型。

因此，有著這種背景的水陽竟然會跟楊謙老婆出軌，這簡直讓人無法想像。

畢竟楊謙的老婆不管從外貌還是氣質上，都比水陽的女神妻子差太多。之前還有人吐槽，楊謙的老婆配楊謙是糟蹋了他，奈何兩人在大學就結緣，七年愛情長跑結婚也算是功德圓滿，所以各家粉絲就也接受，獻上祝福了。

可楊謙的老婆竟然出軌了，而且還偷走楊謙的劇本給水陽，然後水陽再拿給自家小姑姑天晴，讓天晴抄襲出道。

如果這一切都是真的，那就已經不僅是抄襲，而是惡意剽竊！

「我的媽，我真是不敢相信，楊謙老師對老婆多好啊！」

「沒錯，楊嫂上週生日，楊謙老師還給她寫了短詩、送了鑽戒，特別浪漫。」

「我也不能理解，水陽那對是圈子裡出了名的恩愛夫妻啊！而且女神那麼漂亮，守著這樣的妻子，水陽怎麼可能看上楊嫂？」

只能說若想人不知，除非己莫為。

很快一個匿名的狗仔放出一組照片，這下徹底捅破了天。

拍攝地點從車裡、酒店外、進酒店電梯到酒店窗戶，雖然距離很遠，但是照片依舊相當清楚。其中車裡和進電梯的照片還只能看出是背影，但是酒店裡脫衣服熱吻的照片，和一前一後走進酒店的照片卻都拍得相當清楚，男女主角的臉赫然就是水陽和楊謙的妻子。

這錘子一出，公眾徹底炸了！

「我的媽，三觀碎一地，這兩人瘋了嗎？女神和楊謙老師都那麼好，這兩個人怎麼會出軌？」

「太缺德了，那女的昨天還發微博秀恩愛，說楊謙老師給她買了最新款的包包。結果轉頭和水陽搞一起了！」

「水陽也是渣男啊！我們女神出身演藝世家，沒嫁給他之前就紅透半邊天了，嫁給他之後不得不相夫教子，結果水陽現在就這麼對她！」

這下，真的是全民指責了！而且楊謙和水陽的妻子在圈子裡都頗具名聲，兩人都不是那種沽名釣譽的偽君子，水陽的妻子每年會拿出百分之三十的收益來資助貧困山區的學童。而楊謙年輕時在偏遠地區當了五年老師，回來之後也一直盡心盡力幫助偏鄉兒童念書。

都是真正的好人。因此，當這樣的好人受到委屈時，大家都願意站出來替他們發聲。

可萬萬沒想到，之前編劇圈子裡替楊謙說話的那幾個老編劇突然反水，將之前討論天晴抄襲的貼文全數刪掉，並向天晴道歉，說不應該無憑無據就影響輿論。

不僅如此，也蹦出幾個技術帝在分析偷拍的那幾張照片，說是惡意合成修圖過的，目的就是為了黑水陽和偉鴻娛樂。

「當沒人懂合成修圖嗎？那照片下載下來，仔細放大，連一個圖素都沒有被修改過，現在洗白的手段是不是有點太低劣了些？」

「關於抄襲的事，嚴絲合縫地扒了楊謙老師的劇本，就連劇本來源都已經說得明明白白，現在還能睜眼說瞎話，臉皮真是比長城還要厚了！」

接著楊謙的妻子在網路上發了長文，帶著證據說楊謙家暴，並表示這一切都是楊謙設計好的，之前楊謙想要掛靠偉鴻娛樂，結果被拒絕，於是懷恨在心，故意弄出這些東西來噁心人，目的就是給偉鴻娛樂潑髒水。

至於那些證據，不外乎是幾張醫生的驗傷記錄，還有楊謙曾經給偉鴻的自薦信。

但網友們一看，頓時罵得更厲害了！

「什麼自薦信，那是十年前的！大姐妳想洗白可以，但是別當我們吃瓜群眾都是傻子好嗎？」

「還扯上家暴，妳敢爆出來哪間醫院、幾年幾月幾日、哪位大夫開的醫生證明嗎？現在都是電子病歷了，網上一查，全都知道！」

「還楊謙的陰謀，當我們都瞎了嗎？楊謙天天在家寫劇本，除了做慈善以外，把錢全都貼在妳身上了，送了無數名車、名包、禮服、珠寶。現在他為了和妳離婚，所以滿世界宣揚自己被戴了綠帽？別搞笑了好嗎？」

「這劇本恐怕是天晴那個只會抄襲的人給編出來的！」

可即便公眾發聲如此激烈，最後偉鴻娛樂的老總卻下了最後通牒。

「楊謙，我敬你是一位好編劇，這些年也有過幾次愉快的合作，甚至五年前你得了萬花獎的最佳編劇，還是我給你頒的獎。可我萬萬沒想到，你竟然還跟我玩這手？這麼縝密的劇情也就只有你能寫出來！既然這樣，可以，咱們走法律途徑，一切後果敬請自負！」

說是澄清，不如說是威脅。偉鴻娛樂是娛樂圈裡的龐然大物，一個不溫不火的編劇楊謙，再有才華，不過也只是一隻小小的螞蟻。

很快，圈子裡不少人都收到消息，偉鴻娛樂老總下了聯合封殺令。從今天開始，楊謙再也賣不出去一個劇本，也不會有機會出版，自偉鴻娛樂開始，將楊謙徹底封殺。

消息傳得很快。偉鴻這頭放出消息，雙宇也跟著一起共進退，影寰自然也是採取了默認的態度。

這算是他們一直以來的獨特默契。

眼看著，楊謙馬上要上映的一齣劇，就因為審核不過被打回。至於楊謙之前談好的一個劇本也同樣中途夭折，對方寧願支付高額違約金，都不再和楊謙合作。

這分明是要斷了楊謙的財路和未來，太毒了！

網友幾乎一面倒地爆罵偉鴻娛樂。可這一次，娛樂圈裡的人卻紛紛倒戈了，一些人氣不錯的女星紛紛轉發支持楊謙的妻子。還有幾位曾經和楊謙合作過的導演，也發文暗示楊謙為人暴躁，又容易記仇。

後來，就連遠在國外的蕭倫都跟著轉發了一句：「老哥我只能同情你。像咱們這種地位的，每天碰瓷的太多了！」

至於曹坤自然也隨之一起轉發後，留言了一個笑臉。

辦公室裡，宋禹丞看著曹坤轉發，眼裡的冷意更甚。

可曹坤卻笑吟吟地看著他，頗有幾分警告的意味：「寶貝兒，這個你真救不了。偉鴻在圈子裡是什麼地位？你那點小手段人家不會上當的。而且封殺令都下來了，你還想替楊謙平反？平反不了，要不然你當年是怎麼退的圈？」曹坤說完這句話，看著謝千沉的眼神也多了幾分惋惜。

當年是他太衝動，要不然謝千沉說不定拚著遍體鱗傷也要再演兩年戲。可惜了，現在想看他演戲卻沒有機會了！

而宋禹丞聽完後心裡卻不由自主地犯噁心，貓哭耗子假慈悲！

畢竟當初在娛樂圈搞出封殺令的就是曹坤本人！現在偉鴻娛樂的老總，不過是用了和他以前一樣的方法罷了。

當年曹坤看上原身，原身不樂意，寧死不從，曹坤就搞出這個獨裁作法，要所有和影寰有關係的公司和藝人，都不能聘用原身。

影寰是圈子裡的三巨頭之一，他曹坤要弄死的人，別人怎麼可能與之為敵？

更何況，當年原身是圈子裡公認天賦最好的演員，曹坤自己要毀掉這麼好的苗子，別人也樂於看笑話。畢竟，原身一旦發展起來，就是影寰新一任的臺柱，這麼年輕至少能支撐三十年。

因此，當時曹坤這話一放出去，偉鴻和雙宇是第一個表示支持的。後來，其他的小公司見狀，為了抱大腿，也隨之跟上，最後原身就是這樣被全娛樂圈的人孤立。

至於公道？也早就被埋進墳墓，根本沒有人知道。

宋禹丞閉了閉眼，努力把胸口的鬱氣給壓下去，他看曹坤的眼神也變得更加冷漠。

因為宋禹丞明白，徹底把曹坤拉下水的機會，終於來了！

然而宋禹丞打算要做的事需要時間準備。

與此同時，偉鴻娛樂在網路上又操作了新一波的洗白。

關於楊謙的黑料一波又一波的爆出來，各大八卦論壇也開始跟進深扒，雖然這些內容全都沒有證據，可過度的曝光就是一種麻痺公眾的信號。

接下來楊謙過往的作品也再次被拎上臺面被評頭論足，從三觀不正掐到劇情毫無邏輯，最後就連一些史書引用，也變成了借鑑過度。

最後還有人陰陽怪氣地嘲諷，楊謙一味說別人是抄襲，他自己就也摘不乾淨。一個劇本借鑑了多少歷史名著，怎麼的？你標注出來就算是過了明路？就算是過了明路那也終究不是你自己寫的，就是個普通網文抄書流的套路，扯什麼編劇大神當遮羞布！

可這話對於真正熟悉楊謙的粉絲來說，就跟笑話沒有任何兩樣，因為他們掐楊謙借鑑的那個劇本是歷史人物戲說。

可惜況混亂成這樣，不管是不是解釋也都變得無關緊要，而且在這些不知道從哪裡冒出來的水軍摻和下，水也越來越渾，楊謙更是天天上熱搜。

但輿論是把雙刃劍，一開始會讓人同情，可長時間的折騰後反而讓人覺得煩躁。甚至到了最後，那些同情楊謙的路人也漸漸懷疑他是不是就像是偉鴻說的那樣，是自己炒作？要不然，偉鴻封殺他這麼久，怎麼楊謙還能在公眾圈裡蹦躂？

這樣的聲浪一起，楊謙就徹底孤立無援了。而最初那些知道真相的網友們也跟著傻了，他們百口莫辯，說什麼都像是笑話。

誰也不清楚事情到底是怎麼演變成這樣的？一個受害者，最後竟然變成被全民排斥的對象。

而當事人楊謙才是最絕望的那一個。

他是編劇，也是名學者和文人，既有文人的風骨，更有敏銳的心思。

這麼短短幾週的情勢變化，不論家裡外面皆腹背受敵，已經徹底將他壓垮。而這一天，來自法庭的傳票成了壓垮他的最後一根稻草。

他的妻子要強行和他離婚，多麼可笑！楊謙瞇著眼，把那傳票上的文字翻來覆去看了好幾遍，接著，他換了身最得體的衣服，先吃了安眠藥，然後走到廚房把煤氣點燃，火開到最大，然後一杯水就這麼倒了上去。

「一切都結束吧！」水澆在火上，發出刺啦的聲響，緊接著，火滅了，但煤氣依然在釋放，可楊謙就像是看不見一樣，自顧自地去陽臺澆花，把屋子裡的地簡單拖了乾淨，最後回到書房，坐在他每天工作的地方，安靜等著藥效上來，閉上眼睛。

他太累了，需要休息了。

只能說老天有眼，楊謙心懷死志，可父母的探望卻讓他逃過一劫。

就在楊謙自殺的三個小時後，他的父母因為不放心，所以過來看他，剛一上樓，隔著大門就聞到屋裡的煤氣味。老倆口心裡一緊，連忙打開門，最後在書房裡發現呼吸微弱的楊謙。

「兒子！」楊謙的母親幾乎嚇暈了，幸虧楊謙的父親還算冷靜，趕緊開窗，打電話叫救護車。

楊謙還算命大，經過一個下午的搶救最終撿回一條命，然而等他睜開眼回復意識後，說出的第一句話卻讓病房裡所有的人都哭了。

楊謙說：「爸、媽，如果沒有你們，我就真的一無所有了。」

楊謙的聲音很低微，幾乎聽不見。而他這句感嘆也並非是作秀，而是死過一次的看透。

但話中蘊藏的含義實在是太深，也太悲哀了。

妻子背叛，他失去了愛情；朋友冷漠，他失去了友誼；未來被斷，他失去了信仰。

而讓他失去一切的就是娛樂圈，也是曾經他視作夢想的烏托邦。

可現在，一切都沒了。

楊謙疲憊地閉上眼，微弱的呼吸彷彿他方才沒有清醒過。

而楊謙的母親早已忍不住趴在他的病床邊痛哭出聲。

可即便楊謙變成這樣，偉鴻的老總卻沒有打算放過他，分明從頭到尾都是偉鴻在炒作、在引導輿論，最後髒水竟然潑到楊謙的頭上。

就連楊謙入院搶救都變成了假意尋死的苦肉計。

有知道底細的網友忍不住罵了一句：「放屁！楊謙入院的時候已經深度昏迷，差一點就腦死救不回來了，現在還在住院觀察呢！」

可這條留言很快就被刪除，這名網友也被封了IP禁言。

絕對的輿論一言堂，此時不論是圈子裡還是圈子外的人，都明白一件事，楊謙徹底完了。不管最開始他是真委屈，還是蓄意搞事情，他得罪了偉鴻的老總，娛樂圈裡就再也沒有他的容身之地。

可這就真的公平嗎？楊謙才三十多歲，正是一名編劇最佳的黃金創作期。而且楊謙真的有才華，之前萬花獎的最佳編劇就能證明他的實力。可這樣的人，之前因為不懂行銷而默默無聞，即便成名了也只是藏在幕後，鮮少有人知道。接著被抄襲，卻因為對方勢力龐大而無法申冤，而現在，還要因為所謂的娛樂圈大佬而失去前途。

這真的公平嗎？這真的合理嗎？

楊謙的死忠粉們幾乎絕望了，他們努力替楊謙奔走。有楊謙的粉絲在最愛說實話的太子黨的帳號下留言，誠懇道：「求求您，替楊謙老師說句話吧！」

幾位德藝雙馨的老藝術家帳號下也有他們的身影：「打擾了，您和楊謙老師合作過，我們相信您一定深知他的為人，求求您為他講句話吧！」

某知名流量小花的帳號下面，「您是楊謙老師的劇本一手捧紅的，您是最瞭解他才華的人，您幫他要個公道吧！」

一句句、一聲聲，楊謙的粉絲幾乎求遍娛樂圈裡所有和楊謙有關係的人，可最後一無所獲。

這就是娛樂圈，這就是傳說中最光鮮亮麗的娛樂圈，什麼造星逐夢的聖地，騙子！全都是騙子！

然而就在這時，一個意料之外的人說話了。

謝千沉：「久違的江湖封殺令，萬萬沒想到，有生之年竟然還能讓我見到第二次，過了這麼多年仍讓人噁心到不行。」

圈子裡的人都覺得謝千沉瘋了！

偉鴻敢下全網封殺令，多少是因為曹坤以影寰老總的身分默認此事。

可現在，謝千沉身為影寰的三大金牌經紀人之一，竟然直接公開發言咒罵，就跟打影寰的臉有什麼區別？

辦公室裡，曹坤冷笑著看向謝千沉，「千沉寶貝兒，你的膽子是不是太大了？」

謝千沉帶著笑意回了一句：「曹坤大寶貝兒，是你的膽子太大了！」把曹坤懟了一臉。

經過上次的對峙，曹坤和謝千沉幾乎完全撕破了臉。

而這次，宋禹丞更直接拿出辭呈放到曹坤的辦公桌上。

「好，很好，你走了可別後悔。」曹坤明白謝千沉要和自己徹底決裂了。而他的「別後悔」也是在暗示謝千沉離開影寰的庇護後，他什麼都不是。以及曹坤手裡握著的那些黑料。

可宋禹丞臉上的笑意卻越發溫和，「怎麼可能後悔？一時口快給您惹了麻煩，肯定是要趕緊躲遠點。萬一影響了您和偉鴻老總之間的關係，那可怎麼辦呢？」

「你就不怕留在影寰的……」聽出他的嘲諷，曹坤不動聲色地用齊洛、沈藝幾個人來威脅宋禹丞。

「當然不怕，四位二線、一位沒出道的小朋友罷了，違約金我支付得起。至於文然……只是掛名的合作編劇，連違約金都不用付。」

「你在開玩笑？你沒有那麼多錢。」

「我有。」這一次，宋禹丞的眼裡難得閃過一絲狡黠，他貼著曹坤的耳朵一字一句地說道：「曹總，我之前一直忘了告訴你，文然是我的馬甲。」

「什麼？」曹坤詫異地看著謝千沉，半晌都沒回過神。

宋禹丞的語氣越發輕快：「想說的我都說完了，剩下的也不勞您擔心，手續我都辦好了。這十年，多謝您的照顧。」說完，宋禹丞轉身就走。

在路過垃圾桶的時候，他直接將胸口別著的工作證摘下，當著曹坤的面扔到垃圾桶裡。

這段時間的虛與委蛇已經讓宋禹丞膩歪透了，原本他打算用文然這個馬甲弄點事情，好把曹坤和剩餘的人拉下水，可現在楊謙的這件事來得更巧，也更順理成章，曹坤和蕭倫甚至就這麼配合地一起跳進來了，這正好給他一網打盡的機會。

「別著急，你想要的娛樂圈，我一定會送給你！」宋禹丞喃喃自語地念叨了一句，然後就在眾人驚詫和呆滯的目光中，大步離開影寰。

這裡是謝千沉夢想夭折的地方，今天，宋禹丞就代替他離開這個代表夢魘的可怕囚籠。娛樂圈既然叫做逐夢圈，就應該徹底換換血了！

一石激起千層浪。

謝千沉網路上的發言很快就引起公眾的注意。

從之前微電影宣傳，到沈藝被黑，謝千沉這個經紀人的網路帳號已經有了一定的關注度。後來金牌經紀人評鑑的事情，又給他帶來不少圍觀的路人人氣。

因此，謝千沉現在也算是個名人了。

因此，他這番諷刺意味十足的話很快就被傳開，接著，有人發現謝千沉的介紹原本是影寰娛樂金牌經紀人，現在卻變成自由經紀人。

也就是說，謝千沉被影寰辭退了？

或者說，他離開了影寰？

所以，是因為他說了句實話，也遭到封殺？

還是因為謝千沉不想助紂為虐，所以主動離開？

一時間，眾人猜測紛紛。

反而楊謙的事情變得比較微妙了，之前的全民憤懣，到現在全娛樂圈沉默，真相到底是什麼，誰也弄不清楚。

再加上謝千沉，對於吃瓜群眾來說，事情變得越發撲朔迷離。

【第十一章】

沉冤昭雪

就在宋禹丞離開影寰的當天下午，他的手機就一直沒有停止響過，幾乎所有和他沾點關係的人都給他發了短信。

其中最讓他意外的卻是沈藝幾個人，包括遠在國外的唐持，都說要和他共進退。到底沒看錯人，宋禹丞的心裡多多少少有了點安慰。

連忽然出現在家門口的陸冕，也讓宋禹丞不感意外。

「你到底想做什麼？」陸冕看似在問，可心裡卻已經有了猜測。

果不其然，宋禹丞的回答就和他預想的一模一樣。

「我要改變娛樂圈這些不合理的規則。」

「不用幫忙嗎？」

「這次真的需要。」抬頭和陸冕對視，宋禹丞突然笑了，然後他湊到陸冕耳邊悄聲說了幾句話。接著退開兩步，揮手和陸冕告別，他還有很多要準備的事情。

這次陸冕卻在謝千沉走遠了以後，突然問了一句：「禹丞，你覺得娛樂圈是個什麼樣的地方？」沒有在意他叫的名字，宋禹丞轉頭朝著陸冕勾唇一笑，語氣格外諷刺：「操蛋的地方！」接著就頭也不回地上樓了。

然而陸冕卻莫名生出一種心慌的感覺，總覺得現在的宋禹丞彷彿不是要回家，而是去一個他抓不住的地方。

他下意識地心口發疼，扶著牆站了半晌沒有動彈。

此時已經回到家的宋禹丞，打開電腦登錄了另外一個帳號，電腦立刻被各種資訊的提示音給淹沒。很明顯這是一個比文然還更加活躍、人氣更好的帳號，如果有人能夠看見這個ID一定會異常震驚。

因為現在國內只有三位超脫一線的非藝人，其中一位湊巧也是編劇，名叫流言。而這個流言，就是

謝千沉隱藏起來的另外一個馬甲，或者說，這是謝千沉當年小心翼翼給自己留下的最後一條後路。

流言，娛樂圈裡最大的神話之一。

如果說當年文然連續三年蟬聯萬花獎最佳編劇已經讓人震驚，那麼流言就是編劇圈子裡當之無愧的無冕王。

流言只用七年的時間，就已拿遍各國最具權威的電影節最佳編劇獎，也是編劇圈裡唯一一個大滿貫得主。

直到三年前文然橫空出世，終於讓萬花獎最佳編劇易主，但也何嘗不是因為流言開始去拚亞洲電影節的獎項，所以才會錯過萬花獎。

可說來有趣，和文然一樣，流言也相當神祕，圈子裡沒有人見過流言，流言的所有獎項都是由劇組代領。但是比起文然的少言寡語，流言的性格明顯更為活潑，也經常在網路上和粉絲互動。

但是流言很謹慎，他寫的段子再多，卻從不暴露任何資訊。而就在今天，流言爆出了唯一一個和個人有關的資訊。

流言：@謝千沉。未來合作愉快，從今天開始我也算是有組織的人了，我要寫一個故事來慶祝。

這是什麼情況？流言竟然要簽約謝千沉？還是在謝千沉剛成為自由經紀人的時候？這在搞什麼鬼？

流言的粉絲一下子就懵逼了，他們把流言的貼文仔細看了三遍，都是一樣的內容。並且過了十幾分鐘，流言也沒有刪除的意思，所以說，這不是艾特錯了，竟然是真的？

超一線的人氣果然不容小覷，別看之前文然的帳號也很活躍，可影響力根本無法跟流言比。

流言的貼文不過發出去半個小時，就被頂上了熱搜。哪怕之前偉鴻花了大價錢買水軍來抹黑楊謙，都比不上流言這裡的突然炸鍋。

「誰能解釋一下到底是怎麼回事？」

「這個謝千沉不是個帶藝人的經紀人嗎，怎麼現在連編劇都帶上了？」

「不不不，這不是重點，重點是，謝千沉都快被封殺了，流言大大竟然還要寫什麼故事慶祝合作？現在不是慶祝的時候啊！」

可緊接著，當流言那篇短篇小說放出來後，他們已不知道該用什麼語言來形容自己的心情，因為那故事太真實了，每一處細節、每一處心理轉折都讓人心尖發疼。

故事的主角是一名電影學院的大學生，天生一身戲骨，夢想是成為優秀的演員。有天賦，又比絕大多數人勤奮，第一個演出的角色就大受好評，即便是配角也紅遍大江南北。所有人以為，此時是青年要走向娛樂圈巔峰的開始。

可並不是。娛樂圈的潛規則壓得人喘不過氣來，而那些所謂大佬的一言堂，也直接在青年身上烙下無法翻身的烙印。

最令人絕望的暴行就在這樣的情況下發生，青年求救無法、伸冤無門。從劇組到那個毀掉他一生的小黑屋，一路上多少人聽見了他的懇求、多少人看到了他的絕望，可因為畏懼，沒有人敢說話。

最後，當那些掌權者滿足地舔著嘴唇離開的時候，青年的一切也就此被毀。

可最悲哀的是，青年寧願背負洗不清的污點也要將真相公之於眾的勇氣，在掌權者的惡意引導下，卻變成嘩眾取寵的污衊。

被篡改過的視頻曝光，豔照門的纏身，還有各種洗不掉的髒水。不過朝夕之間，青年就成為圈子裡最骯髒的代表。

面對一波又一波的冷嘲熱諷，哪怕是一句微弱至極的辯白，都會被那些讓輿論蒙蔽的網友們謾罵成作秀。可即便到了這種關頭，那些知道真相的人也依舊閉口不言。

他們就這麼眼睜睜看著那些大佬如何一步步把青年逼上絕路，用這種方式殺雞儆猴，警告這些藝人，讓他們認清楚圈子裡到底誰才是老大。

不管你多有才華，未來的成就有多麼不可限量，只要不聽話就只能被拿來祭天！

娛樂圈最不缺的就是有才華又漂亮的小孩。

洛熙大廈，每年在這裡的大廳召開萬花獎，傳說中螢幕圈最令人嚮往的聖地。

最頂層的一間普通房間裡，青年站在窗邊看著樓下的車水馬龍，眼神是一片死寂。

「我知道，沒人願意幫我。他們害怕，所以就瞎了啞了。」青年呢喃自語，每一個字都是刻骨的絕望。但事到如今，他又能怎麼樣呢？求救被無視，他看透了世態炎涼，承受暴行，他失去逐夢的翅膀，被公眾輿論謾罵攻擊，他連最後掙扎的勇氣都已經徹底磨滅。

地獄空蕩蕩，魔鬼在人間。

一個髒透了的娛樂圈，他為什麼還要強迫自己留下？就讓一切……都結束吧。

青年閉上眼，從樓上一躍而下，從此娛樂圈裡再沒有他的名字。

流言：「這就是我們賴以生存的娛樂圈，規則掌握在所謂的大佬手裡，藝人也不過是他們隨便擺弄的對象。一個輕描淡寫的全網封殺令，就能把人活活逼死。以前死過的人不勝枚舉，眼前還有一個已經死過一次的楊謙，我只想知道，下一個會輪到誰？」

所有人都愣住了。

流言的這篇小說，遠比他以前寫的任何劇本甚至段子都粗糙許多，可裡面流露出來的感情卻比任何一篇都真實，也都要震撼。

等看到青年跳樓的瞬間，不少人的心都懸了起來。至於後面的質問，更是讓人越深思，就越毛骨悚然。因為楊謙的事情，和故事裡青年的遭遇幾乎如出一轍，而那些作為的娛樂圈的大佬們也根本就是毫無掩飾地指出是誰——風流浪子曹坤及道貌岸然的蕭倫，至於最後那個善於搬弄是非、顛倒黑白的就是偉鴻老總。

短短幾個小時，流言的這篇小說就被轉爆了。

而那些之前試圖裝聾作啞的圈內人，看完以後也都啞口無言。

流言的小說寫得太真實，那青年從憤怒到絕望，從吶喊到無力發聲，每一個細節都融入字裡行間，那鮮血淋漓的陳述，都是用血寫下的冤！

娛樂圈裡的人坐立難安，至於資深的人更是不由自主紅了雙眼，因為只有他們知道，流言寫出來的每一句話都是真的、每一個細節都曾發生過，除了沒有跳樓，其餘寫的就是曾經捨棄一切只為了討一句公道，最後卻功虧一簣的謝千沉！

「我只想知道，下一個輪到誰？」這句質問，就像是一柄利劍，狠狠捅進人們的胸口。

楊導看完之後狠狠摔了手機。

李旭陽則沉默地點了根菸，用力地抽了一口。

寧蘭和朋友正在吃飯，可滑著手機滑到瞬間淚流滿面。

曾被謝千沉偷偷放走的影后，閉著眼睛半晌沒有言語。

和謝千沉有過引薦之恩的實力唱將，一向沉穩的手，不由自主地開始顫抖。

那些明知道楊謙這件事的幕後真相，卻依舊保持沉默、明哲保身的藝人們，更是紛紛覺得靈魂被譴責，羞愧難當。

至於那些在圈子底層掙扎，渴望成為巨星的逐夢新人，卻同樣感同身受，爆發出巨大的委屈和不甘。他們原本習慣了隱忍，習慣了掌權者的欺壓，可他們卻忘記了，這圈子既然叫娛樂圈，那就理應屬於藝人！

流言的小說就像是一顆炸彈，將隱忍許久的圈子直接炸翻，給那些還想要明哲保身的人敲響了巨大的警鐘。

楊謙夠低調了，還不是偉鴻老總一句封殺，就輕易被逼死。

沉默有用嗎？沒有用！

忍耐有用嗎？也沒有用！

這骯髒的圈子，如果藝人們不站起來，不能為自己討公道，那這圈子就再也沒有公道兩字可言。

至於網友們早就爆了。

「太嚇人了，誰能想到，我的愛豆每天就在這種泥潭裡掙扎？」

「怪不得有藝人明明有真材實料，卻萬年不紅。我算是明白了，這他媽都是有潛規則的！不願意遵從就只能等死。」

「吃了這麼多天的瓜，真的是要被瓜砸死了。偉鴻的老總想要逼死楊謙？這他媽就是白日做夢！當我們網友都是傻子嗎？」

「可不就是傻子？人家帶幾次輿論，風向就變了，多可笑、多可悲。」

這可以說是娛樂圈裡第一次公開內幕，那濃厚到看不到光芒的黑暗，壓得每個人的心口都沉甸甸地說不出話。

後知後覺的楊謙粉絲們，也終於看到逆轉的希望，但是他們誰都想不到，求遍了大半個娛樂圈，最終站出來的卻是和楊謙毫無關係的謝千沉，以及編劇流言。

他們有不少人是哭著看完流言的小說，再聯想到楊謙的悲劇，就越發難過。

被全網封禁、被妻子背叛、被友人拋棄、被不明真相的網友嘲諷，現在的楊謙，和小說裡的青年沒有任何區別。

所有人都選擇視而不見，沒有任何一個人願意伸出援手。

唯一不同的是，小說裡的青年最終沒有得到救贖，但現實裡，流言和謝千沉卻願意為了楊謙站出來說一句公道話。

原來，良知還沒有被磨滅、正義還沒有消失，即便來得不算早，但只要沒有遲到，就永遠不會讓人失望。

「流言老師，謝謝您，我們替楊謙謝謝您。」

「雪中送炭，大恩沒齒難忘。」

隨著楊謙粉絲的感謝，流言的粉絲們也跟著反應過來。

「這娛樂圈都是我們這些粉絲撐起來的，消費著我們的錢財和熱情，卻磋磨我們愛豆的夢想與尊嚴，這些大佬怎麼就這麼大的臉？」

「沒錯，越看越不能忍！怪不得這一兩年的流量小生、小花都演技跟花瓶一樣。偶爾有幾個好的還不能出名，弄得那些偶像劇越來越難看，鬼知道那麼多的投資都去了哪裡。我呸！這根本是把我們都當傻子耍了。」

「流言大大你說吧！咱們該怎麼做？」

「抵制影寰、雙宇、偉鴻這三家娛樂公司。他們不是愛玩輿論戰？不是動不動就封殺誰？那咱們就團結起來封殺了他們！沒有觀眾的娛樂圈，我看他們如何當土皇帝！」

「沒錯！抵制他們！」

「舉報他們！」

驟然知道真相的網友們幾乎全都瘋了，而藝人們也同樣蠢蠢欲動。

曹坤等人的惡毒和自私，那些被惡意掌控下失去公正性的輿論引導，多年來壓迫下的隱忍和壓抑，

太久的不甘和憤怒，就在流言帶頭的一瞬間全部爆發開來。

即便藝人們還在努力勸說自己保持觀望，但是他們的粉絲卻早就被挑起情緒。真正的千萬人罵戰！根本沒法控制，巨大的吶喊聲幾乎瞬間就將那些水軍給壓制住了。至於曹坤幾人的帳號更是直接被攻陷，無數的質問和罵聲將他們瞬間淹沒。最後網路都因為承受不住這麼大的爆發而伺服器當機。

蕭倫第一時間從國外趕回來，曹坤也終於意識到事態的嚴重，再加上偉鴻的老總，三人不得不聚在一起商量如何善後。

「曹坤你怎麼搞的，養了十年的狗還能反咬你一口。」蕭倫的語氣充滿嘲諷。

「現在恐怕不是說這個的時候，流言到底是怎麼回事？一個編劇為什麼好端端地參與這種事？」見曹坤不說話，偉鴻的老總打了圓場。

蕭倫冷笑，「只能說曹總家的寶貝太厲害。當年流言出道，就是謝千沉一手推起來的。再加上楊謙本身就是編劇圈裡的，流言下水這事多簡單。更何況，那小說可不是什麼杜撰，寫的就是謝千沉。」

「……」偉鴻的老總啞口無言，而曹坤更是不知道該說些什麼。

因為，此刻他只覺得不僅謝千沉瘋了，流言更瘋。

他比另外兩個人都更瞭解謝千沉，明白謝千沉這麼做的目的，根本就不是大家想的在多管閒事這麼簡單，他根本想把這娛樂圈的天給捅破。

說白了，他要復仇。不僅僅是針對自己和蕭倫，還有這個規則畸形的娛樂圈。

可這根本就是不可能達成的事情。

即便有流言全然支持，有民眾的呼喊，但這些都是沒用的玩意兒，人心易散，他們只要商議出一個合適的公關方法，就能把這些看似擰成一股繩的網友們給分化開來，然後逐個洗腦擊破，這場危機就算是過去了。

但是不知道為什麼，往日裡覺得最尋常的事情，今天卻讓他感到危險。

正疑惑著，他們各自的手機鈴聲立刻證實了曹坤心中的猜想。

電話一接起來，他們都嚇到了，因為這次的事態遠比從前遇到的都更加嚴重，他們各自的公司竟然被那些明星的腦殘粉還有私生飯們包圍了！

尤其是偉鴻的樓下幾個流量藝人的私生飯，幾乎是帶頭把他們公司的大門圍堵起來，工作人員想要上班？那更是根本不可能！不把事情說明白了，誰也別進去。

「什麼是全網封殺令？這規矩是誰定下的？藝人犯了什麼錯會被封殺？」

「有具體的法律條文嗎？能不能給解釋明白了，誰給你們的膽子敢這麼肆無忌憚？」

「欺壓藝人的感覺是不是特別爽？制霸娛樂圈的感覺是不是感覺自己厲害壞了？今天我們也讓你們體會一把什麼是蛋疼！把你們老總叫出來！」

而雙宇娛樂的公司門口也沒有好到哪裡去，當初羅通不知道壓了多少藝人、搶了多少資源、幹了多少缺德事，現在流言的小說一挑撥，這些人乾脆把所有的黑鍋都算在蕭倫頭上。

畢竟蕭倫是羅通的頂頭上司，羅通幹了這麼多混帳事，你說蕭倫一點都不知情，這不是在開玩笑嘛！因此，這鍋扔給蕭倫背根本沒毛病。

至於影寰更是難逃其咎，甚至還有可怕的私生飯直接往公司的玻璃大門扔石頭。

當曹坤收到第一個合作方表示要結束合約的時候，他才開始感到事情嚴重了。

緊接著，越來越多的合作廠商表示他們拒絕聘用影寰三家的藝人拍廣告，寧願支付違約金，也不願意再繼續合作。

這是為什麼？曹坤三人當時就懵住了，可當他們看到手下報上來的資料後，全都大驚失色。

瘋了，這一定都瘋了！

誰能想到，那些網友竟然瘋狂到連他們旗下藝人代言的產品都拒買的地步。

網友發起的拒買的確對娛樂公司看不出什麼立竿見影的影響，可那些合作廠商卻是扛不住了。

網友們每抵制一天，廠商的損失都是真金白銀。以往他們想找明星代言，看中的就是這些明星自帶的流量效應。

可現在，水能載舟亦能覆舟，由於對曹坤三人公司的抵制，這些網友們的拒絕購買，反而成為合作廠商賠錢的開始。

一些大公司還能穩住，可中等的企業卻已經完全坐不住。

明星想找多少有多少，可眼下群眾這種抵制方式，鬼知道曹坤他們還能不能挺過去，如果挺不過去，他們不就要跟著吃土了嗎？

可說到底，都是曹坤他們的問題，和他們這些無辜的合作方沒有關係啊！

因此一時間，不少合作廠商不得不和曹坤他們提出抗議，甚至還有很多要求解約。

不過好在他們公司的藝人還算是安穩，畢竟更換簽約公司是很大的事情，只要藝人還在，他們熬過這一段就能夠捲土重來。

這種短暫的抵制不過都是一時的，打持久戰，他們不怕！

可如果事情真的像他們想的那麼簡單，那該有多好？

包括曹坤在內，這三人萬萬沒想到，就在他們因為網友們的全面抵制而疲於奔波的時候，宋禹丞又幹了一件大事。

宋禹丞竟然註冊了工作室，並且以此為基礎成立一個藝人公會，公會的主旨就是公平。

在公會贊助人名單裡，一個陌生而又熟悉的名字格外引人矚目——陸冕。

或許有人對陸冕還不熟悉，可曹坤卻是立刻變了臉色。

原因無他，陸冕就是他一直以來仰仗的背景，更是他名副其實的金大腿。可現在，陸冕的名字卻出現在謝千沉成立的公會贊助商名單裡。而謝千沉是這個世界上最恨不得將他置於死地的人！

自己的金大腿竟然和自己的仇人合作了，這是什麼奇葩的情況？

曹坤原本就被鬧得發疼的腦袋，變得更加迷茫，甚至不知道要用什麼樣的表情來應對。因為這實在是太突然了，陸冕的出現根本就不在他的預期中，重點是謝千沉時刻在他的眼皮子底下活動，他到底是怎麼搭上陸冕的？

越想越不明白，對曹坤來說，現在發生的一切就跟做夢一樣。

於是，他第一時間給陸冕打了電話。然而電話接通後，陸冕冰涼的一句「我只負責出錢」，就等於間接告訴曹坤，他已經站在謝千沉這邊。

很快，陸冕的存在也引起圈內其他人的注意，如果說，曹坤是畏懼的話，藝人則是真正的興奮！

一直以來，他們為什麼不敢反抗？為什麼只能隱忍？還不是因為錢權兩字擋住了晴天，曹坤幾個娛樂圈大佬們互相勾結，抱成一團，強行一言堂。

而現在，陸冕的出現卻給了他們一個信號，告訴他們一個事實——權勢再大也總有更大的！地位再高也總有更高的。

不是不報，是時候未到！這幫以往拿權勢壓人的，這一次也好好嘗嘗被權勢所壓的滋味！

而緊接著，謝千沉發起的藝人公會，也對外公布了加入條件。

一共有三條，可以說是相當令人驚訝，可又在情理之中。

第一條，必須有夢想，也願意為之努力。

第二條，希望你有良心。

第三條，如果可以，最好擁有真才實學，如果沒有，最好也正處在學習當中。而這個公會的主旨，也相當意味深長，圓夢和公平。

「臥槽，謝千沉厲害了！這是公然叫板？」

「很正常吧！早就該有這樣的藝人組織和曹坤他們對立！」

「沒錯，這麼大的娛樂圈，藝人和娛樂公司應該是互利互助的合作關係，怎麼發展到現在卻反而讓藝人變成所謂的玩物和附屬品？」

「那三條規定也很實在了。想要成為巨星，沒有夢想、沒有真才實學，怎麼有資格登上那個位置？至於良心，作為公眾人物，不能說品德要多麼完美，但起碼不能讓大家粉一個壞人。」

不少人都因此而感到興奮，覺得這是重寫娛樂圈規則的一個標誌，可卻總有那種不和諧的聲音混在其中。

那些自認為眾人皆醉我獨醒的部分網友，竟然覺得謝千沉這些做法，說不定都是有深意的，或許只是單純的想要藉著楊謙的引子來獲取利益。

「你們是不是忘了？之前謝千沉說，年底要重回金牌經紀人首座。就他現在這架式，楊謙的事情沒出之前誰認識他是誰啊！」

「而且流言大神這次出來的時機也很微妙。別的不說，那本小說就很扯淡。要是曹坤、蕭倫真的幹過那種事，別的不說，青年直接告強姦總是可以的吧！就因為這點小事就自殺？多腦殘啊！」

「還有，謝千沉原本就是曹坤的人，以前還被人罵說給曹坤拉皮條。就這樣的人品，他現在站出來揭發曹坤的真面目？那他自己的老底又有誰來揭？」

然而這些言論，他們也只敢在自己的地盤侃侃而談，出去了，根本連屁也不敢放一個。畢竟現在曹坤他們已經是眾矢之的，即便這些人真的認為謝千沉是朵偽裝的盛世大白蓮，也依然不敢說太多，怕被群起攻之。

但很快，就像是為了證明他們的想法，謝千沉的這個藝人公會不過剛剛成立，連最基本的成員都沒有招齊，竟然打算召開開幕典禮。

甚至還廣發請帖，邀請大半個圈子裡的藝人，以及那些大大小小的娛樂公司的老總。除了個別幾家是業界少有的良心派，剩下的，一個不剩，全都接到謝千沉發來的請帖。

「這是要做什麼？」不少人看不懂他的打算。

可那些圈裡的藝人們卻嗅到了變革的味道，尤其熟悉謝千沉的那些人，他們幾乎第一時間就反應過來他的打算——他要徹底清算！

「來了，竟然真的來了！但是謝千沉會贏嗎？」

「贏不贏的我不知道，我只擔心往事重演。」

「不會的，他靠上了陸冕！不說謝千沉自己的事，就光是韓斐然和路文淵兩個，他和曹坤就是不死不休了。陸冕能夠給公會贊助，就說明陸冕是支持他的。」

「所以說，這次會贏？」

「應該是！這是一個機會，我想報名參加公會。」

原本只是蠢蠢欲動的藝人們，在看到真正的希望之後，也紛紛想要站出來。

而接下來幾個更加出乎意料的報紙頭條，也同樣將他們急於發洩的情緒，推到最高點，「編劇楊謙控告偉鴻污衊」、「楊謙和妻子離婚案即將開庭，楊謙呈上妻子婚內偷情證據」、「楊謙出院，表示要和偉鴻娛樂不死不休」，原本一直保持沉默的楊謙，這次也終於挺身而出，要為自己討個公道。

藝人們的手機此時不約而同的震動，成為推動他們反抗的最後一根稻草。

是一條群發短信。

謝千沉：我要為自己洗冤，你們來嗎？

來！為什麼不來？久違的熱血再次沸騰，不少藝人都放下手裡的工作，恨不能立刻加入。尤其那些和謝千沉有舊情的藝人們，更是激動到不能自已。

寧蘭為首的回應，更是將他們心裡的話完全說了出來。

寧蘭：千沉，十年前的我太過弱小，只能眼睜睜看著你淪落。十年後，我功成名就，終於能出一份力，也想讓沉冤得以昭雪。

而緊接著，影后也說話了：十年前，我被噩夢纏上，只有你伸手拉我離開深淵，十年後，我成為螢幕圈砥柱，惟願你能夠一生喜樂平安！

接下來，是那位歌王：十年前，我懷才不遇，只有你送給我圓夢的翅膀。十年後，我成為巨星，就希望你的高尚能夠被世人看到！

幾乎所有受過謝千沉恩惠和幫助的藝人，都紅著眼睛給予了肯定的回覆：謝千沉，這次我們和你一起來！

至於那些正在蒙受冤屈，或者曾經被冷落封殺的，更是感同身受地想和謝千沉一起衝鋒陷陣，這個娛樂圈，他們忍了太久了！

才華應被認可，努力就理應被看見！如果現在不拚，他們以後一定會後悔！

楊導、寧蘭、李旭陽，這些謝千沉的好友是第一批申請加入公會的，而第二批是那些真的懷有委屈，希望能夠昭雪的，第三批則是娛樂圈裡的新人，雖然衝動，卻是更有朝氣的一波。

而等到第四批，那些德藝雙馨的老藝術家們也跟著動彈起來的時候，曹坤為首的那些娛樂公司老闆們才是真的傻了。

人心難齊，人活著就要為自己的利益考慮。所以在他們的印象裡，從未有這種眾志成城的事發生，

可現在，卻在謝千沉的帶領下成功了！

「這些藝人都他媽瘋了嗎？」

「現在該怎麼辦？」

「能怎麼辦？曹坤都慫了，咱們只能跟著慫！」

這些原本趾高氣昂的老闆們，終於開始害怕，而謝千沉隨之送到他們手裡的開業典禮邀請函，更像是閻王發下的奪命通知單，駭得他們渾身顫抖。

可即便如此卻沒有人敢不去，因為邀請函的發起人之一是陸冕。

這可是真正的鴻門宴，因為即便他們去了，也不會有什麼好果子吃，甚至說不定以後的娛樂圈裡再沒有他們的一席之地了。

這一晚，有人充滿期待，有人輾轉難眠。可不論是哪一種，都無所謂，因為謝千沉的開業典禮依舊準時召開。

說來也巧，謝千沉選擇召開的地點竟然是洛熙大廈。

偌大的乾淨大廳，非但沒有什麼正常開業剪綵的道具，就連記者臉上的表情也分外凝重。

與其說是慶祝，不如說是清算，而且還是全網直播。

「都來了是吧，那咱們就開始說吧。」宋禹丞的臉上帶著得體的微笑，除了臉色還有些泛白，其他一切正常。

他審視了一圈站在下面的那些各大娛樂公司老總，然後把手裡的麥克風交給袁悅。

這是要說什麼？有人心生質疑。可很快，袁悅念出來的內容就讓他們徹底大驚失色。還真的是清算！袁悅手裡的東西，正是他們這麼多年來各自積攢的黑料。原本袁悅把這些東西收好，是為了達成在圈子裡的平衡以求自保。可誰能想到，就在今天，在這個全網直播的情況下，袁悅竟然把自己的底牌盡數交出。

而這，還不是讓他們最害怕的，他們最害怕的是這種曝光，在眼下這種場合裡，就跟直接送他們去死沒有區別！

「謝千沉是瘋了嗎？他以為有陸冕護著、有輿論保護，我們就不敢動他是不是？」有幾個性格魯莽的還試圖反抗。

可人群裡的曹坤，卻突然明白謝千沉之前並不怕他握有把柄的原因。

在有了流言的引導，他們這些娛樂圈老總們的信用早已透支，公眾都不會相信他們了。

更何況，和他們這些真正毀人的相比，藝人之間的小打小鬧，根本就不算什麼，也沒人會在意。

一步錯，步步錯。曹坤眼神複雜地盯著謝千沉，只後悔當初為什麼沒有直接把他弄死，反而給自己留下這麼大的禍患。

一場堪稱瘋狂的清算大會，用直播的模式，將圈子裡所有的骯髒盡數揭開在眾人面前。

「天吶！這就是我們現在的娛樂圈，大半個娛樂圈的大佬，竟然都不是什麼好東西！」

「你們聽到那些熟悉的名字了嗎？有多少人在最好的年華被耽誤了，還有多少人直接就消失了，連個影子都沒留下。」

「這些人渣！他們都應該去死！」

直播間裡，所有觀看直播的網友們都忍不住大罵出聲。憤恨的眼神，生怕不能把這些人挨個凌遲。

「你們承認這些指控嗎？」會場裡，等到袁悅說完，宋禹丞看著那些人平淡地問了一句。可得到的，並非是道歉和悔恨，反而是不甘心的冷嘲熱諷。

面對罄竹難書的罪責，不少人都拒絕承認，並且認為謝千沉不過是狗仗人勢，現在開始秋後算帳。

「有人的地方，就不會缺少算計。你謝千沉從業十年，手裡經過的人會比我們少？當年你自己就是拉皮條的！」

「沒錯！曹坤是色中厲鬼，你就是他的後宮大總管，你一個髒透的人，憑什麼站在這裡清算我們的罪責？」

「你沒有資格！」

然而宋禹丞卻冷淡地開口，問了一句讓所有人都瞬間沉默的話：「請問，我拉了誰的皮條？我又親手把誰送到誰的床上過？今天圈子裡的資深前輩都在這裡，我沒有什麼可掩飾的，也沒有什麼不可承認的。你們誰覺得我有罪，都可以帶著證據來找我。至於你們提到的曹坤，對不起，我這輩子什麼都會做，只有一件事不會，就是往曹坤的床上送人！」

宋禹丞說完這句話後，盯著曹坤的眼神也變得銳利起來。

似乎是想要當場和曹坤對峙，宋禹丞一步一步走到曹坤面前，然而這短短十幾步路，他卻走得格外艱難。

原身有鏡頭恐懼症，即便在這麼多人的場合下，身體也仍舊本能感到畏懼，甚至超過宋禹丞的控制，讓他渾身顫抖，寸步難行。

「謝千沉，你是好樣的，你得挺住，曹坤已經是最後一個，你要為路文淵報仇、要替韓斐然清算，你要改了這娛樂圈的規矩，還有你自己的委屈。你不能在這裡倒下！」宋禹丞在心裡不斷安撫著原身殘留的意識。

或許是他的撫慰太過溫柔，又或是原身遺留下的執念太深刻，就在袁悅這些知根柢的人因擔心謝千

沉會暈倒，想要上前扶住他的時候，宋禹丞竟然神奇地站穩了。

縱使他的臉色慘白到了極點，腳步也格外虛浮，但仍是一步步走到曹坤面前，將手裡的資料狠狠地拍在他臉上。

「曹坤，你還記得被你逼瘋的路文淵嗎？」宋禹丞的音調很冷。

而隨著不斷提出的證據，曹坤接手影寰十幾年來做過的骯髒事，終於在這一刻盡數揭露在公眾面前。沒有人能夠算清楚，這十幾年來曹坤到底毀了多少人，又做了多少傷天害理的事。

最後，當路文淵事件的真相曝光的瞬間，所有人都大受震驚。

「我有兩位師弟，本應是圈子裡最明亮的新星，一位是二十一歲就拿到電視圈最高流量的全民男神，一位是二十歲就站到萬花獎領獎臺榮耀加身的影帝。可現在，他們全都被你給毀了。你們二世主圈子裡，玩人的手段是不是就那麼單一？把人下藥再拍點似是而非的影片，就說是我們藝人爬床。你們做了這麼多傷天害理的事，就不怕遭報應嗎？兩年前，你們可以把鍋推給我，我很想知道，在兩年後的今天，面對整個娛樂圈的審判，你還要怎麼用你的權勢幫自己脫罪！」

「……」曹坤被問得啞口無言。在證據面前，他連一句辯解的話都說不出來。

隨後，從工作人員身後出現的便衣員警，也將那些涉案的娛樂圈老闆們戴上手銬抓走。

影寰、雙宇、偉鴻，還有不少在娛樂圈裡名頭響亮的公司，負責人都因涉嫌眾多刑事犯罪，在今天被捕偵訊。

這樣大陣仗簡直前所未聞。

如果說，之前還有人覺得謝千沉成立公會是為了搏版面而放出的噱頭，那麼到了這一步，那些自認為是聰明清醒的吃瓜人，都被乾脆俐落地打臉。

謝千沉籌謀已久的清算大會終於落下帷幕，接下來他們就等著看那些惡人如何自食惡果。天道好輪迴，沒有一個惡人能夠逃脫制裁，也不應該有任何一個好人被髒水纏身。而娛樂圈這個逐夢之地，就理應還給那些有才華、有夢想的人們一片晴空。

隨著曹坤三人落網，影寰、雙宇和偉鴻這三座圈子裡的大山也隨之崩塌，至於剩下那些逃過一劫的，從今往後也必須更加謹慎行事。

至於圈子裡原本存在的那些潛規則，也終於開始消失。

這一年，對於娛樂圈來說是動盪最大的一年，大半個圈子的權貴全部落馬，而各大娛樂公司也接到總局的嚴格調查。原本的平衡被打破，再次重新洗牌。

而謝千沉成立的公會讓越來越多藝人感受到被保護的安穩，總局也決定對藝人和藝人公司進行審核，發布幾項具體法規來嚴格規範。

其中，「潛規則」就明確規定屬於刑事犯罪；而惡性競爭、引導輿論攻擊對手也被列為不正當商業競爭，同樣有相關的懲罰措施。

所有事情總算都朝著好的方向發展。

這個曾經髒透了的娛樂圈，也終於開始露出它原本的夢幻色彩。

在情勢逐漸變得安穩的下半年裡，齊洛出道、白思薇和郝億重新出發，流言親手打造的劇本就是送他們走進大眾視線的最佳跳板。

精湛的演技、嫻熟的臺詞功底，讓他們成了圈子裡最亮眼的新星。而楊導的賀歲片在年底順利上映，沈藝更是在大眾心裡留下深刻的印象。

不少人都在感嘆，謝千沉不愧是當年帶出半個螢幕圈一線藝人的金牌經紀人，看齊洛四人就能夠感受到他的厲害之處。

就像是為了證明這種說法般，同年的萬花獎在公布各大獎項後，震驚了大半個圈子的人。

最佳新人獎，齊洛。

最佳男主角，郝億。

最佳女主角，白思薇。

最佳男配角，沈藝。

最佳編劇，流言。

這樣的成績幾乎亮瞎了所有人的眼，可在這樣值得慶祝的日子裡，謝千沉卻沒有出現。

他不僅沒有陪著自己旗下的藝人參加萬花獎的頒獎典禮，就連典禮結束後的慶功宴上，也找不到他的身影。

「千沉哥，千沉哥在哪裡？」齊洛捧著獎盃，興奮地尋找著謝千沉，想要把手裡的獎盃送給他。

而沈藝雖然沉默，卻也同樣充滿期待。

至於白思薇和郝億，對謝千沉的感激更是溢於言表。

他們都是曾經失敗的人，也都是因為謝千沉才有機會重新拿回榮耀。

可他們找遍了整個會場，都沒有看到謝千沉的身影，甚至家裡和工作室也都不見蹤影。

「不對啊！千沉哥會去哪裡？」齊洛想來想去，都想不到謝千沉可能去的地方。

「我也不知道，難道是出事了？」沈藝原本只是隨口一說，可這話不過剛落下，幾個人的心裡就不由自主地同時一沉，泛起一種不好的預感。

「糟了！快去找！」幾個人對視一眼，顧不上什麼慶功宴，分頭往外跑。

而剛剛趕到的陸冕，在聽到消息後也同樣變了臉色，比起沈藝他們模糊的猜測，陸冕對於謝千沉明顯要更瞭解。

並且陸冕心裡還有一種非常不好的預感。

果不其然，在陸冕趕到洛熙大廈頂層時，看到令他終生難忘的一幕。

謝千沉穿著一身得體的黑色禮服，沉默地站在天臺的邊緣，只要稍微往前一小步，就會徹底和他天人永隔。

【第十二章】

拿錯劇本的甜寵世界

「宋禹丞！」陸冕也不知道，自己為什麼會下意識地喊出謝千沉的筆名。

而原本在發呆的宋禹丞也因此愣了一下，轉過頭看他。

「別、別動。你別動，我過去。」陸冕習慣掌控一切，可這一次卻駭得連聲音都開始顫抖。

宋禹丞的位置太危險了，他只有半隻腳踩在邊緣，這麼高的樓頂，哪怕是颳來一陣大點的風都能讓他失去平衡。

陸冕的眼圈都紅了，一向沉穩的手開始不停顫抖，如果不是害怕嚇到宋禹丞，他恨不得現在立刻衝過去，把他抱下來。

「禹丞……」陸冕邊朝著他走，邊低聲喊他。

然而卻換來宋禹丞一個制止的動作，「別再過來了，除非你想看我立刻跳下去。」

「……」陸冕身體下意識一顫，不由自主停下腳步。

「萬花獎的頒獎典禮結束了吧！」宋禹丞的聲音很輕，柔軟的語調一如往常。

「嗯。」陸冕卻像是察覺到了什麼一樣，眼裡壓抑著巨大的悲傷。

「都得償所願了吧！」

「嗯。」

「那應該高興啊，你怎麼快哭了？」

宋禹丞看著陸冕依舊面帶微笑，可是這次的笑意卻多了一份無奈。

其實這個結局，是宋禹丞早就準備好的，也是原身謝千沉最想要的。

謝千沉這一生想要的不多，最後卻一無所有，最大的願望就是幫兩位師弟報仇，讓惡有惡報。

而現在，娛樂圈已經變革成功，曹坤那幫罪魁禍首也都得到應有的懲罰，那麼最後就只剩下一件事

——路文淵。

系統有法子讓路文淵清醒並且恢復正常，但是代價是原身剩餘的壽命。

對於謝千沉來說這具殼子早就髒透了，多活一秒都是煎熬，如果能夠換來路文淵的幸福，那剩餘這幾年的壽命不要也罷。

所以，在料理一切之後，宋禹丞決定在韓斐然自殺的地方，結束原身的生命。

洛熙大廈，娛樂圈最讓人嚮往的地方，也是最適合祭奠原身靈魂的地方。

可出乎他意料的是，竟然多了陸冕。

「禹丞，別走，回來吧。」此時此刻，陸冕的嗓子已經完全哽住了，平素最成熟穩重的男人，現在卻像孩子般無助，拚命哀求，可貧瘠的詞語，乾澀到沒有任何說服力。可陸冕，卻依舊不死心。

他知道謝千沉的全部過往，知道他所有驚才絕豔的才華，更知道他受到多少委屈、承受多少侮辱、蒙受多少冤枉。

可這樣的謝千沉，在拚盡全力還娛樂圈一片清明後，卻要結束自己的生命。這怎麼可以？

「別走，已經是最好的時候了……」最壞的都挺過去了，怎麼能在這時候離開？

看著陸冕眼裡瞬間湧出的淚水，宋禹丞的眼神也變得更加溫柔。

「別為我哭，這是我最好的結局。謝謝你來送我。陸冕，保重。」說完，宋禹丞閉上眼，平靜地往後退一步。

一切，該結束了。

「不要！」陸冕伸出手拚命往前衝，然而只能看到宋禹丞飛速下落的身體。

二十九層樓，說高很高，還得花一些時間搭電梯，可真正跳下去到落地卻只要短短幾秒。

當樓下的行人發出驚呼的時候，陸冕也癱軟在地，但眼神卻固執地停留在宋禹丞離開的方向，久久不能移動。

宋禹丞，你真的是太狠了！

對於整個娛樂圈來說，今天是最讓他們震撼的一天。

誰也沒想到，半年前帶著他們一起重整圈子風氣，還築夢者一片晴天的謝千沉，竟然在自家藝人功成名就的這一天跳樓自殺。

而後續謝千沉的遺書曝光，不僅娛樂圈為他震動，就連網友也都震驚得說不出話來。

其實遺囑的內容相當簡單，只有錢、劇本和那間工作室。

工作室被謝千沉分成五份，留給齊洛、沈藝、白思薇、郝億還有唐持。

錢被他分成兩份，一份給了韓斐然的家人，一份留給瘋了的路文淵。

至於最後的劇本，則是留給陸冕。

謝千沉沒有親人，這樣的分配理所應當。畢竟比起他毫無預兆地跳樓，他的遺產分配並不令人驚訝，可偏偏留下的劇本，上面的署名卻差點把人嚇死——流言、文然。

螢幕圈裡最神奇的兩位編劇、從來沒有人見過的兩位編劇，他們的名字卻出現在謝千沉的遺物上。

答案是什麼，不言而喻。

「不，不會吧！文然男神和流言大大都是謝千沉的馬甲？」

「沒錯，文然和流言的筆觸風格相差太多，一個是寫實接地氣，一個是華麗暗黑風，怎麼可能會湊到一起？天才真這麼多，都沒有凡人生存的地方了。」

這網友原本不過是一句調侃，可接下來曝光的事情，就立刻讓他恨不得把這句話給嚥回去。

不是天才這麼多，都沒有凡人生存的地方。而是因為他太優秀，反而受盡苦難提前夭折。

原本有陸冕壓著，謝千沉的死不應該鬧得這麼大，畢竟他的本意是想安安靜靜地走。

可那些瞭解謝千沉的人，卻不甘心他就這麼離開，幾年後可能再也沒有人會記得謝千沉這個人，即使這樣的結果正是他想要的，但對他也太不公平了。

分明是才華橫溢的天才、分明曾有著大好前程、分明自己受盡苦楚和委屈，卻依然救了那麼多人、保護了那麼多人，甚至一手造就現在娛樂圈的乾淨局面。

這是一個多麼不公平，也多麼令人絕望的結局。

最先扛不住的是袁悅。他是謝千沉的學長，親眼看著謝千沉從進校門，到踏入演藝圈，再到後面受盡折翼。

袁悅：「有的人的才華，永遠超出你們的想像。其實很少人知道，我這個師弟，在學校曾經如何耀眼。【圖片.jpg】」

是兩張陳年的成績單，名字都是謝千沉，其中一張是表演系，另一張是編劇系，不僅是雙學位，成績全都在九十分以上，證實當年的謝千沉是名副其實的學霸。

而且是編劇、導演、演員一體機。說白了，謝千沉雖然是演員出道，但他同時也是編劇出身。

一位曾經和謝千沉合作過的老導演也跟著感嘆：「我其實並不奇怪。當年合作的時候，他那個角色的臺詞很多都是他自己修改潤色的，一開始編劇很不樂意，可拍完以後，就一直和我們嘮叨，後生可畏。都是可惜了……」

而接下來，不少有心網友的深扒也發現不少端倪，更加證明流言、文然和謝千沉的關係。

「流言是十年前開始出現，第一部戲是謝千沉剛剛當上經紀人時被推舉，後來就一路順風。而文然這個馬甲，是從謝千沉開始帶他兩位小師弟的時候橫空出世。但是你們看名字，文然就是『路文淵』和

『韓斐然』，不言而喻了！而且文然的前兩部作品，第一部是路文淵拿下電視圈最高流量的那部，也是文然唯一的電視劇作品；第二部就是韓斐然奪得萬花獎影帝的那部。這麼說起來，他們都是一個人才是最理所當然的！」

順著這個細心網友總結出來的時間軸，越來越多細節被眾人發現，甚至後來還有一個電腦高手，意外查到文然和流言的網路帳號，同時在同一支手機上登錄過，而那個手機號碼是謝千沉的！

所以說，這三個果然都是同一個人！

最後，將真正答案一錘定音的，是為謝千沉立遺囑的律師，他出示了所有證據，證實這兩個編劇都是謝千沉的馬甲。

「所以，流言大神就這麼……沒了嗎？」

「文然男神啊啊啊啊啊！」

後知後覺的粉絲幾乎全都崩潰了，完全不敢相信自家男神就這麼離開了人世。

幾乎每個人都在問為什麼？

呵，為什麼？當然是活不下去了。

這麼簡單的答案，每個人都能作答。可對於那些瞭解謝千沉的人來說，這個最簡單的答案卻是最殘忍的。而對於那些不瞭解他的人，卻覺得不能接受。

因為在所有人的眼裡，娛樂圈的黑暗已經過去，最好的時代終於來臨。而作為新時代開創者的謝千沉，正是要享受勝利果實的時候，為什麼要用這種方式離開？

之後一個標題為「十年前的真相」的長文，讓這些人頓時百感交集。

文章的第一句話：流言的那篇小說寫的都是真的，那位青年就是曾經的謝千沉。

他不演戲，就是因為當年被曹坤傷得太狠，再也無法面對鏡頭。

一個要花半天時間才能下載下來的資料夾，整理了當年謝千沉被侮辱的全部真相。而這個真相，就是謝千沉為了斬斷曹坤的威脅，親手一份一份寄出去的東西。

「太可怕了，這麼明顯的錘子，當年那幫員警是瞎了嗎？竟然覺得是情趣？誰會玩這種情趣？你們聽不到他在不停求救嗎？」

「我心都要碎了。謝千沉他太苦了啊！我終於知道他為什麼要從那裡跳樓了，因為當年韓斐然也是從哪裡跳下去的啊！」

「什麼都不想說了，其實流言早就說出結局，是我們都視而不見。那篇小說的結尾，青年可不就跳樓了嗎？」

謝千沉當年那部得獎的戲也被人找了出來，看著劇中那個不過十八歲就能和一眾老戲骨們飆演技的青年，心軟一點的人都幾乎忍不住心頭一酸流下淚來。

「願你在那個世界，能夠被溫柔以待。」

最後謝千沉的追悼會上，幾乎整個娛樂圈能稱得上名號的都來了，他們紅著眼站在禮堂裡，連一句告別的話都說不出來。

站在最前面的齊洛早就哭得上氣不接下氣，小孩原本嬰兒肥的臉，如今消瘦得厲害。

「千沉哥，你說話不算數，你說要一直帶我演戲的。我瘦下來了，也長高了，我以後會保護你。你等等我啊！」

這些天壓抑的悲傷情緒，讓齊洛有些失控，他哭得太厲害，嗓音支離破碎，在這樣的場合裡更加令人鼻酸。

白思薇和郝億也一樣難過到不行，雖然他們跟著謝千沉的時間不長，但是謝千沉給他們的恩惠卻是一輩子。可以說，他們的星途和未來，都是謝千沉一手續上的，可正當他們應該報答的時候，謝千沉卻走了。

「千沉、千沉……」白思薇低低喊著，一句話都說不出來，幾乎要哭暈過去。而郝億一手扶著她，一手還要摟著齊洛，自己也幾乎撐不住，如果不是他必須保持冷靜，郝億現在也很想坐在地上大哭一場。好人總是不長命，謝千沉一雙手救過的人、圓過的夢，不勝其數，可卻偏偏沒有人能夠拉他一把，把他留下。

至於沈藝，早在知道謝千沉死訊的時候就崩潰暈倒了，現在坐在旁邊的輪椅上，呆滯地看著謝千沉的遺像。

來和謝千沉告別的人遠比想像的多，而謝千沉最後的埋骨地，則是選定在一處私人墓園，依山傍水，美麗而寧靜。

墓園的老闆據說是謝千沉的粉絲，一分錢不要，只希望自己的偶像能夠在這裡安穩長眠，並且承諾這裡以後就獨屬於謝千沉一人。

最後，謝千沉下葬的那天，所有能來的人都來了，墓園裡擠擠挨挨站了很多人，每張臉上都寫滿了哀傷。

因為他們知道，從今往後，所有人都會記得謝千沉，可這個世界上，卻再也沒有謝千沉。

陸冕就站在墓園的門外，看著裡面的場景，久久移不開眼。

他的手機忽然不合時宜地響了，陸冕接通後，對方跟他說道：「陸總，路文淵醒了！而且完全恢復了正常。只是……」

境，他就不算一無所有。

陸晁知道，自己終其一生，都不可能再從一個名叫宋禹丞的夢裡醒來，但是那又如何？只要還有夢

結束，只是代表新的開始。

接著，他從車後座拿起一束漂亮的百合花，放在謝千沉的墓園門口，之後就開車走了。

「是嗎？那也挺好。」陸晁低聲呢喃了一句，然後就掛斷電話。

「只是他的記憶出了問題，好像不記得當年那些事情了，包括謝先生。」

「只是什麼？」

宋禹丞再次睜開眼的時候，整個人飄浮在一個虛無的空間裡。

而系統則用一種半死不活的語氣念叨著：「主線任務評定E，有愛慕者，但是並未讓渣攻得到被綠的悲痛。支線任務SSS。大人，說好的綠帽系統，這樣下去會變成隔壁的打臉系統啦！【國寶式悲痛.jpg】」

宋禹丞也很無奈：「偶有失手，下個世界再努力吧！而且謝千沉的那個情況你也看到了，陸晁、沈藝，甚至齊洛、唐持我都可以攻略，但你想想謝千沉的委屈，我只想還給他一個光明正大的結局。」

「唉，大人你太溫柔啦！」

宋禹丞的解釋有理有據，更何況系統自己也覺得謝千沉令人心疼得不行，也只好接受。更何況，評定E什麼的只是分數低，又不是失敗，四捨五入也算幹得不錯了！

這麼想著，系統又高興起來，並且興致勃勃地幫宋禹丞查閱了下個世界的大致情況，可剛一看完就傻眼了。

「這是弄錯背景了嗎？」

「怎麼了？」宋禹丞問道。

「嗯……」系統想了半天也不知道要怎麼說，最後乾脆直接把大致背景傳給宋禹丞。

而宋禹丞在看了一眼之後，也愣住了。

這是個古代架空背景，乍看是個深情王爺娶男妃的甜寵文，可偏偏要戴綠帽的對象，就是那位深情王爺！

所以，說好的寵文呢？為什麼裡面的攻是個大渣男？

宋禹丞也懷疑自己是不是拿錯了劇本？可時間不等人，他還來不及和系統再次確認，靈魂就已經被拉扯到下一個世界。

紅，到處都是豔麗的紅，深深淺淺，充滿喜慶。

就連來回奔走的侍女也都穿著一水的豔色，至於身下鬆軟舒適的床鋪，如果不是臉上隱約覺得彆扭搔癢，否則真適合慵懶地睡個午覺。

宋禹丞睜開眼，忍不住滿意地點了點頭。

這可說是自從他加入快穿總局以來，第一次享受如此舒服的開場。可緊接著，當他瞄到旁邊擺著的鏡子，心裡立刻有無數草泥馬狂奔。

之前穿越時，不論開場多奇葩，好歹性別沒變，現在竟然穿起了女裝，臉上還花花綠綠畫滿胭脂水

粉，這是要噁心死他嗎？

「你最好給我一個合理的解釋！」宋禹丞在心裡質問系統，冷颼颼的語氣幾乎能把人嚇死。

然而系統卻像是當機了一般，半晌才回給他一個【鹹魚倒地】的表情包。

「……」宋禹丞懶得和它計較，覺得自己先找盆水洗臉、換衣服才是正經，要不然再過一會兒，不僅是系統當機，他可能也要承受不住直接狗帶。

揚聲喊住一個丫鬟，宋禹丞囑咐她端盆水進來，把妝徹底卸掉恢復正常模樣後，他坐下來仔細查看這個世界的具體資訊。

才剛看一眼就被撲面而來的扯淡劇情懟了一臉。

這劇本還真的是一個寵文世界，只是和宋禹丞以為的寵文有些本質上的區別。

不是灰姑娘嫁給王子後就一定能幸福美滿，所謂的真愛不過是鏡花水月的欺騙。

如果說，上個世界的謝千沉是潛規則下的犧牲者，那麼這個世界的原身喻祈年，就是個徹底被謊言欺騙的失敗者。

重點是，騙了他的不是一個人，而是身邊所有人，這些人合夥為喻祈年編織了一段甜美的夢境，可最後夢醒時分便是他喪命之時。

新帝登基，正是普天同慶的時候。可在吳國公府的後院裡，一位面容蒼白的青年跪在地上，等待著最後的審判。而站在他身邊居高臨下看著他的，就是他名義上的夫君，吳國公，不，應該說是現在的吳王吳文山。

「你真的很蠢。」吳文山用腳尖勾起他的下頷，一臉厭惡的模樣，好似在看什麼垃圾。

「喻祈年，看看你這副模樣，一身兵痞的勁兒，平時還泡在馬棚裡，琴棋書畫樣樣不會，不知道的人還以為你是草根出來的大兵呢！我怎麼可能真的愛你？我愛的只有素素一個人。你不過是我能夠立素素為正妻的交換條件罷了！」

青年沒有言語，只是淡淡看著昔日最溫柔的枕邊人，心裡翻騰著的悲哀幾乎瞬間把他淹沒，就連早就麻木的心也跟著泛起錐心的疼。

他是大安唯一的將軍喻景洲的兒子，母親是公主，可惜早逝。皇上憐惜他幼時喪母，破例封他為大安唯一一位異姓王，給了封地。至於父親和異母兄長也同樣對他疼愛有加。

可誰能想到，這些不過都是騙局。

吳文山娶他是交易，等他死了，就可以破格扶正他真愛的素素。

喻家人把他當棄子，明知道皇帝把他留在上京是為了當人質，但是無所謂他的生死，就連出嫁時的十里紅妝都是門面，嫁妝全都拿用不上的玩意兒湊數。

至於所謂的封地更是可笑到無以復加。整個大安最窮、最混亂的地方，也是前朝流放之地——容城。而且不止如此，越窮就越出刁民，容城山賊遍野，還時常有海賊和倭寇出沒，之前去治理的官員，連地界都沒踏進去就死在城門外。

可笑的是，喻祈年白活了二十幾年，卻一點都沒有看出這其中的門道，還誤以為自己是真的命好，享受萬千寵愛。到死方得醒悟，是多麼可悲可憐？

青年的眼裡壓抑著濃重的悲哀，可當他看到吳文山手裡拿著的聖旨時，心中的悲哀立刻化作痛不欲生的懊悔。

如果只是因為吳文山，青年不會像現在這般一心求死，大丈夫何患無妻？愛情的失敗、親情的失去，都不是打擊他的原因，真正讓他萌生死意的是現在加在他身上的罪名，那是他終其一生都還不清的罪孽！

「數十日前，倭寇來犯，血洗容城。喻祈年身為容郡王，貪戀榮華富貴，棄封地子民於不顧，按律

當斬。」一聽著吳文山用得意的語氣唸出聖旨上的內容，青年赤紅的眼裡滿是痛苦，千瘡百孔的心再次被捅得鮮血淋漓。

容城，就是他的那塊封地。當初皇帝給他的時候，說就當是陪嫁莊子，不用他操心，而喻祈年也就單純地相信了。

可現在，卻成了他的奪命符！誰能想到，由於長年缺乏治理，容城早就破敗不堪。而後，從海上來犯的倭寇，因沒有搶奪到足夠的食物，竟然血洗容城洩恨。

整整七萬人，不分老幼，全部死在倭寇的刀下，整個容城成為冤魂埋骨之所，離著老遠就能聞到血腥味。

他失去的，不過是愛情，可那些容城的子民，失去的卻是生命！而這一切的悲劇，都是因為他這些年的所有精力，全部都耗在吳文山的後院裡爭寵，而忽略了管理封地。

所以他有罪，他是千古罪人！

青年沒有任何反抗就被帶走，一直到行刑那天都沒有說過一句話。

當劊子手手起刀落的瞬間，鮮血迸發，染紅了地面，可青年的眼睛始終閉不上。

因為他一條命，抵不了容城一城冤魂；他一顆腦袋，換不回容城萬人死而復生。

「如果能夠挽回，我願意付出一切。」

濃重的悔意一刻不停地衝擊著宋禹丞的精神，他從原身的回憶片段中醒來，只覺得恍然如夢。

緊接著，房間外的尖銳女聲，就讓宋禹丞的精神再次緊繃起來。

「啊！國公爺怎麼會娶這種東西回來！」

「一個男人，據說還是位郡王，竟然要嫁給男人。」

「小點聲，今兒可是大喜的日子，妳們就不怕夫人哥哥一不高興，把妳們全都收拾了嗎？」

一句夫人哥哥，差點沒把宋禹丞噁心得把隔夜飯吐出來。他眯著眼，打量門外晃晃悠悠進來的幾個女人，忍不住挑起唇角。

多熟悉的一幕，剛看完原身的記憶，宋禹丞對眼前的場景熟悉至極。說白了，就是吳文山給他安排的下馬威。

原身性格直白單純，吳文山故意讓這幾名小妾過來挑撥諷刺，好讓原身吃醋，留下把柄，順勢把他困在後院。

而原世界裡，原身還真的弄砸了婚禮，成為整個上京的大笑話，並且還莫名其妙地跟這些女人宅鬥了好幾年，就只為了一個身心都不在他身上的吳文山。

不過這一次，吳文山是定然不可能達成所願了。

宅鬥？他堂堂公主之子，有著郡王的身分，竟然和幾個女人在後院折騰？這根本就是開玩笑，宋禹丞另有盤算，揚聲叫人把她們帶進來。

「夫人哥哥好。」為首的一位柔美女人，掐著嗓子行禮。

可宋禹丞卻問道：「吳文山還有多少妾室在府裡？」根本沒有搭理她們的意思，而是直接問了帶人過來的管家。

「回國公夫人的話，有不少，但是來的只有這三位。」

「那就統計上來，所有主動勾引爬床的，立刻發賣掉！我之前看東城的那間萃華樓不錯，就賣去那裡好了。」

「你瘋了？」三個女人同時愣住了，在反應過來喻祈年話裡的含義之後，個性最衝動的那個，忍不住率先開口嚷了出來。

可宋禹丞打了一個響指，叫出自己的貼身侍衛，指著那女人命令道：「意圖咒罵郡王，送去京兆

尹，讓他按律判了。至於其他不聽話的，也全都送去。」

「這……這……」萬萬沒想到，喻祈年竟然來真的，老管家趕緊上前攔住，「夫人，您是不是該問問王爺？」

「吳文山？」宋禹丞冷笑一聲，走到老管家面前，「老頭兒，爺是正經領了封地的郡王，吳文山不過是個世襲的吳國公，你覺得他有資格管爺的事兒嗎？更何況，吳文山當初說要和我成親的時候，可是發了毒誓要一生一世一雙人，爺料理他的妾室怎麼了？」

宋禹丞抽出腰間的鞭子指了指那個暗衛，「一盞茶的時間，我要見到一個乾乾淨淨的國公府。還有，賣人得來的銀子一會兒全都交給老管家，讓他給吳文山送去！記住，這些爬過床的小妾和通房，必須賣給萃華樓的老鴇。」

說完，宋禹丞就懶洋洋地靠在旁邊的美人榻上，沒骨頭的模樣痞氣十足，可身後立著的暗衛，腰間佩刀上的血腥之氣，讓這些人忌憚到了極點，尤其原身父親給他送過來的陪嫁小廝，更是嚇得快要跪在地上。

當初跟他說小郡王單純好騙，現在看來郡王爺分明和傳說中的一樣殺人不眨眼。他的腿不停發抖，彷彿下一秒就要哭出來。

然而和這些人的驚駭不同，此時的宋禹丞卻正在腦內和自家傻白甜蠢的系統寶寶解惑。

系統：「大人，為什麼要賣到萃華樓？」

宋禹丞：「因為吳文山的老相好在那裡。」

系統：「哪個老相好啊？」

宋禹丞：「就是他的真愛。」

臥槽！好狠！吳文山那相好的，可不就是萃華樓的老闆？結果宋禹丞把所有的小妾都賣去萃華樓，以後吳文山去萃華樓豈不就尷尬了？

誰要和他搞宅鬥，讓他的老相好自己折騰去吧！

系統頓時恍然大悟，接著就忍不住放出辣眼睛的【流氓兔泳裝五連拍.jpg】來表示內心的興奮。

而宋禹丞習慣了他的抽風，就當沒看見那些表情包。與此同時，他從包裹裡拿出一個炮竹，直接朝著天空放起，接著，就直奔馬棚去找他的愛駒。

算算時間，那幾名暗衛已經快回來了，因此，宋禹丞打算把原身練了許久的那支騎兵小隊也順勢召回來。

他才不打算留在吳王府後院搞宅鬥。更何況，全上京都說原身驕縱惡毒，宋禹丞打算讓他們看看，什麼才是真正的肆無忌憚。

此時正在前院敬酒招待客人的吳文山，剛剛收到消息。先是一名小廝慌慌張張趕過來，「國公爺、國公爺，不好了。國公夫人說，要把您後院所有的通房和妾室，都拉出去賣了！」

「什麼？」吳文山頓時臉色一變，至於席間的賓客也紛紛露出驚訝的表情。

當家主母要發賣妾室並沒有什麼稀奇，可喻祈年是男妻，不可能給吳文山留下子嗣，這種情況下，竟然還在婚禮當天發賣小妾，這不是胡鬧又是什麼？

看來吳文山這男妻娶得有夠糟心。想到喻祈年在上京的那些傳聞，不少人都用同情的眼神看了吳文山一眼。

可更令他們沒想到的是，他們不過剛剛聽到這個消息，後院就又跑來一名小少年，看模樣有點眼

生，看似是喻祈年帶來的陪嫁侍從。

估計也是被嚇得不輕，這侍從臉色慘白，一到前面就撲通一聲跪下，手裡掏出一打銀票，「國、國公爺，這是夫人給您的，說是賣掉妾室和通房的銀子。還、還有……夫人他說……」

「說什麼？」吳文山的臉色已經難堪到了極點。

「夫人召集了舊部要去封地，讓您趕緊收拾行李，和他一起走。」

「一起走？」吳文山頓時被氣樂了，就連那些賓客也十分無語。喻祈年的確有塊封地，可容城那種地方連吃飽飯都費勁，他好端端地跑過去，還讓吳文山跟著一起走，不是在胡鬧又是在做什麼？

吳文山眼裡閃過一絲鄙夷。

可緊接著，門房也連滾帶爬地闖進來，「國公爺、國公爺不好了！」

「又怎麼了？」接二連三被鬧場，吳文山的怒意徹底壓制不住。

然而就在這個時候，只見一隊訓練有素的騎兵從外面闖進來，然後一聲嘹亮的鷹鳴從後院傳來，所有騎兵立刻整裝。

吳文山下意識朝著那些騎兵注視的方向看去。

只見一匹通身雪白的白馬從後院衝了出來，一名漂亮到了極點的少年，正騎在馬上笑吟吟地看著他，肩膀上站著一隻毛色雪白、形態威武的海東青。

正是喻祈年。

而他看見吳文山之後，也絲毫沒有被他難看的臉色所影響，並且還故意說了一句差點沒把他氣死的話，讓他在賓客面前丟盡了顏面。

「媳婦兒上馬，爺帶你去封地溜一溜！」

【第十三章】

大鬧婚禮

這一句話讓整個大廳都瞬間安靜了。

所有賓客都用一種奇異的眼神看著吳文山和喻祈年。

之前上京傳言喻家小公子漂亮精緻，一開口就是兵痞的流氓勁兒，可到底是沒見過，今日一見，也算是大開眼界。

大安以文人為重，尤其是這些世家出來的，最瞧不起的就是喻祈年這種武人，即便他們能上馬定江山，可眼下太平盛世，大安國富民強，武將們又能幹什麼？去打山賊抓逃犯嗎？

「半分世家子的優雅都沒有，簡直粗鄙到了沒法看。」有人小聲嘟囔了一句，可當他們的眼神掃到吳文山，鄙夷的情緒就越發明顯。

好歹是位國公爺，娶了男妻，還是這樣的男妻，吳文山也是白讀了這麼多年聖賢書，妄稱才子。

吳文山不是傻子，自然看得出來這些人的眼神，心裡壓著的怒火，越發憋得他胸口發疼，可必須要忍耐，「祈年聽話，你快下來，今兒是大婚，不能胡鬧。」垂在身側的手緊緊攥成拳頭，吳文山臉上的表情都瀕臨扭曲，勉強放輕聲音哄著喻祈年。

「胡鬧？」可宋禹丞卻明顯不吃這一套，他皺起眉，原本笑吟吟的臉色也沉了下來，「媳婦兒，出嫁從夫你可以不懂，難道連老祖宗的規矩也不懂了嗎？按照大安律，我領了封地就要出京，多留一天就是有抗旨謀逆之嫌。你既然嫁給我，自然要和我一起走，胡鬧這兩個字，也是你有資格對我說的？」宋禹丞一指那騎兵最前邊的傳令兵，「再告訴郡王妃一遍，他們家爺是什麼身分！」

「是！郡王妃，您相公是當朝公主之子、皇帝的親外甥、大安唯一受封的異姓王，容郡王。」傳令兵的嗓子都是出了名地好，一聲大吼下來，在大廳吃酒的賓客都差點被震聾。

而吳文山更是氣到七竅生煙，大安雖然可以娶男妻，但是嫁人的那個卻不被一般人認可，尤其在文人眼中，就跟不配為男子沒有任何區別。

原本他和喻祈年商量好了，是喻祈年嫁、他娶，可萬萬沒想到，喻祈年竟然當眾反悔，還這麼侮辱他。可吳文山卻不得不忍，單論身分，喻祈年高於他；論背景，皇帝還要用喻祈年這顆棋子，不可能現在捨掉；再說武力值，喻祈年是能帶兵打仗的，十個他都碰不到喻祈年的一根手指。

眼下又這麼多人，為今之計，只先把眼前這一關忍過去。

這麼想著，吳文山溫聲勸道：「年年，你總得給我留點面子。聽話，你想去哪裡、想怎麼樣，都先等婚禮結束了再說。」嗓音溫柔，舉止溫文爾雅，這是吳文山最經常哄著原身時的套路，原身因為是武人出身，很羨慕吳文山這種文人氣度。

然而擺在宋禹丞眼裡，卻是裝腔作勢到了想吐的地步。沒辦法，他見過的人太多，一眼就能看出吳文山這種草包，肚子裡根本沒有什麼墨水。

可即便如此，吳文山說得沒錯，總要把這婚禮走完，畢竟皇帝賜婚，這面子必須得給，但是怎麼給，那就是他說的算了。

像是有軟化的意思，宋禹丞用手裡的鞭子柄敲了敲吳文山的側臉，「行吧！就依著你，誰讓爺喜歡呢！之前師父也說，是爺們就得寵媳婦。」一副拿你這種愛撒嬌的小妖精沒轍的表情。

接著宋禹丞朝那名傳令兵比劃了個手勢，「收隊！」

吳文山被他這句話懟了一臉，幾乎當場暴走。至於那些賓客，更是全都用詫異的眼神盯著吳文山。原本他們以為，喻祈年是嘴上花花，可這動作一出，答案就太明顯了。這哪裡是吳文山娶，分明就是喻祈年哄著給面子啊！你看這動作，明擺著是吳文山雌伏當小媳婦。

而他們的想法，吳文山也同樣能夠看懂，氣得一口血堵在喉嚨。

然而他萬萬沒想到，屈辱並不是結束，而是剛剛開始，喻祈年的么蛾子遠比他想像的多。

「爺在京裡沒朋友，既然擺酒，你們就去把爺的親戚都叫來。」痞氣地勾起唇角，宋禹丞瞥了吳文山一眼，「你想要面子，爺給你，放心，咱倆的婚禮絕對是京城裡最熱鬧的一場！」

說完，宋禹丞就朝著其他賓客一拱手，「大家稍安勿躁，再等幾個人過來就繼續開席。」

說完他便隨便找了個主位坐下，拎起一壺沒人動過的酒，就著壺嘴喝了一大口酒，緊接著一皺眉，「這什麼玩意也能叫酒？只怕連丫頭片子都不喝！換了換了！」

「是。」喻祈年身邊的暗衛都是他母親留下來的，從小跟著他，自然忠心耿耿，別說喻祈年要口烈酒，就是他想要上天，暗衛都得立刻想法子。

不過眼下，宋禹丞也和上天沒什麼區別了。

吳文山這頭自然不用說，早就被氣炸了，那些賓客更是有口難言。

喻祈年的驕縱和肆無忌憚超過他們的想像，在座的不論男女老少，必須都得說吉祥話。但凡說得不好、不可心兒的，喻祈年還會叫那幫親兵把人給抓走，送去京兆尹，就說是辱罵郡王。雖然聽著扯淡，偏偏還挺順理成章。

喻祈年的娘是公主、爹是大將軍、舅舅更是當今皇帝，自己還是有封地的郡王爺。沒讓他們見面時下跪，都是看在吳文山的面上了，送幾個人去京兆尹還真不是什麼大事。

一場好好的婚宴頓時鬧成了鴻門宴，吳文山丟盡了面子，氣得渾身發抖，可想到未來的計畫只能勉強隱忍。

草包就是草包，等他作死了以後，自己有的是時間收拾他！

吳文山心裡暗自想著，恨得直咬牙。

然而旁邊喝著酒的宋禹丞，眼底卻蓄滿危險的風暴。原世界裡，吳文山這孫子把原身困在後院，幾年離不開吳國府後宅，這次，就換他嘗嘗這被困的滋味。

想娶他宋禹丞？就憑他這斤兩，都不夠一盤下酒菜的，也是做白日夢。

吳國府混亂成這樣，可外面遠比吳國府還要鬧騰。

喻祈年的那些兵都是見過血的，雖然以前剿的大多都是山賊，但是對於上京這種和平久了的地界，他們身上那股肅殺之氣也足以止小兒夜啼。

至於這些大兵們請來的人也都很微妙了，喻祈年說的是親戚，可他的親戚到底有誰自然不言而喻。首先，那幾位皇子肯定不能少。其次，喻景洲父子倆雖然走了，但是喻家還有別人在啊！什麼？喻家的宗親都在西北老宅？不要緊啊！還有繼室夫人的娘家在！還有大少夫人的娘家在啊！

爺說了，都是親戚，就得請來一起熱鬧。

這下，整個上京都亂了套。除了不在京中的太子以外，所有的皇子都被喻祈年的親兵從府裡拉了出來。至於繼室夫人的娘家母親也被抬了出來，大少夫人的父親更是讓人從府裡拽上了馬。

「不是，你們郡王大婚沒有給我發帖子，這不合禮數。」

「瞎叫喚什麼！我們爺娶媳婦兒高興請你吃酒，哪裡來的這些個嘰嘰歪歪。」那兵不耐煩地糊了大少夫人的父親一巴掌，拎著領子就把他托上馬。

對於皇子們，這些大兵還稍微恭敬些，對於大少夫人的父親，他們根本就沒放在眼裡。

一個庶子媳婦兒的娘家，名不正言不順的，郡王爺願意請過來，都已經是格外恩典，竟然還不跪著謝恩，想要推拒，也是給臉不要臉了！

因此，不過小半個時辰，吳國府就多了不少人，每進來一個，都讓這一桌子的賓客臉色又變了一次。都是真正的皇親國戚，大皇子、二皇子、四皇子……就連最受寵的七皇子都被強行帶來了。最後從馬上扔下來的是喻家大少奶奶的父親，戶部尚書古超。

往日裡，古超也是極喜歡擺架子的，他又胖，被這樣一扔，差點沒把內臟吐出來。

宋禹丞皺眉，放下手裡的酒壺，用鞭梢指了指他，「爺娶媳婦兒擺酒，又不是看雜耍的，弄這麼個玩意兒過來幹麼？長得太醜，趕緊攆走！」

接著他手一揚，鞭子直接纏在吳文山的腰間，把人帶到自己身邊，就這麼拽著走到一眾皇子面前，「幾位表哥好，祈年今兒成親，請大家來喝酒！」

幾個皇子紛紛對視一眼，都不知道該說什麼，主要是太突然也太尷尬。他們都是距離皇帝身邊比較近的人，自然明白喻祈年的身分有多微妙。

但顧念喻祈年的母親是當朝唯一的公主，又救過皇帝的性命，再加上現在已經離開人世，就連皇帝都必須照顧喻祈年這個外甥，他們也不敢真的揭穿什麼。

即便覺得他行事太過張揚荒唐，也只能憋著，依照喻祈年的意思各自入席。

可令他們萬萬沒想到的是，喻祈年竟然讓自己的騎兵將士也跟著一起入席。

皇子們那桌還好，其他的幾桌基本上都是人擠人。

和世家子們比起來，這些大兵們可不講究什麼吃飯禮儀，大口喝酒、大口吃肉，落入那些世家子弟的眼裡，相當粗鄙。

吳文山的一位好友忍不住站起身，想要告辭離開。

「毫無禮數，簡直有辱斯文！」吳文山的好友忍不住嘟囔了一句，接著拔腳要走。

可宋禹丞耳朵多靈，聽見之後也跟著變了臉色，揚聲喊道：「抓住他！教教他什麼是禮數。」

揚起鞭子，宋禹丞隔著老遠就想要打人，吳文山趕緊阻攔，結果宋禹丞竟然抬起一腳直接把他踹開，然後就大步走到吳文山的好友那桌。

「小子！別給臉不要臉！就你這樣的還敢瞧不起我手下的兵？」

宋禹丞反唇相譏道：「什麼有辱斯文，我看你才噁心，看著一副光風霽月的模樣，好像還是上京八大公子是不是？現在連小倌兒都覺得這玩意土，也就你敢把這名號往身上按，也不怕你祖宗爬出來弄死你這個不孝兒！」

「喻祈年！你欺人太甚。」

「就欺負你怎麼了？」宋禹丞揚起鞭子直接抽在那人臉上，接著手按在桌子上輕輕借力，竟像隻鷂子一樣，直接從桌子對面飄過去，一腳踩在那人肩膀上，把他踹翻在地。

「今兒當著我幾位表哥的面，就好好算算你的帳。我問問你，你八大胡同那藏著的美人現在怎麼樣了？正妻沒過門，家裡通房就生了庶子，升為小妾了，是不是覺得特別榮耀？五歲進學，學了十幾年，到現在除了幾首酸詩豔詞，連句人話都說不明白，就你這樣的，還有什麼資格瞧不起別人？」

「你！你！你！」

「我什麼我？這些事情是不是你自己幹的？我怎麼還聽說，你和你爹的小妾都有一腿？你不覺得噁心嗎？不過倒也無所謂，反正有了孩子都是你家的。我們營裡有老家窮的兄弟，還商量好了共妻呢！倒也不是什麼大事，還是祝福你早生貴子了。」

這話直接將那人藏起來的小祕密全都曝光了，要是放在往常，一句胡說八道也就過去了。可今天不同，大安就這麼幾位皇子，全都在席，其餘也都是世家子。喻祈年這一通話下來，哪怕是假的，他的名聲都完了。

更何況，宋禹丞還真一個字都沒說錯。

那人臉色一白，氣得直接一口氣沒上來硬生生背過去了。

而宋禹丞冷笑著，讓人把他扔出去，不屑地評價了一句：「孬種。」

這下，剩下的人都有點吃不下去了。其中七皇子仗著自己受寵，直接站出來想要勸喻祈年一句，可話還沒說完，就被懟了一臉。

「你算老幾？」宋禹丞打量著這個傳說中當今皇帝最喜歡的兒子，上一世，最後就是七皇子謀奪了皇位，而吳文山就是他最大的佞臣。

重點是，吳文山之所以會把主意打到原身身上，也是七皇子授意的。仇敵見面，分外眼紅，宋禹丞定然不打算放過他。

「你有什麼資格管我的事？」宋禹丞完全沒把七皇子放在眼裡。

七皇子也被氣得夠嗆，張口就想反駁：「本王……」

「你本王個屁？連個正經封號都沒有，就稱王了？」

七皇子頓時語塞，盯著喻祈年半晌說不出來話。

的確，皇子沒有封號，等級也就是個郡王。但是和喻祈年這種有封號、封地的郡王相比，就要矮上半級。因此，別看他是位皇子，但是喻祈年能在他面前稱爺，他卻不能自稱本王。

赤裸裸的羞辱，這就跟當眾抽他嘴巴沒有半點差別。

不少人都愣住了，他們知道喻祈年肆意妄為，卻萬萬沒想到竟然連皇子都不放在眼裡。

而吳文山也跟著急了，自己效忠的皇子在自家府邸受辱，他以後的日子可就不好過了，趕緊拉了喻祈年一把，厲聲警告道：「喻祈年，不得對七殿下無禮！」

「是誰無禮？」宋禹丞啼笑皆非，一臉不敢置信的模樣看著吳文山，「我是你爺們，你當著我的面，竟然幫著一個外人。怎麼的？這小白臉長得好看，連你也被迷惑了？」

「什麼爺們、媳婦兒的，喻祈年我警告你……」

「警告我什麼？當著我的面維護一位沒見過的皇子，難不成你們有一腿？我告訴你，吳文山你丫要是敢不守婦道，我第一個弄死你！」就像是真的以為吳文山和七皇子之間有什麼首尾，宋禹丞頓時瞇起

眼，狠狠瞪著吳文山。

到底是少年將軍，不過略放出些氣勢，那種森冷的殺意就駭得人說不出話來。

吳文山下意識退後一步，而與此同時，宋禹丞不知道從哪裡抽出來的匕首，也準確地壓在七皇子的脖子上，「都不辯解，看來就是真有關係。膽子不小，敢動爺看上的人，爺先殺了你們這對姦夫淫婦，再給你們償命！」

神一樣的轉折，在場的所有人都愣住了。再加上喻祈年的奇葩措辭，分明是緊張到了極點的畫面，卻莫名變得可笑起來。

別的都還能忍，就這一句「姦夫淫婦」也實在太搞笑了。之前都說是吳文山娶男妻，這麼一看，分明是喻祈年這痞子，把吳文山當成壓寨小媳婦了！

還什麼七皇子想要橫刀奪愛，甚至要拚命，這都是什麼和什麼啊，恐怕話本上都沒有這麼荒謬的內容。幾位皇子都忍不住了，至於其他賓客更是憋得臉上表情開始扭曲。

吳文山百口莫辯，更是氣得恨不得立刻抹脖子自盡。

七皇子的侍衛趕緊上前，想把他們拉開。

整個大廳混亂成一團，與其說是成親，不如說是鬧劇。

此時，一位中年人從外面走進來，怒氣沖沖地喊道：「胡鬧！」

眾人回頭一看，立刻跪了一地，原因無他，來的正是當朝皇帝。

宋禹丞的匕首正架在七皇子的脖子上，而七皇子可是皇帝最疼愛的兒子，因此原本亂成一片的大廳，瞬間安靜得落針可聞，就連宋禹丞也收回匕首，順手一推，把人推在地上。

原身是名武將，一身力氣絕對不是七皇子這種文人能夠相提並論的。

七皇子原本被挾持就已經十分狼狽，現在又御前失儀，越發覺得屈辱，當下打算開口向皇帝訴苦。

可萬萬沒想到，他還沒說話，喻祈年那頭就嚷嚷上了：「舅舅你得為我做主！老七竟然上我這裡偷人，我媳婦兒還沒過門，親還沒結完，他一個當弟弟的就嫖了嫂子。舅舅您說，哪裡有這樣辦事的！」

「噗。」宋禹丞嗓門不小，這麼一嚷嚷，那些原本因為皇帝突然出現而跪下的人，都忍不住笑噴了。什麼弟弟嫖了嫂子，還七皇子偷人，一個郡王話說得這麼糙，也算是京中一絕了。

重點是，這理由也太扯了。吳文山雖然俊美，可是個貨真價實的男人，七皇子什麼身分，是口味多重才能偷人偷到吳文山身上？不少人都忍得肚子疼。

其他幾位皇子也都擺出一副揶揄的表情看著七皇子，非但沒人出來打圓場，甚至都揣著看熱鬧的心情。天家無情，七皇子平時也沒少仗著皇帝寵愛就囂張跋扈，這次在喻祈年身上吃了癟，其他皇子自然喜聞樂見。而七皇子被他們這副模樣刺激得夠嗆，氣得胸口劇烈起伏，一句話也說不出來，只能用委屈的眼神盯著皇帝。

「鬧成這樣，成何體統！」

對於喻祈年，皇帝是真的很無奈，可眼下拿他毫無辦法。現在大安只有喻家一個將門世家，偏偏喻家人和他並不齊心，再加上如今重文輕武，又沒有戰爭可快速積累軍功，想要扶持別的將門談何容易。所以他一早就動了要把喻祈年這個外甥養廢的念頭。畢竟喻祈年是喻家唯一的嫡子，喻景洲軍權再大，只要喻祈年活著，未來喻家就只能傳到喻祈年手上，這樣皇帝就能順勢收回兵權，否則和喻家真刀真槍的打，他還真打不過。

因此，皇帝許以萬千嬌寵，還強行把喻祈年扣留在上京，用來平衡喻家的實力。

而他沒有想到，他把喻祈年嬌慣得無法無天，現在竟然連他的兒子也敢動手，怒意頓時湧上心頭，皇帝看著喻祈年的眼神也多了幾分寒意。

幾位皇子紛紛對視一眼，知道喻祈年今天多半凶多吉少。

可大家都沒想到，喻祈年的動作遠比他們還要快，他就像沒看出皇帝陰沉的表情，非但沒有半分害怕的意思，而且還又告上別的歪狀了：「舅舅您也說我胡鬧，這親我不結了！」

「……」皇帝原本想說的話，頓時被堵了回去。

皇帝說不出話來，喻祈年話卻多到無邊無際：「您不用替祈年覺得可惜，不就是當了王八被戴了綠帽，大丈夫何患無妻！祈年不怕，回頭找個好的，還是頂天立地的小爺！」

又是王八又是綠帽，喻祈年這一口土話聽得皇帝越發崩潰，趕緊制止他，「你這說的都是哪門子的糊塗話，老七是你弟弟，又是皇子，怎麼可能看上一個男人？也就你仗著朕和太后都寵你，成天淘氣，要這個、要那個。還不快把你弟弟扶起來，我還沒找你算帳呢！」

知道不能再讓喻祈年糾纏七皇子，皇帝三言兩語把話帶開，問到另外一件事：「朕問你，你一上午送那麼多人去京兆尹又是為何？你平時在家裡折騰也就算了，京兆尹可是有正事要辦的，不是給你胡鬧的地方。」

這就是要興師問罪了。可宋禹丞要是能那麼輕易就被問罪，他也白當律師這麼多年，就看他絲毫沒有半分畏懼，反而振振有詞：「因為他們罵了我的兵。」

「所以你就把人全都送去京兆尹？」皇帝徹底動了怒，覺得喻祈年在作死，上京這麼多權貴世家，他不過是個郡王，也太囂張了點。

然而宋禹丞卻像是看出皇帝眼裡的輕視，直接站起來，「舅舅您別生氣，聽我細說。」他也不著急，慢條斯理指了一個大兵，「脫了上衣給他們看看。」

他是隨便從隊伍中叫了一個人出來，被叫出來的這個人年紀不大，才二十出頭。可脫下軟甲後，結實的上半身卻布滿刀傷劍痕。

這下，不少人眼裡都閃過一絲不解，不明白喻祈年到底要做什麼，甚至還有人嘟囔一句：「御前失儀，有傷風化。」

然而他話音剛落，就被宋禹丞隨手扔出的匕首斬斷了鬢邊的頭髮，嚇得立刻癱軟在地。

「再多說一句，爺就拔了你的舌頭！」

可說是囂張至極了，整個大安，敢如此行事的估計只有喻祈年一人。可御前行走帶刀，這都是皇帝當年許下的恩典。

皇帝挑眉看著，壓抑著怒火的同時，又覺得有點欣慰，因為喻祈年果然被養廢了，無腦成這樣，以後喻家交到他手上，必然活不過三代，然而他這念頭不過剛起，就被宋禹丞後續的舉措給打斷。

因為宋禹丞讓第一個大兵脫了上衣後，又指了另外一個小隊過來，同樣讓他們脫了上半身的軟甲。

「舅舅您看，這些大兵跟了祈年五年，參與剿匪三十多次，宰過的山賊比現在廳裡這些文人們寫出來的狗屁詩詞要多！三年前水災，他們不眠不休救人。兩年前鬧瘟疫，沒人敢去，也是他們進災區送藥。去年洛城那群殺人不眨眼的馬賊，更是他們拚了命闖進山寨，剿滅了匪患。他們每一個的軍銜都是靠自己的血淚換來的，而那些動動筆桿、蒙受祖宗庇蔭的人，憑什麼瞧不起他們？」

「沒人瞧不起，只是說你們有辱斯文。」七皇子終於找到機會插話，可這卻直接把喻祈年的炮口攬到自己身上。

「就你這樣的也配和我說這個？」宋禹丞一臉鄙夷，「別的且不論，爺的郡王封號是實打實的軍功累下來的。沒有我們拚命，你以為你們守得住這太平盛世？就算守住，也是那些真正有風骨的好官守住的，就憑你這樣平時喝喝酒、扯犢子的皇子，能幹點什麼？」

宋禹丞說完，再次在皇帝面前跪下，「舅舅，老七的話您也聽見了。人心都是肉長的，您說句公道話，他是不是瞧不起我們武人？」

「我不是……」七皇子剛開口說一句，就又被搶話。

「舅舅！」宋禹丞的音量直接蓋過七皇子，語氣中的委屈也溢於言表：「祈年幼時從武，念過的書不多，但也聽師父教誨，文成武德，方為人上人。我們這些武者從未歧視過文人，也對他們的才華抱有尊敬之心。可憑什麼那些文人就能高人一等，恣意侮辱我們？我們為了大安，流過血、拚過命，他們做了什麼？您身為帝王，亦愛戴將士，七皇子不過是個皇子罷了，難不成，還能越過了您去？」這一句質問，直接把在場所有人打臉。

是啊，他們為大安做了什麼？除了每天風花雪月、結黨營私，就再也沒有半點正經事可言。可相比之下，喻祈年手裡帶的這些兵，不過小小年紀卻已經上戰場保家衛國。

至於最後一句，更是實打實的誅心了！皇帝對三軍將士尚存敬意，七皇子居然敢如此折辱，這豈不是連皇帝都要越過去了？

「父皇，兒臣沒有侮辱之意，都是喻祈年胡攪蠻纏，顛倒是非。」七皇子心裡一急，立刻跪下想要辯白。然而這麼多人在場，他的話早已聽到眾人耳中，根本無法挽回。

至於皇帝更是不知道要如何回覆喻祈年，頓時覺得搬石頭砸了自己的腳。

他把喻祈年養得太好。竟然還知道忠君愛國，現在這麼一頂帽子扣下來，他要是真的罵了喻祈年，就寒了天下將士的心，至於七皇子，更是不得不罰。

可以說是徹底失策。這麼想著，皇帝只能嘆了口氣，對下面人命令道：「七皇子行事不端，擾亂容郡王婚宴，禁足一個月。祈年這次委屈了，回頭讓戶部給你的兵餉再加一層，算是朕替七皇子向將士們道歉了。」

「多謝舅舅愛護之心，祈年替天下將士叩謝。」宋禹丞一拜到底，姿態不夠優雅，可卻格外俐落瀟脫。他身後的將士們也一起叩謝，「謝皇上愛護之心。」

「起來吧！」皇帝眼神複雜地看著喻祈年，半晌才轉身離開。然而心裡卻莫名生出些疑慮，覺得這個外甥好像有點不對勁，總覺得好像變得不容易控制。

至於七皇子，更是委屈得紅了眼，狠狠瞪著喻祈年，發誓要和他不死不休！

就這樣，皇帝一走，婚宴鬧劇自然也都散了，很快吳國公府又恢復了寧靜。

可宋禹丞卻依舊靠在前廳的桌邊，琢磨著心裡事兒。

「爺，咱們後面咋辦？」之前的傳令兵湊過來，看著喻祈年的眼神滿是崇拜，覺得自家郡王爺真是太厲害了，連皇子都敢打。

而宋禹丞卻調侃了一句：「怎的上京不好嗎？」

「哪裡好？」傳令兵滿嘴抱怨：「的確是有錢，事情也不累。可這人太煩了點，動不動就咬文嚼字，花啊月啊，是爺們就得打仗！」

「胡說八道什麼，該念書的時候還是得念，要不然以後娶個媳婦兒連婚契上簽名都寫不俐落。」宋禹丞伸手彈了他一指頭。

傳令兵立刻苦了臉，「不是吧爺，再念書就要淡出鳥了。」

「鳥都比你靈巧。」宋禹丞瞥了他一眼，也是拿他沒轍，過了半晌才笑著說：「一會叫人整隊，咱們晚上出發去容城！」

「真走啊！我這就去和兄弟們說。」傳令兵拔腳就要走，可走出去兩步，又想起別的事兒，「爺，咱們都走了那郡王妃呢？」

宋禹丞踹他一腳，「滾！連堂都沒拜，哪裡來的郡王妃，你們爺可是要娶全天下最漂亮的那個當媳婦兒！」

說完，宋禹丞指了指正堂上的座鐘，「一刻鐘，我要看到所有人整裝列隊，否則軍法處置。」

「是！」見喻祈年認真，傳令兵也收起方才的嘻皮笑臉，敬了軍禮，轉身跑去集合。

而獨自留下的宋禹丞，看著他的背影，眼神格外深邃。

他不是傻子，自然明白今天的舉動會引起皇帝猜疑，所以宋禹丞決定立刻就走，離開上京這個是非之地。畢竟就算他繼承了原身的殼子，但許多細節之處肯定還會有所變化，皇帝性情多疑，萬一看出破綻，他後續的計畫就完蛋了，還是趕快遠離上京才是上策。

不過，他在走之前還打算安排別的事情。

這麼想著，他叫出暗衛：「去辦兩件事，第一，明天早朝之前，我要全上京的人知道吳文山嫁到我容郡王府，現在是我容郡王的正妃。第二，我今晚就帶兵走，你們五個留下，替我看著吳文山。」

「主子，這……」暗衛頓時想要反駁，長公主臨終前特別囑咐過，要他們時刻護著喻祈年。

「聽我的。我去容城是去打仗，後院必須安穩。吳文山是個不安分的，我要你們把他鎖死在郡王府的後宅，讓他老老實實地相夫教子！」

宋禹丞把「相夫教子」四個字說得格外意味深長，暗衛也頓時領悟其中的暗示，立刻領命令離開。

他前腳剛走，系統就忍不住問道：「大人，你不打算退婚嗎？」

「不是不打算，而是我不能。」宋禹丞耐心回答：「皇帝多疑，今天已經驚動到他，再加上我之後要去容城，肯定要給他留個人質。否則我敢肯定，咱們出城不到十里，就會被打成叛國。」

「那你把吳文山留下有什麼用啊！」

「為了表忠心，也順便安撫皇帝。」宋禹丞的語氣多了一份算計：「我為了吳文山，連皇子都敢殺，我這麼愛吳文山，他在上京，我怎麼可能會叛變？更何況，將士在外征戰，女眷留在京城都是老規矩了。喻景洲是個有二心的，我這個外甥可不是。」

五千騎兵出城可不是鬧著玩的，宋禹丞走得光明正大，臨行之前還去皇宮告別。他的理由也很充分，今兒一時衝動，毀了婚禮，鬧得媳婦兒和自己生氣了，這哄了半天也哄不好，只能想點別的辦法，所以他打算拚個軍功回來給吳文山換個誥命，以求和好。

皇帝聽他拉拉雜雜一堆，只覺得頭疼非常，可偏偏喻祈年這個決定倒也符合原身的性子，藉口還是現成的。皇帝一個寵外甥的好舅舅，也沒法直接拒絕，只能默認。

宋禹丞臉上終於多了笑意，「舅舅放心，祈年此去，不平容城不返京。就是我媳婦兒……可交給您照顧了。」

「知道了，去吧！」土不土、文不文的一番話說得皇帝也是沒轍，只能揮揮手，示意他趕緊走。

然而宋禹丞一出大殿，皇帝身邊就多了一名黑衣人，正是他的心腹。

「查得怎麼樣？」

「都查清楚了。」心腹回稟：「容郡王除了帶著兵和兵餉糧草，別的都沒帶走，包括您賜的那些寶物，也全都留給小公爺了。」

「這麼說，他還真的是很喜歡那個吳文山？」

「應該是，就連長公主留下的暗衛都沒帶走，說要留下來保護他。還說……」似乎有點難以啟齒，心腹措辭了半晌，也不知道要如何回答，最後乾脆把宋禹丞的原話給說了出來：「容郡王說，要吳小公爺在家裡守住了，等他得勝歸來，給他掙個一品誥命。」

「這是真把吳文山當媳婦了？還一品誥命。」皇帝也是啼笑皆非，但喻祈年這種說話行事，倒讓他心裡安定不少，「既然如此，那就隨他去吧！他要是真能平了容城，也算是有點用處了。」他嘴上這麼說，可心裡卻並不看好，並且覺得喻祈年那個嬌生慣養的性格，只怕還沒到容城就要回來。

那裡可不是他帶隊去剿匪那麼輕鬆，容城可是真正的窮山惡水出刁民。

此時剛剛離開上京地界趕往容城的宋禹丞，也終於想起一件他和系統都遺忘的事情。他這個世界的本尊天賦是什麼？系統還沒告訴他。

「啊啊啊，我忘了！大人您稍等，我去看一下。」系統邊說著，邊慌忙查詢。

所以這麼重要的事情也能忘，自家這個倒楣系統到底還能二到什麼程度？不過算了，誰家還沒個傻外甥呢！

宋禹丞也並不打算和他計較。可接下來，系統說出來的天賦名字，卻讓他頓時感到非常無語。

系統：「大人，你這次的天賦可厲害了！叫全世界都想和我說話。【皮皮蝦式興奮.jpg】」

然而宋禹丞卻十分無語，全世界都要和他說話，那他豈不是要被煩死？

這個天賦說白了，有點類似馭獸天賦，但原身這個比較特別，他似乎天生就有一種親和力，能夠感知萬物，不僅是動物，就連植物也願意親近他。

宋禹丞：「所以厲害成這樣，喻祈年為什麼要留在王府後院宅鬥？」

系統：「可能是真傻。【無辜臉.jpg】」

宋禹丞頓時語塞。不過想想也是，能被人哄成這樣，已不能用單純兩個字來形容了。宋禹丞嘆了口氣，覺得自己未來的日子任重道遠。

不過他的確得到一個好天賦，尤其對他平定容城這件事。

宋禹丞想著，打算試驗一下。他吹了一聲呼哨，就看到之前那隻海東青盤旋著從天而降，準確地落在他的肩膀上，原本銳利的鷹目，現在卻格外溫柔。

「喜、喜歡年年。」陌生的聲音從腦內傳來，明顯是這隻海東青的意念。

宋禹丞轉頭和牠對視，卻被柔順光滑的羽毛蹭在了臉上。

「喜歡年年。」海東青的聲音比方才更清晰，大大的黑豆眼，澄澈而專注，彷彿喻祈年就是全世界最重要的存在。

被海東青這麼盯著，宋禹丞也忍不住笑了，偏過頭在海東青的頭頂落下一吻，低聲和牠說道：「我也喜歡你。」

得、得到了愛的親親QAQ，第一次被吻，海東青頓時僵住身體，接著，牠回過神之後，整隻鳥都忍不住貼在宋禹丞的側臉上使勁兒蹭他，哪裡還有半分鷹中帝王的冷峻模樣，儼然是一隻撒嬌打滾，只想要主人親親抱抱舉高高的巨型胖啾。

嘴裡還嘟囔著方才在天上的見聞，就連看見幾隻什麼大小的兔子，都說得巨細無遺。

宋禹丞一邊聽著，一邊忍不住低聲笑著，突然覺得這個天賦其實也挺有意思的。

既然全世界都想和他說話，那他乾脆就來好好傾聽。

宋禹丞這邊按部就班地趕往容城，可上京的容郡王府卻徹底亂了套。

宋禹丞臨走前吩咐的事兒，暗衛自然會全部辦到，而且還會做得盡善盡美。

第二天一早，整個上京的人，包括半大的孩子，都知道吳文山嫁到容郡王府給喻祈年當媳婦。原因無他，原身別的不多，就是錢多，要不然也不可能養得起五千騎兵，畢竟光是馬匹和裝備就所需甚多。

至於這次他成親，雖然喻家給的嫁妝都是爛芋充數，但是扛不住皇帝這個好舅舅賞賜頗豐，所以這幫暗衛用的方式也相當簡單，之前喻祈年說了不用藏著掖著傳小道消息，就光明正大地撒錢。

那暗衛在得到吩咐後，乾脆叫郡王府裡的小廝換了身喜慶的衣服，帶著銀子去上京各大鬧市擺張桌子發錢：「老爺們，我們郡王爺今兒大婚，迎娶吳國公府的小公爺吳文山。爺說他高興，不論男女老少，只要吉祥話說得好，就給銀子。」

這下那些鬧市裡的老百姓都瘋了。

「我的天，竟然還有這種事？」

「郡王爺？不會是喻家那個不著調的郡王爺吧！」

「你管是哪個郡王爺呢！人家高興發錢你還不去？」

「去去去，不去的是傻子。」這人說著，擠到前面的桌前，「祝郡王爺和王妃白頭到老。」

「說得好，拿銀子！」那小廝聽完，隨手抓了幾個銀錁子放到他手裡，加在一起足有五兩重。

五兩銀子，足夠一般家庭一個月的開銷了，說一句吉利話就能夠得到，這麼天上掉餡餅的事兒，不去的都是傻子。

「多謝郡王爺賞。」那人也沒想到會有這麼多，頓時就喜笑顏開。吉祥話一串接著一串，至於後面圍著的人，更是生怕晚了領不到，趕緊往前面擠。

有發銀子的好事，哪裡會有人願意錯過？眼看人越聚越多，根本不用等到第二天，這全上京的人都知道是吳文山嫁了喻祈年。

可宋禹丞的安排還不止如此，成親娶媳婦這麼大的事，當然值得普天同慶。因此暗衛在安排好鬧市上發錢的小廝之後，就回去請了一位原本伺候過公主的嬤嬤，一起帶著禮物去各個世家報喜。

就這一晚上，幾乎上京四品以上官員都收到喜帖和禮物，而吳文山嫁到容郡王府的事情也算是板上釘釘。至於昨天一開始是喻祈年穿著女裝？那根本就不是事兒啊！這天下誰不知道容郡王是個最不著調的人，穿女裝哄媳婦開心，多正常的事兒。

吳國公府裡，吳文山聽完老管家的回報差點被氣瘋。

「好一個喻祈年！好狠毒的心思！」吳文山的胸口劇烈起伏。

大安律法明確規定，男妻不得入朝，所以他之前才千方百計想要讓喻祈年主動雌伏，因為只有這樣，他才能既得到容郡王府的財勢，又不耽誤自己入朝為官，算是一舉兩得。

可現在，喻祈年先是在婚禮上大鬧一場，讓他顏面盡失，後又昭告天下，坐實他男妻的身分，算是徹底斷絕他入仕的路，再加上昨天酒席上受到的羞辱……

吳文山幾乎不用問，就能想像到那些人回去之後會如何議論他，而喻祈年讓那些暗衛給各家送去的禮物，都標著容郡王大婚。

可當初成親之前，他們分明說的是喻祈年嫁到吳國公府，就連接親都是他去接的，喻祈年穿的嫁衣。但誰能想到，喻祈年竟然中途變卦，把他推到坑裡。

可偏偏，吳文山卻無從辯白。畢竟，比起帝王愛寵，喻祈年是親外甥，他不過是個八竿子打不著的宗親。比起權勢，喻祈年是郡王，他不過是個小公爺。不論從哪個角度來看，他和喻祈年之間的差距都是天差地別，放在外人眼裡，自然是他嫁、喻祈年娶。

越想越覺得窩火，吳文山拚命讓自己冷靜下來。

他和喻祈年相處許久，完全清楚他的脾性喜好，喻祈年就是個傻的，哄兩句就能哄回來。別的不說，就說他臨走留下的話，還說要給自己拚誥命，那就是很喜歡自己了。

因此，只要喻祈年喜歡他，那就有辦法扭轉情勢。為今之計，還是要先挽救仕途，這麼想著，吳文山起身走去書房，打算給七皇子修書一封。

昨天的事，他看得清楚，皇帝懲罰七皇子只是顧全面子，不會真的如何，所以即便現在情況微妙，他這封信也一定能夠送到。

吳文山萬萬沒想到，宋禹丞的安排不止如此。他的信紙才剛剛鋪開，宋禹丞留下的那幾名暗衛就直接進來了，一句「恭請郡王妃回府」，讓他連個反抗的機會都沒有，就被強行帶走。

而等到了容郡王府後，吳文山才真正體會到什麼叫待宰的羔羊。等再看到容郡王府裡臥室的布置後，更是恨不得永遠昏過去，不要醒來。

那些暗衛都不是省油的燈，寢室裡的幾位司寢嬤嬤才是真正的魔鬼，就看那幾個神色嚴厲刻薄的老嬤嬤，輕而易舉地把吳文山抓住，就將他送去浴室裡。

吳文山好歹是個小公爺，被人伺候沐浴這種事也沒少經歷過。可以前伺候他的全都是美人，哪像現在這種臉上彷彿開滿菊花的老嬤嬤，站在他身邊盯著他沐浴，這經歷簡直比噩夢還要恐怖。

偏偏這些嬤嬤看著年齡不小，可力氣卻都大得出奇，也都會用巧勁，就在他手腕上這麼一捏，吳文山渾身的力氣就全都被卸掉，根本無法反抗。

沐浴的時間不長，吳文山很快就被那些嬤嬤合力抬到床上。

眼下，他渾身赤裸，雖然腰際以下蓋著被子勉強能夠遮掩，可裸露在空氣外面的上半身，以及下半身敏感位置直接接觸滑膩綢緞的詭異感覺，都讓他有種恨不得咬牙自盡的衝動。

可那些嬤嬤們接下來竟然拿繩子把他的手腳綁在床柱上，並且端來一盤子東西。他扭頭看了一眼，裡面放著的玉質器物分明是大小不同的玉勢，就是小倌館裡調教不聽話的小倌用的東西。可現在，喻祈年的下人竟然敢端到他的面前，根本在作死。

「放肆！」吳文山厲聲喝道，想要掙脫繩子，可卻徒勞無功，那些嬤嬤眼裡的輕蔑，讓他心底的屈辱感陡然增加了好幾度。

吳文山是個有野心的人，因此，這種淪為階下囚的感覺讓他憤怒。但是，他的憤怒沒有停留太久，很快臥室門打開，一個體態妖嬈的男人走了進來，熟悉的面孔頓時讓吳文山變得更加崩潰。

多半是因為要來容郡王府，所以這男人的打扮和平時不大相同，衣衫也素淡許多。可舉止間的輕浮和風流依然掩飾不住，尤其是手腳上戴著金銀兩色的鈴鐺，行動間叮噹作響，十分引人矚目。

至於他身後的侍從，手裡端著一個拖盤，上面更加誇張的物件充滿淫靡和慾望。

這是上京有名的小倌館的老鴇，吳文山平時去萃華樓的時候，也碰見幾次，而這樣的人出現在容郡王府，目的為何不言而喻。

「我可是皇帝親封的小公爺，你們最好現在就放開我，否則喻祈年回來也救不了你們的狗命！」吳文山臉色發白，語氣更是冷厲。

可惜這一屋子的人全都是喻祈年的心腹，哪裡會聽他一個名不符實的王妃的話。

就連奉命過來調教他的老鴇，也絲毫沒有畏懼，反而大大方方走到床邊，上下打量觀察。

「看著挺不錯，就是身段還不夠軟，練一陣子就好了。」那老鴇語氣直白得讓人臉紅，「您放心，郡王爺給了小的大價錢，小的定然會好好教王妃規矩。等郡王爺一回來，就能看到一個千嬌百媚的郡王妃。」那老鴇邊說著，邊讓侍從給吳文山換了個姿勢，讓他趴在床上，同時自己坐在床邊，用極其陰柔的語氣安撫著他，「王妃別害羞，一開始都不習慣。可這日子長了您就知道好處了。不會一開始就給您用最大的，會一點一點來，郡王爺寵您，訂的都是上好的藥玉，定然不會傷了您。」

說完，他直接把吳文山遮住下半身的被子掀開，同時拿起沾著軟膏的玉勢，順勢要幫吳文山用上。

而無論如何都反抗不了的吳文山，眼睜睜地看著自己被人這麼侮辱，也終於按捺不住胸口的憤懣，一口氣上不來，直接氣暈了過去。

【第十四章】

整治容城

京城裡，被宋禹丞留下的暗衛和嬤嬤們，一起監管著吳文山學習做王妃的規矩。

宋禹丞那頭則快馬加鞭，正在接近容城。他這次帶著五千騎兵，行軍速度快如閃電，短短兩天已到達容城附近的一座山邊。

把大部分人留在原地安營休息後，宋禹丞帶著傳令兵打算湊近容城看看，沒想到他們剛出林子，就被眼前敗破的景象給震驚得說不出話來。

塌了一半的城牆，一看就是吃不飽飯的守城兵。哪怕正是中午最熱鬧的時候，城門口也沒有什麼人走動，遠遠看去竟像是一座死城。

「爺，這就是咱們未來要平的地方？」傳令兵策馬騎到喻祈年身邊，忍不住一呲牙。他也不是沒見過窮地方，可容城也太窮了啊！光看城門站著的兩個守城兵就夠了，軍服上的補丁只怕比他以前窮困時襪子上的還多。

然而宋禹丞卻沉默地搖搖頭，就在他們打馬想要回去的時候，一種危險的氣息陡然而至，宋禹丞肩膀上的海東青一聲尖銳的鷹鳴，接著像閃電般竄入雲層。

傳令兵也立刻反應過來，對喻祈年謹慎道：「爺！有埋伏！」

只是聽語氣並不怎麼擔心，反而有點躍躍欲試？讓宋禹丞也忍不住笑了。

是爺們就沒有不喜歡打仗的，這個世界的原身又湊巧是名武將，前兩個世界都是書生型的角色，這次宋禹丞也想好好體驗一下縱馬馳騁的意氣風發。

只是等到埋伏的人出現後，宋禹丞的臉色陡然沉了下來，和原身記憶中的山賊不同，這裡的山賊與其說是賊，不如說是兵痞。

即便他們身上的軍服早都髒得不成樣子，但是宋禹丞依舊一眼認出是大安十二年的標準軍服。現在是大安三十二年，也就是說，這些人都是十年的老兵了。

當了十年兵，不可能不懂得保家衛國，可眼下卻出來攔路打劫，可見容城是窮成什麼樣子，當兵的都吃不飽。

傳令兵也一樣皺起眉，眼裡閃過一絲不忍。他以前的日子也不好過，後來跟了喻祈年後才變好的，因此每次看到這種情景心裡都十分難受。

可再難受，事情也得辦。

更何況待自家郡王爺接手後，相信容城的兵也會改善許多。這麼想著，他主動上前不動聲色地問道：「幾位軍爺找我們有事？」討好的模樣，就像是尋常人家的小廝。

而那些老兵也的確被他這副模樣迷惑，誤以為宋禹丞和這傳令兵是普通路過的小少爺和侍從，絲毫沒把他們放在眼裡，吊兒郎當地說道：「是有事兒，爺們最近手頭不湊巧，打算和你借點錢花花。小少爺我看你長得細皮嫩肉的，肯定不想挨揍，不如直接掏錢，我們弟兄放你一馬。」

「可以，想要多少？」這次不等傳令兵回答，宋禹丞已開口。

「上道！」打劫的兵痞看他痛快也跟著放鬆下來，「我們也不傷你性命，你把馬和身上的錢留下，我們就放你走！」

然而宋禹丞卻笑了，「要錢可以，這馬，我怕你們要不起。」

「要老子是不是！」打劫的兵痞看出宋禹丞眼裡的戲謔頓時怒了，上前一步就要打他。

然而傳令兵的動作比老兵更快，一個箭步上前把他攔住，再抬起一腳順便把旁邊跟著的人踹飛。

只能說，喻祈年手裡的這些兵沒一個善茬，都是經歷過戰鬥的人形兵器，相較起來，那幾個兵痞就太弱了。

不過一會兒就被打得恨不得跪下叫爸爸，五六個人竟然沒辦法打過宋禹丞他們兩個，更準確地說，是沒辦法打過傳令兵。

不過半盞茶的工夫，就全部趴在地上吭吭唧唧地喊疼。

「小子！現在換爺問你幾個問題。」宋禹丞慢條斯理地下馬，走到那為首的大兵面前，用馬鞭抬起他的頭，「這容城現在還有幾個守城的？城裡還有什麼官員？現在是誰說的算？」

「你什麼意思？」那大兵原本以為宋禹丞要打他一頓，沒想到他竟然問了許多和容城內部軍防有關的問題。

好端端的一個富家少爺問這些事情做什麼？那大兵雖然拳腳功夫不咋地，卻並不是傻子，一下子警覺起來，陪笑著試探：「爺您問這個幹啥？」

「你管我呢？」宋禹丞笑著移開鞭子，從腰間的錢袋裡拿出一錠銀子放在大兵面前，「你們不就是想要錢，把爺的問題說明白，想要多少銀子爺都給得起。」

宋禹丞這兩句話，直接把本性曝露出來，那痞氣的模樣分明是走慣江湖的老油條，而像他這種人，絕不會平白無故到容城這種地方來，除非……

那老兵心下一沉，生出一種猜測。接著，他狠狠啐了一口，高聲罵道：「兄弟們，這孫子是奸細！我制住他們，小六子、老高你們帶人快跑！回去和喬大人說一聲，我楊青回不去了，讓他保重！」

說完，這叫楊青的大兵就跟發了瘋般使勁抱住傳令兵，嘴裡還不停念叨著：「老子和你們拚了！容城都已經窮成什麼樣了，竟然還遭人算計，甭想！要頭一顆，要命一條，都是站著撒尿的爺們！老子絕不能當叛城的孬種！」

他這麼一爆發，力氣竟然大得出奇，傳令兵的功夫不錯，卻也暫時被他牽制住了。

至於其他人也跟著反應過來，二話不說，瘋了一般往城門的方向跑。

他們不是怕死，而是怕耽誤正事，容城破得連城牆都立不穩，如果有人來襲，他們一死事小，全城的百姓可就完了。

這麼想著，逃走的幾個人腳下的步子加快，不過轉眼間就竄出去好幾十公尺。楊青見狀也心下大安，恨不得全身都纏在傳令兵身上，絕對不能讓他有機會去追自己的兄弟。

「老子今兒就算交代在這裡，也不會讓你們得逞！」楊青是真下了死力氣，就連眼珠子都憋紅了。傳令兵也是沒轍，又不能真的打傷他，就這麼僵持住。

然而他們都漏算了一個人，就是看起來好像只是個富家公子的喻祈年。

要真在戰場上，可能的確不好說，可這種地方對付幾個手腳不俐落的兵痞，簡直易如反掌，他根本連追都不用追。

宋禹丞慢條斯理地從馬上拿下一把弓，不是公子哥游獵用的那種，而是真正的重弓，拿在手裡就會讓人感覺到殺意。

楊青察覺不好，下意識轉頭看向宋禹丞，赫然看到弓上刻著兩個古樸的小篆——遊子。

遊子，十大名弓之一，力猛弓強，離弦之箭如遊子歸家般急切。而宋禹丞的箭法也不墮神弓威名，不過呼吸之間，三枝利箭飛了出去，不偏不倚，正好射中逃跑三人的衣袖，直接把人釘在地上。

「完了。」這三人頓時紅了眼，他們覺得辜負了楊青拚死為他們換來的報信機會。而剩下最小的那個人也愣在原地，有點不知所措。

「小六子快跑啊！」楊青見狀越發紅了眼，加重力氣和傳令兵拚命，嘴裡罵道：「你們這幫王八蛋！放過我兄弟！」

他鬆開傳令兵，撲向宋禹丞，可方才耗費的力氣太大，連衣角都沒有碰到就被傳令兵反手制住。

「我看你還怎麼折騰。」他俐落地把楊青捆住扔到地上，傳令兵的臉上也臊得夠嗆。終日打雁還讓雁啄了眼，就楊青這麼點三腳貓都不算的功夫，竟然也能把他纏住一回。

「該練練了。」宋禹丞似笑非笑地調侃他一句，然後吹了聲呼哨，只見之前穿入雲層的海東青直接俯衝下來，朝著跑遠的小六子而去。

海東青是鷹裡速度最快最凶猛的帝王，尋常成年男子帶著武器都未必能從牠手裡討到好，更何況小六子身形單薄，一看就特別不能打，在海東青眼裡抓他就跟抓隻兔子沒什麼區別。

這下是真完了，楊青心裡一涼，盯著宋禹丞的眼神充滿恨意。等小六子被海東青一爪子糊倒在地後，楊青越發變得焦急起來。

楊青死死掙扎，最後撂下一句：「要殺就殺！老子什麼都不會告訴你！」就閉上眼等死。

至於其他幾個弟兄，也都是同樣的反應。

「沒錯！要殺就殺，我們不怕！」

原本是他們打劫，現在卻反而變成宋禹丞欺負人了。

看著他們一副大義凜然要殉國的樣，宋禹丞和那傳令兵對視一眼，也都無奈地笑了。本事不怎麼樣，但好歹沒丟了當兵的臉，骨頭還是硬的。

宋禹丞心下瞭然，指了指之前讓騎兵們休息的地方，那海東青立刻心領神會，再次飛起。

接著，宋禹丞對傳令兵說道：「去，把咱們的人都叫來！」之後，就不再和楊青他們說話，靠在馬上閉目養神。

時間一點一滴過去，對於楊青幾人來說，這短短一盞茶的時間比一年還長。

遠處隱約響起的馬蹄聲就像催命符般，讓他們心裡的絕望變得更加濃重。

完了，容城完了！

楊青的淚水刷地落下，而其他幾人也忍不住跟著哭了出來。

宋禹丞看著也十分無奈，忍不住抬起一腳踹在楊青肩上，「出息點！」

「呸！」那楊青以為宋禹丞在諷刺他，又狠狠啐了一口，可卻被宋禹丞一銀錠子砸在腦袋上。

「別哭了，爺賞你的。」宋禹丞轉頭看了看騎兵過來的方向，指著楊青幾個說道：「手上功夫太爛，人品也不怎麼樣，不過骨氣不錯也算有點良心，知道忠君愛國。爺認了你們這幾個兵，不過軍法不可違，回去以後你們各領三十鞭子，算是懲罰。再有下次，就給我滾蛋。」

「你是誰？」楊青此時才後知後覺地察覺宋禹丞的語氣不對，不像是個打聽軍情想要奪城的敵人。

就像是為了驗證他的猜想般，遠處傳來轟隆的馬蹄聲響終於到了近前，之前那隻海東青也飛回來，落在宋禹丞的肩膀上，至於隊伍最前方的赫然就是方才揍了他們一頓的傳令兵。

只聽傳令兵放出令箭，揚聲：「進城！」接著騎兵陣型驟然變得井然有序，而宋禹丞也慢條斯理把弓重新掛好，瀟灑上馬。

「回頭跟著爺吃肉喝酒，就知道爺是誰了！」說完，他策馬朝著騎兵而去，雖然是落在最後，可他身下那匹駿馬速度卻快得驚人，不過幾個呼吸間已跑到隊伍最前面。

騎兵隊伍裡飛揚的軍旗，讓楊青方才的問題得到解答。

大安所有軍隊必須用國姓為名，可這隊騎兵卻明顯不是，朱色的軍旗上，金色的「喻」字矯若遊龍，張揚恣意，頗有幾分紈絝霸道之氣。

在大安，姓喻，又能用自己的姓做軍旗的只有一個——容郡王喻祈年。

「臥槽！」這下可是大水沖了龍王廟，他們這些當大兵的，竟然打劫了自己未來的上司，楊青頓時明白宋禹丞之前說的「我的兵」是指什麼意思。可莫名的，他的心裡卻沒有半分不安，反而意外覺得興奮起來。

他們早就聽人說過，容郡王雖然是個紈絝，卻是個最護短的，他手下的兵沒有過得不好的，因此早就對他非常期待。

可後來聽說容郡王成親，娶了媳婦兒，這心思也就放下了。上京那麼繁華，又是新婚，好好的日子

不過，誰會來容城這種鳥不拉屎的鬼地方。

萬萬沒想到，喻祈年還真的來了！

「哥兒幾個，快、快回大營啊！救星來了！」

其他人也都紛紛興奮起來，趕緊互相幫忙掙脫束縛，準備回去和弟兄們說喜訊。

宋禹丞在進了容城之後卻忍不住動了真火。之前在上京時已聽到不少關於容城的傳聞，當時只覺得是不是傳言過於誇張了，可等到他親眼所見才知道容城的情況有多麼可怕。

只看城裡的房子全都灰撲撲的，路邊連家像樣的飯館都沒有，那些賣菜的農民也都一臉菜色，賣的菜更是比他們還要瘦弱。

不過好在街上沒什麼乞丐，但這也並非是什麼值得吹捧的事情，因為在宋禹丞眼裡，容城的居民也就窮得跟乞丐差不多。

而過來迎接的官員很快打斷了他的思緒。

「郡王爺，您來得這麼快，怎麼沒通知小的一聲？」

出來接他的並非是之前楊青口中的喬大人，而是一位長得一副狗官模樣的胖子，據說是容城的知州，換句話說，就是代理城主，除了喻祁年外，整個容城他最大。

由他出面接待倒也順理成章，宋禹丞向身後的傳令兵打了個手勢，傳令兵領命，悄然而去。這是他們騎兵營的專屬暗號，這是叫他出去探查。

而宋禹丞也面色如常地和這位容城知州敘話，順便聽聽他怎麼說明容城現在的狀況。

一般招待上峰要設酒席，因此在短暫的敘話後，宋禹丞就在容城知州的熱情招呼下移步後宅。

知州府邸遠比宋禹丞想像的大且豪華，似乎街上那些食不果腹、衣不蔽體的平民都只是幻覺般，這容城知州府上非但沒有半分落魄，甚至還有餘力養著一班歌姬，各個貌美如花，聲若天籟。

至於桌上的食物看似粗糙，但以這個地方來說，卻已是頂級珍饈。

一個窮到連守城的大兵要出去搶劫的地方，容城知州竟然還能有這種享受，各種原因不言而喻。

怪不得楊青聽到自己的名字會如此興奮，宋禹丞心中暗自琢磨，一種莫名的愧疚突然陡然生起，這是屬於原身遺留下來的情緒。

是啊，喻祈年作為一名武將，他的兵、他的子民，生活在這般水深火熱的地方，可他卻因為追求愛情，留戀上京繁華，把自己困死在內宅，真是罪孽滔天。

「別哭，你的遺憾、你的罪孽，我幫你洗清。」宋禹丞無聲地嘆了口氣，在心裡寬慰幾句，慚愧的情緒也隨之釋懷了不少。

再次暗自嘆息了一聲，宋禹丞不再言語，但是看著知州的眼神卻冷淡許多。

此時桌下一個毛茸茸的小東西，出乎意料地蹭起宋禹丞的腿，他低下頭，正對上一雙碧色的貓眼，是隻漂亮到了極點的黑色奶貓。

多半是被照顧得很好，這奶貓溜光水滑，柔軟的毛毛比上好的綢緞還舒服，圓滾滾又手短腳短，乍一看就像是團毛球。

而牠似乎也感受到宋禹丞眼裡的笑意，有點不好意思地別過頭，但是短小的爪子，卻不由自主地摟住宋禹丞的腿。

「要抱抱！」甜膩膩的聲音從宋禹丞的腦內傳來，分明是那隻奶貓在和他撒嬌。

宋禹丞覺得有趣，多看了一會兒。

可奶貓卻有點急了，生氣地糊了他一巴掌，彆扭地別過頭不搭理他。

「好了、好了，別生氣。你長得好看，我忍不住看呆了。」宋禹丞一向拿這種小東西沒轍，乾脆一把把牠撈起來，抱在懷裡。

知州見他這個動作，把原本還在說著的奉承話全都憋了回去。

他之前聽說喻祈年行事紈袴，沒什麼規矩章法，可萬萬沒想到他竟荒唐如此，這正吃著飯，怎麼還把一隻畜生抱上桌？

但即便如此他也不敢多說什麼，畢竟喻祈年身分擺在那裡，只能尷尬的迸出一句：「郡王爺心善，對這些畜生都這麼好。」

「是嗎？」宋禹丞挑眉看了他一眼，接著挑了塊魚肉放在白水裡涮了涮，餵那隻貓崽兒。

然而貓崽兒卻是看懂了自己被知州嫌棄，乾脆伸爪子把宋禹丞遞到嘴邊的筷子推開，三兩下跳到宋禹丞的肩上，在他耳邊喵嗚喵嗚地告起狀來。

那知州自然是聽不懂貓語，只當喻祁年在和貓崽兒逗著玩。

殊不知，這貓崽兒每一聲喵嗚都是送他上斷頭臺的罪證：「年年你不知道，這狗官勾結山匪，剋扣軍餉，據說今年光是餓死的大兵就有好幾個了。他還販賣私鹽，這府裡的錢都是這樣來的。還有，容城鄉親們出了事，他從來不管，但凡升堂就是要錢，沒有錢的一律趕出去，我上次親眼看見，一大家子被極品親戚搶走農田，申冤無門，最後乾脆撞死在大堂了。」

「還有這種事？」宋禹丞聽完，心裡一驚，盯著那知州的眼神頓時變得凜冽起來。

然而說來也巧，就在宋禹丞打算審審知州的時候，之前被他派出去的傳令兵也從外面怒氣沖沖地闖進來，開口第一句話就是：「爺！這狗官就他媽應該立刻斬了！」

傳令兵這麼一嗓子，讓整個大廳的氣氛立刻變了，就連那些原本還在唱曲的歌姬也紛紛閉上嘴。

「你是何人？休要胡說！」知州察覺情況不對，趕緊攔住傳令兵的話，立刻反駁道。然而傳令兵並不把他放在眼裡，直接讓後面跟著的人上前和喻祁年說話。

知州一看冷汗瞬間流下。因為進來的正是楊青及他口中的喬大人，他們一進來就跪在喻祁年面前，有條不紊地說起容城知州的罪名。

其中一項聯合尨城剋扣軍餉，就是一條足以要命的大罪。

「大人，您別聽他們胡說，這都是污衊！」

「污衊？」宋禹丞挑眉，「可爺怎麼看他們挺像老實人。」

「都是偽裝，他們這些當兵的慣會顛倒是非黑白……」然而這話還沒說完就被宋禹丞打斷了。

「放屁！」宋禹丞一筷子彈到知州的腦門上，直接把他額頭打起一個青包，「慣會偽裝，敢情兒你的意思是爺我沒長眼？好的壞的瞧不清楚？也是好大的膽子。」他接著轉頭問道：「之前哭鼻子那個，你叫什麼？」

「小的叫楊青。」被喻祁年這麼一點名，楊青頓時紅了臉。

「腰板挺直了回話！」

「是！爺，屬下叫楊青！」

「這還湊合，」宋禹丞挑了挑唇角，「這孫子說爺沒長眼，你教教他和爺說話的規矩。」

「是！」楊青立刻心領神會，上去掄圓了膀子，一巴掌就抽到知州的臉上。

容城雖然生活艱難，可楊青到底是個當兵的，這一巴掌和宋禹丞他們比不了，對付容城知州這種人還是綽綽有餘。就看那知州的右臉立刻腫了起來，整個人趴在地上，腦袋都嗡嗡作響。

「你……你好大的膽子！」知州腫著臉說話都含糊，嘴角也多了血絲，忍不住嚷著叫外面的家丁進來幫忙。

可喻祁年手下的兵可不是吃素的，略略伸手，就把家丁全都綁起來扔到廳外的院子裡。

「怎麼？再跟爺叫板啊？」宋禹丞不屑地看了知州一眼，一副囂張紈絝的姿態。

知州也被徹底激怒，「你這是動用私刑！我是當朝皇帝派下來的知州，就算你是郡王，也沒有資格動我……」

可後面的辯白還沒說出來，就被喻祁年身邊的傳令兵一巴掌給抽回去。

「放肆！怎麼和我們爺說話呢？皇上派你又如何？我們郡王爺可是皇帝的親外甥，你算老幾！」

知州原本只是右臉腫，這下左臉也腫了起來，合起來正好一個豬頭。

宋禹丞懶洋洋地站起來，居高臨下看了他一眼，指著下面問道：「容城軍法處管事的在哪裡？」

「爺，是我。屬下喬景軒現掌管軍法處。」

喬？莫不是之前楊青他們說的喬大人？宋禹丞抬頭，接著有點意外，因為這喬景軒也太年輕了點，模樣與其說是當兵的，不如說是書生。

不過無所謂，只要能派得上用場，外表並不重要，宋禹丞這麼想著，便對喬景軒命令道：「你先綁了這狗官，再帶著你們軍法處的人去調查他的罪名，給你半個時辰，我要知道他這十年的全部罪名。」

「是！」宋禹丞如此雷厲風行，著實出乎喬景軒的意料，但一想到知州終於惡有惡報，心裡跟著鬆快不少。

知州卻還嚷著要上奏摺、見皇上，宋禹丞聽著膩煩，忍不住摸了桌子上剩餘的那根筷子。可誰料，還沒等他出手，不知道什麼時候飛回來的海東青就直接衝過去，乾脆一翅膀把他抽暈了。

哼，叫喚得這麼難聽，還敢吵到年年，就該直接打死。海東青趾高氣昂地飛回到喻祁年的肩膀上，使勁兒用頭蹭了蹭喻祁年的腦袋，覺得自己厲害壞了。

然而此刻正賴在喻祁年懷裡的黑毛奶貓，懶洋洋地瞥了牠一眼，感覺這傻鳥簡直蠢爆。

且不論這一貓一鳥不著痕跡地互相爭寵，旁邊看著的楊青卻有點擔心，忍不住問身邊的傳令兵：「咱們爺直接辦了知州不要緊嗎？聽說那狗官朝裡有人。」

「有人也沒用。」之前拉他進來的傳令兵一點都不著急，還示意他去看喻祁年手裡正寫著的奏摺。楊青開始不敢，後面看容郡王不介意，就也湊過去看。

可一看差點沒樂出來。容郡王這寫的竟然也叫奏摺？連他這種大老粗也能看懂的內容。

只見奏摺上歪歪扭扭地寫著：舅舅親啟，有個消息得和您說一聲。您之前給祈年派的知州是個狗官，幹了不少王八蛋的事兒，所以祈年一生氣就把他給砍了。後面您看著找個靠譜點的送來。最好是個會功夫的武將，書生瘦了吧唧吃不了幾口飯，我怕他沒到容城就餓死了！

「噗。」這話也太直接了，不過倒也都是真的，那容城知州可不就是個狗官？楊青唇角的笑意說什麼都忍不住，但喻祁年的好感卻蹭蹭上漲許多。

楊青看得出來，容郡王雖然紈絝囂張，可他的身分卻完全當得起。而更讓人為之欣賞的，是他有心為民，是個好郡王。

他們容城，這次徹底有救了。

此時知州府外面的老百姓卻快要被嚇死了。

這容城知州掌事十年，就是這容城的土皇帝，他們一直求救無門，想要告御狀都拿不到路引。然而現在，容郡王不過剛來小半天，就把知州打得跟豬頭一樣，一時間，眾人都忍不住聚過來看熱鬧，可又有點害怕知州脫險後蓄意報復。

跟著執法處出來的傳令兵自然看懂他們臉上的顧慮，揚聲道：「各位鄉親，我們郡王爺說了，容成知州貪贓枉法，喪盡天良。依照軍法，原本應該立刻砍了這狗官，但卻不能讓他死得不明不白！所以現在，你們有什麼委屈都可以說出來，我們軍法處的兄弟都會記錄在案，回頭報給皇上知道。」

「真的嗎？能報給皇上？」

「怎麼可能，這容城知州是尨城守城霍將軍的小舅子。現在被抓了，沒準回頭就要給送出來。」

「那又怎麼樣？我不管了！這麼活下去，早晚也是死。這容郡王打什麼主意我不知道，但我是真的忍不住了。」不少人七嘴八舌的小聲議論，其中一個和知州仇怨已久的青年先站了出來，「軍爺！小的有冤。」

「你說！」

「我妹子長得漂亮，被這狗官看上，強行擄走，我妹子想要反抗，這狗官就……就直接把她打死！還脫光衣服，把屍體扔到大街上。我可憐的妹子啊！死了都不能安生啊！」提到往事，這名青年說著說著就痛哭出聲，盯著知州的眼神，恨得幾乎滴血。

他這麼一起頭，後面也有人憋不住了。

「軍爺，老婆子也想討個公道。」一名六十出頭的婆婆，似乎是被氣得狠了，手腳都跟著發顫。

「婆婆，您慢著點說。」傳令兵趕緊扶了一把。可聽完老婆婆的經歷之後，也忍不住又狠狠踹了知州一腳，「畜生！」

誰能想到，這知州為了一口牛肉，強行把這老婆婆家裡唯一的牛給搶過來殺了。後來，因為少了這頭牛，老婆婆家的地沒趕上春耕，到了秋天幾乎顆粒無收，老婆婆的丈夫，就是在那個冬天餓死的。

這哪裡是吃牛，分明吃的是人命！喝的是人血！

那老婆婆哭，傳令兵的心裡也跟著五味雜陳。

後面越來越多的鄉親說出來的罪名，讓他怒火燃得更旺。

等宋禹丞出去時，傳令兵已經寫了好幾十頁紙。

宋禹丞看完後，也恨得一鞭子抽到知州的臉上。

「就你這樣的狗官，爺砍你十個腦袋都不夠償命的！」

都說十年清知府，十萬雪花銀。可這知州在容城這種窮到極點的地界，收斂的財產竟然不止十萬，這錢到底從哪裡來的，不言而喻。

這幾十張紙上涉及數百條人命，就全是他造下的罪孽。

「郡王爺，小的知罪、小的知罪了，您放過小的，小的以後不敢了。」

「我放過你？你當初放過這一城的百姓了嗎？」狠狠將那寫著罪名的紙張拍在知州的臉上，宋禹丞的聲音也變得森冷起來：「你算過這十年到底害了多少條人命、毀了多少家庭沒？你吃得肥胖，院子裡還養著漂亮美人，可容城的一眾老小卻無法溫飽，連生存都成問題。而現在，你倒是有臉和我求饒，我且問問容城的父老鄉親，你們願意放過這狗官嗎？」

「不放過！殺妹之仇不共戴天！」

「沒錯！殺了他！自從這狗官來了，我們就連飯都沒吃飽過。」

「我丈夫就是去年餓死的，分明朝廷送來糧食，卻被他轉手高價賣了。就這種喪盡良心的，死一萬遍都不夠！」

一個人的仇恨可能會讓人膽顫，當數萬人的仇恨聚集在一起，更足以把人嚇死。

十年知州，還是這種窮苦之地，竟然倒行逆施到這種地步，連貓狗都厭惡，民眾更是恨不得他去死，可見這知州是多麼罪大惡極。

「就地宰了！」宋禹丞冷聲命令：「然後把他的腦袋掛到城牆上，給城裡這剩下的官看看。順便傳話下去，自己有什麼毛病，趕緊滾過來請罪，要是等爺找到頭上，他就是下一個容城知州！」接著話鋒一轉對傳令兵等人說道：「另外，你們幾個這些天辛苦了，挨家走訪容城的鄉親，缺銀子的給銀子、缺糧食的給糧，就從這狗官的家底裡掏。還有那個叫喬景軒的，你跟爺走一趟，爺有別的事要問你。」全都吩咐完之後，宋禹丞轉身離開。

隨後軍法處手起刀落，知州人頭落地。幾乎全容城的老百姓都跪下來朝著容郡王離開的方向磕頭，直喊他：「容郡王千歲。」

宋禹丞把善後的事交給屬下處理，他還有別的事情要問喬景軒，帶著喬景軒回到知州府邸，打算去書房詳談，結果一進大廳，就被眼前的一幕給逗樂了。

他總算知道黑毛奶貓是怎麼不被知州待見，還能養得圓滾滾。長得好是其一，最主要是牠愛撒嬌的小性子格外招人疼，不過一會兒的工夫，就連喻家軍也全被牠降服了，為了能摸一下毛毛，對牠各種討好。

而黑毛奶貓在看見喻祈年回來後，也趕緊伸爪子把湊過來要親自己的大兵推開，從桌上跳下來，吧嗒著小腿跑向宋禹丞。

「要抱抱！」碧色的貓眼兒專注地看著他，甜蜜的小模樣，讓人恨不得把全世界都掏給牠。

而被喻祈年抱起來後，牠也十分興奮，趾高氣昂地蹲坐在他的肩膀上，一邊拍著他的臉頰一邊說道：「年年，你放心，以後我罩你！全容城的耗子都怕我。」

這話可說是相當霸氣了，奈何帥不過三秒就立刻掉鏈子。

黑毛奶貓原本想跳到喻祈年的頭上，來表現自己高超的地位，奈何腿短喵又小隻，非但沒有跳上去，還差點掉下來。

要不是宋禹丞反應快，順手接住牠。估計就要直接滾到地上去了。

丟貓了！還是在這麼多愚蠢的人類面前！

黑毛奶貓頓時僵住身體，把腦袋埋在喻祈年的懷裡，感覺生無可戀，需要年年一百，不，是一萬個親親才能把碎掉的玻璃心拼湊好。

宋禹丞被牠逗得不行，眼裡的笑意始終沒散過，即便一會兒還有正事，也沒把牠放下，而是抱著一起去書房。

可不過剛和喬景軒聊了兩句，愉悅的氛圍就驟然改變。

「你說什麼？」宋禹丞瞇起眼，殺氣盡顯，逼得喬景軒險些跪在地上，但還是大著膽子回答：「爺，咱們容城的將士已經三年沒有拿到軍餉了！就連補給也是一分都沒拿到。您若不信，屬下願帶您去大營視察。」

「好，現在就去！」宋禹丞皺起眉，順手把奶貓放下，吹了聲呼哨叫海東青跟著。就在喬景軒的帶領下往大營走去。

宋禹丞真的沒有想到，容城的兵竟然苦到這種程度，沒有軍餉，連糧草都是自己種的，在軍營裡竟然還有餓死的老兵，如果不是這喬景軒會些醫術，只怕還有更多人病死。

這哪裡是軍營？分明是難民營！

然而情況這般嚴重，甭說他，就連當朝皇帝都不知情，至於兵部、戶部的官員更是全被蒙在鼓裡。

因此等看到滿目瘡痍的軍營後，宋禹丞心裡充滿強烈的難受和不忍。

如果說容城平民的生活像乞丐，那容城的兵就連乞丐都不如。

「朝廷每年按例發軍餉，容城明明有分例，為什麼最後不能落實？」宋禹丞問了一個明知故問的問題，但喬景軒還是恭敬給出了答案：「送到彪城就被扣住了。」

「理由是什麼？」

「彪城守城將領霍銀山是這裡的最高統帥，他說咱們容城地方小又沒有戰事，那麼多錢都是浪費，他要拿去練兵。一開始只是少拿，等到了前年乾脆全部拿走了。楊青他們會出去打劫也實在是被逼得沒有辦法。」喬景軒說著說著眼圈都紅了。

因為一週前就有一位老兵被活活餓死。一樣都是兵，彪城那些人拿著他們的軍餉糧草尋歡作樂，他們這邊卻恨不得把草根樹皮也一起放到鍋裡煮了，這哪裡是人過的日子。

宋禹丞嘆了口氣，勉強壓制住怒火。他再次把自己的傳令兵叫進來，和他耳語了幾句，然後把海東青也放了出去，拍了拍喬景軒的肩膀勸慰道：「別難受，爺明兒就帶你們去要錢！」

【第十五章】

要錢要糧要軍備

宋禹丞這句「明兒帶你們去要錢」的話可以說是相當有魄力了，喬景軒也忍不住露出笑意，但很快又收斂起來。

「爺，您有這份心意就是我們全容城將士的福音，但屬下想說句題外話。容城的情況您也大致知道了，您覺得容城知州如此喪盡天良，容城自己有兵有將，為何容城的百姓卻一直忍耐，包括我們這些守城的兵將都沒有反抗的意思？」

這話問得巧妙，可暗示也同樣明顯，宋禹丞瞬間明白了喬景軒在暗指誰，「你是說那個霍銀山？」

「是。容城知州是霍銀山的小舅子，您今兒能直接砍了他也是天時地利人和。」

「怎麼說？」

「因為霍銀山正巧不在。」似乎有所顧忌，喬景軒的聲音又壓低了幾分，「霍銀山的女兒選上秀女，前些日子上京。所以霍銀山領了護送的活計，帶著兵走了。要不然您今兒面對的就不是家丁，而是真正的守衛軍。而且容城和彪城之間距離很近，打馬也就半天。容城知州只要放個信號，彪城很快就能派兵過來。」

「聽你這意思，你們以前有人反過？」

「我們怎麼敢，霍將軍在這裡可是隻手遮天。」喬景軒抬頭和喻祈年對視，雖然態度仍十分恭敬，但言語間的挑撥之意格外明顯。

如果宋禹丞是個只會打仗的普通紈絝，估計聽完他這句話，肯定會被挑撥和霍銀山較勁，不過宋禹丞並非草包，而且從喬景軒出現的那刻起，宋禹丞心裡就對他產生些許疑惑，現在又見他把自己往霍銀山身上帶，宋禹丞越發肯定，這個喬景軒有別的目的。

兩人之間的氣氛頓時變得微妙起來，而恰到好處的一陣清風，將這尷尬的沉默打破。

就見喬景軒下意識別開頭，想要避開風吹的方向，然而宋禹丞卻突然出手，揭開喬景軒的額髮，果

不其然，喬景軒的額角刺著一個「罪」字，說明了他的身分。

喬景軒竟然是個被流放的罪犯，怪不得他和其他大兵不同，果然是個有點來歷的。

宋禹丞盯著他，眼神晦暗不明。

喬景軒的心裡陡然一沉，覺得喻祈年的眼神太銳利了，彷彿能將他的心思全都看穿。

「喬景軒，爺我喜歡聰明人，但是不喜歡藏心眼的。你有什麼要求就直接提出來聽聽，要是爺心情好，沒準就應下了。」

靠在旁邊的樹上，宋禹丞隨手一鞭子捲下一根嫩枝，摘了樹葉叼在唇邊，依舊一副痞氣，可身上隱約釋放出來的壓力，卻讓喬景軒腳下一個不穩，直接跪在地上，額頭也隱隱滲出汗意。

他原本以為喻祈年和普通的武將沒什麼區別，頂多仗著身分行事比較紈絝。可現在他發現自己完全錯了，他分明是用紈絝做偽裝的狡狐。

「不說嗎？」宋禹丞音調未變，可喬景軒心裡的懼意又更深一重，他明白，這毫無疑問是喻祈年在給他警告。

如果喬景軒不能把話圓上，宋禹丞不介意在這裡就料理了他。

而喬景軒也同樣領會到他的想法，咬咬牙說道：「罪臣不是不說，是不知從何說起。」

「那就從頭說，爺有的是時間。」

「是。」喬景軒組織了一下語言，「我和霍銀山有血海深仇。他毀我父親名聲在前，冤我喬家叛國在後，就因為我父親在他派人來請的時候，忙著救治別的病人，他就一直記恨著，後來他病好了就污衊我父親下毒，假造文書，說喬家有叛國之嫌。只有我逃過一劫，但也被刺字流放，永遠不得進入朝堂。至於喬家剩下的人，除了當場死的以外，其餘的也沒能在容城活下來。但我剛剛說的也並非作假，這次能順利將容城知州就地正法，的確是因為霍銀山不在，所以……」喬景軒琢磨著措辭，然而卻被宋禹丞

給打斷。

「起來吧。你的事我回頭會去查，如果是真的，爺還你個公道。不過還是那句話，我不討厭聰明人，但是討厭自作聰明的人。再有下次，自己滾蛋！」

「謝謝郡王爺，您的大恩大德，罪臣定當湧泉相報。」

然而宋禹丞卻搖搖頭，扔下一句「先把飯吃飽了再說」，然後就晃晃悠悠地離開了。

至於喬景軒卻依舊跪在原地，恭敬地看著容郡王離開的背影，半晌沒有起來。

如果這時有人路過，定能看出他此刻的心情是多麼激動。

八年了，喬家的血海深仇，已經整整八年了！直到今天他終於看到一點沉冤得雪的希望。

而這希望就來自於容郡王。

一夜的時間轉瞬即逝。宋禹丞的傳令兵在第二天回來，進屋時宋禹丞正坐在桌邊吃早點，見他進門，順手扔了一個包子過去。

「怎麼樣？」

「甭提了，怪不得容城破成這樣，所有的錢財都貼到彪城去了，怎麼可能有錢。」傳令兵也是餓了，三兩口吃完包子，又喝了一碗粥，這才和小郡王說自己查看到的情況。

原來容城之前雖然窮，但還不至於窮到這個地步，可自從死了的那個知州上任後，容城的生活就變得越發艱難起來。

「爺您看這個。」傳令兵從懷裡掏出一個銀色的金屬片，像是從盔甲下卸下來的。

宋禹丞拿在手裡彈了一下，金屬片竟然就彎了。

「這是什麼？」

「是彪城守城兵的護心鏡。」

宋禹丞眯起眼，頓時心領神會。果然是物以類聚，小舅子不是東西，霍銀山這個當大舅哥的也同樣心術不正。

旁的不說，護心鏡是將士們在戰場上的保命護具，霍銀山竟然連這玩意都能偷工減料。

「而且爺，您知道這孫子最賊的地方是什麼嗎？應該是防著有人臨時突擊，他準備了三萬多套上好的軍備在庫房裡面，都是嶄新的。如果有人檢查，他就能給軍將們換上。」

「可那也不對，彪城軍隊至少五萬，只準備三萬能有什麼用？倒不如……」宋禹丞算了算，接著忍不住笑了，「倒不如給了咱們，我記得容城的將士正好是三萬。」

「沒錯！咱們是三萬人來著。而且我打聽清楚了，霍銀山正巧送秀女上京去了，要下個月末才能回來，所以爺您看……」

「走，去彪城瞧瞧。」

容郡王一聲令下，那傳令兵立刻雙眼放光，連大廳裡其他的將士也都躍躍欲試。

之前他們困在上京太久，所以現在一聽說能跟著小郡王出門，各個都興奮得不行。再加上看到容城老少過得這麼不好，喻祈年手裡的這些兵早就心中不忍，這下能幫弟兄們出頭，都一個賽一個地來勁。

於是，半個時辰後，宋禹丞騎馬帶著自己的五千騎兵出發前往彪城。

然而送他們離開的容城將士卻紛紛臉色怪異、眼神微妙。原因無他，因為容郡王他們竟然穿走容城將士的軍服。

沒錯，就是那種補丁套補丁、補丁疊補丁的破衣服。他們交上去的時候都覺得羞恥。可宋禹丞卻相當滿意，並表示咱們是去要錢的，不能太張揚。

可關鍵是，這根本不是不張揚，而是……狼狽了。如果不是他們胯下的戰馬依然威風凜凜，恐怕都要被人認成是乞丐。

「喬大人，您說郡王爺他能行嗎？」楊青有點迷茫地詢問喬景軒，總覺得容郡王的為人行事，和他印象裡的皇親國戚大相徑庭，不僅沒有半分優雅，反而痞氣十足。

至於喬景軒也十分迷茫，他無法想像容郡王就這樣帶人去尨城能有什麼用。

畢竟，就算霍銀山不在，尨城守城的軍將也有五萬之數。騎兵擅長平原作戰，並非攻城，人家什麼都不用做，只要不開城門就行了。穿得再破，也沒啥用啊！

可如果宋禹丞真像他們想像中的樣子，那也就白被上京那幫世家子弟稱為流氓了。畢竟，臉皮對他而言根本就不需要，至於手裡的這些兵更是一個賽一個的不要臉。

兵者，詭道也。原身當初帶兵的時候，教會他們的第一句話就是「過程不重要，重要的是結果」，不論怎麼做，只要能達到好的結果，就是完美。

所以面對尨城不開城門這種情況，宋禹丞也沒打算硬闖，畢竟他手下的這些兵都是大寶貝，不論傷了哪個人他都會心疼。

因此，他選擇更簡單輕巧的方式。只見宋禹丞一聲令下，全體軍將竟然一起在尨城的城樓下列陣下馬，整齊地站在尨城的城牆根下面。

傳令兵先上前一步衝著尨城守城的將士們喊道：「兄弟！我們是容城過來領軍餉的。我們郡王爺問，您家霍將軍欠我們的三年軍餉什麼時候還啊？」

「臥槽！要錢？這什麼情況？」守城樓上的士兵，聽著發懵，趕緊去找自家隊長過來。

隊長聽完也大感頭疼，「這容城的兵怎麼又過來打饑荒？就說挨得近，也不能這樣吧！」

然而這話不過剛落下，就被城牆下的情況給震住了。這些人是兵？只怕是來了一群叫花子吧！

就看城下密密麻麻站著的五千人，除了戰馬還能看，剩下的有一個算一個，身上穿的都是些什麼？正常騎兵要穿鎧甲，可現在下面這些人全都穿著步兵的軍服，軍服上面的補丁就像是在比誰的多一樣，就沒有一個乾淨的人。

「趕緊打發了，別髒了咱們的地兒。」小隊長隨便揮揮手，就算是把這件事給揭過去了。

然而領命而去的士兵不過剛傳了一句：「我們霍將軍不在，所以不能給你們開門。軍餉之事，隨後再議。」就被下面「嗚嗷」一嗓子的哭音給懟了一臉。

可以說是相當大開眼界了，誰能料到，喻祈年這幫人竟然能不要臉到了這種地步，一句話不和，就開始一哭二鬧三上吊。

就看那些方才還穩穩站在地上的騎兵們，一轉眼就全都坐在地上，各個嗓門賊大，開始哭天搶地。

「要命嘍！這日子沒法過嘍！三年都沒有發軍餉，我老婆孩兒要咋辦喔！」

「我們就是小白菜啊！沒爹娘疼就算了，好不容易來參軍，就為了吃口飽飯，結果軍餉糧草都被剋扣了，我這命怎麼就這麼苦啊！」

「不行了，你們別攔著我，讓我去死！天天啃樹皮、嚥草根，我都三年沒嘗過肉味了，我就是死都不瞑目！」

這幫大兵，不少都是草根出身，就這撒潑打滾假哭一個頂十個，畢竟誰沒見過潑婦罵街？所以眼下學起來都是維妙維肖。

重點是，他們還不是隨隨便便哭訴，而是有組織、有紀律的哭，在幾個傳令兵的指揮下，那哭聲是此起彼伏，一浪高過一浪，並確保每一句哭訴都能讓城牆上的守兵聽到。

這下，不僅是城牆上的兵，就連城牆根下的彪城百姓也全都懵逼了，搞不懂眼下這是什麼情況。

「好端端的怎麼就突然哭起來了？聽著像是城外傳來的。」

「我也聽見了，像是說咱們霍將軍欠錢不還？」

「好像是，我還聽到什麼軍餉什麼的，說把人餓死了，三年吃不飽飯。」

好奇心人皆有之，雖然鬧市裡每天都有不少八卦，可有彪城太上皇之稱的霍將軍竟然欠錢不還就太少見了。

不少人聚集到城門，想就近看看到底發生什麼事。而守城的兵在試圖攔住他們的同時，還要想法子阻止喻祈年他們撒潑。

然而萬萬沒有想到，這頓撒潑不過是個開始，後面還有更難纏的等著他們。

喻祈年的這些兵不僅哭，而且還拉起血字布條、搭了靈棚，開始哭喪了。而這哭喪專業到了什麼程度呢？就連吹哀樂的嗩吶都給備齊了。

「這他媽就是流氓無賴吧！」彪城守兵的將領也被驚動了，登上城牆一看，差點沒被氣樂。這也忒不要臉了，明顯就是有備而來啊！

別的不說，容城窮成那樣，恨不得有點布頭，就全部貼在身上的狀態，這幫人到底是從哪裡湊了這麼多的孝布？

而且這人也死得太隨便了一點吧！剛才還哭天喊地說活不了的那個，現在竟然躺在地上，白布一蒙，當上屍體了。

「大人，咱們現在可咋辦啊！」之前那小隊長根本想不出應對辦法，可這也不怪他，畢竟他長到這麼大，就沒見過這麼不要臉的。

而守城將領也一樣拿喻祈年他們沒轍，只好叫人打開城門，準備直接帶兵出去驅趕。

然而他們不過剛走到近前，腦門上就被一個巴掌大小的牌子砸個正著，順著看去，砸他的是個漂亮

到了極點的少年，即便穿著一身破爛也依舊無法掩蓋通身的氣派。

再低頭一看權杖上的字，頓時就嚇得跪下了。

他萬萬沒想到，帶兵來的並非是容城來打饑荒的雜牌兵，而是貨真價實的容郡王！

按理說，尨城地處偏遠，不應該知道容郡王這種京中紈綺，可霍銀山是個消息靈通的，早在原身被皇帝封為容郡王並把容城劃分給他做封地時，霍銀山就去調查了一下原身的情況。

發現他雖然沒有真正上過戰場，但是這些年大大小小的剿匪戰卻沒少參加。再加上紈綺脾氣和無法無天的囂張行事，在武將之間相對很是出名。

只是名聲是好是壞就不能一概而論了，因此霍銀山在調查後也沒把容郡王放在眼裡。

在他看來，喻祈年根本就是個仗著裝備優良的五千騎兵，在欺負烏合之眾山賊的愣頭青，像他這種老將，只要略伸伸手就能把他擺平。

包括這次明知道容郡王會來封地，可霍銀山也依舊十分安心地離開。

喻祈年手裡只有五千騎兵，騎兵的追擊突襲能力自然是一絕，可攻城就會疲軟許多，更何況尨城有將士五萬，難不成還怕他來搶？不給他開門、不讓他進城，就可解決這件事了。

可誰能想到，喻祈年竟然能用出這麼不要臉的方法，不給開門？沒事！我們就哭啊！我就站在城門外哭，哭窮、哭淒慘，只不過費點嗓子的事兒。

你一個欠錢不還的都不怕丟臉，我們怕什麼？

眼下，守城的將領捧著容郡王扔過來代表身分的腰牌，頭頂的汗瞬間流下，也說不好是被嚇的，還是被雷的。

但不論如何，喻祈年是郡王，又親自帶兵過來，他要是沒打上照面，還可藉口站在城上看不見，所以怠慢了。但現在面對面了，就必須按照規矩行事。

要不然，這位小爺的脾氣可不怎樣，據說他昨天才剛砍了容城知州的腦袋。

「郡王爺安好，您怎麼有工夫到尨城？」守城將領語氣謙卑。

可宋禹丞卻根本沒把他放在眼裡，「別跟爺扯犢子，爺問你，爺的兵餉糧草呢？」

「那都是軍備處管著的，您看我就是個守城……」守城將領趕緊解釋。然而他話還沒說完，就看喻新年比了個手勢，頓時那幫大兵又「嗷」地一嗓子哭起來。

「天地良心喔！烏鴉報喪喔！尨城霍將軍欠錢不還喔！」

「這日子沒法過了啊！欠錢的穿金戴銀，債主吃糠嚥菜，老天爺你快開開眼吧！」

「霍銀山這個殺千刀的，再不還錢我們就全都餓死在尨城城牆下。」

此起彼伏的哭聲又一次響徹雲霄，嗩吶也跟著劈裡啪啦地吹，這會兒城門已開，不少尨城的百姓也跟著在城邊湊熱鬧。

可容郡王的這些大兵也是真不怕丟人，看的人越多，他們越能鬧騰，後來更是戲精附體，結成互幫互助小組，演起「你別拉我，霍銀山這孫子欠錢不還，我要撞死在這裡，以血鑑冤」的悲壯戲碼。

就這麼短短五六分鐘的工夫，聚集在尨城城門附近的百姓都知道霍銀山欠錢不還。

雖然他們不知道這具體欠的什麼錢、怎麼欠的，但光這麼看著，也覺得這一幫人著實可憐。

這年頭國富民強，就說這裡地處偏遠，可也是衣食無憂了，但凡有家有地的人誰會願意去當兵？還不是為了吃一口飽飯，結果這些容城的兵竟然都吃不上飯了，想想也是格外淒慘。

不少人這麼想著，看著那些守城將士們的眼神就有點不對勁，就差沒直接問出來：「霍將軍家那麼有錢，幹麼欠錢不還啊！」

「……」這下，甭說守城的將領，哪怕是旁邊的士兵都禁不住被人這麼打量，全都脹紅了臉，眼神四下游弋，感覺自己這輩子都沒有經歷過如此丟人的場景。

而宋禹丞看情況差不多了，也笑著揚了揚下巴又問了一遍：「現在願意和爺好好談談嗎？」

「談，立刻談，郡王爺您等會兒，我請我們副將過來。」

「要去就快去，如果再晚點我可不能保證，我的這些弟兄還有什麼其他委屈的話要傾訴。畢竟你懂的，人一但難受起來，哭是其次，主要是話多。」

「對對對，您說得對，這幾年咱們容城的兄弟的確委屈了。您稍後，我這就去請。」這一句容城的兄弟委屈了，可以說是相當咬牙切齒，守城的將領表面恭敬，可心裡卻把容郡王給罵了個狗血淋頭。流氓，這就是純種的流氓。去他媽的皇親國戚，估計翻遍史書都找不出一個像喻祈年這樣的痞子郡王了！

然而守城將領被氣得七竅生煙，另一頭的副將更是差點一口血噴出來。

議事廳裡，副將面沉如水，如果不是顧忌著主位上坐著的那名青年，肯定要立刻破口大罵。毫無疑問，被喻祈年在城門口鬧成這樣，他們尨城這次可是徹底丟人丟大發了啊！

然而那名青年聽完，卻一改方才的冷肅，忍不住輕聲笑了，讓人骨頭發軟的嗓音低沉有磁性，長相更是極為俊美，只看他展眉一笑就像瀲灩了春色十里，美得讓人回不過神來。

此人正是太子楚雲熙，皇子裡排行第三。往日這個時候他應該在上京幫著皇帝處理政務，可不知為何現在竟然出現在尨城，而且身邊只帶著幾名暗衛。

「讓您見笑了，都是誤會。殿下您稍等片刻，末將這就去把容城的事兒給處理了。」

「去吧。」太子似乎並不在意，反而特意囑咐了一句：「我這表弟自小嬌寵，脾氣不好，還望許副將通融一二。」

這一句話，就是明顯偏幫喻祈年了。副將頭頂的汗水也越來越多，最後只能低聲回應一句：「殿下客氣了，都是我們溝通不當。」然後就趕緊告退。

可他心裡卻已經把喻祈年的祖宗十八代全都狠狠罵了一通。

原本太子突然來訪已經讓他產生巨大的危機感，甚至生怕霍銀山在軍備上弄得那些么蛾子被發現，可偏偏喻祈年又帶人來鬧，一個小小的彪城竟然一下來了一位太子、一位郡王這兩座大山。

再加上霍銀山現在不在，即便副將相信自己這邊的尾巴早已收拾得天衣無縫，可那也依然擔心出什麼紕漏。

只希望能趕緊把喻祈年打發走，然後再回來繼續應付太子。

然而副將卻不知道，在他走後，議事廳裡的太子也跟著出來了。只是他並沒有驚動他人的意思，反而換了身低調的衣服，帶著侍從混在看熱鬧的人群裡，似乎是想遠遠看一眼城門那頭鬧事的情況。

「主子，您要看熱鬧，怎麼不去城樓上看？」身邊的侍從皺起眉，總覺得這樣太不安全。

然而太子卻笑著搖搖頭，「我怕把人嚇跑了。」

太子這句話說得意味深長，但是他看著宋禹丞方向的眼神，卻透著說不出的溫柔和悲傷。

等了這麼久，終究還是等到了。

太子這邊看戲看得舒坦，可副將卻恨不得自己立刻瞎了。

當他趕到城門口的時候，喻祈年的那幫大兵又開始鬧出新的花樣，竟然寫起萬人血書。

離著這麼遠，也不知道他們到底用的是不是真血，可那白色幡旗上的字眼可是清清楚楚，鮮血淋漓，看著就磣人。

至於內容更不用問，甭說他們，就連老百姓也全都看得懂，無外乎是什麼「霍銀山欠錢不還」、

「霍銀山喪盡天良」這些。可後面那個「霍銀山逼良為娼」就太過分了，的確是沒有給軍餉，但並沒有逼良為娼，他們這幫大兵到底要逼誰？就算倒貼給小倌館人家都不要！

但手長在喻祈年的士兵身上，幡旗也是喻祈年這邊自己帶來的，就算尨城的將領們再不樂意也管不著人家。

「你們都是幹什麼吃的！怎麼不阻止？就由著他們如此污衊霍將軍？」副將上去就怒斥守城的將領，之前他聽屬下回報時就被氣得夠嗆，現在親眼所見更是差點氣吐血，只覺得喻祈年算什麼郡王，分明就是個不要臉的地痞無賴。

不過即便如此，他也不會順了喻祈年的意。

要是往常他早就派弓兵上牆，把這幫無賴攆走，什麼郡王不郡王的，戰場無兄弟，誰管你到底來者何人？

但是今兒卻不行，太子殿下也在。所以，不管他此刻心裡多鬱悶，還得把面上功夫做好。

「你！過去和軍備庫那頭說一聲，那個房間該用就得用。」強忍著怒意囑咐屬下後，副將趕緊走下城樓去見喻祈年。

他必須趕快將這場鬧劇結束，並且讓容郡王他們親口承認容城是過來打秋風的，要不然，霍將軍和尨城守備軍的名聲就徹底完了。

這麼想著，那副將的臉上又勉強扯出一抹笑意，走到喻祈年面前和他見禮。

「容郡王安好，末將是霍將軍的副將，暫時帶領尨城軍務，不知您今兒來是打算……」

「要錢！」宋禹丞直接打斷他的話，似乎有點乏了，他懶洋洋地騎在馬上，眼睛也是半睜半閉，「爺累了，不想和你多廢話。就一件事，欠我們的三年軍餉，你們尨城到底打不打算還？」

「還，肯定還，這個您放心。但是您看，現在霍將軍人不在，我們也不湊手，您能不能寬容幾天？」副將假意敷衍道。

「寬容不了，爺的兵現在沒飯吃，換成你，你給爺寬容一個看看！」宋禹丞這句話說得諷刺至極。而後面那些苦惱的兵也跟著配合地又加大音量，但是這一次，編排的就不僅僅是霍銀山了，直接就把副將也編排進去。

還是喪盡天良那套話，可到了最後就開始變味了。估計也是編排了半天有點詞窮，最後連這副將娶了小妾、生了兒子的八卦都被他們抖落出來。

副將怒氣驟然而起，胸口發疼，但是顧念著情況特殊，他還是壓著火氣試圖和容郡王商量：「郡王爺，您這就過分了吧，說話就說話，您這不是在耍無賴嗎？」

「耍無賴？」可喻祈年的囂張卻遠遠出乎他的意料，就見他這話一出，就被容郡王一鞭子抽在臉上，接著，那些哭鬧的兵也不裝了，紛紛聚集到副將身邊。

「孫子！你什麼身分敢指責我們家郡王爺？」隨著喻祈年這麼一伸手，就見站在最前面的兩個士兵身形快若閃電，幾乎眨眼之間就繞過副將周圍的士兵，直接衝到他面前，一腳踹在他的肚子上，接著抽出身上的刀，壓在他的脖頸間：「你怕不是吃了熊心豹子膽！」

「你要幹麼？」看見副將吃虧，彪城這邊的兵也跟著怒了，可他們還來不及發火，就聽喻祈年的兵堆裡傳來一聲嘹亮的鷹鳴，接著所有人上馬列陣，肅殺之氣驟然而起，彷彿烏雲壓城，一股危險之意瞬間讓人感到窒息。

人間兵器！彪城這頭的將士頓時嚇得紛紛後退，至於那被擒住的副將，更是完全不敢相信自己都看到了什麼。

喻祈年帶來的這幫將士乍一看穿得破爛，行事更是充滿流氓無賴的味道，但實際上這些不過都是表象，脫去這層偽裝，他們每一個都是真正從戰場上歷練出來的，單看列陣，彪城守備軍就輸了一截。

「霍銀山喪盡天良」這些。可後面那個「霍銀山逼良為娼」就太過分了，的確是沒有給軍餉，但並沒有逼良為娼，他們這幫大兵到底要逼誰？就算倒貼給小倌館人家都不要！

但手長在喻祈年的士兵身上，幡旗也是喻祈年這邊自己帶來的，就算尨城的將領們再不樂意也管不著人家。

「你們都是幹什麼吃的！怎麼不阻止？就由著他們如此污衊霍將軍？」副將上去就怒斥守城的將領，之前他聽屬下回報時就被氣得夠嗆，現在親眼所見更是差點氣吐血，只覺得喻祈年算什麼郡王，分明就是個不要臉的地痞無賴。

不過即便如此，他也不會順了喻祈年的意。

要是往常他早就派弓兵上牆，把這幫無賴攆走，什麼郡王不郡王的，戰場無兄弟，誰管你到底來者何人？

但是今兒卻不行，太子殿下也在。所以，不管他此刻心裡多鬱悶，還得把面上功夫做好。

「你！過去和軍備庫那頭說一聲，那個房間該用就得用。」強忍著怒意囑咐屬下後，副將趕緊走下城樓去見喻祈年。

他必須趕快將這場鬧劇結束，並且讓容郡王他們親口承認容城是過來打秋風的，要不然，霍將軍和尨城守備軍的名聲就徹底完了。

這麼想著，那副將的臉上又勉強扯出一抹笑意，走到喻祈年面前和他見禮。

「容郡王安好，末將是霍將軍的副將，暫時帶領尨城軍務，不知您今兒來是打算……」

「要錢！」宋禹丞直接打斷他的話，似乎有點乏了，他懶洋洋地騎在馬上，眼睛也是半睜半閉，「爺累了，不想和你多廢話。就一件事，欠我們的三年軍餉，你們尨城到底打不打算還？」

「還，肯定還，這個您放心。但是您看，現在霍將軍人不在，我們也不湊手，您能不能寬容幾天？」副將假意敷衍道。

「寬容不了，爺的兵現在沒飯吃，換成你，你給爺寬容一個看看！」宋禹丞這句話說得諷刺至極。而後面那些苦惱的兵也跟著配合地又加大音量，但是這一次，編排的就不僅僅是霍銀山了，直接就把副將也編排進去。

還是喪盡天良那套話，可到了最後就開始變味了。估計也是編排了半天有點詞窮，最後連這副將娶了小妾、生了兒子的八卦都被他們抖落出來。

副將怒氣驟然而起，胸口發疼，但是顧念著情況特殊，他還是壓著火氣試圖和容郡王商量：「郡王爺，您這就過分了吧，說話就說話，您這不是在耍無賴嗎？」

「耍無賴？」可喻祈年的囂張卻遠遠出乎他的意料，就見他這話一出，就被容郡王一鞭子抽在臉上，接著，那些哭鬧的兵也不裝了，紛紛聚集到副將身邊。

「孫子！你什麼身分敢指責我們家郡王爺？」隨著喻祈年這麼一伸手，就見站在最前面的兩個士兵身形快若閃電，幾乎眨眼之間就繞過副將周圍的士兵，直接衝到他面前，一腳踹在他的肚子上，接著抽出身上的刀，壓在他的脖頸間：「你怕不是吃了熊心豹子膽！」

「你要幹麼？」看見副將吃虧，彪城這邊的兵也跟著怒了，可他們還來不及發火，就聽喻祈年的兵堆裡傳來一聲嘹亮的鷹鳴，接著所有人上馬列陣，肅殺之氣驟然而起，彷彿烏雲壓城，一股危險之意瞬間讓人感到窒息。

人間兵器！彪城這頭的將士頓時嚇得紛紛後退，至於那被擒住的副將，更是完全不敢相信自己都看到了什麼。

喻祈年帶來的這幫將士乍一看穿得破爛，行事更是充滿流氓無賴的味道，但實際上這些不過都是表象，脫去這層偽裝，他們每一個都是真正從戰場上歷練出來的，單看列陣，彪城守備軍就輸了一截。

「郡王爺，好好地您這是要做什麼？」

「要錢啊！」宋禹丞指了指那傳令兵，讓他把自己要說的話擴音給城裡的老百姓們聽：「霍銀山只要不還軍餉一天，我們就鬧一天，鬧了還不給錢，我們就搶！」

傳令兵這嗓子也是一絕，就這麼一嚷嚷，原本城門口看熱鬧的老百姓們頓時全都炸了！鬧倒無所謂，可搶就和他們有關了！這年頭，誰家不是好不容易才攢下一點家底，這要是被容郡王搶走了，還不得要哭死。

這下，原本只是看熱鬧的百姓也跟著罵了起來。

「你們彪城守備軍到底是怎麼回事啊！說好的守城，怎麼連副將都被人家抓住了？」

「那個霍將軍平時看著道貌岸然，竟然還欠錢不還。你看看容城的兵都窮成什麼樣了！該給就給吧！真把人逼成亡命徒，受罪的還是我們這些老百姓。」

「就是，我們招誰惹誰了？快點還錢啊！」

彪城民風開放，這些百姓們也不畏懼那些大兵，就直接鬧騰起來。

別的不說，只看喻祈年帶著那些將士的狀態，活脫脫是一幫亡命徒，根本不可能講道理的，一旦殺進來，誰知道他們的下場會是什麼？

沒有人不想過安靜日子，因此他們對副將拖延不還錢的做法越發厭惡起來。

副將也被徹底逼到絕境上，最後沒有辦法，不得不對容郡王說道：「郡王爺，您別著急。末將不是不給，而是真的手頭不湊巧，您要是不信，我這就帶您去軍備庫看，您要是能在裡面找到一片鎧甲，我立刻把腦袋送上給您請罪。」

「是嗎？那就去看看。」聽出他話裡有貓膩，但宋禹丞卻依舊順著他的意思應下。

之前傳令兵已經探查過，彪城不是沒錢，那軍需庫裡滿滿當當全是東西，而他們又來得這麼突然，宋禹丞相信，即便是藏，也定然會露出馬腳。

然而等到了軍備庫之後，他就明白副將為何會如此信心滿滿了。看著面前偌大的庫房裡到處都是灰塵，根本就沒有能下腳的地方，不僅如此，那些老舊的貨架上，一眼望去也全是空的。

「爺，不對勁兒。我昨兒個來查過，這裡並不是這樣！」

「我知道，可這些灰塵不可能偽造。」

「是啊，這是怎麼回事。」那傳令兵百思不得其解。

至於帶他們進來的副將卻和軍需官互相交換了一個眼神。

宋禹丞湊巧察覺，眯起眼，氣氛頓時變得冷凝。

然而就在這時，一個模糊的聲音陡然傳進宋禹丞的耳朵裡。

「有機關，給我一塊肉乾我就告訴你！」

宋禹丞低頭一看．意外對上一雙烏溜溜的黑豆眼。再往下看，就見一隻圓滾滾的豚鼠蹲坐在地上，正專心地看著他。而在這隻豚鼠身後，還依次蹲著四隻身體稍小一些，但同樣圓潤的小豚鼠，一個個全都是手短腳短，乍一看就像是一碗裡五顆胖湯圓。

而此時此刻，牠們正動作整齊劃一地等待著宋禹丞的回答，就連腦袋歪著的方向和角度都一樣，只有最後一個不知道是因為反應慢還是什麼的緣故，竟然和其他人是反著的。

宋禹丞忍不住低下身子，伸出手指想要幫牠把腦袋擺正過來，結果卻被那胖團子摟住，使勁兒蹭了好幾下。

柔軟的毛毛劃過指尖的皮膚，那種觸感讓人一瞬間變得柔軟。

站在前面的大豚鼠，見宋禹丞有和他們接觸的意思，又再一次向他推銷起來：「成交嗎？我們有五個，只跟你要一塊肉乾已經很厚道了。」

而後面其他幾隻小豚鼠也跟著一起念叨起來：「就是！還不是看你長得好看，要不然沒有十塊肉乾，我們是不會告訴你這個祕密的！」

「對，因為這個祕密特別特別值錢，方才那個傻子說十塊也都少了，一定得要二十塊！」所以最多二十塊肉乾，就能換開啟軍備庫暗門的祕密，對於這幫豚鼠們來說，肉乾到底是多麼昂貴的存在？

宋禹丞被他們逗得忍俊不禁，一直沒有插話。然而之前那個方向錯了的小團子，卻突然奶聲奶氣地開口說道：「如果是我的話，沒有二十塊肉乾也沒事，美人你給我一個親親我就告訴你。」

可緊接著就被其他的團子給罵了回去。

「太過分了！我們還沒提，你怎麼能先說出來！」

「就是！對待美人要矜持來著！」

「沒錯沒錯，萬一嚇跑了可咋辦？你這二傻子！」

到底還是幼崽，說風就是雨，一言不合就開打，四隻胖團子轉眼就滾成一團，一個賽一個的腿短，擠擠挨挨地湊在一起，非但沒有半分凶狠，反而萌得人心尖發顫。

就看為首的大豚鼠還能勉強維持住臉上的表情，但是隨著後面四個小的戰鬥越來越激烈，很明顯牠的忍耐也跟著到了極點。

最後，乾脆自己也加入戰局狠狠地揍了幾個小的一頓，這才算是勉強消停。

而宋禹丞看著有趣，也沒著急催牠們，直到牠們折騰完了，才從腰間的口袋裡拿出一小袋肉乾放在幾隻豚鼠面前。

「都給你們，說吧！」宋禹丞的眼裡盈滿溫柔的笑意。

哇，好人！第一次得到這麼一大筆財富，幾隻鼠頓時就全都愣住了，最大的那隻在盯著喻祈年看了一會兒後，就突然竄上他的褲腿，爬上肩膀，小小聲的「吱」了一聲。

然而這樣的場景，看在旁邊守備軍副將和軍需官的眼裡，只覺得古怪極了，甚至認為容郡王有病，找不到軍需，乾脆病急亂投醫地餵起老鼠了，可那老鼠又不會說話，難不成吃了肉乾，還能告訴他軍備庫的祕密？

副將和軍需官互相對視了一眼，都從對方眼裡看到嘲弄的意味。然而他們不知道，這些豚鼠還真的能夠和人說話，並且能告訴喻祈年軍備庫的暗門。

「這庫房右手邊那個架子能挪開，然後後面的暗門就能露出來。進去以後，就有你想要的東西。」

「多謝。」宋禹丞伸手摸了摸牠的頭頂，然後在其他幾個小的期盼的眼神下，也溫柔地挨個揉了揉。之後就轉頭對自己身邊的傳令兵耳語道：「有機關，右邊的架子。」

「好嘞！」那傳令兵眼神一亮，就帶人往那邊去。

副將和那軍需官還依舊一派輕鬆，因為暗門十分隱祕，他們堅信容郡王找不到。

因此，他們邊看著傳令兵帶人搜，軍需官還邊跟著說風涼話：「郡王爺您看，我們不會騙您。容城是困難，但是我們尨城也沒有餘糧啊！」

然而他這話音還沒落下，打臉的事情就驟然發生。

就見走到後面架子處的傳令兵，像是不小心摔倒了一樣，推了一下架子，緊接著就聽「咔啦啦」的機械聲響，隱藏在廢棄架子後面的暗門竟然應聲而開。

而那裝滿優質軍備的庫房，也終於展現在眾人面前。

武器、鎧甲、軍服……應有盡有，每一種都是上好的，甚至那軍服比宋禹丞手裡這些兵的軍服還要好一些，可見是下了血本的。

「沒錯！就是這些！」之前探查過的傳令兵，轉頭朝著喻祈年打了個手勢。

而宋禹丞在收到之後，也慢條斯理地轉頭看向臉色難看的副將和軍需官，「我記得你在城門前說什麼來著？只要找到了，就把腦袋給爺？那現在，你可以卸下來了。」

「郡王爺這、這都是誤會，這是我們尨城的備用軍備。」

「備用？」宋禹丞嗤笑一聲：「我如果沒記錯，你尨城士兵五萬，這裡卻有三萬軍需，正好符合我們容城將士的數量。結果你現在告訴我，這是你尨城的東西，你覺得，爺信嗎？還是說，你拿爺我當傻子耍？」宋禹丞眉梢一挑，瞬間殺意蔓延，那森冷的氣場彷彿修羅浴血。

而跟著喻祈年過來的將士們也同樣拔出腰間的利刃，明晃晃的刀刃，幾乎晃得人睜不開眼，嗜血的氣氛瞬間盈滿軍備庫。

那軍需官嚇得立刻跪在地上，至於副將也沒好到哪裡去，甚至比軍需官更害怕，因為容郡王不知道什麼時候抽出來的匕首，正壓在他的脖子上，刀鋒鋒利，只要稍微動彈一下就能將皮膚割破。

「郡王爺息怒，誤會，這都是誤會。」直到現在，他們才徹底明白容郡王的可怕，可為時已晚，眼下已經成為對方的階下囚，自然是保命重要。

「閉嘴！貧得爺心煩。」宋禹丞順手踹了他一腳，叫自家兵過來把他綁上。

「爺，我們把這兩個煩人玩意帶走吧！」傳令兵過來一臉厭惡。

然而喻祈年卻糊了他後腦杓一巴掌，無奈地說：「你是不是傻？還以為這是咱們自家地盤嗎？尨城的兵再廢物也有五萬，一人抱一條馬腿也把咱們留住了。你去找他們這裡管錢的，就說人被王爺我請去容城喝茶了，什麼時候想找他們，可以帶著錢去容城請。」

這是要拿這兩人當人質呢！畢竟霍銀山不在，副將就是尨城最大的官。這幫守備軍就算是有心想攔，也不敢不顧副將的死活，更何況，還順帶著一個軍需官呢！

這麼想著，那傳令兵立刻明白喻祈年話裡的意思，轉身就往外跑。至於剩下的士兵也都立刻心領神會，把軍備庫裡其他的軍需兵打暈綁好，以免他們提前出去通風報信。

至於宋禹丞則是留在原地，壞笑著低頭和副將對視，「天下士兵皆兄弟，副將大人，這幾天就和爺到容城好好享受享受。」

宋禹丞說著，抬頭命令道：「去把馬套上車後都牽過來，收拾東西，咱們回去了！」

「好嘞！」這些大兵答應了一聲，然後立刻開始幹活。

至於那被綁起來的軍需官和副將，則同時慘白了臉。

完了，這些都是為了應付不時之需才買回來的軍備，一旦被容郡王全部拿走，萬一這時候上京派人來查，他們這些人都要跟著掉腦袋！

可再害怕也沒用，因為宋禹丞是不會跟他們客氣的。

他們只能眼睜睜看著容郡王的兵，將軍備庫裡的軍需一車又一車地拉出去。

【第十六章】

烏鴉突擊隊

三萬軍需，全都裝車走出城門都得走一會兒，更別提一件一件往車上裝了。

而喻祈年的這些兵平時都沒少參加過剿匪，像這種打掃戰場的活計更沒少幹過。手裡這個俐落勁兒就別提了，五千將士一起忙活起來，分工明確，竟然不過小半天就都收拾俐落。

「我的天，霍將軍還真的欠人家錢啊！這一車一車拉出去，得有多少東西啊！」

「怪不得容城那頭不幹呢，換成是我早就拚命了！」

尨城的百姓看著一車一車往外拉東西，忍不住紛紛罵起霍銀山和副將，完全相信了容郡王之前那套欠錢不還的說辭。

而尨城守備軍面對這種場景也十分尷尬。重點是，他們還不敢反抗。畢竟自家副將在人家馬上綁著呢，稍微一動，那副將的腦袋可就沒了。

而且這容郡王也太過分了，分明是挾持人質搶劫，卻非要做出一副是他們欠債還錢的模樣。看副將被牢牢綁在馬上，這麼熱的天，還給他穿了相當厚實的披風蓋住手上的繩，乍看之下像是自願和他們走，就連嘴裡也一直說著拜年的話。可實際上，都是後背抵著的那把刀，只要有一個字說不對，那刀尖立刻就捅在背上了。

至於喻祈年的兵更是將「流氓」和「不要臉」這兩點發揮得淋漓盡致。就看他們邊走，還邊和路邊看熱鬧的百姓們打招呼，抹著眼淚和他們道謝：「謝謝父老鄉親們的支持，我們終於成功討到債了。」

「哎呀，都是老天有眼啊！這眼下即將入秋，回頭冬天一來，沒有這些軍備，我們營裡不知道還要凍死多少人。」

宋禹丞他們帶著東西走得不快，嘴裡這麼不停地說，這可是五千張嘴，哪怕是一人一個字，也能把黑的說成白的。

甚至到最後，那些大兵覺得哭窮都不夠刺激了，乾脆把之前傳令兵去探查時聽到的八卦也說了出來。例如霍銀山一直不娶小妾，不是因為不好色，而是因他丁丁小，屁股上還長了一個帶毛的黑痣。

馬上的軍需官和副將聽得臉都綠了，可偏偏誰也不敢反駁，霍銀山的名聲在經過這一遭後，也算是徹底完了。

估計等他回彪城後，全彪城的人看他的眼神，都會忍不住往下半身掃。

「主子，這容郡王行事也太有趣了點。」

太子一行人，自打出了議事廳，就一直混在人群裡看熱鬧。

在看到容郡王成功打劫軍備庫並且綁走，不，是請走彪城守備軍副將和軍需官之後，之前太子身邊的那位侍從，也忍不住小聲和太子議論。

「他一向都是這麼有趣。」提到喻析年，太子的嗓音比往日要溫柔許多，就連唇角也難得露出幾分笑意，但是緊接著他就全部收斂，並且命令侍從道：「走，咱們也跟著出城。」

「咱們也去容城？」侍從有點意外，但接著想到太子殿下此次出來的原因，也瞬間明白箇中深意。

之前有探子回報說沿海一代倭寇橫行，擔心有外族入侵的前兆。可偏偏容城、彪城兩個最靠海的地方，當地官員卻都回報一切正常。

因此太子擔心情況有變，親自過來查看，眼下彪城瞧過了，去容城也是理所應當。

這麼想著，侍從也很快跟著忙碌起來。

然而宋禹丞也沒有閒著。

霍銀山不是善茬，自己這麼光明正大的搶走軍需，他定然不會善罷甘休，至於尨城的副將和軍需官到時候也會成為棄子。

因此宋禹丞有個大膽的想法，他要把霍銀山留在上京，讓他沒有辦法回來。

不過這法子有點風險，能不能成，還得看原身的天賦能強悍到什麼程度。

就在此時，許久沒有說話的系統，卻突然在宋禹丞腦中有氣無力地蹦躂出一句話：「大人，你還記得我是綠帽系統嗎？【國寶式迷茫.jpg】」

「所以呢？」宋禹丞不解地反問。

系統頓時淚流滿面，「所以你再這麼琢磨下去，咱們這個世界的主線任務又要狗帶啦！難道大人您想做整個快穿總局裡評分最低的執法者嗎？」

「這不是我的問題。」宋禹丞先是一愣，接著也很認真回覆系統：「你也看到我現在的狀態了，周圍一個合適的對象都沒有，難道你要我和海東青或者戰馬談戀愛嗎？如果人獸也算完成任務，我回去就和海東青或者黑毛奶貓成親。」

臥槽，說得如此有道理，系統竟無言以對，頓時呆住了。

系統順勢掃描了一圈，在看到所有可選擇的對象，都是孔武有力的普通大兵後，它徹底躺平，放棄掙扎，甚至已經開始考慮要不要提交申請，修改自己的屬性變成打臉系統。

畢竟守著宋禹丞這個十分樂衷完成支線任務、棄主線任務如糞土的宿主，不管是多麼容易開後宮的世界，最後都會莫名變成打臉升級。

今天的系統，依舊十分鬱悶，並且非常憂傷。

然而不管系統的心情如何，在宋禹丞帶著人回到容城後，容城的士兵們全都嚇傻了。

他們萬萬沒有想到，容郡王竟然真的能從尨城要回軍需。

看著這一車一車的物資，不少人都哭了，而帶人出來迎接的喬景軒也忍不住嚥了嚥口水。

「爺，這、這些都是給我們的？」喬景軒嗓音乾澀，指著軍需的手指都不由自主開始顫抖，這並非是害怕，反倒是激動。

多少年了，容城的將士一直處在缺衣斷食的悲慘情況中，許多將士幾乎十年沒穿過一件新衣服，甚至就在幾天前，他們還有因為食物短缺而餓死的弟兄。

可現在，容郡王不過剛來兩天，就給他們帶來活下去的希望。

「爺！我喬景軒以後跟定您了！」喬景軒撲通一聲跪倒在地，一磕到底，眼圈都紅了。

後面越來越多的將士也跟著一起跪倒在地，帶著哭腔的嗓子喊著：「爺，我們跟定您了！」

軍人的骨子裡永遠都不缺少義氣和熱血，而對於那些普通士兵們來說，他們所求所想的都非常簡單，只要能衣食無憂，把他們當兄弟看，他們就願意付出一切忠心來效忠，肝腦塗地，刀山火海，在所不辭。

宋禹丞平靜的心也因此泛起波瀾，至於原身殘留的意念，更是充滿消解不開的懊悔。因為在原本的世界裡，喻祈年在他們最需要自己的時候拋棄了他們。

「安心吧，你所有願望我來替你達成。」宋禹丞閉上眼，在心裡安撫著。

隨後，他再睜開眼的時候，已經恢復往日的神色，勾唇朝著那些向他跪下的士兵們喊道：「起來！男兒膝下有黃金，上跪天地，下跪父母。想當爺的兵，就全都把腰杆給爺挺直了！以後爺帶著你們喝酒吃肉！現在，各部集合，軍需官出列，整理名單，今晚就把軍需發下去。」

「是！」所有士兵都忍不住大聲歡呼起來，雀躍得讓宋禹丞也忍不住跟著笑了。

「爺，咱們接著要幹麼？去把尨城打下來嗎？」旁邊的傳令官見他心情不錯，小聲問道，想要打聽小郡王接下來的計畫，結果卻得到了一個十分詭異的答案。

「不，你明天帶人上山，去給爺找一種鳥回來。」

「啥？抓鳥？」那傳令官頓時就愣住了。

然而宋禹丞的語氣卻越發肯定：「對，就是抓鳥，而且還要活的。」

宋禹丞瞇起眼，心裡把之前路上想到的計畫又盤算了一遍。

然而此時正在前往上京路上的霍銀山，還並不知道自己大限將至，眼看著就要霉運當頭。畢竟，宋禹丞怎麼可能讓他安安穩穩地到達上京？

至於那些秀女更會後悔被選上，畢竟皇帝很快就沒有時間流連後宮了。

宋禹丞的想法其實很簡單，他想靠天意之說扭轉局勢。這其實是上個世界給他的啟示，和現代世界不同，古人對玄學天命這些還是相當看重的，大安朝也有司天監這種專門卜算陰陽的單位。

然而天意卻也可以人為操作。霍銀山送閨女上京，目的就是為了求一個好前程，那他就乾脆雙手奉上，但是能不能吃下去就看霍家父女的本事了。

這麼想著，宋禹丞叫傳令兵去找幾位嘴嚴心細又善於打探的將士，喬裝打扮，送去尨城。

「爺，是去打探尨城守備軍的部署嗎？」嗅到要打仗的味道，傳令兵十分興奮，可緊接就被潑了一盆冷水。

「不，是去打探他閨女。」

「閨女？您看上她了？別啊爺，有那種爹，閨女能好到哪裡去？」

「胡說什麼呢！」宋禹丞抬腿踹了他一腳，「我那皇帝舅舅不是眼看著就要選秀？有新美入宮，我這個當侄子的總得送點禮物以表心意。還有，我要的那些鳥，你們快點抓，再給你半天的時間。抓不到，你就黏一對翅膀給爺飛上天。」

「……是，屬下這就去。」抓鳥什麼的，真的好難啊！傳令兵哭喪著臉離開，心裡各種鬱悶，並且

非常痛苦。

原因無他，實在是容郡王要抓的鳥太費勁了，並且和一般逗鳥的紈絝不同，郡王要的不是一隻而是一群，非但不是什麼羽毛豔麗的鳥類，而是一群……灰撲撲的烏鴉。

於是，五千騎兵幾乎有一半都跟著上山，拿個網兜滿山遍野地找烏鴉。最終在海東青的幫助下，才勉強在郡王指定的時間內抓到需要的數量。

這天清早，去抓鳥的士兵終於全都回來了，至於那些烏鴉也都被他們關在一個大鐵籠子裡，擺在郡王的院子裡。

「呱！呱！呱！」這一籠子的烏鴉足足有幾百隻，全都搧著翅膀叫喚，整個院子頓時就炸了。

「哇啦，放老子出去，老子還能再戰一百年。」

「專業報喪，我猜你今天必有大災。」

「煩死了，和這群醜貨關在一起，簡直有損我靚麗的羽毛。滾滾滾，你們都離我遠點，我要被你們醜瞎了。」

這一大群烏鴉有崩潰的、有罵街的，還有不服要再戰一局的，甚至嚶嚶說「我好害怕，我不好吃，我要回家」，總之等於魔音繞耳。

宋禹丞坐在屋裡就聽見牠們鬧騰，再仔細一聽牠們七嘴八舌的內容也有點頭疼。心裡琢磨著，這幫烏鴉怎麼就這麼能貧，話多嘴還不好，就這麼幾句就夠讓人心煩了。

之前那黑毛奶貓也正窩在宋禹丞懷裡睡得舒服，自然也被這突如其來的呱噪聲吵醒，趕緊伸出爪子試圖把耳朵蓋住，奈何腿太短，竟然搆不到。

牠鬱悶地睜開眼，正對上宋禹丞帶著笑意的眼，以及宋禹丞肩膀上站著的海東青。

不、不是吧！竟然丟貓丟到蠢啾面前，這絕對不能忍！

於是，全容城耗子界、扛霸子、帝王喵，終於氣憤地張開嘴，朝著外面「喵嗚」一聲，試圖威脅。

可緊接著，竟然被那群烏鴉給嘲笑了。

「哈哈哈，這也是貓嗎？」

「牠竟然還試圖威脅我們閉嘴。欸！小矮子，你來啊！老子我就在這裡，你上來抓我啊！」

作為一隻鳥竟然如此恣意調戲一隻貓，簡直不知死活！是可忍孰不可忍，奈何還真是抓不到。

頓時，黑毛奶貓被徹底激怒，渾身的毛毛都在瞬間炸開，然而並沒有任何作用，不僅沒有半分凶悍，反而越發萌得讓人忍不住想要摟在懷裡揉揉，餵牠一條小魚乾。

宋禹丞在旁邊看著這一幕，開始懷疑黑毛奶貓之所以成為全容城的扛霸子，沒準就是因為長得太萌，導致連耗子都不忍心違背牠。

宋禹丞伸手揉了揉牠的腦袋，接著低頭親了一口，然後就示意海東青上去，「去教教牠們規矩。」

海東青得令，立刻衝出窗櫺，就看牠用一種凶猛至極的姿態，狠狠朝籠子俯衝。

傳令兵見狀連忙將籠門打開，海東青準確地衝進去，抓住方才最囂張的那隻烏鴉的脖子，狠狠地把牠摔在地上，瞬間昏迷。

這下所有的烏鴉全都沉默下來，擠在一起瑟瑟發抖。

臥槽！這太犯規了！說不過鳥就弄個天敵什麼的簡直不要臉！而且同為啾類，為什麼海東青要幫助一隻蠢貓，這根本不科學。

而宋禹丞見牠們終於都消停下來，也吹了個呼哨讓海東青回來，並且獎勵地餵給牠一塊喜歡的肉。

「爺，」見烏鴉都安靜下來，傳令兵趕緊進屋給郡王回話，同時好奇地詢問了一句：「弄這些回來真的有用嗎？」

「當然有用。」宋禹丞沒有多做解釋的意思，然而在看到傳令兵一臉疑惑的模樣時，還是問了一句：「你是不是覺得非常吵？」

「可不是，方才院子都要炸了！」

「這就對了！」宋禹丞滿臉壞笑，「你等我先訓兩天看看，」他起身站在窗邊看著那些烏鴉，眼神也變得深邃起來，「如果訓練不好，就宰了餵狗。」

「不，壯士饒命！我們一定聽話。」

準確地接收到宋禹丞話裡的深意，這幫烏鴉頓時全被嚇哭，一個個老老實實地縮在角落裡，比鵪鶉還要安靜沉默。

「你看，這不就都老實了嗎？」

「那是爺厲害，一出來就震住了。我們嚇唬牠們一早晨了，一點用都沒有。」傳令兵看得一愣一愣的，忍不住對小郡王豎起大拇指。可緊接著，他就像突然想起什麼一樣，又補了一句：「對了爺，有件事挺逗的，你猜我們為啥這麼快就能把烏鴉抓回來了？」

「為什麼？」

「我們又遇見了一隻海東青，比您這隻大一圈，天藍色，像是雄的。當時我們跟不上，牠正好在另外一邊圍堵，配合了我們，這才一網子都抓住。」

「還有這種事？」宋禹丞聽完也十分驚訝。

海東青稀少，他手裡這種雪白的已經屬於極品，天藍色的就更沒見過，而且還是雄鳥，說不定可以召回來湊一對？

宋禹丞想著，饒有深意地看了自家海東青一眼，結果卻收穫了一個愛的親親，接著就又被柔順的羽毛蹭了一臉。

唉，宋禹丞無奈地揉了揉牠的頭，心裡琢磨著，成天只想著撒嬌，看來自家這小啾還沒開竅呢！

然而他這頭因為海東青生出甜蜜的憂愁，另外一邊的太子，卻也正巧在聽侍從抱怨：「主子，您這海東青的脾氣也忒大了，從昨個回來起就一直不高興。還總想往外跑，讓牠去送個信都不樂意。」那侍從邊說，邊指著立在窗邊，看著外面的孤鷹。

墨色的眼，天藍色的羽毛深沉而華麗，看著就讓人心生讚嘆。如果喻祈年的傳令兵在場，肯定一眼就能認出，這就是之前幫他們抓烏鴉的那隻海東青。

不過這雄性海東青現在的心情可不怎麼好，周遭的氣場更是冷冽至極，毫無疑問，誰要是這個時候靠近，肯定會被狠狠一翅膀糊在臉上。

太子看著牠，也只能無奈搖搖頭。

「過來！」他揚聲喊牠。

那天藍色的海東青先是看了太子一眼，接著就無精打采地飛了過來，落在太子的肩膀上。

「怎麼了這是？」太子溫和地摸了摸牠的頭，「我叫你去幫忙，怎麼反而丟了魂？難不成你還看上喻祈年家的那隻雌鷹了？」

太子原本只是開玩笑，可沒成想，海東青竟然真的揚起脖子叫了一聲，好似認同了他的說法。

「多美的姑娘，要不是顧著你，我根本不想回來！恨不得直接跟著去當倒插門的女婿。」在主人面前，海東青明顯沒有方才對待侍從那麼冷漠，高高低低地和太子念叨起心裡話。

雖然語言不通，但這麼激動的情緒也已經能夠表現出牠嗚叫聲中的意思——我害相思病了，我看上那漂亮姑娘了！

太子頓時被他逗笑，就連侍從也忍不住跟著一起捂嘴樂了。

「主子，還真湊巧了，容郡王家那隻海東青我也見過，和您這隻歲數差不多，頂漂亮的雌鷹，怪不得動心。」

「動心也不成，再等等，還太小了點呢！」揉了揉海東青的頭，太子的嗓音格外溫柔。只是這說出來的話卻頗有深意，讓人聽不出具體是在說喻祈年養的那隻海東青，還是……在說喻祈年。

三天的時間轉瞬即逝，宋禹丞抓來的那些烏鴉也成功被訓練出來。現在，幾乎只要下面人一個動作，烏鴉立刻就能擺出相應的陣型。其中，最難的是一個「瑞」字，這種字筆劃太多，然而這群烏鴉不僅能把字排得清清楚楚，同時還能一起飛行，可以說是相當神奇了。

「我的媽！咱們爺一直都這麼神奇嗎？」楊青嚥了嚥口水，問身邊的傳令兵。至於喬景軒更是完全呆滯了，看容郡王的眼神就像是在看什麼神仙。

馭獸之術雖然自古就有，但是能做到像郡王這麼精準的，真心是頭一次看到。

傳令兵見他們如此震驚，也忍不住炫耀了一下：「那是！咱們爺是誰啊！我和你們說，前年洪災，我們去救援，當時一片混亂，有一個小孩掉到水裡不見了，一城的兵把水裡都翻遍了都找不到。後來，還是咱們爺本事大，竟然說動海龍王，那麼大的烏龜竟馱著那落水的孩子上岸，那一帶都傳遍了！」

「真的？」

「必須的啊！那還有假！」傳令兵說得眉飛色舞。這些日子，他和楊青還有喬景軒幾個也混熟了，知道郡王有心提拔他們，所以也不把他倆當外人。

而楊青和喬景軒在聽完後，心裡對郡王的敬佩又多了幾分，都認為自己跟著容郡王算是真跟對了！對未來更是充滿信心。

有錢、有糧、有軍備，對於容城的將士們來說，這樣的生活等於天堂，訓練時更是使足了力氣，生怕自己變成拖後腿的。

畢竟郡王爺說了，喻家軍沒有孬種。

然而容城的軍將們這邊一片火熱，正在護送秀女們上京的霍銀山，卻剛剛接到屬下的飛鴿傳書。他萬萬沒有想到，自己不過離開幾天，老巢竟然被人抄了。重點是，這抄家的正是他沒放在眼裡的容郡王，喻祈年。

霍銀山立刻提筆寫信安撫那幫屬下，表示自己把秀女的事情安排好之後就回去，讓他們不要著急。容郡王再來，也甭管。願意鬧就讓他鬧，堅決不給他開城門，挺過這一陣子就好。

寫好信，霍銀山把信鴿從窗口放出去。然而信鴿不過剛起飛沒多久，就被打傷了，栽歪著身體從天空掉落。

「怎麼回事？」霍銀山揚聲問道。

有下屬趕緊過去，把鴿子撿起來查看，竟然是翅膀被啄傷了，看傷口大小不是人為，倒像是什麼鳥類，看著比鴿子大，但又不是鷹或者鷂子。

然而就在他疑惑的時候，就聽驛站後宅突然亂了起來，傳出巨大無比的喧鬧聲。

「呱啦！呱啦！呱啦！」

漆黑一片的深夜裡，忽然傳出這麼淒厲的聲音，越發顯得駭人，彷彿是百鬼夜行的前兆。

那些秀女幾乎要被嚇哭了，說來也巧，長夜漫漫，這些秀女原本湊在一起聊天，正說著山村夜話黑婆婆的故事解悶，正講到黑婆婆抓小孩及女人來吃，淒厲的聲音就陡然出現。

「不會真的是妖怪吧！」

「好可怕，怎麼辦，誰來救救我？」

「大家別亂，我去喊門口的將士，讓他過來看看。」

「不！別開門，萬一是妖怪呢！」

這些秀女一下子全都亂成一團，甚至在慌忙間有人不小心被撞倒。

後宅那頭的騷動，很快引起霍銀山的重視，他一邊叫人去後宅保護，一邊嚷嚷道：「去查查到底是什麼？」

「是！」霍銀山這些屬下們，點火把的點火把，找燈的找燈，可當後宅被照亮之後，他們誰也沒想到，之前那些可怕刺耳的聲音，竟然是群烏鴉。

正是宋禹丞在容城訓練的那一批。

這批烏鴉之前在宋禹丞那裡被海東青壓得夠嗆，現在放出來，自然是興奮到不行，憋了好幾天的話，全都說了出來。

「醜，太醜了，難看成這樣，竟然也能去選秀，這屆皇帝的眼光不行啊！」

「呱呱呱，黑山老妖來抓妳們了，快點給爺哭出來！」

「人生，總有那麼多起起落落，不要慫，和我一起跳起來！」

然而牠們這些話落在那些秀女耳中，就是各種喧鬧的「呱啦」聲。而且奇怪的是，哪怕火光將這些烏鴉暴露出來後，這些烏鴉也沒有害怕的意思，反而更加有表現欲地大叫起來。

之前被抓到宋禹丞那裡的時候，牠們就曾經因為話多，差點把院子炸了。以至於現在，憋了三天的話一放出來，那殺傷力更是火力十足，都已經不是炸院子，而是把人的腦袋也炸開。

霍銀山一臉懵逼，「這是怎麼回事？這裡怎麼會有這麼多的烏鴉？」

然而面對他這個問題，他的屬下們也根本不知道怎麼回答。

畢竟這發生得太突然，誰能想到，晚上會突然被一大群烏鴉給襲擊了。

然而不管他們什麼想法，這些烏鴉的叫聲卻依然持續不停，對於這種小縣城來說，也絕對是一種相當奇特的體驗。

不少後知後覺的百姓都推門往外看，在發現驛站那邊傳來烏鴉的叫聲後，都跟著吃驚了。

眾所周知，烏鴉在民間並不是什麼喜慶的代表，那是專業報喪的，偶爾出現一隻落在家裡都得立刻轟走，甚至還要撒把豆子辟邪。現在這落得滿城都是，有些老人都開始猜想是不是自家小縣城招了瘟神，要不然好端端的，為何有這麼多烏鴉聚集？

「菩薩保佑，灶王爺保佑，黃大仙保佑啊！」

「瘟神來了，咱們這裡是不是要完了？」

「天吶，這到底是發生了什麼事了！」

幾乎大半個縣城的人都被吵醒了，幾乎全都因為這百年難得一見的「奇景」驚動。

整個縣城亂成一片，縣丞更是崩潰，這可是烏鴉啊！要是換成喜鵲沒準還是一樁美事，現在飛來這麼多烏鴉，如果傳到有心人耳中，豈不是在暗示他這父母官當得不好，連烏鴉都過來示警了？

「這可怎麼辦？」縣丞急得團團轉，趕緊讓人把師爺請來。

「老爺您先別急，要我說，烏鴉報喪也報不到您頭上，這有比咱們更著急的啊！」師爺也是剛被吵

醒，發現不對勁兒，就趕緊來縣衙。在看到縣丞焦急的模樣，也勸慰兩句，只是這話裡意有所指，好似大有深意。

縣丞先是一愣，頓時就反應過來，心裡的大石也陡然落下。

就是啊，他著急什麼，他當縣丞許多年了，一直安然無恙。真正鬧出事情來的，分明是霍銀山還有那些新來的秀女。這不，他們一來，烏鴉就來了，沒準那瘟神就藏在秀女裡面。

這麼想著，縣丞聽著師爺的話，趕緊寫了一封密信要送上去。

秀女不祥，這可是涉及龍體的大事。

如果晚了他也一樣要擔責任，至於為什麼不直接上摺子？原因也很簡單。

霍銀山在朝中權勢不俗，如果走官方，這摺子怕沒等遞到京裡就會被攔住。甚至弄不好，霍銀山還要倒打一耙，說烏鴉是衝著他這頭來的。

萬一皇帝真相信了，他這個縣丞即便能保住腦袋，以後的仕途也就這麼結束了。畢竟誰會用一個帶來不祥的人做官？這不是等著瘟神降臨嗎？

又和師爺仔細商議了幾句，縣丞把密信裡的內容說得更加玄幻，就差沒有說，霍銀山他們過來的時候就烏雲罩頂了。

然而，就在縣丞忙著寫信的時候，驛站已經完全亂掉了。

整整小半個時辰過去，這些烏鴉非但沒有散去的意思，反而變得比之前還要吵鬧。那此起彼伏的叫聲，簡直要把人震聾，不管下面人怎麼驅趕，牠們依然在驛站上空徘徊，拒絕離開。

「快，攆走，都攆走！」霍銀山也是真急了，他不是蠢笨之人，自然明白烏鴉落在秀女這裡會出現什麼問題。也知道再鬧下去，這名聲肯定就全都沒了。

「去！把弓箭手都叫過來！這些烏鴉不是趕不走嗎？那就全都射死！」霍銀山動了真怒。

「是！」屬下領命而去。

然而這些烏鴉的無恥程度卻遠超過他們的想像。當弓手就位，正要搭弓射箭，那些烏鴉居然全都拍著翅膀飛到更高的天空。

這是什麼情況？那些正瞄準的弓手們全都愣住了，眼看著那些烏鴉飛超出弓箭的射程。

霍銀山更加火大，忍不住開口罵道：「這幫畜生……唔……」

他話還沒說完就被臉上的異樣打斷，好像有什麼東西從天而降，直接落到他的鼻子上，接著，腦門上也被拍了一坨黏糊糊的東西。

他下意識伸手一抹，接著就暴跳如雷，竟然是鳥屎！

「媽的！給我追！不把這些烏鴉打下來，你們今天也別睡了！」

「是！」那些將士們也都被鳥屎弄得火大，恨不能也飛上天將這些烏鴉全都生撕了。

這麼折騰了一晚，烏鴉沒打到，鳥屎炸彈反而承受了不少。

誰也想不明白，不過是一群烏鴉罷了，到底哪裡來的這麼多鳥屎？

不僅驛站的屋頂，還有院子裡的地面也到處都是，臭氣熏天。

那些被折騰一宿的秀女和官兵也同樣疲憊至極，可即便如此，他們依然要趕緊出發。選秀是有時間的，如果晚了就要再等三年。

而且霍銀山眼下帶著的這批秀女裡，其他人或許還好，可霍銀山的閨女年紀已經不小，如果錯過今年那就徹底和皇家無緣。

「大家辛苦一點，晚上再好好休息。」可霍銀山話音剛落，就聽熟悉的「呱啦」聲再次出現。

他下意識往天上看去，就見烏泱泱一群烏鴉一邊叫喚著，一邊朝著他的方向飛來，居然還是昨天的那群。

「兄弟！我們睡醒了！走起來，咱們一塊上京去！」烏鴉哇啦哇啦叫著，朝著霍銀山他們飛來。

霍銀山的臉陡然就綠了。至於那些老百姓，更全都用一種特別的眼神看著他，彷彿在說，原來這些烏鴉是衝著你們來的？

容城那頭，傳令兵剛剛接到消息，一邊笑，一邊和郡王爺回報。

「爺你這招真的絕了，這霍銀山現在哪裡還有時間管彪城，光是擺平那些烏鴉就得筋疲力盡。」

「那也小心著點，和跟著霍銀山的弟兄們說清楚了，別靠得太近，安全第一。」

「放心吧爺！我們都門清兒。」

「嗯，那安排好的神算子呢？送去上京了嗎？」

「也送去了。一切都和您之前說的一樣。」

「那就好，現在外患已除，咱們也該練練兵了。」

「打仗好啊！兄弟們都快閒出鳥了！」傳令兵雙眼發亮，可緊接著又鬱悶起來，「可是爺，這附近連個土匪窩都沒有，咱們要和誰打啊！」

「打仗怎麼會缺對手？」宋禹丞指了指地圖，「彪城不是還扣著咱們三年軍餉？他們不給，咱們自然只能自己去拿。」

「您的意思是……」傳令兵眼前一亮。

宋禹丞也笑了，「窮山惡水多刁民，咱們就好好當一把刁民！順便也讓霍銀山的後院起起火。」

這麼說著，宋禹丞讓傳令兵吩咐下去，讓他們挑兩千位伶俐的人，最近他要帶著出門。

貧富差距太大可不是什麼好事，既然霍銀山家裡那麼有錢，救濟一下他們容城這些貧困戶，也是理所應當。

然而打仗這種事，到底不是碰碰嘴皮子就能開始的。容城雖然不少都是老兵，可真正上過戰場的卻一個都沒有，因此即便挑完了人，也還得再進行下一步的訓練。

最起碼，他們要先學會如何在戰場上保命，這並不是膽怯，而是只有先保住性命才能看到勝利。

反正宋禹丞有的是時間。更何況，他剛砍了容城知州，新的知州還沒派來，眼下等於百廢待興，太多事要做，他根本不會覺得無聊。

轉眼又過了兩天，一切都在有條不紊地進行，霍銀山那頭還在和那幫又貧又陰魂不散的烏鴉糾纏，甚至怕流言傳得太誇張，乾脆走了小路，避開一些比較繁華的城鎮。

而那些平素在家嬌生慣養的秀女們，熬不住這般長途跋涉，也漸漸消瘦起來，甚至還有人想要逃跑。身體弱的，也已經開始有生病的預兆。

完全是進退兩難，而最讓霍銀山感到頭疼的，還是尨城的老家也不消停。

據探子回報，郡王爺時常有些小動作。

雖然搶走軍備後，倒也沒有再回去要軍餉，但他也在練兵了。

容城再不濟，也有守備軍三萬。只有五千騎兵的時候，郡王爺都敢去尨城搶軍備，要是這三萬的兵練好，豈不是要讓尨城易主？

更何況，自從郡王爺來了容城後，他的日子就沒有消停過，現在連烏鴉這麼煩人的玩意都招到身上

了，搞不好這都是容郡王帶來的霉運。

霍銀山越想就越氣不打一處來，認為眼下所有的不如意，全都是容郡王帶來的，因此他決定，容郡王不讓他舒服，那他也不能讓容郡王有好日子過。

容郡王不是覺得他不在尨城就沒辦法了？他偏要狠狠地教訓他，讓他明白什麼叫強龍難壓地頭蛇。郡王又如何？就算是太子去了尨城，也一樣得按他的規矩！

這麼想著，霍銀山給屬下發了一條密令，命令尨城以及周邊的幾個城鎮全都不許再賣糧給容城。不僅是糧，而是立刻停止所有的貿易。容城原本就窮，又是緊臨海邊，沒有出產糧食，買不到糧，他們整城的人全都要完蛋。

容郡王想給他添堵？那就看看誰現在心裡更堵！

（未完待續）

【作者獨家訪談—上】

不為人知的裡設定及創作祕辛，一次公開！

Q1：小貓不愛叫您好，請您先自我介紹一下吧！尤其您的筆名滿特別的，怎麼會想到取這個名字？

A：大家好，我是小貓不愛叫，一個喜歡貓、喜歡美食、喜歡講故事的普通作者，請各位飼主大人們多多指教啦！

講到筆名的由來真是一言難盡！當初我選了好多名字卻都有人用過了，因為筆名不能重複，換到後來我覺得有點煩，決定隨便來一發好了。我家的貓從小就不喜歡叫，長到八歲了，我聽牠叫喚的次數不超過兩隻手就能數出來。所以後來就自暴自棄，寫了「小貓不愛叫」這個名字。萬萬沒想到……簽約之後不能換了，就一直沿用至今_(:3」∠)_

Q2：當初寫《你無法預料的分手，我都能給你送上》的創作靈感是怎麼來的？原本是想寫個怎樣的故事？

A：說到靈感來源，嗯……就是單純喜歡寫打臉虐渣啊、打臉升級啊這樣的內容，而且這也是我唯一還算擅長的題材。

一開始，想透過這個故事來訓練一下自己寫感情戲的技巧，畢竟大家也看到了，感情戲在這個故事裡的比重比起其他文而言，可能會稍微少一些。主要是因為我感情戲寫不好，欠缺那種甜甜的氛圍，所以就選擇這個梗來練習。

結果大綱期間我就放棄了……因為真的寫不出來啦！最後就變成這種模式了。

【鹹魚式躺平任嘲諷】

Q3：書中關於「綠帽系統」的設定很有趣，怎麼會想到這個靈感？對這個系統或是「時空管理局」有沒有什麼沒公開過的裡設定能跟大家分享？

A：綠帽系統的靈感就是「你渣了我、我就綠了你，大家一起懟著玩唄」，就是這麼來的，是不是太隨便了（喂）！

關於時空管理局，的確有一些沒公開過的設定。因為筆力問題，擔心寫不明白，所以開文的時候就把這一部分去掉了。例如：宋禹丞每次穿越開場不是都非常坑爹嘛，什麼差點凍死、差點嚇死、神奇的女裝，甚至家裡擺著謎之充氣娃娃等等，所以宋禹丞真的有去跟時空管理總局投訴，但每次投訴都不成功，還被總局吐槽，笑他抽到的世界都是大奇葩什麼的。

反正是倒打一耙，差點把宋禹丞氣死。然後宋禹丞為了報復，就破解了系統，

把總局折騰了一大圈。

原來有安排這個內容，但是寫正文的時候，發現他和總局的互動，很容易會影響到小世界的劇情節奏，最後就全都砍掉了。

Q4：繁體版在原本的第一個世界和第二個世界中間，再新增了一個短篇的世界，以及故事最後還會有一篇不同世界的新番外。能否在不劇透的情況下，聊一下這兩個新的故事會是怎樣的世界，有什麼令人期待的事情即將發生嗎？

A：新增加的短篇是末世。因為之前連載期的時候，有妹子吐槽記憶恢復這根線收尾收得很急，好像沒有鋪墊好的樣子。所以在這裡加一個末世的小世界，來做一個更好的過渡。

結尾的番外預計寫宋禹丞和攻在這次穿越前的故事，算是奶貓養成記錄，希望大家會喜歡啦！

Q5：故事裡宋禹丞穿梭過許多任務世界，如果有機會，小貓最想穿越到哪個世界玩？為什麼呢？

A：我喜歡謝千沉的那個世界。雖然我也救不了謝千沉，但是他太苦了，很想抱抱他，哪怕不能真的安慰到他，也希望他能感受到一點點溫暖。

醫者不能自醫，救人卻不能自救。這樣的謝千沉，是我最遺憾也是最不忍心的存在。如果可以，很希望所有溫柔的人，都能被世界溫柔以待。

Q6：在連載過程中有沒有遇上什麼困難？您覺得寫快穿文最大的挑戰是什麼？

A：最大的困難是害怕寫得太過單調。因為分成很多世界，就怕每個世界的節奏啊、故事類型啊，讓讀者覺得都似曾相識。

再一個就是感情戲，我是個感情戲寫得很廢的人，寫主線劇情的時候，會惆悵地想：怎麼辦？攻插不進去了！啊啊啊！攻又不能上線了QAQ。

最誇張的一次，因為攻有連續幾章沒出現，做夢還夢見他一臉怨念地站在我床邊碎碎念，直接把我嚇醒了，趕緊修改細綱，給他加戲。

至於最大的挑戰，是換世界之後怎麼吸引讀者繼續看下去。因為快穿嘛，一個世界就是一個小故事，如果這個世界沒寫好，下個世界可能很難留住人，對我而言這是很大的挑戰。

（未完待續）

i小說 005

你無法預料的分手，我都能給你送上2

國家圖書館出版品預行編目（CIP）資料

你無法預料的分手，我都能給你送上 / 小貓不愛叫著. -- 初版. -- 臺北市：
愛呦文創, 2019.1
冊；　公分. --（i小說；005）
ISBN 978-986-97031-3-0（第2冊：平裝）

857.7　　　107017215

愛呦文創

作　　者	小貓不愛叫
封面繪圖	Leila
責任編輯	高章敏
文字校對	劉綺文
行銷企劃	羅婷婷
發 行 人	高章敏
出　　版	愛呦文創有限公司
地　　址	10691台北市忠孝東路四段59號10-2樓
電　　話	（886）2-25287229
郵電信箱	iyao.kaoyu@gmail.com
愛呦粉絲團	https://www.facebook.com/iyao.book
總 經 銷	聯合發行股份有限公司
電　　話	（886）2-29178022
地　　址	231新北市新店區寶橋路235巷6弄6號2樓
美術設計	廖婉禎
內頁排版	洸譜創意設計股份有限公司
印　　刷	沐春行銷創意有限公司
初版一刷	2019年1月
初版二刷	2020年12月
定　　價	320元
I S B N	978-986-97031-3-0

原著書名《你無法預料的分手，我都能給你送上》由北京晉江原創網絡科技有限公司授權出版。